Course à mort

Du même auteur
aux Éditions J'ai lu

Prince de cœur, *J'ai lu* 3757
Le guerrier de minuit, *J'ai lu* 4217
Le seigneur arrogant, *J'ai lu* 4477
Sans pitié, *J'ai lu* 4551
L'esclave du désert, *J'ai lu* 4815

Iris Johansen

Course à mort

Traduit de l'américain par Joseph Antoine

J'AI LU

1

Barat, Turquie
11 juin

— Sors de là, Sarah !

La voix de Boyd retentissait au-dehors.

— Le mur va s'écrouler d'une minute à l'autre !

La réponse de Sarah parvint à Boyd murmurée, depuis l'intérieur de la maison :

— Monty a trouvé quelque chose.

Elle progressait avec précaution dans l'amoncellement de gravats ; elle se rapprochait du chien qui s'était immobilisé à l'arrêt.

— Doucement, mon chien. Sois prudent...

Un enfant ? Un espoir fou s'emparait d'elle.

— C'est peut-être un enfant, chuchota-t-elle.

Monty espérait toujours sauver un enfant. Monty aimait les enfants. Il aimait tous ces gosses blessés, perdus, qui plus d'une fois avaient failli l'entraîner dans la mort. « Comme ils ont failli m'y entraîner aussi », pensait Sarah, assaillie par une vague de lassitude. Retrouver des enfants et des vieilles gens, c'était toujours ce qu'il y avait de plus pénible. Ces catastrophes laissaient si peu de survivants. La terre se mettait à trembler, les murs s'effondraient, et la vie s'éteignait comme une flamme que l'on souffle.

— Tu es sûre ? interrogea Boyd.

Elle n'était sûre de rien.

Sarah, d'une main absente, donna une tape légère sur la tête de Monty. Elle scrutait les décombres. Le second étage de la petite habitation était tombé. Combien de chances avaient-ils de retrouver âme qui vive dans un pareil désastre ? Pratiquement aucune. Et nul appel ne leur parvenait : pas une plainte, pas de pleurs. Sarah songea que ce ne serait pas raisonnable d'entraîner un autre membre de l'équipe dans ces ruines. Mieux valait essayer toute seule. D'ailleurs, mieux valait sortir d'ici au plus vite...

Et s'il y a un enfant là-dessous ?

Quoi ? Bon Dieu... Assez perdu de temps, se dit-elle. Mais elle savait très bien qu'elle ne sortirait pas de la maison avant d'en avoir inspecté les ruines à fond. Elle ramassa un tabouret au milieu des pierres et l'envoya sur le côté.

— Va dehors, dit-elle à Monty. Va rejoindre Boyd.

Le chien d'arrêt se laissa tomber sur son derrière et leva les yeux vers elle. La voix de Boyd leur parvint de nouveau :

— Permets-moi de te répéter que tu es supposée être une pro ! Ça veut dire que tu obéis aux ordres, merde !

Attends.

Elle écarta un coussin. Elle tira sur les bras d'un fauteuil. Bon Dieu, que c'était lourd !

— Tu ne me sers plus à rien, là, dit-elle.

Attends.

— Sors de là, Sarah ! C'est un ordre. Ça fait quatre jours, maintenant. Tu sais très bien que tu ne retrouveras personne vivant.

— Tu oublies qu'à Tegucigalpa, répondit-elle, on a retrouvé un homme encore en vie douze jours après. Rappelle Monty, tu veux ?

— Monty ! fit Boyd.

Monty ne bougea pas d'un pouce. Sarah n'en fut

pas surprise. Elle savait qu'il n'obéirait pas. Elle avait juste voulu essayer.

— Chien stupide.

Attends.

— Bon, si tu ne te décides pas à sortir, dit Boyd, je viens t'aider à fouiller.

— Pas la peine. J'en ai pour une minute.

Elle jeta un regard prudent vers la cloison sud. Elle souleva le matelas et lutta pour parvenir à le mettre sur le flanc.

— Un dernier coup d'œil et j'arrive.

— Tu as trois minutes. Pas une seconde de plus.

Trois minutes.

Elle essaya avec frénésie de déplacer le montant du lit en bois sculpté.

Monty poussa un gémissement.

— Chut. Tais-toi...

Finalement, elle parvint à déplacer le lit en le soulevant.

C'est alors qu'elle aperçut la main.

Une si petite main. Si fragile et délicate. Une main dont les doigts serraient un chapelet.

— Un survivant ? demanda Boyd.

Sarah sortait de la maison d'un pas prudent, en enjambant les pierres et les gravats.

— On envoie une équipe ? reprit Boyd.

Elle secoua la tête avec une expression hébétée.

— Morte. Une ado. Depuis deux jours, peut-être. Inutile que quelqu'un aille s'y briser le cou. Marque le site, ça suffira.

Elle attacha la laisse au collier de Monty.

— Je retourne à la caravane. Il faut éloigner Monty d'ici. Tu sais dans quel état ça le met. Je reviens dans deux heures.

— Mouais. C'est seulement parce que ton chien est dans tous ses états, hein ?

Le ton laissait percer une pointe d'ironie. Il ajouta :

— C'est pour ça que tu trembles comme une feuille.

— Ça va. Je me sens OK.

— Je ne veux pas te voir quitter ta caravane avant demain matin. Voilà trente-six heures que tu n'as pas dormi. Tu sais ce qui arrive quand on est à bout de forces. On se met en danger. Et on fait courir des risques aux gens qu'on est venu aider. Tu as eu tort d'entrer là-dedans. C'était complètement idiot. Tu ne nous as pas habitués à montrer aussi peu d'intelligence.

— Il y avait quelqu'un : Monty en était sûr...

Pourquoi discutait-elle ? Elle savait pertinemment que Boyd avait raison. La seule façon de rester en vie, dans ce genre de situation, c'était de rester collé à la règle et de ne jamais céder à une impulsion. Il existait une bible pour les sauveteurs : elle aurait dû la respecter. C'était l'unique chose à faire.

— Je regrette, Boyd. Excuse-moi.

— Tu peux t'excuser, répliqua Boyd en prenant un air renfrogné. Tu es un de mes meilleurs éléments. Je ne te laisserai pas te foutre en l'air sous prétexte que tu réfléchis avec ton cœur et pas avec ta tête. Tu t'es mise en danger. Tu as mis ton chien en danger. Qu'est-ce que tu aurais fait si le mur s'était écroulé sur Monty et s'il l'avait tué ?

— Il ne l'aurait pas tué. J'aurais eu le temps de me coucher sur lui. Après, tu aurais creusé. Et tu m'aurais retrouvée sous les pierres.

Un faible sourire lui vint aux lèvres.

— Je sais qui est important, ici. Qui il faut sauver.

— Très amusant.

Boyd secouait la tête, furieux. Il ajouta avec un soupir :

— Sauf que tu ne plaisantes pas.

— C'est vrai, admit-elle en s'essuyant les yeux. Boyd, cette gamine serrait un chapelet entre ses doigts. Un chapelet qu'elle a dû attraper au dernier moment, quand le tremblement de terre s'est déclenché. On dirait que ça ne l'a pas aidée beaucoup, hein ?

— On dirait.

— Elle n'avait pas plus de seize ans. Et elle était enceinte.

— Merde !

— Ouais. Merde !

Elle tira gentiment sur la laisse de Monty.

— On revient, dit-elle. Dans pas longtemps.

— Tu ne veux pas comprendre ! s'exclama Boyd. C'est moi qui suis responsable de ces fouilles, Sarah. Et en tant que responsable, je veux que tu te reposes. On a sûrement retrouvé tous les survivants, à l'heure qu'il est. Je m'attends à recevoir demain l'ordre de lever le camp. Il ne reste plus que des cadavres, là-dessous. L'équipe russe se chargera de les remonter...

Sarah lui coupa la parole :

— S'il faut lever le camp demain, alors raison de plus pour mettre les bouchées doubles ! Les Russes n'ont pas un seul chien qui ait le flair de Monty. Tu sais très bien que Monty est un génie...

— Tu es un génie aussi, dit Boyd, l'interrompant à son tour. Tu sais ce qu'ils font, les autres gars de l'équipe ? Ils font des paris. Pour savoir si c'est vrai ou pas que tu sais lire dans les pensées de Monty.

— C'est idiot. Ils sont exactement comme moi : proches de leur chien. Tous. Ils savent qu'à force de vivre auprès d'un animal, tu finis par le comprendre.

— Pas comme tu le comprends *toi*.

— Pourquoi est-ce qu'on discute de ça ? L'important, c'est que Monty soit unique. Il en a retrouvé, des survivants ! Et quelquefois quand tout le monde avait baissé les bras. Quand il n'y avait plus d'espoir. Ça pourrait très bien se reproduire aujourd'hui.

— C'est peu probable.

Elle commença à s'éloigner.

— Je parle sérieusement, Sarah.

Elle lui lança un regard par-dessus l'épaule.

— Au fait, Boyd, ça fait combien d'heures que *toi*, tu n'as pas dormi ? On peut savoir ?

— Ce n'est pas tes oignons.

— Faites comme je dis, ne faites pas comme je fais. C'est ça, ta devise ? À plus, Boyd. À dans deux heures.

Comme elle se remettait à marcher à travers les décombres, elle put entendre Boyd qui jurait dans son dos. Elle prit vers la crête de la colline, où s'alignaient les mobile homes. Boyd Medford était un bon gars. Et très certainement un chef d'équipe avisé. Tout ce qu'il disait était marqué au coin du bon sens. Mais il y avait des jours où elle n'arrivait pas à se montrer raisonnable : c'était plus fort qu'elle. Parce que les morts étaient trop nombreux – et les survivants trop rares. Mon Dieu, tous ces corps...

Le chapelet...

Cette pauvre fille. A-t-elle seulement eu le temps de prier pour sa propre vie, et pour celle de son bébé, avant d'être écrasée ? Sûrement pas. Un tremblement de terre n'a pas besoin de beaucoup de temps pour tout réduire à néant – le temps d'un battement de cœur, parfois, et tout est fini. Il ne restait plus qu'à espérer que la mort avait fait rapidement son œuvre et que la malheureuse n'avait pas eu le temps de souffrir.

Monty se pressait contre sa jambe, cherchant l'affection. Mon Dieu, qu'il avait l'air *triste* !

— Moi aussi, dit-elle en lui ouvrant la porte du mobile home. C'est comme ça, mon vieux. Ça se passera peut-être autrement la prochaine fois.

Tristesse.

Elle versa de l'eau dans l'écuelle de Monty.

— Allez, bois. Tu dois crever de soif.

Tristesse : le chien, désolé, se coucha devant l'écuelle de métal.

Il ne tarderait pas à se décider à boire. Mais pour ce qui était de manger, il lui faudrait attendre une heure ou deux. Il était encore trop bouleversé. Il devait d'abord récupérer. Retrouver des morts : voilà une chose à laquelle il ne s'habituerait jamais.

Elle non plus, d'ailleurs.

Elle s'assit à terre à côté de Monty et le prit entre ses bras.

— Ça va aller, lui murmura-t-elle à l'oreille. Si ça se trouve, la prochaine fois, on retrouvera un petit garçon vivant. Comme hier...

Hier ? Est-ce que c'était hier ? Les jours se confondaient quand ils étaient sur des fouilles.

— Tu t'en souviens, du petit garçon, Monty ?

Un enfant.

— Il est vivant, tu sais. Et c'est grâce à toi. C'est pour ça : on est obligés de continuer. Toujours. Même si c'est dur.

Et bon Dieu, que ça avait été dur ! Dur de voir Monty bouleversé à ce point. Dur de revoir l'image de cette fille serrant le chapelet dans sa main. Dur de se dire qu'il n'y avait probablement aucune chance de retrouver des survivants.

Pourtant on n'était sûr de rien. Il restait toujours un espoir, même infime. Du moins tant qu'on avait la force d'essayer encore.

Sarah ferma les paupières. Elle était fatiguée. Ses muscles lui faisaient mal. Alors ? Alors, elle aurait le temps, après, de se reposer tout son saoul. Ce dont elle avait besoin dans l'immédiat, c'était de dormir une ou deux heures. Ensuite, elle serait de nouveau d'attaque.

— Allez, dit-elle. On pique une petite sieste.

Elle s'allongea à côté du chien.

— Après, on ira voir s'il n'y a pas moyen de retrouver quelqu'un. Dans ce trou infernal.

Monty posa la tête sur ses pattes et gémit.

— Chut...

Elle enfouit son visage dans la fourrure de l'animal.

— Ça va.

Mais non : ça n'allait pas. La mort rôdait et, quand la mort rôde, ça ne peut pas aller.

— On est ensemble. On fait notre boulot. Il nous reste encore quelques jours à tirer. Après, retour au ranch.

Elle lui caressa la tête.

— Ça te plairait de revoir le ranch, pas vrai ?

Monty était triste.

Il était choqué. Mais moins que d'habitude, apparemment. Souvent, c'était bien pire. Surtout ces cas isolés : il les vivait mal. Non qu'il ait fini par s'endurcir et par devenir insensible à force d'affronter des catastrophes majeures, les nombreuses pertes de vies humaines. Simplement, il réagissait avec un certain retard. Dans deux heures, il aurait recouvré son énergie. Il repartirait d'un bon pied.

Mais elle ?

Elle aurait recouvré son énergie aussi. C'est ce qu'elle avait dit à Boyd. Les derniers jours de la fouille étaient toujours les plus difficiles. L'espoir allait diminuant. Le découragement gagnait les équipes. Vous finissiez par accumuler des surcharges de chagrin – jusqu'au moment où la douleur devenait insupportable.

Cela dit, elle avait toujours supporté. Bien obligé : au fond, ne reste-t-il pas toujours une possibilité pour qu'un gosse attende d'être secouru ? Un gosse dont la vie est en jeu à chaque seconde qui passe. Et qui peut disparaître à jamais si elle et Monty ne le retrouvent pas...

Monty roula sur le côté. *Sommeil.*

— Tu as raison. C'est ce qu'on a de mieux à faire. Dors, mon vieux camarade. Moi aussi, je vais piquer un somme. Le temps que se dissipent ces maudits souvenirs de chapelets et d'enfants mort-nés. Le temps que revienne l'espoir.

— Rien qu'un petit somme...

Santo Camaro, Colombie
12 juin

— Combien de morts ? voulut savoir Logan.

— Quatre.

Castleton pinça les lèvres. Il affichait un air sombre. Il continua :

— Deux hommes sont à l'hôpital. Dans un état sérieux. Bon, on peut s'en aller, maintenant ? Il y a une odeur, ici. Ça me donne envie de gerber. En plus, je me sens coupable. C'est moi qui avais engagé Bassett sur ce boulot. Et Bassett était un gars que j'aimais bien...

— Encore une minute, reprit Logan.

Il promenait son regard sur les décombres de l'incendie – c'était tout ce qui restait d'un équipement dernier cri. La catastrophe n'était vieille que de trois jours et, déjà, la jungle commençait à faire valoir ses droits. L'herbe poussait entre les poutres calcinées ; et la vigne sauvage, venue des arbres alentour, se répandait un peu partout comme pour embrasser les lieux d'une étreinte indomptable.

— Tu as pu récupérer les travaux de Bassett ?

— Non.

Logan baissa les yeux. Il avait dans la main un insecte rouge sombre : un scarabée carnivore.

— Et tu dis que Rudzak m'a envoyé ça ce matin ?

— Je pense que c'est Rudzak qui te l'envoie, oui.

Je l'ai trouvé devant ma porte. Avec ton nom écrit dessus.

— C'est bien Rudzak.

Le regard de Castleton glissa du scarabée à la figure de Logan.

— Bassett avait une femme et un gosse. Qu'est-ce que tu vas leur dire ?

— Rien.

— Comment ça, rien ? Il faut leur dire ce qui est arrivé à Bassett.

— Et qu'est-ce que je suis supposé leur raconter, à ton avis ? Ce qui lui est arrivé ! On ne sait pas ce qui lui est arrivé. En tout cas, pas encore.

Il tourna les talons et prit la direction de la Jeep.

— Rudzak va le tuer, reprit Castleton en lui emboîtant le pas.

— C'est possible.

— Tu le sais parfaitement.

— Je crois qu'il commencera par essayer de trouver un arrangement.

— Une rançon, c'est ça ?

— Peut-être. Il veut quelque chose, c'est clair. Autrement, il n'aurait pas pris le risque d'enlever Bassett. Il y avait plus simple pour lui...

— Et tu as l'intention de traiter avec cet enfoiré ? Après ce qu'il a fait à tes employés ?

— Je serais capable de traiter avec le diable en personne, s'il pouvait me donner ce que je veux.

Castleton s'était attendu à cette réponse. John Logan ne s'était sûrement pas taillé une place parmi les premières forces économiques du monde en évitant les conflits. Son entreprise d'informatique lui avait rapporté des millions de dollars. Sans parler de ses autres sociétés. Et il n'avait pas encore quarante ans.

Plusieurs scientifiques avaient risqué leur vie pour atteindre la récompense gigantesque inscrite au terme d'un tel programme. Mais aux yeux de pas mal de gens, aucun homme doté d'un minimum de conscience n'aurait procédé à l'installation de tels équipements, sachant quelles conséquences pouvaient en résulter...

— Vas-y, dit Logan en le fixant droit dans les yeux. Crache le morceau.

— Tu n'aurais pas dû te lancer là-dedans...

— Ici, tout le monde a choisi d'être là. Jamais je n'ai menti à personne : tous savaient ce qui les attendait. Et tous ont pensé que ça valait le coup.

— Je me demande ce qu'ils ressentent quand ils sont touchés par une balle. À ton avis, ils continuent de penser que ça valait le coup ?

Logan ne cilla pas.

— Qui peut savoir, bon Dieu ? Qui sait ce qui mérite le risque d'une vie ? Tu veux te tirer, Castleton ? C'est ça ?

Oui, Castleton voulait se tirer. La situation devenait mortelle. Intenable. À chaque instant plus complexe. Il n'arrivait plus à gérer. Il maudissait le jour où il avait signé pour s'embarquer dans cette galère.

— Tu ne serais pas en train de me virer, des fois ?

— Sûrement pas. J'ai besoin de toi. Toi, tu sais comment ça fonctionne, ici. C'est d'ailleurs pour cette raison que je t'ai recruté. Et que je t'ai mis à la première place. Mais je comprendrais que tu veuilles te tirer. Pars, si tu veux. Je te paierai. Je ne te retiendrai pas.

— Vraiment ?

— Oh, je pourrais trouver un moyen de te garder, dit Logan d'un ton las. Il existe toujours un moyen d'obtenir ce qu'on veut. Il suffit juste de savoir jusqu'où on veut s'engager. Mais tu m'as fait du bon boulot. Je n'ai pas l'intention de te forcer. Je me débrouillerai. Je trouverai quelqu'un d'autre.

— Personne ne pourrait me forcer.

— Fais comme tu voudras, dit Logan en montant dans la Jeep. En attendant, ramène-moi à l'aéroport. J'ai du travail. La police locale a décidé de me faire des ennuis, tu crois ?

— Tu le sais parfaitement. Ces collines sont en plein sur le territoire de la drogue. C'est dangereux de poser des questions. La police s'intéresse à l'autre aspect des choses.

Il démarra le moteur avec un sourire amer.

— C'est d'ailleurs pour ça que tu es venu installer tes équipements ici, non ?

— Exactement.

— Ils ne t'aideront pas à protéger Bassett contre Rudzak. Bassett sera un homme mort...

— S'il n'est pas déjà un homme mort, je le ferai revenir.

— Comment ? Avec de l'argent ?

— Son prix sera le mien.

— Impossible. Tu auras beau payer une rançon, Rudzak le tuera de toute façon. Tu ne t'attends tout de même pas à ce que...

— Je ferai revenir Bassett.

La voix de Logan se faisait plus dure, soudainement :

— Écoute-moi, Castleton. Tu me prends peut-être pour un fils de pute. Sauf que j'assumerai mes responsabilités jusqu'au bout. Ce sont mes employés qui sont morts. Et l'homme qui a fait ça, je veux le retrouver. Si tu crois que je vais le laisser descendre Bassett, ou laisser l'autre salaud le retourner contre moi, tu te trompes. Je le retrouverai.

— En pleine jungle ?

— En enfer, s'il le faut ! répliqua Logan d'un ton cassant. Tu m'as expliqué à quel point tu es désolé, et à quel point je devrais me sentir coupable. Très bien. Sauf que je n'ai pas de temps pour la culpabilité. J'ai toujours trouvé ça contre-productif. Tu fais ce que tu as à faire, mais ne viens plus me raconter que telle ou telle chose est impossible. Ça, je ne marche pas...

— Tu n'es pas obligé de me croire. Je ne te demande pas...

Il plissa les yeux et considéra Logan.

— Je pense que tu essaies de me manipuler.

— Ah, bon ?

— Je te connais et tu te connais. Nous savons tous les deux quel genre de type tu es !

— Un type avisé. Intelligent. Tu aurais dû t'y attendre. Et je suis également sans pitié. En d'autres termes : exactement comme tu me vois. Je te l'ai dit : j'ai besoin de toi.

Castleton se tut un moment, puis reprit :

— Tu penses sérieusement avoir une chance de tirer Bassett de là ?

— Mettons qu'il soit encore en vie. Je vais le faire revenir. Tu me donneras un coup de main ?

— Quel genre de coup de main ?

— Comme d'habitude. Ce que tu as toujours fait. Du graissage de patte. De l'aide – il faut s'occuper de mes employés. Je veux qu'on commence par les faire sortir de cet hôpital et qu'on les renvoie chez eux aussi vite que possible. Ici, ils sont trop vulnérables.

— Je m'en serais occupé n'importe comment.

— Ouvre les oreilles. Si je ne suis pas dans les parages, c'est sûrement avec toi que Rudzak entrera en contact le premier.

Il afficha un sourire d'escroc.

— Ne te fais pas de bile. Je ne te demanderai pas de mettre ta tête sur le billot. Tu m'es bien trop utile. D'une autre façon.

— Je ne suis pas un lâche, Logan.

— Je sais. Mais tout cela est en-dehors de ton champ de compétence. Et j'ai l'habitude de toujours mettre le gars qu'il faut sur le boulot qu'il faut. Crois-moi, je n'hésiterais pas à t'embringuer dans cette affaire, si je le jugeais nécessaire.

Castleton croyait Logan sur parole. Il ne l'avait jamais vu dans cet état. La plupart du temps, Logan n'affichait pas la cruauté qu'il avait en lui : il la dissimulait sous une bonne couche de charisme et de décontraction. Soudain, Castleton se rappelait les nombreuses histoires concernant les relations plus ou moins honnêtes que Logan s'était faites, au temps où il était en Asie, quelques années en arrière. Et maintenant, il l'observait. Il songeait à toutes ces histoires de contrebande auxquelles Logan était mêlé ; à ces règlements de comptes, aussi, entre les gangs rivaux candidats pour assurer sa « protection ». En définitive, il y avait là, sûrement, plus de vérité que de fiction.

— Alors ?

— Alors, d'accord.

Castleton s'humectait les lèvres.

— Je reste, dit-il.

— Bien.

— Pas à cause de ce que tu as dit, se hâta d'ajouter Castleton. C'est juste que je me sens une culpabilité d'enfer. J'étais en ville quand c'est arrivé. Je m'en veux. J'aurais dû être là. J'aurais peut-être pu faire quelque chose, prévoir...

— Ne dis pas de bêtises. Si tu avais été là quand c'est arrivé, tu serais mort à l'heure qu'il est. Bon, revenons à Rudzak. Tu n'aurais pas une idée d'un contact à lui, que nous pourrions exploiter ?

— À ce qu'on raconte, il y aurait un dealer. Ricardo Sanchez. À Bogotá. Il servirait de relais entre Rudzak et le cartel de Mendez.

— Trouve-le. Trouve ce Ricardo Sanchez. Fais ce qu'il faut pour ça. Je veux savoir où est situé le camp de Rudzak.

— Je ne suis pas un voyou, Logan.

— Très bien. Mais serait-ce une injure mortelle faite à ton délicat sens de l'éthique, si tu en engageais un, de voyou ?

— Inutile de persifler.

— C'est vrai, admit Logan d'un ton empreint de lassitude. Ça ne sert à rien. Si je n'étais pas pressé par le temps, tu sais ce que je ferais ? J'irais moi-même à Bogotá. Et je foutrais moi-même la pression sur Sanchez. Mais ce n'est pas grave. J'ai un homme capable de dénicher l'info dont j'ai besoin...

— Je te souhaite de réussir.

— Je vais réussir. Mais dans le cas où Sanchez se révélerait sans intérêt, il faudra quand même que je retrouve Bassett.

Castleton secoua la tête.

— Tu ne trouveras personne dans la région pour te dire où il est. Ou pour partir dans la jungle à sa recherche.

— Alors, je m'en occuperai moi-même.

— Comment ?

— J'ai mon idée. Je pense à quelqu'un. Quelqu'un qui pourrait m'aider à le retrouver.

— Le gars qu'il faut sur le boulot qu'il faut ?

— Exactement.

— Dieu vienne en aide à cet homme !

— Ce n'est pas à un homme que je pensais.

Logan jeta un coup d'œil vers les ruines par-dessus son épaule.

— Mais à une femme.

Logan appela Margaret Wilson, son assistante, dès que son jet eut quitté Santo Camaro.

— Tu peux me sortir le dossier Sarah Patrick ?

— Patrick ?

Logan imagina Margaret se tournant vers les dossiers rangés derrière elle.

— Ah, oui. La dame au chien. J'ai réuni des infos

à son sujet. Il y a à peu près six mois, non ? Je pensais que tu avais déjà obtenu d'elle ce que tu voulais...

— J'ai obtenu d'elle ce que je voulais, dit Logan. Sauf qu'il y a maintenant autre chose.

— Tu veux changer de méthode avec elle ?

— Peut-être. Cette fois, c'est plus compliqué, comme situation. C'est pourquoi je veux rouvrir ce dossier. Je veux savoir tout ce qu'on a réuni sur elle. Parce que tout peut servir. Le problème n'est pas de faire en sorte qu'elle réponde à mon coup de sifflet.

— Ça m'étonnerait que Sarah Patrick soit du genre à répondre à un coup de sifflet, répliqua froidement Margaret. D'où qu'il vienne. Et j'aimerais bien être là, John, quand tu la siffleras. J'aimerais bien voir le résultat. Quelque chose me dit que tu as eu de la chance, la dernière fois. N'oublie pas de te rafraîchir la mémoire, quand tu voudras recommencer...

— Lâche-moi, Margaret, tu veux ?

Logan soupira.

— Je ne suis pas en état de me défendre, là.

— Ah bon ? s'étonna Margaret. Et pourquoi donc ?

Elle reprit après un temps :

— Bassett est mort ?

— Non, je ne pense pas. Il était vivant quand ils l'ont enlevé.

— Merde !

— J'ai besoin de ce dossier, Margaret.

— Donne-moi cinq minutes. Qu'est-ce qui t'arrange ? Un fax ? Tu préfères que je te communique les infos par téléphone ?

— Rappelle-moi.

Il raccrocha, s'enfonça dans son fauteuil, et ferma les yeux.

Sarah Patrick.

Son image était là, devant lui. Ses cheveux noirs coupés court, zébrés par le soleil. Ses pommettes hautes. Sa peau chaude et brune. Son corps maigre, athlétique. Sarah était-elle jolie ? Elle avait un physique intéressant. Et un esprit de repartie aussi pointu que son vocabulaire.

Cette intelligence particulièrement vive avait souvent frappé John Logan, à l'époque de Phoenix. Sarah n'était pas du genre à pardonner. Ni à oublier. Mais sa vivacité d'esprit, c'est lui qui en avait profité. D'abord, Logan avait pressé Sarah de travailler avec Eve Duncan. Ensuite, Sarah s'était liée d'amitié avec Eve et Joe Quinn. Ils étaient toujours amis, du reste, à en croire Eve. Eve qui avait appelé Logan pas plus tard que le mois dernier, disant que Sarah leur avait rendu visite à Atlanta...

Le téléphone sonnait.

— Sarah Elizabeth Patrick, commença Margaret. Vingt-huit ans. Mi-Indienne apache, mi-Irlandaise. Elle a grandi à Chicago, ville qu'elle ne quittait que pour aller passer l'été dans la réserve auprès de son père. Le père et la mère sont décédés. Le père est mort quand Sarah était enfant. La mère a disparu il y a cinq ans. Sarah a un fort QI. Elle a suivi des études de médecine vétérinaire à l'Arizona State University. Son grand-père lui a légué un petit ranch, au pied des montagnes, non loin de Phoenix. Elle a hérité à peu près en même temps qu'elle perdait sa mère. Elle y vit toujours. Bon, enfin, tout ça, tu le sais. Tu as visité son ranch. Elle vit seule. Elle fréquente des étudiants, des professeurs. Après l'université, elle a commencé à travailler dans l'humanitaire pour ATF. Elle obtient ce qu'elle veut d'un animal. Elle fait partie d'un groupe de secouristes volontaires basé à Tucson. Avec l'autorisation d'ATF, manifestement. Elle intervient sur les catastrophes, naturelles ou autres. Elle a ce chien, Monty. Tous les deux ont été mis plusieurs fois au service de la police pour retrouver des cadavres ou repérer des explosifs.

Monty est du genre *wonder dog*. Une merveille. Un génie...

— Je sais.

— C'est vrai : il a retrouvé ce corps, à Phoenix...

Elle hésita, puis reprit :

— Tu sais, John, je crois que je l'aimais bien. Ces gens qui recherchent des survivants, qui sauvent des vies, ils sont formidables. Je me rappelle ce reportage à la télévision sur l'attentat d'Oklahoma City. J'avais envie de leur donner à tous une médaille. Et même de leur donner mon enfant...

— Quel enfant ? Tu n'as pas d'enfant...

— Si j'en avais eu un.

Margaret ajouta après un temps :

— Elle ne mérite pas d'être mêlée à cette histoire. Cette histoire avec Bassett...

— Tu crois que Bassett mérite ce qui lui arrive ?

— Lui, il s'est engagé. Il a fait un choix.

— Elle aussi, elle aura le choix. Elle aura parfaitement le droit de me dire non.

— Tu ne la laisseras pas dire non. C'est trop important pour toi.

— Dans ce cas, je me demande bien pourquoi tu essaies de me faire changer d'avis.

— Je me le demande, moi aussi. Ah, oui. Je sais, maintenant. Je t'ai précisé que Sarah Patrick faisait partie des secours à Oklahoma City ? J'aurais eu envie de lui donner mon enfant... si j'en avais eu, évidemment...

— Elle n'a pas besoin d'enfant. Elle a son chien.

— Et tu ne m'écoutes pas.

— Je t'écoute. Je ne prendrai jamais le risque de refuser de t'écouter.

— Arrête ton baratin, s'il te plaît. Je ne te demande pas de lui donner une médaille. Seulement une chance. Une porte de sortie.

— Où est-elle en ce moment ?

— Elle est en route. Elle a quitté Barat, en Turquie, pour rentrer chez elle. Elle a passé cinq jours là-bas. Un tremblement de terre.

— Je ne suis pas coupé du monde, Margaret. Je sais, pour ce tremblement de terre. J'en ai entendu parler avant de quitter Monterey.

— Ça t'a fait moins d'effet que les nouvelles concernant Bassett. Bon, alors je fais quoi ? Tu veux que je l'appelle ? Que j'organise une rencontre ?

— Elle t'enverrait promener. En tant que gentleman, j'ai envie de t'épargner cet affront. Je vais m'en occuper moi-même.

— Tu as peur que je m'attache à elle. Et qu'on fasse front, toutes les deux, contre toi.

— Tu as deviné.

— Très bien. Où puis-je te joindre, alors ? Tu voles directement sur Phoenix ?

— Non. Je vais à Atlanta.

Un silence. Margaret reprit à voix basse :

— Eve ?

— Qui d'autre ?

— Ah !

— Je vois que j'ai réussi à te clouer le bec. Quel exploit ! Je finirai par avoir pitié de toi. Mais ne t'inquiète pas, je n'ai pas viré sentimental. Je ne suis pas à la poursuite d'un amour perdu. Eve et moi, nous sommes amis, maintenant.

— Le ciel pardonne à quiconque te prendrait pour un sentimental. Ne te crois pas tenu de m'expliquer...

— Sauf que si je ne t'expliquais pas, tu serais capable d'en crever de curiosité. Je serais obligé de me mettre en quête d'une nouvelle assistante. Quel ennui !

— Ne me fais pas passer pour indiscrète, protesta Margaret d'un ton aigre. N'importe qui se montrerait curieux. Tu as tout de même vécu un an avec elle, non ? Je pensais que tu pourrais...

— Tu pourras me joindre au Ritz Carlton de Buckhead à Atlanta, Margaret.

— Je garde un œil sur Sarah Patrick. Puisque tu ne vas pas lui rendre visite directement.

— Pas la peine. Je la verrai à Atlanta.

— Tu ne pourras pas. Son plan, c'est de rentrer à Phoenix.

— Elle changera son plan. D'ailleurs, j'appelle tout de suite Sean Galen. Dès qu'on aura raccroché. S'il a besoin de fonds, donne-lui...

— *Carte blanche** [1], le coupa Margaret, finissant la phrase pour lui. Comme d'habitude. Je croyais que tu voulais le mettre sur des secours. Il va directement à Santo Camaro ?

— Non. Je l'envoie à Bogotá. Pour une recherche d'informations.

Il perçut le scepticisme de Margaret à l'autre bout de la ligne.

— Comme c'est joliment dit, reprit-elle. Il va casser la gueule à qui, au juste ?

— Peut-être à personne. Tout ce que je veux, c'est qu'il retrouve quelqu'un, et lui pose deux ou trois questions.

— Je vois.

— Si Castleton appelle, je veux de ses nouvelles tout de suite. Il a mon numéro de portable, mais il est trop prudent à mon goût. Si ça se trouve, il ne se décidera à m'appeler qu'en cas d'urgence. Mais autant que je sache, tout est urgent, au point où nous en sommes.

— Pas de problème.

1. Tous les mots en italique accompagnés d'un astérisque sont en français dans la version originale. (Toutes les notes sont du traducteur.)

— Erreur. Je ne vois que ça : des problèmes. Partout.

Il coupa la communication.

Il aurait dû se douter que Margaret se ferait le champion de la cause de Sarah Patrick. En effet, Margaret était une ardente féministe. Elle nourrissait une forte admiration pour les femmes dures et intelligentes, capables de mener leur vie et leur carrière tambour battant. Déjà, elle avait aimé Eve Duncan pour cette même raison. Eve était sculpteur pour la médecine légale. Sa vie professionnelle et sa vie privée étaient semées d'épisodes fantastiques. C'était en vérité une femme assez spéciale...

Logan n'avait pas revu Eve depuis bientôt six mois. Il venait de dire à Margaret qu'il avait troqué le rôle de l'amant pour celui de l'ami, mais cette transition était-elle vraiment négociée ? Qui pouvait le dire ? Ce qu'il avait éprouvé pour Eve, il ne l'avait jamais ressenti pour aucune autre femme. Au cours des derniers mois, il avait essayé d'analyser ce qu'elle lui inspirait. Du respect, de la pitié, de la passion... Bon Dieu, oui ! Il avait bien traversé toutes ces émotions. Dès le premier instant, elle s'était emparée de son imagination.

Mais s'il voulait être tout à fait honnête, il devait reconnaître qu'il avait aimé Eve. Oui, il l'avait aimée d'amour. Et qu'est-ce que l'amour, sinon un mélange de respect, de pitié, de passion, tout cela au milieu de cent autres émotions ? Joe Quinn avait dit un jour à Logan qu'il n'était pas capable d'aimer une telle femme. Il ne la méritait pas. Ou plutôt, il méritait de la perdre. Eh bien, voilà ! C'était fait : il l'avait perdue. Cet enfoiré de Joe Quinn devait avoir raison. Mais Logan, en définitive, s'était-il jamais engagé à fond avec une femme ?

Merde, Logan se serait cru en plein mélo.

Allez, oublie tes problèmes perso. Eve était sur le point d'épouser Joe Quinn. C'était un fait – un fait qu'il avait accepté des mois auparavant. Et son engagement, maintenant, c'était Bassett. C'est sur lui qu'il devait concentrer tous ses efforts. Il fallait retrouver Bassett, et le faire revenir.

Et c'est là que Sarah Patrick entrait en scène.

Il pouvait obliger Sarah à l'aider, comme il l'avait fait la dernière fois. Mais il préférait ne pas la forcer. Il préférait la manipuler. Et donc chercher, dans sa vie à elle, un élément sur lequel s'appuyer.

Il disposait de temps pour réfléchir à cela. Il avait toute une journée devant lui pour arrêter ce qu'il allait lui dire.

Une triste pensée le visita : peut-être allait-il devoir employer chaque minute de cette journée à méditer la question. Sarah était dure comme le silex. Margaret avait sûrement raison sur ce point. Cette fois, s'il la sifflait en espérant la voir accourir à lui, ça risquait de faire des dégâts.

Et des dégâts, il n'y en avait déjà que trop, Sarah ou pas. Depuis son départ de Santo Camaro, Logan se sentait inquiet, mal à l'aise. Son instinct lui disait que les choses ne tournaient pas comme elles auraient dû – et en général, il se fiait à son instinct. Bon Dieu, de quoi avait-il peur, au juste ?

Il se sentait plein de rage. Plein de tristesse, aussi. Il se sentait bourré d'adrénaline, impatient comme toujours de se jeter dans la bagarre – envahi d'émotions qu'il connaissait bien. Mais ces émotions, il allait devoir commencer par les maîtriser. Par les tenir en respect. Le temps de s'éclaircir les idées, et d'analyser la façon qu'avait Rudzak d'ouvrir le feu. Pourquoi Rudzak avait-il enlevé Bassett ? La première réponse qui venait à l'esprit tenait en deux mots : rançon, vengeance. Sauf que Rudzak était un sage.

Logan tira le scarabée de sa poche. Celui que Rudzak lui avait expédié par l'intermédiaire de Castleton. Du pouce, il en caressa la carapace sculptée. Le scarabée venait d'une époque si lointaine, une époque de douleur, de tourment, de regret... Rudzak avait voulu lui adresser un message. D'accord. Mais qu'est-ce que le message avait à voir avec Bassett ?

John Logan se renversa dans son fauteuil. Il réfléchissait. Il déroulait le scénario. Il tenait à rassembler tous les éléments avant d'appeler Galen.

Un cri strident, lugubre, résonna dans la nuit.

Sarah s'arrêta au sommet de la colline. Après avoir grimpé toute la côte en courant, elle avait besoin de reprendre son souffle

Un autre cri lui parvint, encore plus funeste que le précédent.

« Un loup », se dit-elle. Sans doute un de ces loups gris mexicains réintroduits depuis peu dans l'ouest de l'Arizona. Des bruits circulaient : quelques-uns d'entre eux auraient, depuis, migré jusque par ici. C'était peut-être histoire de provoquer la colère des propriétaires de ranchs alentour. Pourtant, le hurlement était tout proche : aucun doute là-dessus. Sarah se retourna et fixa son regard sur les pics rocheux qui hérissaient la montagne, derrière elle.

Rien. La nuit était claire et paisible. Le loup devait être plus loin qu'il n'y paraissait.

C'était beau. Monty aussi gardait les yeux fixés sur la montagne.

— Tu jugerais peut-être ça moins beau si tu te retrouvais nez à nez avec un de ces loups, dit-elle. Ils ne sont pas du genre à faire des manières. Demande aux propriétaires de ranchs.

Un nouveau hurlement s'éleva dans la nuit, porté par l'écho.

Monty redressa la tête. *Beauté. Liberté.*

Le chien, en principe, descend du loup. Mais Sarah n'avait jamais observé chez Monty le moindre élément de sauvagerie. Il n'existait pas d'animal plus aimable ni plus affectueux. Encore qu'il sentait peut-être s'éveiller en lui quelque instinct enfoui, lorsque lui parvenaient des cris tels que celui-là. Sarah ressentit comme un malaise. Elle chassa cette pensée.

— Je crois qu'il est temps de rentrer à la cabane, dit-elle. Ça pourrait te déranger l'esprit.

Elle commença à courir dans la descente. Le chemin menait à la vallée, en contrebas, où était la cabane.

Le vent purifiait le ciel.

L'air était limpide et sain.

La terre était ferme sous les pieds de Sarah.

Le silence qui enveloppait ces montagnes n'avait rien à voir avec la mort, ni avec le chagrin.

C'était bon de se retrouver chez soi...

— Allez, le premier à la cabane.

C'est Monty qui arriva le premier, bien entendu. Il avait déjà franchi l'ouverture pratiquée pour lui. Il lapait dans son écuelle. Sarah entra à son tour.

— Nous sommes sensés être épuisés, après ce boulot à Barat, dit-elle. Alors, laisse-moi un répit, tu veux ?

Pour toute réponse, Monty lui renvoya un regard dédaigneux ; et sans se presser, il alla s'étendre sur son tapis au coin de la cheminée.

— D'accord, reprit Sarah. Ne me laisse aucun répit. Tu as raison. Mais n'oublie pas que c'est moi qui t'entretiens, tout de même.

Monty bâilla et s'étira.

Un feu accueillant crépitait. Sarah eut l'impression que son Relax l'invitait au repos. Elle aurait bien voulu s'étirer elle aussi, et s'étendre.

Mais le voyant rouge de son répondeur clignotait. Il clignotait déjà deux heures auparavant, quand elle et Monty étaient arrivés à la cabane. Elle n'avait pas écouté les messages alors. Et elle hésitait à les écouter maintenant.

Pourquoi ne pas aller plutôt prendre une bonne douche ? Et puis se lover devant le feu. Sarah savait parfaitement de quoi elle avait envie. Elle aspirait à se retirer du monde. À reprendre ses habitudes en compagnie de Monty, sa présence apaisante dans ces périodes de repos. Alors, même le téléphone la dérangeait. Elle avait besoin de détente et d'exercice. Elle fuyait toute forme d'effort, sauf s'il s'agissait de se plonger dans un bon livre.

Mais le voyant rouge continuait de clignoter. Finalement, pourquoi ne pas se débarrasser du problème tout de suite ?

Elle traversa la pièce. Il y avait deux messages.

Elle pressa le bouton.

« Todd Madden. Bienvenue au bercail, Sarah. »

Merde ! Elle n'avait vraiment pas besoin de ça !

Elle serra les poings. Madden employait un ton onctueux, faussement moqueur.

« On m'a dit que tu avais fait de l'excellent boulot. Le gouvernement turc ne tarissait plus de louanges et de reconnaissance. Sans parler du reportage de CNN : il était bien. Je pense qu'il va falloir vous envoyer faire un tour à Washington, tous les deux. Monty et toi. Histoire de donner deux ou trois interviews. »

« Va te faire foutre », grommela Sarah. « Espèce de trou-du-cul. »

« Je vois ta tête d'ici. Tu es tellement prévisible ! Hélas, le rapport de Boyd signale que tu as désobéi aux ordres. En une occasion. Manifestement, il a été obligé de te protéger. Sauf qu'il avait son propre boulot sur les bras. Est-ce que tu ne serais pas en train de devenir instable, Sarah ? Tu sais qu'à ATF, on ne peut pas se permettre de garder des gens instables. Et tu connais les conséquences, si tu devais être virée d'ATF. »

Il marqua une pause.

« Mais je suis sûr que tu n'auras aucun mal à me persuader qu'il s'agissait d'un incident isolé. Viens à Washington donner ces interviews. On en profitera pour discuter de tout ça. »

Le salaud ! L'obséquieux personnage !

« Appelle-moi pour me dire quand tu arrives, Sarah. Dans les deux jours, j'imagine. Pas plus. Pas question de servir du réchauffé aux médias. »

Sur ces mots, il raccrocha.

Sarah ferma les yeux. Des vagues de fureur se déversaient en elle. Merde, merde, merde !

Elle prit une profonde respiration. Elle essaya de recouvrer son calme. Cela ferait trop plaisir à Madden, s'il savait qu'il avait réussi à la mettre dans tous ses états. Il aimait intimider. Et il aimait qu'on lui fasse allégeance. Il n'appréciait pas trop quand Sarah refusait de lui obéir. Il avait beau être son supérieur, elle ne lui avait jamais caché ce qu'elle pensait de lui. Elle lui avait dit son fait à de nombreuses reprises, d'une façon parfaitement explicite, et même parfaitement grossière.

Va te faire foutre ! Il n'était pas question qu'elle aille à Washington. Cela dit, il n'était pas question de le rappeler. Enfin, il n'était pas question pour elle de quitter le ranch avant trois jours.

Sarah pressa le bouton pour écouter le second message.

« C'est Eve, Sarah. Ça y est. On a les résultats. Enfin. C'est confirmé. On t'attend. Viens tout de suite, s'il te plaît. »

Eve raccrocha.

Sarah était accablée. Et résignée aussi. Jamais elle

ne serait capable de rappeler Eve pour lui demander d'attendre un jour ou deux. Eve n'avait déjà que trop attendu.

— On dirait qu'on reprend l'avion demain, dit-elle à Monty. Il faut qu'on aille à Atlanta. Voir Eve.

2

— C'est moi, dit Logan dès qu'Eve décrocha le téléphone. Je suis au Ritz Carlton de Buckhead.

— Merci d'être venu, Logan. Je n'étais pas sûre que tu le ferais.

— Ne t'ai-je pas toujours dit que je serais là dès que tu appellerais ?

Il hésita avant de demander :

— Comment va Quinn ?

— Merveilleusement. Il me fait du bien.

— Ce n'est pas ce que j'appellerais une corvée. Bref. Je te vois demain matin ?

— Pourquoi ne pas passer ce soir au cottage ?

— Il vaut mieux pas. Je suis là pour t'aider, pas pour mettre Quinn en rogne. Prends soin de toi.

Il raccrocha.

Eve lui avait paru calme. Et l'accent de la vérité perçait dans sa voix quand elle avait parlé de Joe Quinn. Il était évident que tout allait bien ici. Logan se demanda s'il en ressentait de la déception et s'aperçut, non sans surprise, qu'il éprouvait plus de regret que de douleur. Le temps efface tout, songea-t-il. D'ailleurs, il n'avait jamais eu le sentiment qu'Eve lui appartenait, même quand ils vivaient ensemble. L'attachement qui les unissait était fragile, et Quinn n'avait pas eu beaucoup de mal à se donner pour lui prendre sa place...

Le téléphone de Logan sonnait.

Margaret ?

— Salut, Logan ! Ça fait un bail.

La main de Logan se crispa sur le combiné.

— Salut, Rudzak.

— Tu n'as pas l'air surpris de m'entendre.

— Je devrais l'être ? Je savais que tu appellerais. La question était juste de savoir quand.

— Comme si tu connaissais la signification du temps. Moi non plus, je ne la connaissais pas, d'ailleurs. Jusqu'à ce que tu me pousses dans cet enfer. C'était comme être enterré vivant, tu vois. Chaque minute comptait comme dix années. Tu sais que mes cheveux sont devenus tout blancs dans cette prison ? Je suis plus jeune que toi, Logan, et j'ai l'air d'avoir vingt ans de plus.

— Comment peux-tu savoir à quoi je ressemble aujourd'hui ?

— Oh ! c'est que j'ai gardé un œil sur toi. Une fois, je t'ai croisé dans la rue. Et je t'ai aperçu à plusieurs reprises à la télévision au cours des deux dernières années. Tu as bien pris soin de toi. Tu cs un grand homme.

— Où est Bassett ?

— Je n'ai pas trop envie de parler de Bassett. Je préférerais qu'on parle de toi... et de moi. Ça fait très longtemps que j'attends ce moment. Et je tiens à le savourer.

— Moi, je ne le savoure pas du tout. Parle-moi de Bassett ou je raccroche.

— Tu ne raccrocheras pas, Logan. Tu resteras en ligne aussi longtemps que je le voudrai. Parce que tu as peur de ce qui pourrait arriver à Bassett si tu raccrochais. Tu n'as pas changé. Tu as toujours cette propension à la douceur. Et je suis heureux de constater que tu n'es pas un homme dur. Cela me facilitera les choses.

— Bassett est vivant ?

— À l'heure où je te parle, oui. Tu me crois ?

— Non. Je veux entendre sa voix.

— Il est encore trop tôt pour ça. Bassett n'est qu'un détail dans un ensemble. L'ensemble de ce qu'il y a entre nous. Tu sais quelle est la première chose que j'ai faite, à ma sortie de prison ? J'ai visité la tombe de Chen Li.

— Le problème, ce n'est pas Chen Li. C'est Bassett.

— Le problème, c'est Chen Li. C'est tout à fait Chen Li. Tu as permis qu'elle soit enterrée dans cette petite tombe toute simple. Cette tombe dégueulasse perdue parmi des milliers d'autres pareilles. Comment tu as pu faire ça, Logan ?

— Elle a été enterrée dignement. Et avec grâce. C'est comme ça qu'elle a vécu.

— C'est comme ça que tu l'as obligée à vivre. C'était une reine, et tu as fait d'elle une personne ordinaire.

— Ne me parle pas d'elle.

— Pourquoi je ne te parlerais pas d'elle ? Quel mal peux-tu me faire, que je n'aie déjà subi ? Est-ce ma faute si tu te sens coupable ? Non. Tu es coupable.

— Et toi, tu es dingue. Un fils de pute complètement dingue.

— Je n'étais pas dingue avant de passer dans cette prison. Peut-être que je le suis devenu. Dans ce cas, c'est à cause de toi. Tu savais que j'avais raison, ça ne t'a pas empêché de me laisser pourrir au fond de ma cellule. Mais je ne suis pas fou, non. Quand tout sera terminé, je pourrai enfin revivre. Tu sais pourquoi j'ai attaqué ces équipements de recherche ?

— Parce que tu savais l'importance qu'ils avaient pour moi.

— Non. Ce n'est pas du tout pour ça. Réfléchis un peu et tu comprendras. Je peux même t'aider. Tu as eu le scarabée ?

— Je l'ai eu.

— Parfait. Je me suis dit que c'était la signature

appropriée, pour Santo Camaro. C'est le premier objet égyptien que j'ai offert à Chen Li. Ce n'était pas une pièce très chère. Ni même importante. Mais cela ne la dérangeait pas. J'étais en mesure de lui en fournir de bien plus considérables, par la suite.

— Des pièces volées. Des pièces que tu obtenais en tuant des gens. Tu crois qu'elle aurait accepté aussi facilement ces objets artisanaux, sachant combien de personnes tu as liquidées pour les obtenir ?

— Mais elle n'en savait rien du tout ! Ces gens ne comptaient pas, de toute façon. Pour moi, elle seule comptait. Et compte encore. Elle mérite ce qu'il y a de mieux. Je lui donnerai toujours ce qu'il y a de mieux.

— Tu parles d'elle comme si elle était toujours en vie.

— Pour moi, elle sera toujours en vie. Chaque minute que j'ai croupi en prison, elle était auprès de moi. Elle m'a permis de ne pas perdre la tête. Je lui parlais. Je lui ai dit toute la haine que tu m'inspirais. Et tout le mal que j'avais l'intention de te faire.

— Tu ne peux me faire aucun mal, Rudzak.

— Oh, que si !

Sa voix glissait à présent comme un murmure soyeux.

— J'ai beau avoir les cheveux blancs, je plairais toujours à Chen Li si elle était là. Je me rappelle la façon qu'elle avait de me caresser le visage. De me dire que j'étais beau et séduisant et tout...

— Ferme-la, tu veux ?

Rudzak émit un gloussement.

— Tu vois comme c'est facile de te faire du mal ? Je te rappellerai. J'ai pris grand plaisir à notre conversation.

Il raccrocha.

Salaud !

Garde ton calme. Se laisser gagner par la rage est contre-productif, de toute façon.

Déjà qu'il n'avait que trop fait plaisir à Rudzak en lui montrant que ses défenses étaient percées. Il faut dire que Rudzak l'avait attaqué par surprise. C'est grâce à l'effet de surprise qu'il avait perçu la douleur et la colère de Logan.

Tu es coupable.

Chen Li.

Ne pense plus à elle. Pense à Bassett. Pense aux coups que Rudzak va te porter.

Ne pense plus à Chen Li.

Rudzac déconnecta son téléphone et considéra la boîte ronde qu'il tenait dans sa main. Il en essuya le couvercle mouillé de pluie. C'était une adorable petite boîte incrustée d'ivoire et de lapis-lazuli. Il croyait savoir qu'elle avait appartenu jadis à une princesse d'Égypte ; il avait embelli cette histoire, quand il avait voulu faire cadeau de l'objet à Chen Li. Il lui avait alors raconté les choses à sa façon :

— Elle appartenait à Meretaten, la fille de Néfertiti. On disait de Meretaten qu'elle était encore supérieure à sa mère en beauté et en intelligence.

— Je n'ai jamais entendu parler d'elle.

Chen Li, devant la fenêtre, présentait la boîte à la lumière, et la faisait tourner pour voir scintiller les pierres bleues sous l'éclat du soleil.

— Elle me plaît beaucoup, Martin. D'où vient-elle ?

— De chez un collectionneur. Au Caire.

— Ça a dû coûter une fortune.

— Pas une fortune. J'ai fait une bonne affaire.

Elle eut un petit rire.

— Tu dis toujours ça.

Rudzak sourit à son tour.

— Je lui ai dit que c'était pour la collection d'une femme qui aurait été reine si elle avait vécu au temps des pharaons. Il n'y avait d'autre règle, alors, que celle qu'ils s'imposaient.

Le visage de Chen Li se rembrunit ; une ombre passait dans son regard. Les choses allaient si bien, jusqu'ici... Il avait peut-être agi trop vite. Il feignit de ne pas comprendre l'hésitation soudainement montrée par la jeune femme.

— Tu as juste voulu être polie, dit-il. En fait, tu ne l'aimes pas vraiment. C'est ça ?

Elle vint se blottir dans ses bras.

— Je l'aime beaucoup. J'aime toujours les cadeaux que tu me fais.

Elle se renversa en arrière et releva la tête pour le regarder. Rudzak vit son propre reflet dans des yeux couleur de nuit – un reflet à chaque fois plus avantageux, presque divin.

Mais Chen Li, elle, l'observait avec une expression incertaine.

— Martin ?

Essaie de ne pas lui faire peur. Jamais elle n'avait été aussi proche de lui. Bientôt, très bientôt, elle serait à lui. Mais il ne fallait surtout pas lui faire peur.

Il lui baisa les doigts.

— Heureux anniversaire, Chen Li.

C'était il y a longtemps. Dans une autre vie. Un des derniers anniversaires qu'il lui avait souhaités. À présent, il considérait la petite boîte, tandis que la pluie, sur son visage, se mêlait à des larmes brûlantes.

— Rudzak.

Il fit demi-tour. Carl Duggan s'approchait.

— J'ai installé le minuteur, dit-il. Il vaudrait mieux partir, que quelqu'un n'aille pas marcher dessus.

— Encore une minute. Je veux laisser un cadeau à Logan.

Avec précaution, il plaça la petite boîte derrière un gros rocher. Là, elle serait protégée de l'explosion. Rudzak murmura :

— Heureux anniversaire, Chen Li.

Repose en paix, Bonnie Duncan.

Les paroles du pasteur habitaient encore l'esprit de Sarah, alors que déjà le cercueil descendait dans la fosse. Seule Bonnie avait trouvé la paix, désormais. Elle observa Eve Duncan. Eve avait auprès d'elle sa fille adoptive, Jane MacGuire, et Joe Quinn. Elle avait enfin retrouvé les restes de son enfant assassinée dix ans plus tôt. Elle les avait enfin ramenés à la maison. Bonnie serait enfin enterrée près de chez elle. C'étaient bien les os de la petite que l'on ensevelissait : les tests ADN venaient de le confirmer.

Eve avait le visage couvert de larmes. La mère, en elle, pleurait. Pourtant, plus que la douleur, son expression réfléchissait un sentiment de paix et de tristesse. Quelque chose s'accomplissait. Bonnie, Eve l'avait pleurée des années auparavant. Le chagrin, elle l'avait connu. Ce qui comptait aujourd'hui, c'était que Bonnie fut ici, auprès d'elle, à la maison.

Mais Sarah, elle, sentit ses paupières la piquer quand elle jeta une rose sur le cercueil.

Au revoir, Bonnie Duncan.

— Je crois que le mieux est de laisser la famille dire tranquillement adieu, murmura John Logan. Allons les attendre au cottage.

Sarah ne s'était aperçue de rien lorsque Logan était venu se placer près d'elle. Elle eut un mouvement de recul.

Logan secoua la tête d'un air désolé.

— Je sais ce que vous ressentez à mon égard. Mais ce n'est pas le moment d'embêter Eve avec ça. Aidons-la plutôt à traverser cette épreuve.

Il avait raison. Cela n'avait guère fait plaisir à Sarah de voir Logan arriver au cottage au volant de sa voiture, quelques heures avant les funérailles ; mais elle n'avait rien trouvé à lui reprocher en ce qui concernait son comportement à l'égard d'Eve et de Joe. Il s'était montré chaleureux et d'un grand réconfort. Quant à sa proposition de laisser la famille seule un instant, elle était le bon sens même. Sarah se détourna de la tombe. Le cottage n'était pas loin, en passant le long du lac. Ils y seraient en quelques minutes. Eve avait choisi pour la tombe de Bonnie un site charmant : le sommet d'une petite colline surplombant le lac.

— Monty n'est pas avec vous ? s'enquit Logan en s'éloignant du même pas qu'elle.

— Je l'ai laissé au cottage. La tombe, ça l'aurait mis dans tous ses états.

— Je comprends. J'avais oublié combien il était sensible.

— Plus que bien des humains.

— Mon Dieu, soupira-t-il en produisant une grimace. Loin de moi l'idée de critiquer votre chien. J'essayais d'être aimable, c'est tout.

— Aimable, vraiment ?

— Bon, j'ai raté mon coup. C'est clair.

— Parfaitement clair.

— Je vais tenter ma chance une seconde fois. Eve m'a raconté : c'est vous et Monty qui avez retrouvé le corps de Bonnie. Elle m'a tout expliqué. Comment vous avez dû explorer chaque centimètre carré du parc national. Comment vous avez fini par découvrir où l'assassin l'avait enterrée.

— On était à deux doigts de renoncer.

— Mais vous n'avez pas renoncé.

— Eve est mon amie.

— Très bien. Et vous ne pensez pas être en mesure de me pardonner. Après tout, je vous ai réunies à nouveau. Même si ma méthode n'était pas des plus scrupuleuses...

— Je ne le pense pas, non, répliqua froidement Sarah. Je n'aime pas que l'on m'oblige à faire quoi que ce soit. Vous êtes mauvais. Aussi mauvais que Madden. Toujours à essayer de manipuler les gens et les situations.

— Je ne suis pas aussi noir que vous semblez vouloir me dépeindre. J'ai tout de même quelques qualités.

Sarah se taisait.

— Je suis patient : c'est une qualité. Je suis raisonnable. Je suis capable d'amitié. Demandez à Eve.

— Ça ne m'intéresse pas. Je ne comprends pas pourquoi vous perdez votre temps à essayer de me convaincre que vous êtes quelqu'un de correct.

Elle plissa les yeux.

— En fait, vous avez une idée en tête.

— Qu'est-ce que vous allez chercher ? dit-il.

Il eut un haussement d'épaules. Puis il reconnut :

— C'est vrai. J'ai une idée en tête. En plus de vouloir vous pousser à admettre que je ne suis pas qu'un fils de pute. Enfin, bon. Tout aurait pu être plus simple. Pour tous les deux.

— Qu'est-ce que vous êtes venu foutre ici ?

— Je suis ici pour la même raison que vous. J'ai voulu réconforter Eve à un moment où elle avait besoin de ses amis.

— Vous ne comptez pas parmi ses amis. Vous avez été son amant. Votre présence ne lui fera aucun bien. Pas plus que vos tentatives pour l'éloigner de Joe. Elle l'aime, sachez-le. Vous, Logan, désormais vous appartenez au passé.

— Je sais. Merci quand même de me le rappeler. Je m'aperçois que si votre chien est un être sensible, ce n'est pas le cas de sa maîtresse. Je ne suis pas venu souffler sur de vieilles braises. Ça vous est à ce point difficile d'admettre que je puisse vouloir le bien d'Eve, et rien que son bien ?

— Rien ne m'oblige à admettre quoi que ce soit, dit Sarah en accélérant le pas. Je vous l'ai dit : je ne me soucie pas de cela. C'est sans importance, si...

— Sarah !

Sarah se retourna. Jane MacGuire dévalait la colline et courait pour les rattraper. Les cheveux roux de la fillette flamboyaient dans le soleil. Elle avait dix ans. Sa figure était pâle et tendue quand elle s'arrêta à côté de Sarah.

— Je peux rentrer avec vous ?

— Bien sûr. Mais tu ne préfères pas attendre Eve ?

Jane fit non de la tête.

— Elle n'a pas besoin de moi. Elle a Joe.

Elle fixa son regard droit devant.

— Aucun des deux n'a envie de m'avoir dans les jambes en ce moment.

Sarah vit tout de suite pointer un problème.

— Tu fais partie de la famille d'Eve, reprit-elle. Elle a toujours voulu t'avoir auprès d'elle.

— Pas aujourd'hui. Je ne lui appartiens pas. Aujourd'hui, c'est tout pour Bonnie.

Elle glissa un regard du côté de Logan et lui lança :

— Tu le savais, hein ? C'est pour ça que tu as voulu éloigner Sarah.

Logan approuva du chef.

— Il y aura au moins eu quelqu'un pour apprécier ma sensibilité à sa juste mesure, soupira-t-il. Cela dit, Sarah a raison. Tu fais partie de la famille.

Jane pinça les lèvres.

— J'ai compris, dit-elle. Tu essaies de me rassurer. Pour que je me sente mieux. Mais je n'ai pas besoin de ta pitié. Je sais bien qu'Eve et Joe se soucient de moi. Mais ce n'est pas comme Bonnie. Je ne suis pas Bonnie. Pour eux, je ne serai jamais Bonnie. Alors, ne viens pas me dire qu'ils ont envie de m'avoir auprès d'eux au moment de dire adieu à Bonnie. Tu ne vois pas comme c'est dur, pour eux, de m'avoir à leurs basques dans un moment pareil ? Tout ce qu'ils veulent, c'est penser à Bonnie. Mais en même temps, ils ne veulent pas me faire de la peine. Ils préfèrent que je me sente bien.

— Va leur parler, suggéra gentiment Sarah.

— Non, répondit Jane.

Elle détourna les yeux et répéta :

— Aujourd'hui, c'est tout pour Bonnie.

Et changeant de sujet, elle enchaîna :

— Je peux aller devant et emmener Monty faire un tour ?

— C'est une excellente idée, acquiesça Sarah.

Troublée, Sarah regarda avec une expression perplexe la fillette s'élancer sur le chemin qui menait au cottage.

— Monty acceptera de la suivre ? demanda Logan.

Elle répondit d'un hochement de tête.

— Il l'adore. Ils ont appris à se connaître à Phoenix. Monty l'aime beaucoup.

— Et vous l'aimez aussi beaucoup. C'est une petite qui ne doit pas se laisser apprivoiser facilement.

— Elle a des airs de gamine, mais à bien des égards elle est plus mûre que nombre d'adultes. C'est toujours comme ça quand on grandit dans des familles d'adoption. Ou dans la rue.

Sarah se mordillait la lèvre inférieure.

— Elle a raison, non ? Sa présence est appelée à créer des tensions entre Eve et Joe.

— Sans doute. Apparemment, Jane possède de bons instincts.

Il épiait chaque réaction de Sarah.

— À quoi pensez-vous ?

— À rien qui vous concerne.

Elle ajouta comme ils atteignaient l'entrée du cottage :

— Vous repartez ?

— Pas tout de suite. Je prendrai la direction de l'aéroport après le déjeuner. Vous embarquez sur le vol de quinze heures, non ?

— Comment le savez-vous ?

— Eve me l'a dit. Au téléphone. Elle m'a dit qu'ils avaient prévu de vous accompagner à l'aéroport. Mais je pourrais vous y conduire moi-même.

— Joe m'emmènera.

— Ne vaudrait-il pas mieux qu'il reste auprès d'Eve ? Partagez ma voiture : vous n'en mourrez pas. L'aéroport n'est qu'à une heure d'ici.

Elle n'en mourrait pas, certes. Le problème, c'est qu'elle n'avait aucune envie d'accepter la moindre faveur de Logan.

Sarah réfléchissait ; et Logan lisait à livre ouvert dans les pensées de Sarah.

— Je ne vous fais aucune faveur, reprit-il. Et vous devriez le savoir, étant donné ce que vous pensez de moi.

En effet, elle imaginait fort bien Logan rendre service à Eve, pas à elle. Pourquoi se donnerait-il la peine de lui être agréable ? Sarah ne comprenait toujours pas pourquoi il avait essayé de renouer le contact avec elle, de jeter un pont par-dessus le gouffre qui les séparait. Mais elle savait une chose : ce n'était pas parce qu'il regrettait sa conduite passée. Logan, une fois prise sa décision, ne regardait jamais en arrière.

— Eve a besoin d'avoir Joe auprès d'elle aujourd'hui, dit-il. Vous le savez aussi bien que moi.

— Et ça vous fait mal, Logan ?

— Si ça me faisait mal, vous en auriez de la peine pour moi ?

— Sûrement pas.

— Je m'en doutais. Bon, alors, je vous emmène à l'aéroport ?

Sarah eut un haussement d'épaules.

— D'accord, finit-elle par dire. Il faudrait que je parte à une heure.

— Je serai prêt, ajouta Logan en secouant vivement la tête. Mais ça ne risque pas d'être trop tard, une heure ? Vous avez Monty à faire embarquer.

— Monty voyage toujours en cabine avec moi.

— Je croyais qu'on ne laissait pas les animaux voyager en cabine. À part les petits animaux et les chiens d'aveugle...

— Il a une autorisation spéciale d'ATF.

Logan sourit.

— S'il ne l'avait pas, j'imagine que vous exigeriez de voyager dans la soute avec lui.

— Vous avez tout compris, répondit Sarah en ouvrant la porte. Je vais aller préparer du café et des sandwiches. Je vois que le révérend Watson arrive. Si vous voulez vous rendre utile, occupez-vous donc de lui. Trouvez quelque chose d'aimable à lui raconter.

— Je suis surpris. Ainsi, vous me croyez capable d'amabilité ?

Oh, Dieu sait qu'il ne s'était jamais montré charmant avec elle. Mais elle l'avait vu à l'œuvre quand il mettait en branle son charisme.

— Je ne vois pas en quoi ça vous surprend, dit-elle en lui lançant un coup d'œil par-dessus l'épaule.

En pénétrant la première dans le cottage, elle ajouta :

— Est-ce que la majorité des Allemands ne voyaient pas en Hitler un homme aimable et sympathique ?

— Merci d'être venue, Sarah.

Eve prit un fauteuil sous la véranda et se tourna vers le lac.

— Je sais que tu étais fatiguée, reprit-elle. Mais c'était important pour moi que tu sois là.

— Ne fais pas l'idiote, dit Sarah. Je voulais venir.

— Bonnie aurait aimé que tu sois là. Ça lui aurait fait plaisir. Après tout, c'est toi qui l'as retrouvée.

— On a eu de la chance.

— Arrête. Tu t'es démenée, c'est tout.

— Ça ne veut pas dire qu'on réussit chaque fois.

Elle essayait de déchiffrer le visage de son amie.

— Ça va ?

— Bientôt, ça ira. Mais pour le moment, je me sens étrange.

Elle regarda le sommet de la colline, de l'autre côté du lac.

— Elle est rentrée à la maison, dit-elle. C'est ce qui est important. Même si elle ne m'avait jamais vraiment quittée, en fait.

Sarah approuva d'un hochement de tête.

— Les souvenirs sont parfois chose précieuse.

— C'est vrai, dit Eve.

Un faible sourire lui flotta sur les lèvres.

— Mais ce n'est pas exactement ce que je voulais dire.

Elle enchaîna en changeant de sujet :

— Je me fais du souci pour Jane.

— Je m'en doutais.

— La plupart du temps, je me dis qu'elle est heureuse avec nous. Elle sait que nous l'aimons...

Elle soupira.

— Mais Jane n'est pas une petite fille facile.

— La situation n'est pas facile non plus, dit Sarah.

Elle reprit après un temps :

— Et si elle venait passer deux ou trois semaines avec moi ? Dans ma cabane ? Qu'est-ce que tu en dis ?

Eve se tut un moment, puis demanda :

— Mais pourquoi ?

— Un changement d'air lui ferait du bien. Elle aime beaucoup Monty. Moi aussi, elle m'aime bien. Je prendrai soin d'elle.

— Je sais.

Eve fronça légèrement les sourcils.

— Elle t'a dit quelque chose à propos de Bonnie ?

— La question, c'est de savoir si elle t'a parlé à toi à propos de Bonnie.

— Non. Pas depuis que tu as retrouvé le corps. Deux ou trois fois, j'ai essayé. Mais elle m'en a empêchée. J'avais espéré qu'aujourd'hui – oh, je ne sais pas. J'ai du mal à réfléchir, là.

— C'est une période d'accommodements, pour vous tous. Il faut que vous trouviez un nouvel équilibre. Pendant des années, vous étiez obsédés par cette idée : retrouver Bonnie, la ramener à la maison. Je sais que vous êtes heureux de savoir qu'elle est revenue auprès de vous, maintenant. Mais il va falloir...

Eve l'interrompit :

— Jane pense qu'elle passe après Bonnie. J'ai essayé de lui expliquer qu'elle se trompait complètement – rien à faire. Elle n'a pas de ressentiment, non. Mais il n'y a pas moyen d'en parler. Elle refuse.

— Elle a eu une enfance vraiment moche. C'est pour ça : il est possible que tu n'arrives jamais à la convaincre. Cela ne vous condamne pas. Vous pouvez très bien vivre heureuses ensemble.

— Ne me dis pas ça. Ce que je veux, c'est qu'elle se vive comme quelqu'un de formidable. Tout le monde devrait pouvoir se vivre comme quelqu'un de formidable.

— Jane *est* une personne formidable. Elle est dure, vive, indépendante. Elle est tellement intelligente qu'elle sait ce que tu ressens en ce moment. Elle sait que tu es bouleversée. Que tu as du chagrin. Elle sait aussi qu'elle ne peut pas t'aider et ça lui fait de la peine. Laisse-moi m'occuper d'elle quelque temps, Eve.

— Je vais y réfléchir, dit Eve en essayant de sourire. Je ne savais pas que le fait de retrouver Bonnie me forcerait à ce genre d'ajustements. Ce n'est pas que je ne me sente pas soulagée, c'est que...

— Ta vie a été conditionnée jusqu'ici par la perte de Bonnie. Maintenant, tu l'as retrouvée.

Eve admit cette vérité.

— Ça va prendre un peu de temps. Mais bon Dieu, je suis heureuse, non ? J'ai Joe. Aussi longtemps qu'il sera là, les choses retrouveront toujours leur place.

Elle se pencha et prit dans la sienne la main de Sarah.

— Aussi longtemps que vous serez là aussi. Mes amis. Toi, Logan.

— À propos, il est temps que je file à l'aéroport. Où est-il, Logan ?

— Il se promène autour du lac.

— Tout seul ?

Eve fit oui de la tête.

— Je préfère. Joe et lui, ce n'est pas le grand amour.

Sarah eut un large sourire.

— Femme fatale, va.

— Eh oui ! dit Eve en se levant. Viens, allons chercher Jane et Monty. Tu vas avoir du mal à les séparer.

— Ce sera moins difficile si tu leur promets qu'ils se reverront bientôt.

— Je vais réfléchir, je t'ai dit.

Elle fit une grimace.

— Tu sais que tu es têtue comme une mule, Sarah ? Comment peux-tu être sûre que c'est une bonne idée de te la confier ? Monty et toi, vous êtes à la merci d'un simple coup de téléphone. On peut vous expédier du jour au lendemain à l'autre bout du monde. Qu'est-ce que tu ferais d'elle, en pareil cas ?

Sarah haussa les épaules.

— On s'arrangerait.

Eve secouait la tête, perplexe.

— D'ailleurs, je me demande comment tu ferais si tu avais un enfant. Parlons-en, des ajustements.

— Le problème est à régler quand il se pose, non ?

— Les chiens et les enfants, ce n'est pas pareil. Les enfants ont une demande plus forte.

— C'est pour ça : je m'en tiens aux chiens. Je suis heureuse de vivre comme ça. Tu m'imagines avec un mari et une marmaille ?

— Non. Pas vraiment. Mais tu dois te sentir seule.

— Seule ? J'ai Monty. Et mes amis. Mon équipe.

— Des gens que tu ne vois pas en-dehors des missions.

— Ça me suffit.

— Ça te suffit ? Et pourquoi ? Pourquoi tu ne te rapproches pas de quelqu'un ?

Sarah sourit à son amie.

— Eve, arrête. Tu essaies de me convaincre que je vis une tragédie, là ? Je ne suis pas comme toi, c'est tout. Je ne traîne pas derrière moi un passé ténébreux. Je suis une femme normale, point. Juste un peu plus égoïste que la moyenne. Mais ma vie me convient parfaitement.

— Tu me conseilles de m'occuper de mes oignons, c'est ça ?

— Tu fais ce que tu veux, mais je m'étonne. Un temps, tu étais la femme la plus isolée de la planète. Tout ça pour venir me raconter maintenant que mon peu d'attrait pour les relations sociales est un problème.

— *Touchée**, répliqua Eve avec un sourire. J'ai peut-être envie que les autres connaissent, eux aussi, ce bonheur que je goûte depuis peu.

Sarah la regarda en penchant la tête :

— Je suis heureuse comme une huître [1], si tu veux tout savoir. Tu sais, je me suis toujours demandé ce que ça voulait dire, cette expression. Est-ce qu'une huître est heureuse, d'abord ? Et de quel bonheur s'agit-il ?

Elle gloussa :

— D'accord, mon bonheur, c'est un peu le même que celui de Monty quand on lui caresse le ventre. Il ne demande rien de plus. Ça va très bien pour lui, quand on lui gratte le ventre.

Une heure moins le quart : il était presque temps de partir.

Logan reprit le chemin du cottage et vit derrière la fenêtre se découper les silhouettes de Sarah et Monty, tels deux êtres issus de l'imagination d'un romancier.

Sauf que Sarah Patrick n'avait rien d'un être de fantaisie. Bien au contraire : elle avait la tête dure et bien sûr les épaules. Elle était du genre qui n'oublie, ni ne pardonne. Elle lui avait ligoté les mains ; il restait maintenant une heure à Logan pour trouver un moyen de l'amener à accepter volontairement de l'aider. Il n'aurait plus ensuite qu'à...

Sonnerie du téléphone mobile.

— J'ai des nouvelles de Rudzak, dit Castleton. Il veut traiter.

Les doigts de Logan se crispèrent sur le téléphone.

— Tu as pu parler à Bassett ?

— Pas encore. Rudzak dit que si tu veux parler à Bassett, il va falloir commencer par trouver cinquante mille dollars. Je suis supposé déposer le fric près des équipements de recherche.

— Et pour le libérer, il demande combien ?

— Ça, il veut en parler directement avec toi.

---

1. Expression parfois employée aux États-Unis.

Logan s'attendait à ce scénario.

— Tu en sais un peu plus, reprit-il, sur l'endroit où il se trouve ?

— Il était convenu que tu t'occupais de ça. Je t'avais donné un tuyau. Ton gars n'a pas encore mis la main sur Sanchez ?

— Il le cherche. Un petit coup de pouce ne lui ferait pas de mal.

— Je fais le maximum, bon Dieu ! Tu rentres quand ?

— Je décolle d'ici cet après-midi.

— En attendant, je fais quoi, pour le fric ?

— Tu le lui donnes. J'ai prévenu Margaret. Elle te fournira ce qu'il te faut.

— Si ça se trouve, il bluffe. Bassett est peut-être mort.

— Donne-lui son fric.

— Et s'il refuse de te laisser parler à Bassett ?

— On s'occupera de ce problème quand il se posera.

Castleton reprit après un instant :

— Je lui ai laissé ton numéro. J'espère que j'ai bien fait.

— Tu as bien fait. S'il manifeste l'intention de me parler, facilite-lui les choses. Je veux qu'on garde le contact. Qu'on maintienne le dialogue. Tant que le dialogue est maintenu, on conserve une chance d'aboutir.

— Je pense qu'il l'a tué, Logan. Qu'est-ce qu'on fait, si j'ai raison ?

— Si Rudzak a tué Bassett, il mourra aussi.

Logan coupa la communication et glissa le téléphone dans sa poche. Il fallait qu'il aille à Santo Camaro. Il avait appris cela des années auparavant : on joue en respectant les règles, au fur et à mesure et, malgré tout, la partie tourne parfois mal.

Il leva les yeux vers Sarah et Monty qui attendaient sous la véranda. Ça sentait mauvais. Il n'avait plus de temps. Il reprit son téléphone et composa rapidement un numéro.

— Prends soin de toi.

Logan se pencha vers Eve et lui effleura le front d'un baiser avant de monter en voiture.

— Si tu as besoin de quoi que ce soit, tu m'appelles.

— Je me sens bien, dit-elle.

Elle ajouta à l'adresse de Sarah déjà installée sur le siège du passager :

— Je te dirai, pour Jane.

— Il faut que je reparte directement pour Washington. Mais je ne devrais pas être prise là-bas plus d'un ou deux jours. Après, je serai dans ma cabane.

Eve agita la main et recula d'un pas. Logan démarrait.

Sarah se retourna. Eve les regardait s'éloigner. Ses yeux ne quittaient pas la voiture qui descendait l'allée gravillonnée. L'espace d'un instant, elle parut terriblement seule ; puis Joe apparut à la porte du cottage, s'approcha d'elle et lui mit la main sur l'épaule. Non, Eve n'était pas seule. Elle avait Joe. Elle avait sa mère. Elle avait Jane. Plus jamais elle n'aurait à souffrir de la solitude, sauf à le vouloir. Mais cette vérité- là ne valait-elle pas pour tout un chacun ? La vie consiste à faire des choix. Et la solitude fait partie de ces choix.

Sarah se demanda ce que signifiaient les pensées qui la traversaient maintenant, alors que la voiture s'éloignait du cottage et du lac. Non, elle n'était pas seule. Ainsi qu'elle l'avait expliqué à Eve, elle avait Monty et un travail qui occupait tout son temps. Elle n'avait besoin de rien d'autre. Ni de personne d'autre.

— Qu'est-ce qu'elle voulait dire à propos de Jane ? demanda Logan.

— Je pourrais prendre Jane chez moi. Quelques semaines.

— Quand ?

— Dès que possible.

— Non.

Sarah tourna vers lui un regard surpris.

— Comment ça, non ?

— Pas maintenant.

— Qu'est-ce qui vous prend ? C'est maintenant qu'Eve a besoin d'aide. Plus vite elle pourra... Mais pourquoi faut-il que je vous parle de ça ? Ce ne sont absolument pas vos affaires.

— Ce sont mes affaires. Moi aussi, j'ai besoin de votre aide. Et j'en ai besoin tout de suite.

L'arrogance de ce fumier dépassait l'imagination.

— Allez-y, Logan. Videz votre sac.

— Je vous donnerai ce que vous voulez. Quelle que soit la somme. Dites un prix.

— Vous n'êtes pas assez riche, Logan.

Il pinça les lèvres.

— Je craignais cette réponse, dit-il. Excusez-moi. Le problème, c'est que je ne peux pas vous laisser filer. J'ai absolument besoin de vous pour ce boulot, Sarah. C'est d'une importance capitale.

— C'est d'une importance capitale pour vous. Et ce dont vous avez absolument besoin, il se trouve que je n'en ai rien à cirer.

— Je sais. C'est la raison pour laquelle j'ai téléphoné à Todd Madden. Je lui ai demandé de s'arranger pour qu'ATF me prête Sarah Patrick.

Sarah était abasourdie.

— Quoi ?

— Vous avez très bien entendu.

— Mon Dieu ! Ainsi, vous recommencez.

— J'aurais préféré l'éviter.

Il haussa les épaules.

— Mais je ne pouvais pas faire appel à vous, puisque vous me gardez rancune.

— Vous ne garderiez pas rancune, vous ? Si quelqu'un vous forçait à faire quelque chose, vous ne le lui pardonneriez pas non plus. Vous n'oublieriez jamais.

— Je ne suis pas en train de dire que je ne vous comprends pas. Je vous explique, c'est tout. Je vous explique pourquoi j'ai appelé Madden. Il m'a chargé de vous demander de laisser tomber la conférence de presse. Monty et vous, vous m'appartenez aussi longtemps que j'aurai besoin de vous.

La surprise passée, Sarah se sentait gagnée par la colère.

— Vous pouvez toujours rêver, lança-t-elle.

— Madden m'a garanti votre obéissance totale.

— Que lui avez-vous promis en échange ?

— Ma gratitude. Et tout ce qui va avec en matière d'influence et autre. Votre sénateur Madden est très ambitieux, non ? Il ne lorgne pas un poste de secrétaire d'État[1] ?

— Je n'arrive pas à croire qu'il ait pu annuler la conférence de presse. Il aime trop voir sa bobine dans les journaux.

— Oh, il est sûr que j'ai dû user de persuasion !

— Espèce de fils de pute !

— Mon souci, c'était que vous réagissiez en m'envoyant sur les roses, en dépit des ordres de Madden. Mais il m'a affirmé que vous n'avez pas les moyens de lui refuser quoi que ce soit.

Il se pencha vers elle.

— Il vous tient, c'est ça ? Il a quelque chose sur vous ?

---

1. Aux États-Unis, un poste de secrétaire d'État correspond à un poste de ministre en France.

— Qu'est-ce que ça peut vous faire ? La dernière fois, vous vous en fichiez de savoir comment Madden s'y prenait pour m'obliger à vous obéir. Tout ce que vous vouliez, c'était des résultats. Aujourd'hui, c'est pareil.

Elle en tremblait de rage.

— Alors, c'était pour ça. C'est pour ça que vous êtes venu.

— Je suis venu parce qu'Eve avait besoin de moi. Vous et moi, nous sommes venus ici pour la même raison.

— Sauf que vous, vous saviez que je serais là. Deux oiseaux, une seule branche.

— C'est vrai. Je savais vous trouver ici.

— Qu'est-ce que vous attendez de moi ? Un autre cadavre à retrouver, c'est ça ?

— Pas un cadavre. Une personne qui devrait encore être en vie.

Il lui jeta un regard en biais.

— Je sais que vous avez horreur de pousser Monty à retrouver des cadavres. Ça devrait vous faire plaisir : Monty et vous allez travailler à retrouver quelqu'un de bien vivant.

— Ça devrait me faire plaisir ?

— D'accord, le mot est mal choisi. J'essaie seulement d'éclairer sous un jour tolérable une mauvaise situation.

— Ce n'est pas tolérable.

— Il va bien falloir que ça le devienne.

— Je vous emmerde, dit-elle en prenant son téléphone.

Elle composa le numéro de Madden et s'écria dès qu'il fut en ligne :

— Qu'est-ce que tu me fais, là ? On peut savoir ?

— C'est pour la bonne cause, Sarah, répondit Madden.

— Quelle bonne cause, bon Dieu de merde ?

— Logan dit que ce boulot est très important. Et qu'il n'y en aura pas pour longtemps.

— La chose t'a-t-elle seulement effleuré que Monty et moi sortons tout juste d'un boulot qui nous a foutus à plat ? Nous devons nous reposer.

— Vous devez faire ce que je vous demande. Je suis certain que Logan prendra soin de vous. Fais-moi savoir quand tu seras disponible à nouveau.

Il coupa la communication.

Sarah était si crispée sur le téléphone que ses phalanges avaient pris une teinte blanche. Deux fumiers. Elle était coincée entre deux authentiques fumiers.

— Alors ? reprit Logan. Vous voilà rassurée ?

— Je voudrais pouvoir le castrer de mes mains, répondit-elle.

Elle le foudroya du regard.

— Et vous aussi.

Logan simula un frisson et enchaîna :

— J'en conclus qu'il a confirmé ce que je vous ai dit. Bon, on peut parler du boulot, maintenant ?

Sarah s'efforçait de se maîtriser. Cela faisait déjà pas mal de temps qu'elle s'était résignée à cette idée : elle n'arriverait jamais à avoir le dessus avec Madden. Il avait trop d'atouts en main. Mais bon Dieu ! elle haïssait de toutes ses forces une autre idée, celle d'être à la merci de Logan. Soudainement, elle avait envie de cogner. Envie de cogner quelqu'un. Non – envie de cogner Logan.

Sur le siège arrière, Monty poussa un gémissement, Sarah se retourna pour le caresser.

— Ça va aller, lui dit-elle. Tout va bien.

— Non, dit Logan. Tout ne va pas bien. Mais vous allez faire en sorte que. D'accord ?

— Allez vous faire foutre.

Monty gémit de nouveau.

— Chut...

Logan sourit.

— Il sent que vous êtes contrariée. C'est un bon chien.

— Je devrais le jeter sur vous. Qu'il vous prenne à la gorge. Vous savez à quel point il est fatigué ?

— Je n'ai pas l'impression d'avoir affaire avec lui à un chien de garde particulièrement méchant.

— Il lui arrive de faire exception. Quand il me sent en danger...

— Vous n'êtes pas encore en danger.

Elle le dévisagea.

— Pas encore ?

Le sourire de Logan s'évanouit.

— C'est un boulot qui comporte certaines difficultés, dit-il. Mais je ferai tout mon possible pour préserver votre sécurité à tous les deux.

— Qu'est-ce que vous attendez de moi ?

— J'ai besoin de vous et de Monty pour retrouver un de mes employés. Un homme qui s'est fait kidnapper. Une de mes installations de recherche, en Colombie, a été attaquée. Quatre de mes employés ont été tués. Tom Bassett, lui, a été emmené comme otage.

— Qui l'a enlevé ? Vous le savez ?

— Martin Rudzak. Un type très, très mauvais.

— En quel sens, mauvais ?

— Aussi mauvais que possible. Il est mêlé à peu près à tout, depuis le trafic de drogue jusqu'au terrorisme.

— Le terrorisme ? Pourquoi il s'en est pris à vous ?

— À cause d'un problème vieux de quelques années. Du temps où j'étais au Japon. On a eu un vilain accrochage, disons. Il ne me porte pas dans son cœur.

— Alors, c'est vous qu'il aurait dû kidnapper.

— Je sais, vous auriez préféré. Mais il a enlevé Bassett et il y a des raisons à ça.

— Des raisons que vous allez m'expliquer.

— Pas pour le moment.
— Je ne fais pas dans la traque des criminels, Logan.
— Vous travaillez pour ATF.
— Mon boulot, c'est les opérations de sauvetage. Les secours.
— Eh bien, vous allez pouvoir porter secours à Bassett.
— Payez la rançon. Vous avez plein de fric.
— Quand j'aurai payé, Bassett sera tué. Il y a de grands risques pour ça. Non, il faut le retrouver. Et le ramener.
— Et je fais comment pour le retrouver ? Vous savez seulement où il est ?
— Pas encore avec précision. Je sais seulement qu'il est dans la jungle colombienne, près de Santo Camaro.
Sarah écarquilla les yeux.
— En Amérique du Sud ?
— D'après mes dernières informations, oui.
— Vous voulez m'envoyer en Amérique du Sud. Vous voulez que j'aille m'enfoncer dans la jungle et que j'essaie de le retrouver là-bas...
— J'ai quelqu'un qui travaille à affiner la localisation de Rudzak. J'espère recevoir d'autres informations, le temps qu'on ait gagné la Colombie.
— C'est-à-dire quand ?
— Tout de suite. Mon avion nous attend à l'aéroport d'Atlanta.
— Et vous croyez que je vais sauter dans cet avion ? Vous croyez que je vais vous accompagner humblement...
— Pas humblement. Jamais humblement.
Elle prit une grande inspiration.
— Vous ne m'obligez pas seulement à risquer ma vie. Mais celle de Monty, en plus. Quand ces salauds

auront compris que Monty est sur leur piste, ils le tueront. C'est la première chose qu'ils feront.

— Je redoublerai de prudence en ce qui concerne Monty et vous. Tout sera mis en œuvre pour vous protéger.

— Et vous espérez que je vais vous faire confiance ?

Il secoua la tête.

— Bien sûr que non. Pourtant, vous le devriez.

— Je ne vous ferai jamais confiance. Vous vous servez des gens, c'est tout. Après, vous les jetez. Exactement comme Madden. La seule personne qui puisse veiller sur la sécurité de Monty, c'est moi. Les gens, vous vous en fichez, ou alors...

Elle se tut brusquement. Pourquoi batailler ainsi ? Elle savait qu'elle n'avait pas le choix. Logan et Madden l'avaient acculée.

— Il y en a pour combien de temps ?

— Je ne sais pas.

Sarah ferma les yeux. Un sentiment de rage et de frustration se déversait en elle.

— Je vais faire ce boulot. Je retrouverai votre bonhomme.

Rouvrant les yeux, elle ajouta d'une voix douce et cependant venimeuse :

— Mais je trouverai aussi une façon de vous coincer. De sorte que si jamais Monty venait à se faire tuer, vous regretteriez d'être venu au monde.

— Je vous crois sur parole.

Il s'engagea sur la voie qui menait à l'aéroport.

— Vous savez, reprit-il, j'avais beau avoir Madden sous la main, je n'étais pas sûr que vous accepteriez de venir avec moi. J'ignore de quelle façon il vous tient. Ça doit être un sacré truc. Vous ne voulez pas me dire quoi ?

— Allez vous faire voir, Logan.

3

— Voilà plus d'une heure qu'on a décollé, dit Logan. Ce serait sympa si vous pouviez prononcer un mot ou deux. Ou trois.

— On s'est dit tout ce qu'on avait à se dire. De plus, je ne me sens pas super en forme, vous voyez.

— Vous voulez manger quelque chose ?

— Non.

— Et Monty ? Vous ne croyez pas qu'il a faim ?

— Monty ne mange que deux repas par jour. Je l'ai nourri au cottage.

Sarah se lova dans le large siège de cuir et se tourna vers le hublot.

— Vous n'avez pas à vous faire du souci pour Monty. Je me suis toujours très bien occupée de lui.

— C'est évident. J'essayais seulement de me montrer un hôte aimable et prévenant.

— Je leur donne à bouffer et je les expédie en première ligne, c'est ça ?

— Je ne peux donner que ce que j'ai, soupira Logan. Comme la plus belle femme du monde. Je vous ai dit que j'essaierais de tout faire pour vous protéger.

— Essayer, ça ne suffit pas.

Elle se pencha pour flatter la tête de Monty.

— Vous savez ce que je pense ? ajouta-t-elle entre ses dents. Je pense que ce n'est pas vous qui faites courir un danger à mon chien. C'est moi. Puisque c'est mon chien. Au bout du compte, c'est toujours moi qui suis en cause. Lui, il ne dira jamais non. Si c'est moi qui ai pris la mauvaise décision, c'est à moi d'en assumer la responsabilité.

— Même si je vous ai imposé votre décision par un chantage ?

— Ça, c'est ce qui fait de vous un salaud, c'est tout. Mais la décision finale me revient.

Logan réfléchit un instant, puis reprit :

— Vous me trouvez ce camp et vous êtes libre. Vous aurez fait votre boulot. Vous serez à un kilomètre de toute ligne de feu. Il ne pourra rien vous arriver. Ni à vous ni à Monty.

— Je sais, répliqua-t-elle d'un ton sarcastique. Vous allez essayer de nous protéger.

— Non. Il n'arrivera rien. Vous avez ma promesse.

Elle se détourna du hublot pour regarder Logan dans les yeux.

— Vous ne me croyez pas ? dit-il.

— Je devrais ?

— Je suppose que non. Il arrive que la fatalité s'en mêle. Alors, personne ne peut plus rien faire. Mais si je suis toujours en vie quand nous sortirons de cette jungle, vous le serez aussi. Et Monty, pareil.

Il fit une grimace avant d'ajouter :

— Et croyez-moi, ce n'est pas une promesse facile. J'ai un instinct de conservation très développé.

Il se leva.

— Je vais jusqu'au cockpit. Un mot à dire au pilote. Vous devriez en profiter pour me dresser une liste de ce dont vous avez besoin pour effectuer le boulot. Ensuite, j'appellerai mon assistante. Je veux m'assurer que vous serez bien accueillie à Santo Camaro. Vous trouverez un bloc et un crayon dans le tiroir de ta tablette. J'en ai pour un quart d'heure, vingt minutes. Je ne vous manquerai pas beaucoup, de toute façon.

— Vous ne me manquerez pas, confirma-t-elle.

Elle le regarda remonter l'allée en direction du cockpit, puis elle prit le bloc et le crayon. Elle commença à préparer sa liste. Pourquoi s'était-elle bagarrée si dur pour le convaincre de les protéger ? Elle et Monty ne représentaient rien pour lui. Ils n'étaient que des instruments pour parvenir à ses fins. Pourtant, l'espace d'une minute, elle avait pris ce qu'il disait pour argent comptant. Elle avait croisé bien des bureaucrates corrompus dans sa vie, et bien des représentants du pouvoir, dans toutes sortes de sites dévastés aux quatre coins du monde, aussi s'estimait-elle capable de reconnaître la sincérité lorsqu'elle se manifestait.

Mais Logan ? Était-elle vraiment capable de voir clair en lui ? Cet homme devait être rompu à l'art de la manipulation, puisqu'il siégeait dans une centaine de conseils d'administration. Peut-être ne faisait-elle pas le poids.

« Des conneries », soupira-t-elle. Soit elle se fiait à sa propre capacité de jugement, soit elle ne s'y fiait pas. Logan était peut-être un fils de pute intégral, mais il pouvait aussi avoir gardé une trace de bienveillance susceptible d'être exploitée.

Sa liste était prête. Sarah ferma les yeux. Exploiter ! Elle ne voulait rien exploiter, ni personne. Tout ce qu'elle voulait, c'était rentrer à la maison, oublier Logan et Madden. Oublier aussi leurs affaires.

— Café ?

Elle rouvrit les yeux. Logan lui tendait une tasse fumante.

Il exprima un vague sourire.

— Ce n'est que du café, ne vous inquiétez pas. Vous ne mangez pas à la table de votre ennemi. Et vous pouvez compter sur moi si vous avez besoin de quelque chose. Nourriture, boisson, fric.

Il baissa les yeux vers Monty.

— Pas vrai, mon vieux ?

Monty agita la queue et roula sur le dos.

Logan se pencha et lui gratta le ventre. Le chien poussa un cri léger venu du fond de sa gorge.

— Traître, murmura-t-elle.

Logan, surpris, haussa les sourcils.

— Quelque chose m'aurait échappé ? dit-il.

— Vous croyez peut-être qu'il suffit de flatter mon chien pour me convaincre que vous êtes un mec bien ?

— Mais il a l'air de bien m'aimer, votre chien !

— Ne vous faites pas d'illusions. Monty aime tout le monde. C'est un golden retriever, non ? Une race connue pour être affectueuse... même envers ceux qui ne le méritent pas.

Elle baissa les yeux vers Monty et grimaça. Pas de discrimination.

Le chien regardait Logan comme s'il voulait appuyer les propos de sa maîtresse...

— Je me sens exclu, dit Logan en donnant d'autorité à Sarah la tasse de café. Les rapports que j'ai lus sur votre compte disent que vous êtes pratiquement capable de lire dans les pensées de ce chien. Je commence à croire qu'il lit dans les vôtres, lui aussi. Buvez votre café tranquillement. Je vais chercher de l'eau pour votre cher ami.

Sarah n'eut pas le temps de discuter. Logan s'éloignait déjà vers le bar.

Monty se recroquevilla sur son ventre. *C'est bien*. Cette fois, c'est à Sarah qu'il « parlait ».

Tout en l'ignorant, Sarah avala, à petites gorgées, le café qu'elle avait eu la tentation de refuser. Mais elle se sentait si fatiguée ! Elle avait de la peine à réfléchir. Et il y avait du vrai dans ce que disait Logan. Il se servait d'elle, d'accord, mais rien ne l'empêchait, elle, de se servir de lui. Elle se crispa tout soudain. Une pensée venait de la visiter. Mon Dieu et pourquoi pas ? Elle restait là, à s'apitoyer sur elle-même, alors qu'elle tenait peut-être une occasion de...

— Parfait, dit Logan. Je craignais que vous ne m'ayez renversé ce café par terre...

Il apportait un élégant bol en porcelaine qu'il déposa aux pieds de Monty.

— Content de voir que vous devenez raisonnable.

— C'est ça, être raisonnable ? répliqua-t-elle. Faire ce que vous attendez de moi ?

Elle but une nouvelle gorgée.

— J'en avais envie, de ce café. Alors je l'ai bu. Je ne vais pas me mettre à faire des manières...

— Et Monty, pourquoi il ne boit pas ?

— Il n'accepte pas de boisson ou de nourriture si ça ne vient pas de moi.

Elle se pencha et toucha le bord du récipient. Monty se mit à boire avec avidité.

— C'est fin, comme porcelaine. Il pourrait la casser. Il a tendance à repousser son bol quand il est vide.

— Je n'en ai pas d'autre. Et Monty mérite ce qu'il y a de mieux, non ?

— C'est vrai. Merde pour votre porcelaine !

Elle parcourut des yeux la luxueuse cabine du jet.

— Je n'avais encore jamais vu un avion aussi beau, dit-elle.

— J'aime le confort. Je voyage tout le temps. Et il n'y a rien de plus pénible que de débarquer d'un avion fatigué et irrité. Une erreur de protocole, un faux pas dans une affaire financière, et c'est tout le voyage qui est à l'eau.

Il se rassit à côté d'elle et enchaîna :

— Au fait, ça vous arrive souvent de monter dans des jets privés ?

— De temps en temps. Il est rare que le gouvernement paie le transport des équipes de recherche et de sauvetage. L'administration ne nous donne que dalle.

Elle pinça les lèvres, l'air contrarié.

— Ça ne les empêche pas de tirer publiquement avantage de ce qu'on fait. On dépend énormément des entreprises privées pour nos déplacements.

— Ça m'étonne. Ils prévoient des milliards de dollars pour l'aide à l'étranger et ils n'ont pas un rond pour les secours ?

Sarah haussa les épaules.

— On se débrouille. Mais c'est sûrement mieux comme ça. Que le gouvernement ne soit pas impliqué, je veux dire. Ça évite d'avoir à remplir des formulaires en triple exemplaire et de travailler sous conditions.

Logan se tut un moment, puis ajouta :

— Comme celles que Madden vous impose, par exemple ?

Sarah accusa le coup.

— Vous non plus, répliqua-t-elle, vous n'oubliez pas d'imposer vos conditions. Vous êtes des gens de pouvoir tous les deux.

Il se hâta de changer de sujet :

— Vous avez un boulot à ATF. Ils vous paient pour aller sur des catastrophes, non ? Avec Monty...

— Seulement quand la catastrophe est due à des explosifs. ATF ne reçoit pas de missions de recherche. Ni de secours.

— Et vous travaillez pour eux ?

— Il faut bien vivre.

Elle regarda par le hublot.

— Au bout d'un an, poursuivit-elle, mes liens avec ATF n'étaient pas très étroits. Monty et moi avons eu l'autorisation de participer à des fouilles comme volontaires. À des opérations de secours. D'autres fois, on nous prêtait aux services de police dans les affaires spécialement difficiles.

— Comme les fouilles pour retrouver des corps ?

— Oui.

— Pourquoi avoir accepté ces affaires que vous détestez ? Alors que j'ai dû me bagarrer pour obtenir que vous acceptiez d'aider Eve ?

— J'ai fait ce que j'avais à faire.

Sarah se murait dans ses pensées et Logan essayait de les percer à jour.

— Pourquoi ? répéta-t-il. Je ne comprends pas. Vous n'aviez qu'à démissionner.

— J'ai déjà répondu : il faut bien vivre.

— Ce n'est pas ça, avança-t-il avec prudence. Je ne crois pas que ce soit la véritable raison. Vous menez une vie très simple. Et c'est ce qui vous plaît, du reste. Je vous ai offert un joli paquet de fric pour ce boulot. Je vois bien que ce n'est pas l'argent qui vous motive. C'est quoi ? Du chantage ? Quel crime pouvez-vous bien avoir commis pour vous retrouver coincée dans les griffes de Madden ?

Elle le regarda droit dans les yeux.

— J'ai déjà tué un fumier de manipulateur qui fourrait son nez dans mes affaires.

Logan émit un gloussement.

— Pardon. Je suis affligé d'un esprit inquisiteur. Vous êtes une énigme intéressante, Sarah. Pas moyen de résister à l'envie de vous percer à jour.

— Vous espérez avoir une prise sur moi ?

Le sourire de Logan retomba.

— Non, dit-il.

— Tu parles ! Vous êtes toujours à réfléchir. À peser les avantages et les inconvénients. Les bons coups et les coups ratés. Là, c'était raté.

— Je n'avais pas d'autre choix...

— On a toujours le choix. Vous nous avez choisis, Monty et moi. Et ce choix pourrait se révéler le pire pour vous. Parce que s'il arrive jamais quelque chose à Monty, je vous descends. Et je vous découpe en morceaux.

Elle avala sa dernière gorgée de café.

— J'étais là, ajouta-t-elle. À réfléchir tranquillement. Vous débarquez en disant qu'il faut coopérer. Vous voulez que je vous aide à retrouver ce Bassett. Pourquoi ? Je n'en sais rien. Vous êtes peut-être très malin. Vous vous dites peut-être que le fait de travailler ensemble augmentera les chances de succès...

— Oubliez l'idée que je pourrais ne pas aimer le recours à la force.

— Ça ne m'a jamais effleurée. Vous vous accrochez, comme Madden. Si la force est nécessaire, alors vous vous pointez avec votre machette.

Elle pinça les lèvres.

— J'en ai marre qu'on se serve de moi. C'est la dernière fois. Vous ne m'aurez plus. Ni vous ni Madden.

— Vraiment ?

— Vous voulez que je coopère, alors je vais coopérer. Je vais le retrouver, votre bonhomme. Mais je veux une rétribution.

— Je vous ai dit que vous auriez tout l'argent que vous voudrez.

— Je ne veux pas d'argent. Je veux que Madden sorte de ma vie.

Logan garda un moment le silence, puis reprit :

— Il doit être très déplaisant, je n'en doute pas. Mais j'espère que vous n'êtes pas en train de me demander de lancer un contrat sur sa tête. Ce serait assez maladroit.

— Et si c'était le cas ? demanda Sarah sur le ton de la curiosité.

— Alors, il faudrait que je réfléchisse.

Sarah écarquilla les yeux. Ainsi Logan considérait la chose comme pouvant être examinée !

— Ne soyez pas idiot, reprit-elle. Tout ce que je

veux, c'est qu'il sorte de ma vie. Et qu'il n'ait plus les moyens de faire pression sur moi.

— Me voilà soulagé. Mais vous ne croyez pas que vous feriez mieux de me dire quel est son moyen de pression sur vous ?

Sarah ne répondit pas.

— Je m'en doutais, reprit-il. Vous n'avez pas confiance en moi. Vous craignez que j'aie pris les rênes des mains de Madden, c'est tout. Est-ce que vous avez seulement envisagé ce risque ?

— Je l'ai envisagé. Ça fait partie du contrat. Je suis libre vis-à-vis de vous deux.

— Alors, on dirait que vous me faites plus confiance qu'à Madden...

— Eve vous fait confiance. Peut-être que vous tiendrez parole. Et une fois que ce boulot sera accompli, je ne vous serai plus d'aucune utilité. Vous pourrez vous permettre de me laisser filer.

— Exact. Mais je ne pourrai pas vous aider si vous me laissez dans le noir.

— Le moment venu, je vous expliquerai, d'accord ?

— Qu'est-ce qui vous fait croire que je vous aiderai ?

— J'aurais dû me débarrasser de Madden depuis des années. Il me manquait un coup de pied aux fesses, c'est tout. Ça vous va ? Ça peut faire un deal ?

Logan approuvait lentement.

— Aussi longtemps que vous travaillerez pour moi et que vous ferez de votre mieux, Madden restera en dehors de votre vie. Que j'aie retrouvé Bassett ou non. Vous avez ma parole.

Elle ne put réprimer un mouvement de surprise.

— Je ne suis pas vraiment le salaud que vous croyez, reprit-il d'un ton plus dur. Demandez à Eve. Vous l'avez dit vous-même : elle a confiance en moi.

— Eve est partiale. Vous avez été amants. Vous ne

l'avez sûrement pas traitée comme vous traitez tout le monde.

— Ouais. J'ai fourni un énorme effort pour la traiter comme un être humain. Ça m'a demandé beaucoup.

Il se leva.

— J'ai des coups de fil à passer. Prenez le canapé et essayez de dormir un peu. Les choses sérieuses commenceront dès l'arrivée à Santo Camaro.

Il prit la liste sur la tablette.

— C'est tout ce dont vous avez besoin ?

— C'est tout.

— Je vais m'en occuper.

Il s'éloigna.

Elle savait qu'elle l'avait contrarié. Et il avait réagi d'une façon peu habituelle : en homme vulnérable. Avait-elle eu tort de le prendre jusqu'ici pour un être dur comme l'acier ? Peu importe, se dit-elle, que Logan ait le cœur dur ou le cœur tendre. Le principal, c'est qu'il puisse me débarrasser de Madden.

Madden ! Vivre sans cette épée de Damoclès...

À cette idée, Sarah se sentit soulagée et elle en fut surprise. Des années durant, elle avait mené une vie sans espoir. Soudain une possibilité s'offrait. Elle n'avait plus qu'à la saisir. Qu'elle gagne ou qu'elle perde, Madden allait sortir de son existence. Il suffisait pour cela qu'elle fasse le boulot. Logan lui avait donné sa parole.

Monty laissa échapper un léger gémissement. Il posa la tête sur les genoux de sa maîtresse. Il devinait que quelque chose l'excitait.

— C'est le moment ou jamais, vieux, lui murmura-t-elle à l'oreille. Sauf si c'est un menteur, on devrait s'en sortir au mieux.

Bien.

Il lui « parlait » à nouveau.

— Non, ce n'est pas bien. Mais peu importe. Il faut qu'il tienne parole, c'est tout.

Bien.

Chien têtu. Sarah se leva et alla s'étendre sur le canapé.

— Allez, dit-elle, prenons un peu de repos. Essayons de débarquer en superforme, de faire rapidement ce boulot et de rentrer à la maison.

Monty s'installa au pied du canapé mais laissa errer son regard vers le fond de la cabine, là où Logan avait disparu.

Bien...

— Alors, tu l'as eue ? demanda Margaret.

Logan venait de lui communiquer la liste.

— J'espérais que tu raterais ton coup.

— Je sais, répliqua Logan. Tu me l'avais bien fait comprendre. En attendant, dégote-moi tout ce que tu pourras trouver au sujet de Madden. Je veux un rapport complet.

— Complet ? En quel sens, complet ?

— Je veux les noms de tous les gosses qu'il a agressés au jardin public.

— Ah, ce genre de choses ! J'en conclus que nous n'allons plus faire équipe avec lui très longtemps.

— Il est membre du comité fondateur d'ATF, mais je crois pas que ce soit ça qui lui permette de tenir Sarah Patrick dans ses filets. Il y a autre chose.

— Ça change quoi, puisque tu as réussi à la faire travailler pour toi ?

— Ça change tout. J'ai des messages ?

— Galen. Il a appelé de Bogotá. Il attend que tu le rappelles, mais ce n'est pas urgent.

— Je vais le rappeler tout de suite. Il a parlé d'un problème particulier ?

— Non. Il m'a seulement demandé de te dire que l'équipe est en place...

Elle se tut un instant avant d'ajouter, comme à contrecœur :

— Tu sais, je l'aime vraiment beaucoup.

— Et ça te surprend ? Oui, bien sûr. Ça te surprend. En principe, Galen, ce n'est pas spécialement ton genre. Il viole ton code.

— C'est vrai. Mais Galen... n'est pas comme les autres.

— Aucun doute là-dessus. Des nouvelles de Castleton ?

— Aucune. Ça va prendre un moment de réunir ces sales infos sur Madden. C'est un homme politique. Les hommes politiques ont l'habitude d'enterrer leurs cadavres très profond.

— Fais au mieux.

— Et le clébard ?

— Plus facile à vivre que Sarah.

— Tu ne vas tout de même pas reprocher à Sarah de...

— Je te rappelle de Santo Camaro.

Dès qu'il eut mis fin à la communication, Logan composa le numéro de Galen.

— Qu'est-ce qui se passe ?

— On ne dit plus bonjour ? répliqua Galen d'une voix traînante. Rien, pas un mot. Après toutes ces années passées à Tokyo, je pensais que tu aurais appris les bonnes manières.

— Tu l'as localisé ?

— Est-ce que j'ai jamais échoué quand tu m'as demandé quelque chose ? Je l'ai localisé. Approximativement. Mais Sanchez dit que Rudzak déménage tous les jours. De plus, il a l'intention de dresser un faux camp. Un piège. Un appât.

— Il faut trouver tout de suite le bon camp. Le camp principal. On ne peut plus se permettre de perdre du temps. Si on ne se dépêche pas, on va se retrouver avec un otage mort sur les bras. Tu es sûr que Sanchez dit la vérité ?

— Là, tu me fais vraiment de la peine. Non seulement tu ne connais pas les bonnes manières, mais en plus tu doutes. Je veux bien que Sanchez ait fait preuve d'obstination, mais il a fini par se rendre à la raison.

— Il veut du fric ?

— Non. Sanchez est quelqu'un qui gagne des sommes fantastiques avec le trafic de drogue. On nage dans les millions, par ici. En fait, l'idée, c'était de convaincre cet enfoiré que son intérêt est d'être avec moi plutôt qu'avec Rudzak. Eh bien, tu ne me croiras pas : il n'avait pas l'air de prendre tout ça au sérieux.

— J'imagine que ça n'a pas traîné.

— Il m'a fallu presque une demi-heure pour arriver à mes fins.

— Tu vieillis.

— Des insultes, maintenant ?

Il produisit une série de sons entre ses dents, puis reprit :

— Pendant que j'y étais, j'ai procédé à ta petite recherche. Cette corvée...

— Alors ?

— Confirmé.

Les doigts de Logan se crispèrent sur le téléphone.

— Le fils de pute !

— Tu veux que je m'en occupe ?

— Non. Je m'en occuperai moi-même.

Bon Dieu ! C'était sûr. Il enchaîna :

— Pour en revenir à Sanchez : qu'il ne se lance pas à la poursuite de Rudzak.

— Il ne le fera pas. Je l'ai expédié à l'étranger avec une mallette pleine de fric appartenant à Rudzak. De l'argent à blanchir. Tout est ficelé.

— Parfait, dit Logan. On ne va pas tarder à atterrir à Santo Camaro.

— Je suis déjà en route. Je devrais arriver dans une heure. Je vais contacter Castleton pour qu'il aille te chercher à l'aéroport.

Logan coupa la communication. La machine était lancée. Comme d'habitude, Galen avait réussi. Il avait déniché l'information dont il avait besoin. Logan, quant à lui, avait à sa disposition Sarah et Monty. De plus, il avait trouvé le moyen de pousser Sarah à travailler pour lui volontairement.

Et comment ! En fait, c'est Sarah qui avait retourné la situation. Elle avait quitté le statut de victime et pris les choses en main. Combien de fois avait-elle été obligée de réagir ainsi, vu le genre de vie qu'elle menait ?

« Merde, qu'est-ce qui me prend ? » songea Logan. La décision est prise. Il est trop tard pour avoir des états d'âme.

Il fourra le téléphone dans sa poche, quitta son bureau et regagna l'allée.

Sarah dormait sur le canapé. Elle ne bougea pas quand il s'arrêta près d'elle. Monty, lui, ouvrit un œil et frappa le sol d'une queue paresseuse.

— Chut...

Mais Sarah ne fut pas réveillée. Qu'est-ce qui pouvait pousser une femme à embrasser une carrière, non seulement dangereuse, mais désespérante ? Vous pouvez réunir tous les dossiers que vous voulez sur quelqu'un, vous ne comprendrez jamais d'où vient le déclic. Logan savait que Sarah était forte, intelligente, avisée. Elle prenait les gens avec un sens de l'humour très vif – sauf lui, Logan. Mais il commençait à songer que beaucoup de mystères se cachaient derrière cette façade empreinte de dureté. Quel genre de femme était Sarah Patrick ?

Le saurait-il jamais ? Il en doutait. Elle était prudente. Et Logan campait fermement dans le camp ennemi. Et puis merde : aucune importance. Il n'avait nul besoin de la connaître. Il valait même mieux qu'il ne la connaisse pas. C'était pour lui une leçon assimilée depuis de longues années : dans les situations périlleuses, on avait intérêt à ne pas être trop proche des gens. C'était dangereux. On risquait d'avoir peur de les perdre.

Chen Li.

Il repoussa cette pensée dans les régions obscures de son esprit, là où était sa place. À cette époque, il était plus jeune. Il avait moins d'expérience. L'affaire ne pouvait pas finir de la même façon. Et Sarah Patrick n'était pas Chen Li.

Sarah resterait en vie. Il allait faire en sorte qu'elle reste en vie.

Santo Camaro

— Voici Sarah Patrick, dit Logan à Castleton.

Ils venaient de débarquer à l'aéroport. Logan procédait aux présentations.

— Ron Castleton. Il travaille pour moi.

— Comme nous tous, murmura Sarah.

Elle adressa un signe à Monty, qui sauta dans la voiture de Castleton. Elle ajouta :

— Enchantée, monsieur Castleton. Je vous présente Monty. Je n'ai pas son carnet de santé. Vous croyez que les autorités nous feront des ennuis ?

Castleton observait le chien.

— Vu ce qui se passe ici, dit-il, je crains que oui...

— Pas besoin de papiers, l'interrompit Logan. On sera repartis avant que quiconque se soit avisé de notre présence.

— Et si ce n'était pas le cas ?

— Ce sera le cas, dit Logan. J'y veillerai.

Il prit place sur le siège du passager.

— Tu as parlé à Galen ? reprit-il.

— Il est aux installations. Il m'a dit que tu n'avais pas l'intention de traîner.

— Exact.

Logan leva les yeux vers le ciel où se répandaient déjà les ombres du crépuscule.

— Sauf qu'on va sûrement devoir attendre demain matin. Du nouveau au sujet de Rudzak ?

— Pas depuis que j'ai déposé l'argent à l'endroit indiqué.

Castleton jeta à Logan un regard oblique et poursuivit :

— Mais il a des informateurs partout. Il y a sûrement quelqu'un qui nous surveille en ce moment.

— Raison de plus pour ne pas perdre de temps.

Castleton démarra.

— Le chien va leur mettre la puce à l'oreille, dit-il. Rudzak saura immédiatement que tu essaies de retrouver Bassett. Il a des contacts discrets...

— C'est pour ça, dit Logan. Dépêchons-nous.

— J'avais fait une liste de matériel, intervint Sarah. Vous l'avez ?

Castleton plissa le front.

— Du matériel ? Quel matériel ? Je n'ai reçu aucune liste.

— Galen a le matériel, Sarah, dit Logan. J'ai demandé à Margaret de l'appeler et de lui communiquer votre liste.

Castleton regarda brièvement Sarah par-dessus son épaule.

— Ça ne me plaît pas, lui dit-il, d'embarquer une femme dans cette affaire. Logan vous a expliqué à quel point c'était dangereux ? J'espère que vous savez où vous mettez les pieds.

Non, elle ne savait pas vraiment – bon Dieu, non !

— Merci de votre sollicitude, répondit-elle, mais tout ira bien...

En fait, Castleton ne la rassurait pas vraiment. Et cette chaleur... Les conditions climatiques risquaient de rendre les recherches deux fois plus dures encore.

On respirait difficilement. Monty haletait déjà. Elle lui caressa la tête.

— Je crois que tu vas avoir besoin d'un bon coup de tondeuse, dit-elle.

— On n'a pas le temps, fit Logan.

— Je ne suggérais pas de faire une halte chez le coiffeur. Je peux m'en occuper moi-même.

Elle pinça les lèvres.

— Je ne l'emmènerai pas dans la jungle tant qu'il ne se sentira pas bien. C'est un chien à poil long. On ne sait pas combien de temps dureront les recherches.

— Si la chaleur lui pose des problèmes, on risque d'avoir des ennuis...

— On les a, les ennuis. Je vais le tondre.

Logan voulut protester, mais se ravisa : il valait mieux pas.

— D'accord, dit-il. On va le faire.

— Et comment ! dit Sarah.

Ellc rcgarda par la fcnêtrc. La voiture avait bifurqué sur une route cahoteuse, poussiéreuse, que la jungle menaçait d'envahir. Les branchages frottaient la carrosserie et les vitres du véhicule. On se sentait oppressé et ce n'était pas dû seulement à la chaleur.

— Qui est Galen ? Un autre employé ?

Logan approuva.

— Une sorte d'agent free-lance.

— Une sorte ?

— On y est, dit Castleton.

Il négociait un virage. Il dut freiner brusquement pour ne pas heurter un homme qui se tenait au beau milieu de la route.

— Qu'est-ce qui te prend, Galen ? Tu es devenu dingue, ou quoi ?

— On en débat depuis des décennies, répondit Galen avec un grand sourire à l'adresse de Logan.

Pourquoi je bosse avec toi ? Tu veux me le dire ? Tu es toujours en retard. Le dîner nous attend.

— J'aurais pu quitter la route ! protesta Castleton en coupant le contact. Je ne m'attendais pas à...

— Et moi je ne pensais pas qu'il y avait le moindre danger. C'est une propriété privée. Et tu es la prudence même, Castleton. Je me disais que tu allais arriver en te traînant comme un escargot.

Il ouvrit la porte arrière et siffla doucement quand il découvrit Monty couché sur le sol.

— Ah ! dit-il. Les biscuits pour chiens sont dans mon sac à dos. J'avoue que je suis un peu déçu. Je croyais qu'ils étaient pour toi, Logan. J'espérais que tu aurais pris le goût de l'aventure. Tu te rappelles quand tu refusais de bouffer ces délicieuses larves, chez les Maoris...

Logan coupa court :

— Je vous présente Sean Galen. Sarah Patrick. Son chien, Monty.

— Ravi de faire votre connaissance, dit Galen.

Tout sourires, il aida Sarah à descendre de voiture. C'était un homme de presque quarante ans. Taille légèrement supérieure à la moyenne. Corps athlétique et souple. Ses cheveux noirs avaient beau être coupés court, ils continuaient de friser. Les yeux aussi étaient noirs et tout aussi irrésistibles. Cet homme dégageait d'impressionnantes vagues d'énergie.

— Vous aimez le jambon et les macaronis ? demanda-t-il.

Sarah se demanda s'il n'était pas anglais ; son accent sonnait cockney.

— Oui.

— Parfait. C'est notre dîner.

Il jeta un coup d'œil à Monty et ajouta :

— Il faudra que je te trouve quelque chose, à toi

aussi. La nourriture pour chiens et les vitamines que je t'ai apportées ne m'inspirent rien de bon.

— C'est beaucoup, murmura Logan, pour un dîner d'aventuriers.

— Ma foi, je ne connaissais pas la dame. Et Castleton ne me donnait pas l'impression d'être du genre à manger des patates.

Il s'éloigna vers le bord de la route.

— C'est par là. J'ai dressé le camp à quelque distance des ruines. Elles me déprimaient.

Pour la première fois, le regard de Sarah se tourna vers l'installation détruite par le feu, à une centaine de mètres devant eux. Elle ressentait depuis un moment trop de colère, de rancœur et d'angoisse pour penser à ceux qui avaient vécu ici et qui y avaient trouvé la mort. Des vies pleines de promesses coupées net par les balles des assassins...

— Vous avez vu ? reprit Galen. La dame aussi, ça la déprime. Viens, Castleton. Tu vas m'aider à mettre la table.

— Je dois retourner en ville.

— Tu retourneras en ville après le dîner. Tu veux me vexer, ou quoi ?

— Mais il faut que...

Castleton haussa les épaules d'un air résigné et prit la direction de la jungle avec Galen.

Sarah les suivit des yeux un moment. Elle avait le sentiment d'être entraînée malgré elle et elle n'était pas sûre d'apprécier.

— Ne vous en faites pas, la rassura Logan en lui prenant le coude. Il ne va pas vous empoisonner. Galen est réellement un bon chef.

— Un bon chef ? Même en pleine jungle ?

— Même en plein ouragan. Il est capable de s'adapter à tout.

— Je n'avais pas peur d'être empoisonnée. C'est juste la surprise. Il est étonnant.

— Je comprends ce que vous ressentez.

Il la poussa aimablement vers le bord de la route.

— Moi aussi, il m'épate, quelquefois.

Sarah songea qu'elle avait manifestement affaire à une paire de vieux amis.

— C'est quoi, cette histoire de larves ?

— Ce qu'il n'a pas dit, c'est que j'ai fini par les bouffer, ces saloperies. Il m'avait acculé. Soit je les mangeais, soit les Maoris se considéraient comme insultés.

— Quel genre de larves ?

— Oh ! des espèces de vers. C'était dégueulasse.

— Je veux bien le croire.

Elle sourit, puis ajouta :

— Je sens qu'il commence à me plaire, votre Galen.

— Je me doutais que cette histoire vous le rendrait sympathique.

Il se tut un instant.

— Il va falloir lui faire confiance, Sarah. Si jamais il m'arrive quelque chose, faites exactement ce qu'il vous dit. Il vous tirera d'affaire.

Un frisson la parcourut, qu'elle fit semblant d'ignorer.

— Je n'ai pas l'habitude de compter sur quelqu'un d'autre pour veiller sur moi, dit-elle. Qu'est-ce qu'il est, pour vous ?

— Comment dire ? Il résout des problèmes.

— Des problèmes comme celui-là ?

— Celui-là, c'est même sa spécialité. Alors, n'ayez pas peur de vous fier à lui si les choses venaient à mal tourner.

— Vous lui laissez prendre le commandement ?

— Et comment !

Sarah afficha une expression sceptique.

— Je ne vous vois pas déléguer. Faire confiance à un autre qu'à vous-même.

— Déléguer n'est pas dans ma nature. Mais j'ai appris.

Il sourit.

— La preuve : j'ai fait appel à vous.

— Sauf que je ne vous vois pas me laissant la bride sur le cou.

— En dépit de ce que vous pensez de moi, je ne dédaigne pas les gens qui prennent leurs responsabilités.

— Vous connaissez Galen depuis longtemps ?

— Une quinzaine d'années. Je l'ai rencontré au Japon. Il sortait du service militaire. Il travaillait pour un homme d'affaires local.

— Vous l'avez débauché, c'est ça ?

— À ce stade de ma vie, je n'avais pas les moyens de me l'offrir. Je luttais comme un diable pour maintenir à flot une affaire qui battait de l'aile. Les années suivantes nous ont retrouvés impliqués tous les deux dans différents projets. Le jour où j'ai rencontré des problèmes personnels, il m'a donné un coup de main.

Sarah était curieuse de savoir quel genre de problèmes personnels pouvait avoir rencontrés Logan, mais elle préféra ne pas poser la question. Elle ne tenait pas à en apprendre trop sur lui. Tout ce qu'elle voulait, c'était faire le boulot et s'en aller.

— Et depuis, il travaille pour vous ?

— De temps en temps.

Ils arrivaient dans la clairière où Galen avait installé le campement. Sarah fut stupéfaite de trouver la table dressée près du feu : nappe damassée et vaisselle en porcelaine de couleur.

— C'est la fête, alors ?

Galen releva les yeux et sourit.

— Ma maman m'a appris ça : ce n'est pas parce qu'on mange sur l'herbe qu'il faut oublier les bonnes choses de l'existence.

— Vous pensez que ce boulot va ressembler à un pique-nique ?

— Tout dépend de la façon dont vous l'envisagez.

— Vous avez l'intention de transporter tout ça ?

— Non. C'est jetable. Est-ce que tout n'est pas jetable, de nos jours ?

— Non, répondit Sarah.

— Bonne réponse, approuva Galen. Ça fait du bien de rencontrer quelqu'un qui ne verse pas dans le cynisme.

Il commença à servir ses macaronis avec précaution.

— Dis-moi, Logan, ça ne te rappelle rien, ces petites pâtes entortillées ? Ça ne te rappelle pas certaines larves ?

Ce fut un excellent plat de macaronis bolognaise, et qui se conclut par un café exquis.

— Désolé, dit Galen : je ne puis vous proposer un dessert. La prochaine fois, peut-être...

Castleton se hâta de quitter la table.

— Il faut que je retourne en ville. Il y a du boulot qui m'attend. On a des gens qui vont sortir de l'hôpital. Merci pour le dîner. C'était vraiment très bon.

Galen laissa échapper la grimace.

— Les compliments, c'est bien gentil. Mais ce n'est pas ça qui débarrasse la table.

Logan se leva à son tour.

— Je t'accompagne à la voiture, Castleton. Je voudrais que tu fasses quelque chose pour moi.

— Pas de problème.

Castleton se tourna vers Sarah.

— Faites bien attention à vous. Bonne chance.

— Merci.

Castleton et Logan traversèrent la clairière et disparurent sous les arbres. Sarah se leva et commença à débarrasser.

— Restez assise, ordonna Galen. Servez-vous plutôt un autre café. Je plaisantais...

— Mais non. C'est normal.

— Vous n'avez pas dit que vous vouliez tondre la bête ?

Il considéra Monty.

— Ça risque de ne pas être une partie de plaisir. Il a le poil épais. Je veux aussi que vous vous reposiez.

— Je n'en aurai pas pour longtemps. Monty est très gentil. Il se laisse faire.

— Alors, allez-y, dit-il fermement. Tondez-le.

Il lui reprit les assiettes des mains.

— Vous pourriez casser ma jolie vaisselle en porcelaine.

— En plastique, vous voulez dire.

— Oh, vous avez remarqué ? Je suis déçu. Dans le catalogue, ils juraient que personne ne verrait la différence.

Elle sourit.

— Vous vous êtes fait avoir, Galen.

— C'est toute l'histoire de ma vie. Vous voulez que je vous passe la tondeuse ? Elle est dans le sac à dos. Avec tout votre matériel.

Sarah songea qu'elle n'aurait pas le dessus avec cet homme, ses manières décontractées cachaient une volonté de fer.

— Laissez, dit-elle.

À genoux, elle fouillait le sac à dos.

— Je suis partie au pied levé. Sans matériel. Les bouteilles d'eau, vous les avez apportées ? Il ne faudrait pas que Monty tombe malade.

— L'eau, c'était tout pour Monty ?

— Elle est presque toute pour lui, oui. Je suis obligée d'être prévoyante.

Elle s'assit à côté du chien.

— Allez, vieux. On va couper tous ces poils.

Monty soupira et se mit à plat ventre.

Galen gloussa.

— Vous avez raison. Il est gentil. Il a envie de se laisser faire. C'est un bon chien.

— Vous n'avez pas d'animal domestique, vous ?

Galen secoua la tête.

— Je bouge tout le temps. J'ai eu un perroquet, mais je l'ai laissé partir. Il disait des grossièretés. Je ne supportais plus. Votre Monty ne sera jamais grossier.

— Ne vous y fiez pas trop.

— Enfin, verbalement. Il est vrai qu'il peut toujours lever la patte où il ne faut pas.

Sarah hochait la tête.

— Quand il est mécontent, il le fait savoir.

— Mais vous êtes comme des âmes sœurs. Ça se voit. Vous l'avez depuis combien de temps ?

— Quatre ans. Je l'ai rencontré au centre de dressage d'ATF. Il avait un an.

Elle sourit à ce souvenir.

— Il venait de se faire jeter de l'école des chiens d'aveugle. ATF l'avait repris.

— Il s'était fait jeter ?

— Non par manque d'intelligence, se hâta de préciser Sarah, sur la défensive. Mais il était distrait. Un guide distrait, ce n'est pas bon. Ça peut être dangereux.

— Il a des troubles de l'attention ?

— C'est son nez. Il a un nez exceptionnel. Le plus fin qu'ATF ait jamais eu à son service. Si on le bombarde d'odeurs, il les repère toutes. Normal qu'il soit un peu distrait, non ?

Galen leva les mains en signe d'apaisement.

— Je n'avais aucune intention de dénigrer Monty. J'ai trop de respect pour les chiens. Je les ai vus à l'œuvre dans les combats. Je préférerais souvent être pote avec un chien qu'avec nos amis à deux pattes.

— Excusez-moi. J'ai peut-être réagi trop vivement. Retourne-toi, Monty, s'il te plaît.

Elle commença à lui passer la tondeuse sur le ventre.

— Votre accent, reprit-elle, c'est anglais ?

— Je suis né à Liverpool. C'est là que j'ai grandi.

— Logan dit qu'il vous a connu au Japon, voilà des années.

Il approuva.

— Au temps de notre belle jeunesse ! Enfin, on était plus jeunes qu'aujourd'hui. J'étais dur, à l'époque. Et Logan n'était pas un tendre non plus. Même avant la mort de Chen Li.

— Chen Li ?

— Sa femme. Elle est morte d'une leucémie. Je connaissais Logan depuis trois ou quatre ans. Une mort pénible. Et une sale période pour Logan. Il était fou de cette femme.

« Les fameux problèmes personnels », songea Sarah. L'événement pouvait être rangé dans cette catégorie. Mais elle se mordit bien vite les lèvres : quel besoin avait-elle de poser des questions ? Elle se retrouvait maintenant avec des confidences sur les bras. Bon, d'accord, Logan avait une tragédie dans sa vie. Mais la vie n'était-elle pas faite de coups durs ? Merde ! Pas question d'éprouver de la sympathie pour lui !

— Oh, dit-elle. Je suis sûr qu'il a su gérer tout ça.

— Il a géré, admit Galen.

Il finissait de nettoyer la dernière assiette.

— Il a pété les plombs quelque temps, dit-il. Puis les cicatrices se sont refermées. Et tout est reparti. Sauf qu'il a mis un an avant de pouvoir retourner à Tokyo. Un an à écumer le Pacifique.

— C'est à ce moment-là que vous lui avez présenté vos larves ?

Galen eut un sourire.

— Non. Ça, c'était encore plus tard. Après qu'il s'était un peu adouci. Il m'aurait tué si je lui avais fait un coup pareil alors qu'il était encore sous le choc pour Chen Li.

Il baissa les yeux vers Monty.

— Sans ses poils, il a l'air d'un gros ours jaune.

— Au moins, il sera au frais.

Elle s'assit sur ses talons et commença à ramasser les poils répandus à terre.

— Je me demande où est passé Logan. C'est si long que ça de raccompagner Castleton ?

— Il a dû aller explorer les ruines, suggéra Galen en plissant le front. Pas beau à voir. Rudzak a dû les tirer comme des lapins.

Sarah accueillit un frisson.

— Il avait besoin d'aller voir les ruines ?

— Je ne sais pas si c'est ce qu'il a fait. Mais je le parierais. Logan a mal pris tout ça. Il a sûrement besoin de comprendre ce qui s'est passé.

— Je ne le savais pas si sensible.

— Dites plutôt que vous ne voulez pas qu'il soit sensible.

Il s'essuya les mains dans une serviette.

— Peu importe. Ça commence à me fatiguer, cette conversation sérieuse. C'est une offense à mon âme superficielle. J'ai besoin d'une petite récréation. J'aimerais bien me vider la tête avant d'aller me pieuter. Vous jouez au poker ?

— Pourquoi as-tu absolument voulu revenir ici ? demanda Castleton.

Il déglutit avec peine, tout en promenant sur les ruines un regard anxieux.

— Bon Dieu ! C'est dur. On ne trouvera rien, de toute façon. Je t'ai dit que j'avais récupéré tout ce qui pouvait l'être. Toutes les informations possibles. Je ne me suis pas planté, Logan. Et je ne t'ai pas menti...

— Je te crois. Je sais que tu es quelqu'un d'efficace.

Logan parlait sans regarder Castleton. À genoux, il ramassa une boîte en bois calcinée.

— À ton avis, il y avait quoi, là-dedans ?

— Je ne sais pas. Peut-être des disquettes.

Logan garda le silence un moment.

— Quatre tués. Carl Jenkins, Betty Krenski, Dorothy Desmond, Bob Simms. Tu savais que Betty Krenski était en train d'essayer d'adopter un enfant atteint du sida ? Un gosse d'un orphelinat, en Afrique du Sud.

— Je le savais, répondit Castleton. Mais je ne savais pas que toi, tu le savais aussi.

— Elle m'avait demandé de l'aider. Elle disait qu'il fallait s'occuper de ces gosses. J'ai essayé de la dissuader. Être responsable d'un enfant atteint du sida, tu te rends compte ? Il y a de quoi te bousiller le cœur.

— Pourtant, tu n'as pas refusé de l'aider.

— Les gens doivent prendre leurs décisions eux-mêmes. On peut les influencer, mais pas décider à leur place. Je lui ai dit que si elle n'avait pas changé d'avis à la fin de l'année, si elle était toujours aussi résolue, alors je l'aiderais.

— J'aurais préféré qu'elle m'en parle. C'est mon boulot, de gérer les problèmes personnels.

— Tu imagines peut-être que j'ai cessé de me sentir responsable de ces gens le jour où je t'ai recruté ? C'est moi qui les ai envoyés ici.

— Tu es un homme très occupé.

— Là n'est pas la question. Ceci était pour moi un projet tout à fait particulier. Quand tu les as engagés, j'ai étudié leurs dossiers. À tous. Je peux te citer des passages de tes propres rapports. D'accord, je n'avais jamais rencontré ces gens. Mais c'est comme si je les connaissais. Je les connaissais, en fait.

— Et c'étaient des gens bien. Tous. Personne ne le sait aussi bien que moi.

Castleton se tut une minute.

— Écoute, reprit-il, je ne veux pas me montrer désagréable, mais il faut que j'y aille. Je ne peux rien faire pour les gens qui sont morts. Mais il y a les blessés. Et eux, je peux les aider. En les faisant hospitaliser aux États-Unis.

— Oui, je sais, dit Logan. Tu es pressé.

Il se releva.

— De plus, ça te bouleverse de venir ici.

— C'est vrai, qu'est-ce qu'on fait là, au juste ? répéta Castleton.

— J'essaie de comprendre. Galen dit que je n'ai aucun sens de la cérémonie. Aucun sens du protocole. Mais ce n'est pas tout à fait vrai. Pas quand il s'agit de cette affaire-là.

— Quelle affaire ? Qu'est-ce que tu aurais voulu que je fasse, Logan ?

— Mourir.

Logan fit brusquement demi-tour et balança un coup de poing sur le nez de Castleton, dont les os se brisèrent et lui remontèrent dans la cervelle.

4

— C'est fait ?

Galen, au milieu du sentier, vit Logan sortir de la forêt pour se diriger vers le camp.

Logan fit oui de la tête.

— Et ensuite ? reprit Galen.

— Personne ne le trouvera.

Galen considéra Logan avec une expression de curiosité.

— Voilà un bail que tu n'avais pas fait ce genre de boulot. Ça t'a embêté ?

— Non.

— Pas même un petit peu après avoir été si longtemps un homme d'affaires respectable ? Allez, je suis sûr que tu ne trouverais pas ça marrant, s'il fallait revenir aux vieux jours.

Logan grimaça un sourire.

— Ça m'a plu, dit-il.

— Je suis comme toi : je n'aime pas les traîtres. Mais je t'avais proposé de m'en occuper moi-même.

— Je sais. Sauf que c'était à moi de faire ce travail. C'est moi qui l'avais recruté. Si j'avais gardé un œil sur lui, j'aurais peut-être deviné qu'il finirait par jouer les judas.

Une ombre recouvrit les traits de Logan, qui regarda par-dessus son épaule.

— Toutes ces vies...

— Castleton a dû vouloir saisir une occasion. Il aurait marché droit si Rudzak n'était pas venu le tenter.

— Le tenter ? Comment ?

— Sanchez dit qu'il a touché un million pour les aider à mettre au point l'attaque des installations. Ils lui en ont promis deux de plus quand il aurait réussi à t'attirer dans le piège. Comment tu as deviné que Castleton touchait de Rudzak ?

— Je n'ai pas deviné. J'ai exploré les diverses possibilités, c'est tout. Au moment de l'attaque, Castleton était en ville, fort à propos. Je suis parti de là. C'était peut-être une coïncidence, sauf que je ne crois pas aux coïncidences dans une affaire telle que celle-ci. J'ai voulu vérifier. Si Castleton était pourri, alors la piste Sanchez était bidon. Sanchez me refilerait de faux tuyaux sur la façon de retrouver Rudzak, et je n'aurais plus qu'à marcher tout droit vers le piège. C'est pour ça que je t'ai envoyé voir Sanchez.

— Parce que tu sais combien je suis un homme efficace.

— Parce que je ne pouvais pas me permettre d'avoir encore plus de morts sur les bras. J'ai pensé que le centre de recherches, ici, était sécurisé. Mais non. Il ne l'était pas. Rudzak a tout compris.

— Arrête de battre ta coulpe. Tu ignorais que Rudzak allait refaire surface. Tu croyais qu'il était en prison à Bangkok.

— Ne dis pas ça. J'ai toujours eu un pressentiment. Je sentais qu'il montrerait à nouveau sa gueule.

— Alors, tu aurais dû le faire éliminer tant qu'il était derrière les barreaux. De ça aussi, je t'ai proposé de m'occuper.

Logan lui jeta un coup d'œil en biais.

— Tu n'as pas voulu, poursuivait Galen. Pourquoi ?

Logan se taisait. Galen ajouta :

— Je n'ai jamais compris ce qui se passait entre Rudzak et toi. J'ai même cru un moment qu'il était ton meilleur ami.

— Moi aussi, soupira Logan. Tout d'un coup, il s'est mis à me haïr. Sauf qu'il ne m'a jamais laissé m'en rendre compte. Il a caché son jeu jusqu'au bout.

Il eut un haussement d'épaules.

— Aujourd'hui, il me hait encore plus. Alors, je me dis que son destin consiste à me tuer.

— Son destin ? dit Galen en secouant la tête. Notre destin, c'est nous-mêmes qui le fabriquons.

Logan approuva. Il avait vécu trop longtemps en Extrême-Orient pour n'avoir pas regardé avec une forme de respect les motifs tissés par l'existence. Mais il ne croyait au destin que dans une certaine proportion.

— Possible, dit-il. Mais quand j'ai su que Rudzak s'était débrouillé pour sortir de prison, il y a deux ans, j'ai compris que je serais sa première cible. C'était sûr à cent pour cent.

— Deux ans, c'est long. J'espérais qu'il t'aurait oublié.

— Tu rêves. Après ce que je lui ai fait ? La vérité, c'est que je l'attendais. Je me doutais qu'il aurait besoin de renouer ses contacts avant de se lancer à mes trousses. Mais bon Dieu ! j'espérais au moins qu'il ne découvrirait pas les installations.

— Elles tournent depuis combien de temps ?

— Trois ans.

— Ça avance ?

— Encore un peu tôt pour le dire, mais c'est prometteur. Très prometteur. Bassett était brillant...

— Était ?

— Lapsus freudien. Il est peut-être encore en vie. Ou peut-être pas. Puisque la motivation de Rudzak n'est pas le fric.

— J'ai la même lecture que toi, dit Galen. On le fait quand même ?

Logan fit oui de la tête.

— Je ne veux pas laisser Rudzak continuer de massacrer mes gens. Ni planer au-dessus de ma tête comme une épée de Damoclès. Il faut le mettre hors d'état de nuire.

— On le mettra hors d'état de nuire quand on l'aura trouvé. À propos, Sarah et son chien, tu crois qu'ils sont efficaces ?

— Je n'aurais pas parié sur eux si je ne croyais pas à leurs capacités. Mais il va falloir que tu veilles à leur sécurité, Galen. S'il m'arrive quelque chose, arrange-toi pour les mettre hors d'atteinte.

— Je ferai tout mon possible.

Ils se turent un moment. Puis Galen reprit :

— Mais tu sais parfaitement que si Rudzak s'en sort, il mettra Sarah sur sa liste.

— Je ne suis pas idiot. C'est une des raisons pour lesquelles je n'avais pas prévenu Castleton de l'arrivée de Sarah et de Monty. Il va falloir maintenant que Sarah reste hors du champ de vision des hommes de Rudzak. Pour le reste, espérons que tout se passera au mieux...

— Et si tout ne se passe pas au mieux ?

— Alors on verra. J'ai besoin d'elle...

Logan marqua encore un temps, puis changea de sujet :

— Il y a quelque chose qui me turlupine. Et si Rudzak avait décidé de la jouer...

Il secoua la tête.

— Je ne sais pas, poursuivit-il. Je me sens mal à l'aise. Quand je lui ai parlé au téléphone, j'ai eu l'impression qu'il me donnait une énigme à résoudre.

— Le faux camp ?

— Peut-être.

Logan réfléchit un instant.

— Tu sais, il m'a envoyé un scarabée. Juste avant d'attaquer l'installation. Le scarabée de Chen Li.

— Tu ne m'avais pas dit ça.

— Je n'étais pas sûr que la chose avait une signification. Je n'en suis toujours pas sûr, du reste.

— Il l'a eu comment ?

— Il a volé toute la collection. Dans la chambre de Chen Li. Juste avant de quitter Tokyo. La police de Bangkok a essayé de retrouver les pièces : en vain. Je me suis dit qu'il avait dû les revendre et planquer le fric. Il y avait assez d'argent pour sortir douze fois de prison.

— Manifestement, il ne les a pas vendues. S'il les avait vendues, il serait sorti de taule bien plus tôt. Elles doivent signifier quelque chose pour lui.

— Pendant des années, il a bourré le crâne à Chen Li sur le thème de l'Égypte ancienne. Il lui offrait des livres, il l'emmenait au musée. Elle avait à peine quinze ans quand il lui a donné ce scarabée...

— Tous ces drames pour...

Galen siffla doucement.

— ... pour les embrouilles de ce trou-du-cul.

— Sur quoi, j'ai débarqué à mon tour, enchaîna Logan. Je crois que si Chen Li n'était pas tombée malade, je serais mort prématurément. J'aurais eu un accident.

Logan se tordit les lèvres.

— Comme tu dis, je le prenais pour mon meilleur ami.

— Le scarabée ne serait pas une espèce de provoc ? Une façon de se moquer de toi ?

— Peut-être. Mais je sens que... Bon Dieu, qui peut savoir ? Il me met mal à l'aise, ce scarabée. Sarah est allée se coucher ?

Galen fit la grimace.

— Elle m'a battu trois fois au poker. Elle ferait un malheur à Las Vegas, cette femme. Elle est trop forte.

— Je sais. J'y ai presque laissé ma chemise, une fois. La première fois que je l'ai rencontrée, en fait. Elle m'a expliqué que les sauveteurs jouent au poker en attendant l'heure de descendre dans les décombres.

Ils arrivaient au camp. Galen baissa la voix, de crainte de réveiller Sarah qui dormait non loin du feu, Monty couché auprès d'elle.

— Quelles sont nos chances ?

— J'ai gagné un peu de temps, ce soir, en éliminant Castleton. Je pense qu'on a deux jours devant nous. Dans deux jours, Rudzak commencera à nourrir des soupçons. Si on fait vite, en bénéficiant de l'effet de surprise... Je dirais sept ou huit chances sur dix.

Galen se laissa tomber sur son lit de camp.

— Vitesse et surprise garanties, alors. J'ai encore plein de choses à vivre, moi. Il y a des millions de personnes dans le monde qui n'ont pas encore eu l'occasion d'apprécier mon intelligence et mon charme...

— Je garderai cet élément à l'esprit.

Logan s'étendit à son tour. Il ferma les yeux.

La mort.

Galen avait raison : cela faisait bien longtemps, tout cela. Pourtant, Logan n'avait pas hésité une seconde : quel que soit le temps écoulé, il faut bien, un jour, régler les vieux comptes. fiil pour œil : depuis toujours, il croyait en cette devise. C'était primitif, peut-être, mais inévitable.

Et d'ailleurs, c'était aussi la philosophie de Rudzak. Voilà bientôt quinze ans qu'il attendait l'heure de tomber sur Logan. Il devait être là, tout près, en train de saliver d'impatience.

Logan n'avait cessé de passer en revue les cibles possibles. Laquelle Rudzak choisirait-il la prochaine fois ?

Qu'il aille se faire foutre. Peu importe la cible, du moment qu'il arrivait à délivrer Bassett. Tant que Sarah était là, et Monty, et Galen. Tant que Logan avait une équipe pour l'aider à faire le boulot.

Sept chances sur dix. Ce n'était pas si mal.

Sept chances sur dix.

Sarah scrutait l'obscurité. Logan se coucha en face d'elle, de l'autre côté du feu. C'étaient de bonnes chances. C'était mieux que ce qu'elle avait connu une bonne douzaine de fois dans sa vie. Et quant aux chances de survivre, pour Monty et pour elle, elles augmenteraient encore, puisque leur rôle s'achèverait au moment où le camp de Rudzak serait localisé. Sarah ne prendrait aucune part à l'attaque. Et même si Logan et Galen se faisaient capturer, ou tuer, elle et Monty étaient suffisamment entraînés pour vivre seuls dans la jungle.

Dieu, quelle froide analyse !

Non. Elle avait parfaitement le droit de protéger sa vie et celle de Monty. Elle n'avait pas à en ressentir de la culpabilité. Elle aimait bien Galen, mais elle était engagée pour faire un certain boulot. D'ailleurs, manifestement, Galen était un mercenaire. Il était payé pour prendre des risques. Et bien payé. Quant à Logan, il était celui qui les avait attirés tous dans cette toile d'araignée. Certes, il était motivé par un sentiment de compassion envers ses employés, mais ses méthodes, elles, n'avaient rien de compassionnel. Non. Sarah devait se persuader qu'elle était seule et que l'unique solution consistait à agir en conséquence.

Monty poussa un gémissement. Il posa la tête sur le bras de Sarah, dont il percevait la tension. Sarah répondit d'une caresse. *Tranquille*. Mais non ! elle n'était pas seule. Tant qu'elle avait Monty auprès d'elle.

— Rendors-toi, murmura-t-elle.

Était-ce la peur ?

Oui, elle avait peur. Elle avait peur depuis qu'elle avait eu un aperçu de ces installations incendiées. *Était-ce un pressentiment ?*

Mais non. Ne laisse pas ton imagination te jouer des tours.

Sauf que Monty n'était pas dupe. Il sentait la tension parcourir les muscles de sa maîtresse.

Elle lui caressa gentiment la gorge.

— C'est vrai que j'ai un peu peur, lui glissa-t-elle à l'oreille. Mais ça ira.

Le chien se détendit. Il savait ce qu'est la peur. Il savait qu'on était quelquefois obligé de continuer, d'avancer encore, alors qu'on crevait de trouille. Il se revoyait un certain jour rampant le long d'un boyau, sous les décombres d'un parking effondré. C'est alors qu'il avait perçu une odeur. L'odeur d'une victime. Sarah progressait sur ses pas. Soudain, derrière eux, tout s'était écroulé. Plus moyen de faire demi-tour. Et devant, rien que l'obscurité et l'angoisse. Sarah sentait la présence de Monty à côté d'elle. Il tremblait. Elle percevait sa peur à lui, et la sienne propre. Il refusa de s'arrêter. Il continua de ramper. Il s'enfonça toujours plus loin dans le long boyau. Il la guida jusqu'au moment où elle aperçut une lumière au loin.

Quand on a survécu à un tel cauchemar, on peut survivre à tout.

Sept chances sur dix : ce n'était pas si mal.

— Réveillez-vous ! C'est l'heure de partir.

Sarah ouvrit les yeux pour découvrir au-dessus d'elle le visage de Logan.

— D'accord, dit-elle.

Elle s'assit et écarta la couverture.

— Monty ?

Monty s'étira, bâilla et trotta jusqu'à un arbre, à quelque distance, pour s'occuper de ses besoins matinaux.

— Votre sac à dos.

Logan laissa le sac tomber à côté d'elle.

— J'y ai pris deux ou trois bouteilles pour les mettre dans le mien, dit-il. Je n'ai pas la place d'en prendre plus.

— Ce n'était pas la peine. Je n'ai pas besoin de votre aide.

— Simple galanterie.

Il souriait, mais le ton était brusque.

— Pas envie que vous restiez en arrière, ajouta-t-il.

Elle passa les bras dans les bretelles de son sac.

— Vous savez très bien que je ne resterai pas en arrière. Vous essayez de me faire savoir que ce sera dur, c'est tout. Cette balade dans la jungle risque d'être plus fatigante qu'une partie de tennis dans un de vos merveilleux clubs sportifs.

Elle promena un regard sur le camp et s'aperçut qu'ils n'étaient plus que tous les deux.

— Où est passé Galen ?

— Parti devant.

— Pourquoi ?

— Pour s'occuper de deux ou trois choses. D'après nos informations, il se pourrait que Rudzak ait installé un faux camp. Un piège. À une dizaine de miles à l'ouest. Galen nous rejoindra plus tard.

— On prend quelle direction ?

— On prend vers l'est.

Logan, tout en parlant, dispersait le feu.

— On devrait avoir atteint la zone de recherche à midi. Là, ce sera à vous de jouer.

— Très bien. Vous aurez quelque chose qui appartient à Bassett ?

— Margaret m'a fait parvenir une vieille casquette de base-ball. Il l'avait laissée dans son casier. Dans l'usine de la Silicon Valley. Le problème, c'est qu'il n'est pas revenu depuis six mois. Vous croyez que l'odeur sera encore assez forte ?

— Sans doute. Mais pourquoi Castleton ne vous a-t-il pas apporté quelque chose que Bassett avait ici ?

Logan tourna les talons.

— Je n'ai pas retenu cette option, dit-il.

— Je ne comprends pas pourquoi...

— Monty a mangé ?

Elle secoua la tête.

— Il mangera quand on sera en route.

— Alors, en route.

Il ne lui avait pas proposé, à elle, de prendre un petit-déjeuner. Il se montrait aussi froid et efficace qu'un scalpel de chirurgien. Sarah n'appréciait guère qu'il ne lui ait pas parlé plus tôt de cette histoire de faux camp destiné à les piéger.

— J'ai le temps de me brosser les dents et d'aller dans la salle de bains ? reprit-elle.

Logan ne se laissa pas émouvoir par le sarcasme.

— À condition de faire vite.

Son regard fut attiré par la lisière des arbres, à la limite de la clairière. Sarah se tendit.

— Vous avez vu quelque chose ? Vous croyez que quelqu'un nous surveille ?

— Non, répondit Logan. Galen a pris soin de reconnaître les lieux avant de dresser le camp. Et il ne jugeait pas nécessaire d'organiser des tours de garde.

Ainsi, ils avaient discuté tours de garde. Quand ? Sarah ne s'en était pas rendu compte. Elle s'était crue en sécurité pour la nuit.

— Vous avez l'air inquiet, reprit-elle. Comme si vous pensiez que quelqu'un...

— Ça ne fait jamais de mal d'être prudent, dit-il,

lui coupant la parole. Il est rare que Rudzak agisse comme prévu.

Il se dirigea vers la lisière.

— Et cette fois, nous non plus, on n'agira pas comme prévu.

Ils s'arrêtèrent à dix heures pour casser la croûte. À une heure moins le quart, ils atteignaient le site à fouiller. Sarah transpirait tellement que son T-shirt lui collait à la peau, mais Monty était toujours alerte. Elle lui donna son troisième bol d'eau et s'effondra à côté de lui pendant qu'il se désaltérait.

— Il faut se dépêcher, dit Logan.

Il était revenu sur ses pas pour se planter auprès d'elle.

— Quinze minutes d'arrêt, répliqua-t-elle. Monty a besoin de repos.

Elle ôta son sac à dos et se désaltéra elle aussi. Elle ajouta :

— À partir de maintenant, on ne suit plus. C'est nous qui prenons la tête de l'opération. Donnez-moi la casquette de Bassett, voulez-vous ?

Logan plongea la main dans son sac et en tira une casquette de base-ball aux couleurs passablement défraîchies. Il la lança à Sarah.

Elle mit la casquette de côté et prit dans son paquetage un baudrier en toile qui se révéla un peu trop grand ; à l'aide de son couteau, elle y perça plusieurs trous supplémentaires. Elle sortit également la laisse de Monty. Laisse et ceinture reposaient ensemble, à présent, sur le sol.

— Pourquoi cette ceinture ? voulut savoir Logan.

— Elle ne me sera sans doute d'aucune utilité, cette fois, mais je la porte toujours pendant les fouilles. C'est un signal pour Monty. Quand je mets mon baudrier, il comprend que c'est l'heure d'aller au travail.

Elle s'adossa à un arbre et ajouta :

— Je vous conseille de prendre un peu de repos. Si Monty flaire l'odeur, il ne sera plus question de s'arrêter. Sauf pour lui donner à boire.

Logan consentit à s'asseoir en face d'elle. Il ôta son chapeau.

— D'accord, admit-il. Un peu de repos. Pourquoi pas ?

Il ne semblait pas spécialement fatigué. Mais il avait l'air terriblement dur. Sa chemise aussi était trempée de sueur. Et il dégageait des vagues d'énergie et de tension. Sarah se demanda si cette tension était produite par la peur. Peut-être, pensa-t-elle. En tout cas, il ne céderait pas à la peur. Pas plus qu'il n'avait hésité à les entraîner au fond de cette jungle.

Elle caressa la tête de Monty.

— Vous êtes un sacré marcheur, fit-elle observer.

— Je vous l'ai dit : le temps presse.

Un sourire cruel se dessina sur ses lèvres.

— Vous êtes déçue ? Vous auriez voulu me semer ?

— Vous êtes en bonne forme, répondit-elle d'un ton rancunier.

— C'est sûrement grâce au tennis. Je pratique beaucoup. Dans mon country-club.

— C'est sûrement ça.

Sauf qu'à cet instant précis, il ne ressemblait pas du tout à un homme sortant de son country-club. Rien à voir avec l'homme d'affaires qui entretient sa forme. Logan avait tout bonnement l'air d'un trafiquant d'armes dépoitraillé. Sarah observa un instant de silence, puis reprit :

— Et Galen ? Il fait quoi pendant ce temps ?

— Comment ça, il fait quoi ?

— Vous m'avez dit qu'il s'occupait de deux ou trois trucs. C'est quoi, au juste ? Mais je ne suis peut-être pas censée le savoir ?

— Vous voulez des détails ? Je croyais que vous ne

vous intéressiez à rien d'autre qu'à la fouille proprement dite.

— Ça fait partie de la fouille. Ça me concerne. Et Monty également. Au cas où vous auriez l'intention de vous faire descendre, Galen et vous, je tiens à garder au moins une chance honnête de sortir de cette jungle. Alors ? Qu'est-ce qu'il est en train de faire ?

— Il s'occupe d'attaquer le faux camp. Le piège.

— Tout seul ? fit-elle en écarquillant les yeux.

— Non, non. Galen est doué, mais ce n'est tout de même pas Superman. Dès qu'il est prêt, il appelle son équipe par radio et ils arrivent avec des hélicoptères.

— Une équipe de combien ?

— Douze hommes.

— Et en face ? Chez Rudzak, ils sont combien ?

— D'après Sanchez, notre informateur, ils sont au moins vingt en tout. Dont huit au vrai camp. Là où ils retiennent Bassett.

— Quel est le plan ?

— Galen lance une frappe sur le faux camp. Ainsi, Rudzak croira que nous sommes tombés dans son piège. Là-dessus, Galen se sauve – genre on l'a échappé belle. Et il gagne le camp principal. C'est là qu'on a rendez-vous. On sort Bassett de là, on l'embarque dans l'hélicoptère et on rentre à la maison.

Sarah eut une petite grimace.

— Simple comme bonjour, dit-elle.

— Pas simple du tout, au contraire. Galen peut rater son coup et se montrer peu convaincant. Alors, Rudzak foncera aussitôt vers sa base. Et on sera dans la merde.

— C'est vraiment nécessaire d'attaquer ce faux camp ?

— Oui. Et dès ce soir. Sous peine de rater l'effet de surprise.

Il jeta un coup d'œil au chien.

— C'est pour ça, dit-il. Il faut que Monty trouve le camp avant la tombée de la nuit.

— Je ne peux pas garantir ça, protesta Sarah. Et si on ne le trouve pas, ce camp ? Et si Rudzak n'est pas dupe de l'attaque de Galen ?

— Dans ce cas, on aura intérêt à sortir de cette jungle avant qu'il nous prenne en chasse.

Voilà qui faisait beaucoup d'impondérables. Et Sarah n'aimait pas cela du tout. Logan pouvait sans peine lire dans ses pensées.

— Moi non plus, dit-il, je n'aime pas ça. Mais on est obligés de jouer le tout pour le tout.

Il se remit brusquement debout et enchaîna :

— Monty a eu son quart d'heure de repos. Allons-y.

Sarah se leva lentement et regarda le soleil. La nuit tomberait d'ici sept ou huit heures.

— Prête ?

— Prête.

Elle avait répondu sans lui adresser un regard. Elle ramassa son baudrier et le serra autour de ses reins. Monty se pétrifia un instant, les yeux fixés sur elle ; puis il se dressa sur ses pattes.

— C'est l'heure, dit-elle. Au boulot.

Elle lui tendit à flairer la casquette de Bassett.

— Cherche.

Monty fit demi-tour et partit en courant.

— On ne risque pas de le perdre ? s'inquiéta Logan.

— Non. Il va chercher en revenant vers nous régulièrement. Quand il aura flairé la piste, je lui mettrai sa laisse et je courrai avec lui.

— Vous n'avez pas peur qu'il ne revienne pas ? S'il trouve quelque chose qui l'excite...

— Non.

Elle s'élança dans la même direction que Monty. Elle ajouta :

— Je n'ai peur que d'une chose : qu'il se fasse tuer par un connard quelconque. C'est pour ça. Je veux pouvoir le protéger.

Deux heures plus tard, Monty n'avait pas flairé la piste.

— J'ai l'impression qu'on tourne en rond, soupira Logan en fronçant les sourcils.

— Ça se peut.

Elle écarta un rideau de feuilles de palmier.

— Monty sait ce qu'il fait.

— Vraiment ? Il ne renifle même pas le sol.

Elle jeta à Logan un coup d'œil impatient par-dessus son épaule.

— Il renifle l'air. Il n'est pas obligé d'avoir tout le temps le nez au sol. Dans ce genre de situation, les odeurs qui flottent dans l'atmosphère sont bien plus nettes. Monty lève la tête bien haut et cherche, jusqu'à trouver la partie évasée du cône...

— Le cône ?

— Le vent disperse l'odeur de Bassett en lui donnant la forme d'un cône. L'extrémité la plus petite de cette figure correspond à l'emplacement du corps. Plus on s'en éloigne, plus le cône s'ouvre, jusqu'à s'étendre sur une zone assez vaste. Monty commence par explorer cette zone-là. Ensuite, il travaille d'avant en arrière, en cherchant la pointe du cône. C'est comme ça qu'il va retrouver Bassett. Vous êtes sûr qu'ils ont installé un camp fixe ? Si ça se trouve, ils se déplacent...

— Mon informateur n'a pas dit à Galen qu'ils se déplaçaient. Ça fait une différence ?

— Et comment, que ça fait une différence ! S'ils se déplacent, Monty peut trouver la piste et la perdre. Alors, il faut qu'il recommence de zéro.

— Simple curiosité, excusez-moi. Tout cela est nouveau pour moi.

Évidemment : qui connaît ce genre de détails ? Elle n'aurait jamais réagi aussi vivement si elle ne s'était sentie à ce point contrariée. Il n'était pas du tout inhabituel qu'une fouille dure aussi longtemps. Pourtant, elle n'arrêtait pas de se surprendre à regarder derrière chaque arbre. Elle avait peur de perdre Monty de vue. Mon Dieu, comme elle aurait voulu que tout cela soit terminé !

— Est-ce que vous allez encore me rentrer dans le lard, si je vous demande combien de temps ça va durer ?

— Monty ne travaille pas en fonction de votre emploi du temps. Ça prendra le temps que ça prendra. Il fait de son mieux, merde !

— Je sais, admit Logan d'un ton calme. Je peux faire quelque chose pour me rendre utile ?

Sarah inspira profondément.

— Non. Ni vous ni moi ne pouvons rien faire. C'est Monty qui fait tout le boulot. On a de la chance qu'il fasse si chaud. Le corps de Bassett doit dégager une forte odeur.

Logan laissa échapper une grimace.

— Là, maintenant, je ne me sens pas spécialement verni, dit-il.

Sarah non plus. Elle était à bout. Elle crevait de chaud. Elle arrivait à peine à respirer.

Trouve-le, Monty. Trouve-le, qu'on puisse rentrer à la maison.

Ils durent attendre encore plus d'une heure. Alors, Monty aboya. Sarah sentit le soulagement la gagner.

— Dieu soit loué !

— Il a trouvé quelque chose ? demanda Logan.

— Je crois. Je lui ai appris ça : ne jamais aboyer avant d'avoir flairé la piste. S'il revient me chercher, on saura qu'il a...

Monty bondit vers elle dans une tempête d'aboiements ; sa queue frétillait d'excitation.

— Il a trouvé la piste, dit Sarah en tirant la laisse de son sac.

Elle l'attacha au collier du chien.

— Allons-y.

— Vous ne pourriez pas l'empêcher d'aboyer comme ça ? Je n'ai pas envie d'alerter...

— Il aboie pour me signaler quelque chose. Une fois que je suis avec lui, il arrête.

Elle courut en réglant son pas sur celui du chien.

— Gardez le rythme, Logan ! On ne vous attendra pas !

« Merde, songea Logan, elle ne me fait pas de cadeaux. »

Elle courait devant, fouillant les fourrés ; de temps en temps, elle s'arrêtait pour laisser Monty flairer le vent avant de repartir. Elle devait être aussi épuisée que lui, Logan, pourtant elle ne ralentissait pas l'allure. Et la course durait depuis plus d'une heure. Pendant les dix dernières minutes, elle avait même accéléré le rythme, Monty se montrant de plus en plus impatient.

Logan était à bout de souffle. Il voyait les épaules de Sarah se soulever et se baisser dans son effort pour aspirer de l'air chaud et humide. Elle tint l'allure de longues minutes encore, aussi rapide et concentrée que son chien.

Et soudain, elle s'arrêta.

Voyant qu'elle lui faisait signe de ne plus bouger, Logan s'immobilisa. Monty restait silencieux, mais il tirait sur sa laisse avec ardeur. Sarah lui caressa la tête. Le chien s'apaisa aussitôt. Elle fit demi-tour et revint vers Logan.

— Il y a quelque chose devant. Je crois que Monty a trouvé la source de l'odeur.

— Vous êtes sûre ? Comment vous pouvez le savoir ?

— Je le sais, merde !

Furieuse, elle ajouta :

— Et je ne le laisserai pas s'aventurer plus loin. Je n'ai pas envie qu'il se fasse tirer dessus par un garde.

— Personne ne vous demande d'aller plus loin.

Logan se débarrassa de son sac à dos et le posa à terre.

— Je vais aller voir, dit-il. Vérifier. Après, je contacterai Galen par radio.

— C'est le meilleur moyen de vous faire tirer dessus aussi, dit-elle en le regardant de travers. Qu'est-ce que vous voulez vérifier ? Que c'est bien le camp ? Vous estimez que je devrais vous en fournir la preuve ? Pas la peine. Monty *sait* que le camp est là devant.

— Et vous, vous savez ce que sait Monty.

Il ouvrit le sac à dos et ajouta :

— Je vous crois. J'ai le plus grand respect pour l'instinct. Alors, restez là.

— Oui, on reste là. Pourquoi est-ce que je devrais...

Elle se tut brusquement. Logan venait de sortir de son sac un fusil d'assaut.

— Merde ! soupira-t-elle. Quand je pense que vous n'aviez pas de place pour deux bouteilles d'eau !

Elle s'humecta les lèvres.

— Est-ce que vous savez seulement vous servir de ce machin-là ?

Il sourit.

— Bien sûr que je sais m'en servir. J'ai pris des leçons. Au country-club, toujours.

Une demi-heure passa.

Puis un quart d'heure encore.

Pourquoi n'était-il pas revenu, bon Dieu ? Sarah commençait à se demander ce qui se passait. Il avait dû se faire prendre. Ou descendre. Aucun bruit ne lui était parvenu, mais cela ne signifiait rien. Toutes les armes n'étaient pas bruyantes. Toutes n'étaient pas des fusils d'assaut – cette arme qui semblait si familière à Logan. Oui, Galen l'avait peut-être bien aidé à se consoler de son chagrin après la mort de sa femme ; mais il l'avait surtout accompagné dans des poursuites mortelles.

Monty laissa échapper un gémissement. Il gardait les yeux fixés sur le feuillage épais derrière lequel Logan avait disparu. Il avait envie de foncer là-bas, lui aussi. On l'avait interrompu dans sa recherche. Il ne comprenait pas pourquoi il n'était pas autorisé à la poursuivre jusqu'à son terme, jusqu'à satisfaction.

Il l'a trouvé ? Ses yeux interrogeaient Sarah.

— Non. Tout ira bien. Pas la peine de le suivre. Logan va s'en occuper. Elle lui avait répondu à haute voix. Elle savait qu'il comprenait.

Mais où était-il, Logan ?

Et pourquoi Sarah se sentait-elle si inquiète ? Elle et Monty étaient tout à fait capables de retrouver leur chemin pour sortir de cette jungle. Il n'y avait aucune raison de s'en faire pour Logan. Cet homme ne lui avait apporté que des ennuis.

Mais méritait-il de mourir alors qu'il s'efforçait de sauver une vie humaine ? D'accord, Logan était peut-être un individu implacable, mais on ne pouvait le considérer comme un assassin. Il n'avait rien à voir avec les hommes qui occupaient ce camp.

Aucun bruit ne parvenait à Sarah, outre le cri strident des oiseaux de la jungle.

Monty commença à remuer la queue. Il se dressa sur ses pattes.

Sarah sentit le soulagement la gagner. Il revenait. Elle ne pouvait l'entendre, ni le sentir ; mais Monty pouvait.

Cinq minutes s'écoulèrent encore. Puis les feuilles s'écartèrent et Logan reparut.

— C'est bien le camp, dit-il.

Il ôta son sac à dos et le posa à ses pieds. Monty accourait vers lui en gémissant de plaisir.

— Ils sont à moins de deux kilomètres.

— C'est ce que je vous avais dit. Vous avez mis bien longtemps. Un problème ?

Logan s'agenouilla et gratifia le chien d'une affectueuse caresse, puis il plongea la main dans son sac et en tira la radio.

— Vous vous faisiez du souci pour moi ? Je n'en espérais pas tant.

— Je ne me faisais pas de souci pour vous, répliqua Sarah d'un ton sec. C'est Monty qui s'inquiétait. Moi, c'était juste la curiosité. Puis-je savoir si vous avez trouvé Bassett ?

Logan garda un instant Monty dans ses bras, puis il le repoussa.

— Il y a une tente dressée à l'entrée du camp. Avec un garde. J'en ai déduit que Bassett était là. C'est un petit camp. Six tentes en tout. Les infos de Sanchez ont l'air exactes.

— Vous n'êtes pas tombé sur quelqu'un ? Une patrouille ?

— Un homme. Je me suis débrouillé pour l'éviter.

— C'est clair. Vous ne seriez pas ici, autrement.

— Pas sûr, ma chère. Mais si j'avais essayé de le liquider, il aurait tiré pour donner l'alerte.

— Maintenant, vous allez appeler Galen, pour qu'il rapplique ici. Mais ils risquent d'entendre l'hélicoptère depuis le camp, non ?

— Le pilote déposera Galen à deux kilomètres d'ici. Au nord. Dans cette clairière que nous avons traversée tout à l'heure. Le rendez-vous est là-bas. Le pilote reviendra nous chercher au camp de Rudzak quand on y verra plus clair.

Sarah pinça les lèvres.

— Vous voulez dire : quand on aura tué tout le monde.

— Je veux dire : quand on aura tiré Bassett de là.

Il la regarda droit dans les yeux.

— Quel que soit le prix à payer.

Il se pencha sur sa radio.

— La leçon de morale peut attendre, dit-il. On va avoir du temps pour ça. Je compte qu'il faudra au moins une heure à Galen pour arriver ici. Je vais l'appeler et lui dire de lancer son attaque contre le faux camp.

— Six morts, un blessé.

Telle fut l'information délivrée à Rudzak par Carl Duggan.

— Mais nous avons réussi à repousser l'attaque et à sauver l'hélicoptère. Je pense qu'ils ont perdu un homme. Faut-il se lancer à leur poursuite ?

Rudzak promena un regard sur le camp où deux tentes brûlaient encore. Duggan se trompait. Il n'y avait pas six morts, mais sept. Une frappe brutale. Brutale et efficace.

— Je n'ai pas vu Logan. Tu l'as vu, toi ?

Duggan fit non de la tête.

— Galen y était, dit-il. Et Galen est l'homme de Logan...

Rudzak le dévisagea avec une expression exaspérée.

— Je sais.

— Faut-il se lancer à leur poursuite ? répéta Duggan. On ne va pas en rester là, tout de même ! Laisse-moi une chance de les capturer.

— Ta gueule. Je réfléchis.

Galen mais pas Logan. Une attaque brutale. Galen n'avait-il pas été repoussé un peu trop facilement ? Il était venu, il avait descendu sept hommes, et il n'avait même pas essayé de mener l'opération jusqu'au bout. Étrange...

— Mes hommes attendent, insista Duggan. Nous n'avons pas envie de les laisser s'échapper.

Cet imbécile n'avait pas l'air de se rendre compte qu'ils s'étaient *déjà* échappés. On n'avait pas entendu d'hélicoptère, mais il n'y avait aucun doute : Galen en avait utilisé un. C'était la seule solution s'il voulait que ses hommes s'en tirent vivants.

Vivants et prêts à être transportés ailleurs.

Ah, Logan ! Tu t'imaginais me tromper aussi facilement.

— Je sais où ils sont, dit Rudzak en tournant les talons.

La nuit était presque tombée quand l'hélicoptère déposa Galen et ses hommes dans la clairière où les attendaient Logan et Sarah. Les combattants surgirent de l'appareil comme un commando. Galen affichait une expression lugubre. Il fit signe au pilote de repartir en vitesse, puis s'adressa à Logan :

— Allons-y.

Logan regarda Sarah.

— Restez ici jusqu'au retour de l'hélico. Quand vous l'entendrez revenir, regagnez le camp. On n'appellera pas le pilote tant qu'on n'aura pas la certitude qu'il pourra atterrir.

— Ça va prendre combien de temps, d'après vous ? interrogea Sarah.

— Au moins trois quarts d'heure, répondit Logan avec un haussement d'épaules. Peut-être plus. Ne bougez pas tant que vous n'avez pas entendu l'hélicoptère.

— Je n'ai pas l'intention de courir au-devant du danger. Ma mission est remplie. Monty et moi, on a fait notre boulot.

— Tu viens, Logan ? intervint Galen.

Il descendait déjà le sentier qui s'enfonçait dans la forêt, suivi de son équipe.

— J'ai déjà perdu un homme pour Rudzak, reprit-il. J'ai hâte d'en finir avec ces conneries.

Le propos et le ton étaient sans réplique. Galen avait une tout autre attitude, maintenant. Ce n'était plus le même homme que la veille, à l'arrivée de Sarah. Il montrait désormais son visage de mercenaire, et le changement avait de quoi impressionner.

Du reste, toute la situation impressionnait Sarah. Regardant la colonne disparaître, elle se demanda ce qu'elle faisait au beau milieu de la jungle avec cette bande d'aventuriers sans foi ni loi, et avec un Logan qui trimbalait un fusil d'assaut comme si c'était un attaché-case.

Monty se colla contre elle ; il gardait les yeux fixés sur le sentier.

— Non, Monty. On attend. On reste ici.

Nombre d'entre eux allaient risquer leur vie pour tenter de secourir un homme peut-être déjà mort. Et Galen avait dit qu'un membre de son commando s'était fait tuer.

Logan allait peut-être mourir.

Ne pense pas à ça. Assieds-toi là et attends. Attends le retour de l'hélicoptère.

Dix minutes. Vingt minutes. Une demi-heure. Trente-cinq minutes passèrent avant que lui parvienne le bruit du moteur.

Un bruit très faible.

L'appareil était loin.

Mais il se rapprochait à chaque seconde.

Elle fit claquer la laisse.

— Allez, mon chien. On y va.

Monty, fou d'impatience, se précipita dans le chemin et courut devant elle, l'entraînant à travers les broussailles. Sarah ne savait pas exactement où elle allait ; lui le savait.

Des coups de feu retentirent.

Des explosions.

Quand Sarah découvrit le camp, elle vit un spectacle de guerre. D'âcres fumées. Des corps. Du sang. Des combats. Elle s'arrêta dans sa course. Elle était stupéfaite. Que se passait-il ? Les combats auraient dû avoir pris fin puisque l'hélico était de retour. Mais non : ils n'avaient pas pris fin.

— Qu'est-ce que vous foutez ici ?

Logan était là, à côté d'elle.

— Oh, peu importe ! dit-il. Mais ne vous approchez pas plus.

Il ajouta par-dessus son épaule :

— Bassett, reste avec elle.

Sarah se retourna pour trouver derrière elle un homme grand et raide qui la salua d'un hochement de tête.

— Je ne bouge pas un sourcil jusqu'à ce que vous reveniez me chercher, dit-elle. Promis.

Logan lui lança un regard, puis repartit vers le camp.

5

— Je sais que le moment est mal choisi pour faire les présentations, mais je suis Tom Bassett. Et vous ?

— Sarah Patrick, répondit-elle d'un ton absent, les yeux fixés sur Logan qui s'éloignait.

« Qu'est-ce que vous foutez ici ? » avait dit Logan.

— Je ne comprends pas du tout la raison de votre présence ici, enchaîna Bassett, mais je suis heureux de vous voir. Bon Dieu ! À vrai dire, je ne suis pas fâché d'avoir affaire à quelqu'un d'autre qu'aux sbires de Rudzak.

Il secoua la tête, l'air de ne pas croire ce qui lui arrivait.

— J'ai bien cru que les carottes étaient cuites, pour moi. Quand Logan s'est précipité dans ma tente, j'ai failli me jeter à son cou pour l'embrasser...

— Pas sûr que ça lui aurait fait plaisir, lâcha Sarah, laconique.

Logan s'était montré surpris de la trouver là. Ce qui signifiait qu'ils n'avaient pas encore appelé l'hélicoptère.

Pourtant, l'hélicoptère était bel et bien en train d'arriver, puisqu'elle l'avait entendu.

Mon Dieu !

— Ne bougez pas d'ici, dit-elle à Bassett.

Elle s'élança en direction du camp. Elle distinguait toujours Logan qui essayait de rejoindre Galen en franchissant les masses de fumée. Sarah voulait les rattraper. Avec Monty, elle contourna le site du campement.

Logan ne fut pas ravi de la voir.

— Je vous ai demandé...

— Bouclez-la. Qu'est-ce que vous croyez ? Que j'ai accouru pour le plaisir de vous voir tuer des gens ? Vous avez contacté l'hélico par radio ou pas ?

— Pas encore.

— J'ai entendu un hélicoptère, nom de Dieu ! Si ce n'est pas le pilote de Galen, c'est qui à votre avis ?

Logan se crispa.

— Merde ! C'est Rudzak. Vous êtes sûre de ce que vous dites ?

— J'ai assez pratiqué les hélicoptères. Je les reconnais même dans mon sommeil. Votre petite diversion, c'est raté.

— Il est loin ?

— Encore assez. Mais il ne devrait pas tarder à arriver au-dessus de nos têtes.

Galen se détourna.

— J'appelle notre hélico. Qu'il vienne nous récupérer.

Et s'adressant à ses hommes, il cria :

— On s'en va !

— Prends ta radio et demande au pilote de nous attendre à la clairière ! ordonna Logan.

— Partez devant avec Bassett ! répondit Galen. On arrive. Inutile de...

Bruit de rotor. Vacarme. L'hélico se rapproche.

Sarah sentit son cœur s'emballer. L'appareil était encore invisible derrière l'épais feuillage des palmiers, mais il n'était plus très loin, et il se rapprochait vite.

Logan lui prit le bras.

— Courez ! dit-il. Je m'occupe de Bassett.

Elle ne se le fit pas répéter deux fois.

— Monty !

Elle fonçait vers la jungle, entraînant son chien. Les branches lui giflèrent la figure quand elle pénétra les broussailles.

L'hélicoptère venait droit sur elle. Dans quelques secondes, il survolerait le camp.

Des balles sifflèrent.

Ça y est, ils arrosent le campement à la mitrailleuse !

Sarah ne tarderait plus à être rejointe par Logan et Bassett.

En haut, dans le ciel, on ouvrit le feu à nouveau.

Galen et ses hommes accouraient derrière le petit groupe formé par Sarah, Logan et Bassett. Ils les dépassèrent et coururent en tête. La clairière se trouvait à un kilomètre. Un kilomètre qui en paraissait mille.

Sarah avait mal aux poumons à chaque respiration : elle devait forcer pour y faire entrer de l'air. Seigneur, qu'elle avait peur ! *Reprends-toi, merde ! Le voilà le véritable ennemi : la peur.* Elle pensa qu'elle avait déjà connu la peur et qu'elle y avait toujours survécu. Elle survivrait cette fois encore.

La clairière n'était plus très loin. L'hélico était-il arrivé ?

Ils le trouvèrent en train d'atterrir au moment où ils surgirent des épaisseurs de la jungle. Les hommes de Galen n'attendirent même pas qu'il se soit complètement posé pour ouvrir la portière et bondir à l'intérieur. Galen, près de l'ouverture, faisait signe à ses hommes d'embarquer. Puis il s'engouffra à son tour dans l'appareil.

Bassett atteignit l'hélicoptère le premier : Galen l'aida à se hisser dans l'habitacle et hurla :

— Logan ! Dépêche-toi de monter ! Ils nous ont sûrement repérés ! Je les entends qui rappliquent !

— Je les entends aussi, dit Logan en levant les yeux vers le ciel. Aide Sarah et le chien à embarquer.

Sarah jeta un coup d'œil par-dessus son épaule :

l'hélicoptère de Rudzak volait bas, et il leur fonçait dessus.

— Vite !

Galen tendait la main à Sarah.

— Monty ! cria-t-elle.

Le chien sauta dans l'appareil avec sa maîtresse.

À nouveau le sifflement des balles. Les gens de Rudzak mitraillaient la clairière.

Logan s'éloigna de l'hélico et pointa son fusil d'assaut vers le ciel. Il expédia une rafale sur l'engin de leurs agresseurs.

Un engin qui se rapprochait toujours. Ils répliquèrent en ouvrant le feu.

— Logan ! hurla Galen.

Logan était à terre. Il avait du sang plein la cuisse.

— Barrez-vous d'ici, Galen !

— C'est ça !

Galen sauta de l'hélicoptère, précédé du chien qui avait bondi le premier et se précipitait déjà vers Logan.

— Monty ! cria Sarah.

Mais Monty tirait sur la chemise de Logan pour essayer de le déplacer. Sarah plongea dans le vide à son tour.

Une pluie de balles s'abattit sur la clairière.

Monty était touché. Il ne bougeait plus. Il saignait.

— Non !

Sarah tomba à genoux près du chien. Il respirait encore. Dieu soit loué !

— Retournez dans l'appareil, ordonna Galen.

Il était accroupi auprès d'elle. Il ajouta :

— Je m'occupe de Logan.

Mais Logan lança :

— Elle n'abandonnera pas Monty. Fais remonter le chien d'abord. Merde ! Le chien, je te dis !

— C'est mon chien, dit Sarah. Je vais...

Galen emportait déjà Monty vers l'hélicoptère.

— Allez vous occuper de votre chien, dit Logan. Galen va revenir...

— Fermez-la.

Elle souleva Logan et le prit en travers de ses épaules. Luttant pour ne pas perdre l'équilibre, elle fit un pas, puis deux. Bon Dieu, qu'il était lourd ! En trois nouvelles enjambées, elle atteignit l'appareil.

— Attrapez-le !

Les balles pleuvaient autour d'eux.

Et s'ils venaient à toucher le réservoir ? Galen jeta un ordre :

— Couvrez-nous !

Ses hommes ouvrirent le feu, mais c'est à peine si Sarah s'en rendit compte. Elle serrait Monty dans ses bras. Le chien ouvrit les yeux et lui lécha le poignet. L'hélicoptère prenait de la hauteur. Le pilote mit le cap au nord, rasant la cime des arbres.

Mais l'engin de Rudzak les prenait en chasse !

Soudain il disparut.

— On l'a eu.

Galen ne quittait pas des yeux l'hélicoptère ennemi qui tournoyait en perdant de l'altitude.

— On a dû toucher un élément vital, dit-il. Ils essaient de regagner la clairière. Ils veulent tenter de se poser. J'espère qu'ils vont se prendre un palmier dans la gueule. Dommage qu'on ait laissé nos missiles au camp.

Il se tourna vers Logan.

— Il y a toujours des merdes avec toi. Quelqu'un pourrait me passer la trousse de secours ? Que j'arrête cette hémorragie.

— Comment va... le chien ? murmura Logan dans un souffle.

— Je m'occupe de lui, dit Sarah.

Elle appliquait une compresse sur la blessure de Monty.

— Je crois que ça va aller, dit-elle. Il ne saigne pas beaucoup. La balle n'a fait que lui effleurer l'épaule.

Elle jeta un coup d'œil vers Galen.

— Vous avez besoin d'un coup de main pour soigner Logan ? Je suis entraînée à ça.

Logan tenta un sourire et bredouilla :

— Elle a fait l'école vétérinaire. Elle pourrait en profiter pour s'occuper de mes puces.

Sarah préféra ignorer ce commentaire. Elle reprit à l'adresse de Galen :

— J'ai fait aussi du secourisme. Les urgences, je connais.

— Galen va s'occuper de ça, dit Logan. Vous, occupez-vous du chien. Veillez sur lui. Je n'ai pas envie qu'il lui arrive quelque chose : après, je me retrouverais sur votre liste noire.

— Juste, dit-elle.

Elle enrageait. Elle avait peur. Et elle se sentait – oui, coupable. Monty était blessé. Blessé par sa faute à elle : c'est elle qui l'avait entraîné dans cette situation. Il ne faisait aucun doute que Logan était responsable de tout en dernière analyse ; d'un autre côté, il avait donné l'ordre à Galen de sauver Monty en priorité.

— Je vais m'occuper de Monty, reprit-elle. Occupez-vous de vous-même.

Logan ferma les yeux.

— Trop d'emmerdes, dit-il. Galen, occupe-toi de tout ça...

Il s'était évanoui.

Logan reprit connaissance à Santo Camaro, alors qu'on le transportait dans le jet.

— Enfin, tu ressuscites ! lui dit Galen. Tu m'as attiré des ennuis à n'en plus finir. Mon hélico est à moitié foutu. Et le clébard n'était pas là pour arranger les choses...

— Il est vivant ?

— En meilleure forme que toi. Sarah lui refait son pansement. Elle s'occupe de lui. Il faut qu'il reste calme.

— Où est-elle ?

— Elle est à bord. Avec Monty et Bassett.

Il marqua un temps.

— Tu as toujours une balle dans la cuisse. Je pense que la bonne idée, c'est de te laisser rentrer aux États-Unis. Ils te soigneront là-bas. Sarah partage mon avis. Alors, on va te préparer un joli pansement, à toi aussi. Et Sarah t'administrera une piqûre de morphine après le décollage. Tu veux aller où ? À Monterey ?

Logan s'efforçait de réfléchir. Mais il avait le cerveau brumeux. À croire qu'il était déjà sous morphine.

— Ça dépend, finit-il par répondre. Ça dépend si Rudzak est vivant ou non. Va vérifier ça et rappelle-moi. Ce serait super, si cet enfoiré s'était crashé avec son hélico avant de périr dans les flammes. Mais ça m'étonnerait qu'on ait une pareille chance.

Galen approuva d'un hochement.

— J'aurais vérifié de toute façon. Je me doutais que tu voudrais savoir.

— Ne la laisse pas me faire cette piqûre. Dis-lui que je suis allergique à la morphine, que tu avais oublié ou peu importe : invente quelque chose. Il faut que je sache, pour Rudzak. Le plus tôt possible.

— Pourquoi mentir à Sarah ? Pourquoi ne pas lui dire la vérité ?

— Pour qu'elle comprenne que tout ça n'est peut-être qu'un début ? Je lui ai fait une promesse : quand Bassett serait retrouvé, son rôle à elle prendrait fin. Sauf que la situation a évolué. J'ignore quelles conséquences aura ce changement sur elle. Je ne suis pas encore en état de la protéger. Donc, il faut gagner du temps.

— Bon. Le pilote, je lui dis quoi ?

— Dis-lui de quitter l'espace aérien d'Amérique du Sud. Je lui communiquerai une destination plus précise après ton coup de fil.

— Entendu. Mais le voyage va être long. Tu risques de souffrir un maximum.

— Je souffre déjà un maximum. Rudzak a forcément dû les repérer. Elle et Monty, je veux dire. S'il est vivant, il pourrait commencer par s'en prendre à elle. Sarah est une cible facile. Moi, il ne tient pas à me voir mourir. Tant qu'il pourra me faire du mal, il me gardera en vie.

— Tu vas expliquer ça à Sarah ?

— Pas si je peux l'éviter. Déjà qu'elle ne peut pas me blairer ! Le mieux, c'est que je ne la quitte pas d'une semelle. Pour assurer sa protection. En gardant un œil sur Rudzak...

— Tu n'es pas exactement en condition pour assurer la protection de qui que ce soit. Tu es obligé de veiller personnellement sur sa sécurité ? Confie le boulot à quelqu'un...

— Je lui ai fait une promesse, Galen.

Il lui jeta un regard oblique.

— J'ai une dette envers elle, maintenant. Pas seulement parce qu'elle m'a permis de retrouver Bassett.

— Parce qu'elle t'a transporté dans l'hélicoptère ? Peut-être. Chaque seconde était précieuse, à ce moment-là.

Galen eut un rire.

— C'était intéressant : les rôles étaient inversés. Tu crois qu'elle a du sang d'Amazone dans les veines ?

— Tout ce que je sais, c'est que je n'ai pas envie de me sentir coupable.

Il ferma les yeux.

— Embarque-moi dans cet avion, s'il te plaît. Ensuite, va vérifier si Rudzak est mort ou vivant. Il faut que je sache.

Logan avait beau garder les yeux fermés, Sarah savait qu'il ne dormait pas. Il avait les lèvres pincées, et les côtés de sa bouche se creusaient de rides profondes.

Elle s'assit sur le lit voisin.

— Prenez ça.

Logan rouvrit les yeux et examina le verre qu'elle lui tendait.

— Qu'est-ce que c'est ?

— Paracétamol. Ne me dites pas que vous êtes aussi allergique à ça.

Logan secoua la tête. Il avala le breuvage qu'elle lui avait préparé.

— Merci.

— Pas de veine que vous ne supportiez pas la morphine. Mais le paracétamol peut soulager. J'en ai administré aussi à Monty.

— Alors, je sais que c'est un remède infaillible. Je pense que vous n'hésiteriez pas à prendre des risques avec ma santé. Avec celle de Monty, non. Il se sent comment ?

— Mieux que vous.

— Voilà qui doit vous faire plaisir. Après tout, c'est ma faute s'il est blessé.

— Ça ne me fait pas plaisir du tout. Je hais la violence. Je n'ai jamais eu envie que vous vous fassiez tirer dessus.

Elle se détourna.

— Et vous avez donné l'ordre à Galen de sauver Monty en priorité. En priorité sur vous. Peu d'hommes se seraient conduits ainsi vis-à-vis d'un chien.

— Ne me surestimez pas. Je suis le contraire d'un

type désintéressé. Je voulais à tout prix que Galen m'embarque dans ce putain d'hélico.

— Pourtant, vous avez décidé de passer après Monty.

Elle continuait de regarder ailleurs.

— J'ai toujours pensé que les gens se dévoilent par leurs actes, reprit-elle, non par leurs paroles. C'est ce qu'ils font qui est parlant. Ce qu'ils font quand la peur les poursuit...

— Vraiment ?

— C'est évident.

Elle se leva.

— Il faut que je retourne auprès de Monty. J'imagine que vous souffrez trop pour arriver à dormir. Mais vous pouvez au moins essayer.

— J'attends un appel de Galen. Si jamais je m'endormais, vous voudriez bien me réveiller, que je puisse lui parler ?

— C'est si important ? Vous avez besoin de repos.

— Vous me réveillerez ?

Elle haussa les épaules.

— Bien sûr. Pourquoi je ne vous réveillerais pas ? Il n'y a pas de raison.

— Comment va Bassett ?

— Très bien. Il est couvert de piqûres : les moustiques. Ses nerfs en ont pris un sacré coup. Il voudrait appeler sa femme.

Logan secoua la tête.

— Pas encore. Dites-lui de ne pas s'en faire pour ça. Sa femme ne savait pas qu'il avait disparu. On ne lui avait rien dit...

— Pourquoi il n'aurait pas le droit de l'appeler ?

— Ça peut poser des problèmes. Il est possible qu'il ne puisse pas rentrer chez lui tout de suite...

— C'est à lui d'en décider, non ? Il me semble qu'il a passé un sale quart d'heure...

Elle se massa les tempes du bout des doigts.

— Tous, on a passé un sale quart d'heure, d'ailleurs. Je n'aimerais pas trop que vous m'empêchiez de regagner mon ranch. Je vous cracherais à la gueule, si vous voulez tout savoir...

— Vraiment ?

— Sûr. Pourquoi empêcher Bassett de rentrer chez lui ?

Logan se tut.

— À cause de Rudzak ? murmura-t-elle. C'est ça ?

— Il n'est peut-être pas mort. Et il a pensé que Bassett pesait assez lourd pour faire un bon otage. Il va peut-être falloir que je trouve une planque pour Bassett. Il va peut-être falloir qu'il se cache quelque temps.

— Et s'il refuse ? Il est déjà bousillé, nerveusement. Une planque, il pourrait vivre ça comme une nouvelle prison.

— Ce ne sera peut-être pas nécessaire. Je l'espère.

— Ça devrait être à lui d'en décider. Pas à vous.

— Ça relève de ma responsabilité depuis que Rudzak a détruit mes installations de recherche. Tout ce que fait Rudzak est toujours dirigé contre moi. Je suis le seul à pouvoir le faire changer d'objectif.

— Vous parlez comme si vous étiez engagé dans un combat avec lui.

— Pas un combat. Une guerre. Et Rudzak est plus féroce qu'un pitbull.

— Vous calomniez les chiens en les comparant à cet assassin. Il a essayé de tuer Monty, non ?

Logan ne put réprimer un pâle sourire.

— On se demande quelles qualités devrait posséder un être humain pour que vous acceptiez de veiller sur lui comme vous veillez sur ce chien.

— Il devrait être d'une loyauté sans faille. Courageux, aussi. Il devrait avoir le sens de l'humour et de la camaraderie. Il devrait être intelligent. Et avoir envie de donner sa vie pour moi.

Logan siffla longuement.

— Vous êtes sacrément exigeante.

— Il ne fallait pas poser la question. Un engagement total est pratiquement impossible chez les humains. Raison pour laquelle je préfère les chiens. Au moins, on peut se fier à eux. C'est sacrément plus sûr.

— C'est la conclusion à laquelle vous êtes arrivée ?

— Pas vous ?

Tout en s'éloignant, elle sentait le regard de Logan fixé sur son dos. Il était blessé. Il souffrait. Et pourtant, il essayait encore de protéger la vie de Bassett. Pour une surprise, c'était une surprise. Cet homme-là ne lâcherait prise qu'une fois son cercueil cloué.

Sarah se demanda si elle ne se montrait pas injuste avec lui. Il faisait tout ce qu'il pouvait pour venir en aide à Bassett, c'était clair.

Mais la fatigue prélevait son tribut – l'épuisement vous pousse toujours à vous montrer injuste. Telle était la pensée qui la tenaillait tandis qu'elle revenait s'asseoir auprès de Monty. Oui, elle était exténuée. Et ses émotions partaient en lambeaux. Elle avait du mal à y voir clair. Tout ce qu'elle voulait, c'était rentrer à la maison. Et se reposer.

Bassett dormait, lové dans le fauteuil près de l'allée. Est-ce que ce type ne méritait pas de retrouver sa femme et ses gosses ? Il n'aurait peut-être jamais dû s'embarquer dans une entreprise menée par un homme aussi dangereux que Logan... Quelle idée ! Jusqu'à ces derniers jours, elle n'avait jamais pensé à Logan comme à un individu dangereux. À première vue, il pouvait passer pour un homme d'affaires talentueux, éminemment respectable. Et Bassett s'était sans doute estimé chanceux de pouvoir accrocher son wagon à une loco de cette puissance. Sarah, elle, ne voyait pas du tout les choses ainsi. Elle avait fait son boulot. Elle en avait fini avec Logan.

Monty exprima un soupir venu des profondeurs de sa gorge. Vite, Sarah se pencha pour lui caresser le flanc.

— Je sais, murmura-t-elle. Tu as mal. Mais ce sera bientôt fini. On va rentrer à la maison.

— Une clavicule déplacée, à mon avis.

Ainsi parlait Duggan. Il ajouta :

— Ça doit te faire sacrément mal. Tu ferais mieux de ne pas aller plus loin.

— Arrête tes conneries, tu veux ? Je suis obligé de continuer. Laisse-moi souffler une minute. Après, on repart.

Rudzak se laissa glisser à terre, s'appuya contre un arbre. Il ferma les yeux, submergé par les vagues de souffrance. Il avait appris cela en prison : mieux vaux accepter la douleur que se battre avec elle. C'est Logan, d'ailleurs, qui lui avait enseigné cette leçon.

— Tu as appelé Mendez ? Tu lui as dit de nous envoyer un autre hélico ?

— Oui. Il a répondu que l'appareil nous attendrait aux falaises.

Les falaises. Elles étaient presque à dix kilomètres, les falaises ! Et vu l'état de Rudzak, c'était comme être forcé d'en couvrir cinquante. Putain. Pourquoi avait-il fallu qu'ils crashent ce maudit hélicoptère ? Tous ses projets s'étaient évanouis en un instant.

— Il sait que je suis blessé ?

Duggan évitait de regarder Rudzak en face.

— Il dit que ça, ce n'est pas le problème de la firme. Et qu'il refuse absolument d'envoyer ses hommes se battre avec Galen. Néanmoins, il serait heureux de te donner un coup de main. À condition que tu puisses atteindre un endroit relativement sûr.

Rudzak aurait dû s'en douter. Baron de la drogue, Mendez n'avait qu'une passion dans la vie : son « entreprise ». Aussi longtemps que Rudzak serait pour lui une source de profits, il continuerait de verser des fonds sur son compte en banque. En revanche, si Rudzak venait à causer le moindre tort à ses affaires, il fermerait le robinet en moins de temps qu'il n'en faut pour le dire. Mais il n'avait pas de souci à se faire. Rudzak ne ferait rien qui soit de nature à compromettre leur relation. Ce monde-là ne connaissait d'autre dieu que l'argent, et Rudzak avait besoin d'argent. De beaucoup d'argent. Pour lancer sur Logan ses éclairs.

— Tu veux que je le rappelle ? demanda Duggan. Il n'a peut-être pas bien compris...

— Il a très bien compris et il sait parfaitement ce qu'il fait.

Bref, ils avaient intérêt à gagner ces falaises avant que Galen soit de retour avec ses commandos.

— Aide-moi à me relever.

Duggan lui tendit la main, et Rudzak put se remettre sur ses jambes. La douleur lui irradiait tout le corps. « Ça va aller », se dit-il, essayant de se convaincre. *Accepte la souffrance. Fais en sorte qu'elle te soit utile. Assimile-la. Et transforme-la en haine.*

La haine, il connaissait. Après quinze ans de taule...

— Tu veux marcher en t'appuyant sur moi ? proposa Duggan.

— Non.

Rudzak trébuchait sur le sentier. Et continuait de se parler... *Continue. Continue à marcher. Méprise la douleur. Pense à Logan. Planifie la prochaine action.*

— Dès qu'on sera à Bogotá, tu organiseras un transfert aux États-Unis, dit-il à Duggan.

— Il faudra d'abord que tu voies un médecin...

— Le médecin, ça ne prendra pas longtemps. Si c'est la clavicule, il me la remettra en place. Je veux partir demain. Je ne veux pas laisser de répit à Logan.

— On va dans la Silicon Valley, alors ?

Duggan commençait à piger. Pas de problème : ça l'aiderait à rester concentré. Sauf qu'il était incapable d'imaginer le nombre d'idées de vengeance que Rudzak avait en tête.

— Oui. Mais il faut d'abord que je vérifie si...

Il s'arrêta pour reprendre son souffle et maîtriser une nouvelle vague de douleur. Bats-toi. Mets de l'ordre dans tes pensées.

— J'ai aperçu... Une femme avec un chien. Elle a aidé Logan à monter à bord de l'hélicoptère. Il faut que tu trouves qui est cette femme.

— Ce sera fait dès que possible.

— Fais vite. Je connais Logan. Il est capable de se montrer très gentil quand il éprouve de la reconnaissance envers quelqu'un. Je le sais : j'ai exploité cette qualité chez lui en d'autres temps.

La douleur refusait de céder du terrain. Mais Rudzak n'allait pas se laisser décourager par un contretemps.

J'arrive, Logan. Est-ce que tu sens ma haine ? Non ? Alors, tu vas la sentir bientôt. Elle te brûlera. Et tous ceux qui sont avec toi. Elle va tous vous réduire en cendres.

— Il est en vie, dit Galen à l'autre bout du fil. On a retrouvé leur hélicoptère. Pas de trace de Rudzak ni de ses hommes.

Logan jura entre ses dents.

— Continue à chercher...

— C'est ce que je fais. Mais je parie tout ce que tu veux qu'il se planque dans les montagnes. Dans un petit paradis de la drogue, sûrement.

— Il n'y restera pas longtemps. Il repartira dès qu'il pourra le faire.

— Il va peut-être nous laisser souffler quelque temps. Quel est le plan ?

— J'y réfléchis. Dans l'immédiat, on est obligé d'attendre qu'il se décide à bouger. Margaret va devoir contacter le FBI et ATF. Il faut les prévenir qu'on a reçu des menaces anonymes. La sécurité de mes installations a besoin d'être renforcée.

— Dodsworth aussi ?

Logan ne pouvait encore répondre à cette question.

— Non, dit-il. Pas Dodsworth. Margaret n'a pas besoin de leur parler de Dodsworth. J'ai déjà triplé les effectifs de sécurité là-bas. Dodsworth n'est pas en danger...

— Ne sous-estime pas Rudzak.

— Je ne risque pas de le sous-estimer !

— Du calme.

— Je ne suis pas calme.

Bon Dieu. Rudzak aurait dû y rester !

— Essaie de le trouver. Si tu n'arrives pas à le localiser, trouve quelqu'un qui puisse t'aider. Il faut absolument qu'on sache ce qu'il mijote.

La douleur, de plus en plus lancinante, l'empêchait de réfléchir efficacement.

— On va mettre le cap sur Phoenix, reprit-il. Je veux qu'un chirurgien m'attende chez moi et se tienne prêt à extraire cette foutue balle. Demande à Margaret de faire le nécessaire...

— Phoenix ?

— La maison est bien protégée. Je doublerai les vigiles. J'ai l'intention d'y installer Bassett.

— Et Sarah Patrick ?

— Peu de chances que j'arrive à la convaincre de se planquer quelque temps dans ma maison. Occupe-toi de faire surveiller sa cabane. Mais surtout : qu'elle n'en sache rien !

— C'est comme si c'était fait. Et toi ? Pour Rudzak, l'homme à abattre, c'est toi. Il n'a qu'une envie : te pendre par les boyaux.

— Pour l'instant, je suis en sécurité.

— Ah, oui ? Avec une balle dans la cuisse !

— Je sais que Rudzak n'aurait pas aimé si cette balle m'avait tué. Il veut que je meure, oui. Mais il espère pouvoir me torturer d'abord. C'est ce qu'il m'a dit.

— Espérons qu'il ne changera pas d'avis.

Galen coupa la communication.

Rudzak ne changerait pas d'avis. Il avait planifié sa vengeance depuis trop longtemps.

— Monty a envie de venir près de vous.

Sarah s'était approchée, son chien dans les bras. Elle le déposa avec précaution sur le sol, près du fauteuil de Logan.

— Il a mal à l'épaule, mais il essaie de ramper vers vous. Rien à faire. Il sait que vous êtes blessé aussi. Il veut vous consoler. Bon, maintenant que vous avez passé votre coup de téléphone, vous allez peut-être vous décider à dormir. Non ? Monty est assez perturbé comme ça. Inutile d'aggraver les choses.

— Il faut que j'essaie de dormir, admit Logan en se penchant pour caresser la tête du chien. Je m'en voudrais de le perturber encore plus.

Sarah prit le téléphone et le posa sur la tablette.

— Et Rudzak ?

— Il est vivant.

— Comment vous allez gérer ça ?

— Je vais patienter. Ouvrir l'œil. Essayer de le retrouver.

Il se tut un instant.

— En attendant, il va falloir que Bassett s'installe chez moi à Phoenix. La maison est protégée. Il y sera en sécurité.

— Pourquoi à Phoenix ?

— Pourquoi pas ? La maison est agréable. Vous le savez puisque vous l'avez occupée quelque temps avec Eve. J'imagine qu'il est inutile de vous proposer de vous y installer le temps que Monty soit guéri ?

— Il n'en est pas question. Je veux rentrer chez moi.

Exactement ce qu'il craignait.

— Ça vous embête si on fait une étape à Phoenix avant de vous ramener à votre ranch ? Il faut qu'on me retire cette balle de la cuisse.

— À la maison ? Pourquoi pas à l'hôpital ?

— À l'hôpital, on pose des questions.

— De toute façon, la loi fait obligation aux médecins de signaler les blessures par balle.

— On arrive parfois à les convaincre de ne pas les signaler tout de suite. Voire de les oublier.

— Avec des arguments sonnants et trébuchants, je suppose.

— Pas seulement. Il y a d'autres moyens. Y compris la donation charitable. Les médecins voient passer tant de souffrances. Il arrive qu'ils pèsent le pour et le contre : d'un côté la loi, de l'autre la possibilité de guérir des milliers de gens...

— Au risque d'y perdre le droit d'exercer.

— C'est leur choix, Sarah.

Il ferma les yeux.

— Maintenant, éloignez-vous. Laissez-nous dormir, Monty et moi. Je suis fatigué de me défendre.

— Dans une minute.

Logan l'entendit qui versait un liquide dans un verre. Il rouvrit les yeux au moment où Sarah reposait la carafe. Elle lui tendit deux nouveaux cachets de paracétamol.

— Prenez-les maintenant. Il ne faut plus vous agiter. Ni déranger...

— ... Monty, dit-il, finissant la phrase lui-même.

Il avala les pilules et referma les yeux.

— Je vais essayer de ne pas trop gigoter, et de ne pas embêter votre chien.

— Monty aime le confort. C'est dans sa nature.

Elle ramena la couverture de Logan avec une douceur qui contredit la sécheresse de sa réplique.

— Je veux qu'il se sente bien. Dormez.

Logan dormait presque. Il entendit néanmoins Sarah s'éloigner. Monty n'était pas le seul à aimer son confort ! Sarah avait beau lui en vouloir, elle faisait tout son possible pour le soulager. Et avec quelle douceur !

Vraiment, c'était une femme étonnante...

— Transportez-le dans le living. Tout est prêt. On y a installé un vrai bloc opératoire.

C'était une femme rondelette d'une quarantaine d'années, vêtue d'un tailleur rayé. Elle attendait devant la maison quand les portes de l'ambulance s'ouvrirent sur la civière de Logan.

— Comment ça va, John ?

— Ça va.

— Ça n'a pas l'air. Tu es gris comme une pierre tombale. Quelle connerie !

Elle accompagnait la civière vers la maison.

— En plus, tu m'as gâtée au niveau boulot. Tu te rends compte de ce que ça veut dire, dresser une installation pareille ? Surtout confidentiellement !

— Je suis désolé, soupira Logan en regardant par-dessus son épaule.

Voyant qu'il la cherchait des yeux, Sarah se rapprocha de la civière et prit entre les siennes la main de Logan. Elle sentit qu'il se cramponnait à elle.

— Restez, dit-il dans un souffle, sans se détourner. Restez, Sarah, s'il vous plaît...

— Vous vous imaginez que j'ai l'intention de partir comme ça, tout de suite ?

— Je prends ça comme une promesse.

Il jeta un coup d'œil vers son assistante.

— Tu t'occuperas d'elle, Margaret. Elle a besoin de...

— Boucle-la, tu veux ? répliqua Margaret. Je vais m'occuper de tout. Tout ce que tu as à faire, c'est de laisser le docteur Dowden extraire cette saloperie de ta jambe. Si tu tiens à la garder. La jambe, je veux dire.

— Bien, madame, dit-il en lâchant la main de Sarah.

On l'emmenait vers le living. Margaret se tourna vers Sarah.

— Ils vont l'opérer tout de suite, dit-elle. Il est comment ?

— La balle n'a pas brisé l'os. Mais le muscle est bien amoché. Le problème, c'est l'infection, toujours. Il serait plus en sécurité dans un hôpital.

Margaret secouait la tête.

— Impossible. Il ne voudra jamais. Et votre chien, où est-il ? J'ai cru comprendre qu'il était blessé aussi.

— Il est resté dans l'ambulance, mais tout va bien. Il a un peu mal, c'est tout. Il ne voulait plus quitter Logan, sachant qu'il était blessé. C'est pour ça qu'on a pris l'ambulance avec lui. Bassett arrive. Il est en route avec le pilote de l'avion et un vigile de chez vous.

Tout en parlant, elle aidait Monty à sortir de l'ambulance. Elle le prit dans ses bras et le transporta vers la maison.

— Nous allons rester jusqu'à ce que l'opération soit terminée, dit-elle.

Margaret s'étonna de cette remarque.

— Vous restez pour ne pas contrarier Monty ? C'est ça ?

— Je ne suis pas dépourvue de cœur au point de ne pas éprouver de compassion lorsque je vois quelqu'un souffrir. Même quand ce quelqu'un est John Logan.

Toujours portant le chien, elle prit la direction de la cuisine.

— Auriez-vous un bol ? Il faut lui donner à boire.

— Asseyez-vous donc, je vais le faire.

Margaret ouvrit un placard et en tira un bol qu'elle emplit d'eau.

Sarah le prit et le poussa doucement vers Monty. Le chien se mit à boire. Sarah se releva et demanda, inquiète :

— Ce Dowden, c'est un bon médecin ?

Margaret fit oui de la tête.

— On voit que vous ne me connaissez pas, dit-elle. Heureusement, sinon je me considérerais comme insultée. Je ne pourrais jamais mettre John entre les mains d'un mauvais toubib.

Elle baissa les yeux vers Monty.

— Et lui ? Il n'aurait pas besoin d'un véto ?

Sarah secoua la tête.

— J'ai l'habitude de le soigner moi-même. Sauf s'il a un truc sérieux. Mais là, il va bien. Il pourrait marcher si son épaule ne lui faisait pas aussi mal. Je veux qu'il la laisse au repos. Dans un jour ou deux, il aura complètement récupéré.

— Alors, vous le portez comme un bébé, reprit Margaret avec un franc sourire. Un gros bébé de cent kilos.

— Aucun problème : je suis assez costaud. Obligée, dans mon boulot.

— Je sais. J'ai fait une enquête sur vous.

Elle s'assit en face de Sarah.

— Vous êtes parfaitement en droit de me traiter de fouille-merde, ajouta-t-elle. Mais laissez-moi vous dire quand même que je vous admire, vous et Monty, pour ce que vous avez fait.

— Je n'ai aucune raison de vous en vouloir. C'est Logan qui a tout manigancé.

— Très juste, dit Margaret.

Elle essayait de déchiffrer les pensées de Sarah.

— Sauf que vous ne lui en voulez pas tant que ça. Je pensais que vous seriez furieuse contre lui. Vraiment, vous n'avez pas envie de lui arracher les yeux ?

Non. Logan avait tenu parole. Il obéissait à des motivations valables, même si ses méthodes ne l'étaient guère. Et puis Sarah, dans cette jungle, avait appris à le connaître un peu : sa force, sa détermination et jusqu'à quelques bribes de son passé. Difficile de haïr quelqu'un que l'on commence à comprendre, sauf si l'on a affaire à l'abruti total, évidemment.

— C'est fini, tout ça, dit-elle en se levant. Haïr est une dépense d'énergie inutile. Ça vous ennuie de garder un œil sur Monty ? Je voudrais être à la porte quand Bassett arrivera. Il passe un sale quart d'heure. Il avait espéré pouvoir rentrer chez lui.

— Bien sûr, répondit Margaret en se baissant pour caresser Monty. J'aime les chiens. Et celui-là est très gentil.

Cinq minutes plus tard, Bassett arrivait. Il eut une expression de soulagement dès qu'il vit Sarah venir à sa rencontre.

— Ça fait du bien de voir un visage ami, dit-il avec un sourire. Quand j'ai passé les chicanes électriques, j'ai cru que j'entrais à Alcatraz.

— Ça m'a fait la même impression la première fois que je suis venue ici. Et encore, il n'y avait que deux vigiles à ce moment-là. Alors qu'aujourd'hui ils sont quatre.

— Vous étiez déjà venue ici ?

— Il y a plusieurs mois de cela, oui.

Bassett hocha la tête.

— J'aurais dû me douter que vous étiez de vieux amis, Logan et vous. On sent qu'il y a une intimité entre vous.

Une intimité ? Elle reçut le mot comme une onde de choc.

— Qu'est-ce qui vous fait dire ça ?

— On vous imagine ensemble. Ça saute aux yeux. Déjà, vous lui avez sauvé la vie. Et vous avez gardé l'œil sur lui pendant tout le voyage comme un aigle sur sa couvée. Tout en ayant l'air de rien, d'ailleurs, d'après ce que j'ai pu observer. Tout en la jouant désinvolte. Logan n'est pas le genre d'homme qui aime se faire dorloter, pas vrai ?

— Je ne sais pas. Je ne dorlote jamais personne.

Bassett écarta les mains.

— Excusez-moi. Je me suis trompé, c'est ça ?

— Oui. Logan et moi ne sommes pas de vieux amis. Je ne lui ai pas sauvé la vie. Je lui ai juste donné un coup de main pour embarquer dans cet hélicoptère, qu'on puisse enfin décoller. J'ai eu l'occasion de faire un boulot pour une amie à lui. Et ce boulot-là, pour lui. Voilà à quoi se limite notre « intimité ».

Elle tourna les talons et se dirigea vers l'escalier.

— Vous devez être fatigué. Je vais vous montrer votre chambre.

— Je vous ai fâchée. Je ne voulais pas...

— Je ne suis pas fâchée.

C'était vrai. Elle n'était pas fâchée contre Bassett. Ce n'était pas sa faute s'il avait fait une mauvaise lecture de la situation. Certes, elle s'était inquiétée du sort de Logan, mais c'était parfaitement naturel. Elle aurait agi de la même façon avec n'importe quelle autre personne blessée ou affaiblie. Elle essayait toujours de sauver des gens. Elle avait un instinct qui la poussait à ça – et l'entraînement pour y parvenir.

Très bien, c'était parfaitement naturel. Dans ce cas, pourquoi éprouvait-elle le besoin de justifier sa conduite ?

Parce qu'en ce moment, elle était fatiguée, vulnérable. C'était la seule raison. Et elle se sentirait beaucoup mieux dès qu'elle aurait pris un peu de repos.

— Une jolie chambre, dit-elle. Vous verrez, elle donne sur le jardin.

Arrivée en haut de l'escalier, elle ouvrit la porte.

— Le téléphone est sur la table de chevet. Je présume que Logan vous permettra d'appeler au moins votre femme.

— Bien sûr. Il m'a tout de même demandé de ne pas lui dire que je n'étais plus à Santo Camaro.

— Il vous a demandé ça ?

— Enfin... C'était une suggestion. Une suggestion appuyée, on va dire.

Il jeta un coup d'œil à Sarah.

— Mais ne vous méprenez pas. Je suis venu volontairement. Logan m'a proposé d'installer ici un labo pour que je puisse continuer à travailler.

Il pouvait bien s'imaginer qu'il était venu librement. Il n'en demeurait pas moins vrai qu'il était là par la volonté de Logan, et que ce que Logan voulait, il l'obtenait.

— Vous n'aviez pas envie de rentrer à la maison ?

— Logan m'a fait observer que je ne devais pas mettre en péril la sécurité des miens. Il a envoyé un vigile pour les protéger. Chez moi, aujourd'hui, je représenterais une menace pour ma famille.

Il promena un regard dans la chambre.

— Une salle de bains rien que pour moi. Parfait. C'est sacrément mieux que le foyer de Santo Camaro. Castleton a fait de son mieux, certes, mais il a concentré ses efforts sur les équipements de laboratoire, plus que sur le confort du personnel. Ce sacré ballon d'eau chaude, par exemple : il a fallu le remplacer quatre fois, rien que le temps de mon séjour.

— Pourquoi vous êtes resté ?

— Je réalisais un rêve, répondit simplement Bassett. On ne renonce pas à un rêve sous prétexte que l'eau des douches est froide.

— Quel genre de rêve ?

Il fit la grimace.

— Je n'ai pas dit ça pour piquer votre curiosité.

Excusez-moi. Vous êtes très aimable, mais je ne suis pas autorisé à parler de mon travail. C'est dans mon contrat.

— Vous avez failli vous faire tuer. C'était aussi dans votre contrat ?

— Non. Mais nous savions tous qu'il pouvait y avoir des conséquences. Le pays n'était pas neutre.

— Qu'est-ce que...

Qu'avait-elle à le questionner ainsi ? Il venait de lui dire qu'il n'avait pas le droit de parler de son travail. De toute façon, cette histoire n'avait aucun intérêt pour elle. Il était grand temps qu'elle prenne ses distances avec Logan et son environnement.

— Margaret Wilson est en bas. Dans la cuisine. Vous la connaissez ?

— Non. C'est à Castleton que j'avais affaire. Mais j'ai entendu parler d'elle. Une femme dure, à ce qu'on m'a dit. Efficace. Et sacrément autoritaire.

Il laissa échapper un rire.

— Elle est à elle seule une espèce de légende dans l'empire Logan. Mais quoi d'étonnant ? Logan lui-même est une légende.

— Une légende avec une balle dans la cuisse. On est en train de le soigner. Dans le living. Quand ils auront fini, ils pourraient peut-être vous examiner à votre tour ?

— Je me sens très bien. Tout ce dont j'ai besoin, c'est de parler à ma femme et à mon fils.

— Je vais vous laisser, alors.

— Merci.

Il se dirigeait vers le téléphone quand Sarah referma la porte.

Elle regagna la cuisine où Margaret lui donna des nouvelles de Logan.

— Le docteur vient juste de sortir. L'opération est terminée et John va bien. Il est encore sous anesthésie pour quelques heures.

Sarah se sentit soulagée. Elle savait que la blessure n'était pas mortelle, mais une intervention chirurgicale doit toujours être prise au sérieux.

— Tant mieux, dit-elle en se laissant tomber sur une chaise. Pas de signe d'infection ?

— Si. Mais faible. Ils lui ont administré des antibiotiques à forte dose. Le docteur n'était pas trop content d'apprendre qu'il avait gardé cette balle dans la cuisse pendant des heures.

— L'idée, c'était de le ramener au plus vite aux États-Unis. Ça paraissait plus sûr.

— Je ne dis pas que c'était une erreur. Il y a le pour et le contre, comme toujours.

Margaret se leva.

— Vous ne voulez pas déjeuner ? J'ai des tas de machins en boîte. Une soupe, ça vous dit ? Il y a aussi de la viande.

Sarah secoua la tête.

— Pour Monty et moi, le moment est venu de rentrer à la maison. Quelqu'un pourrait nous emmener à l'aéroport ?

— Maintenant ? s'étonna Margaret. Vous êtes bien pressée...

— J'ai envie de rentrer chez moi.

— Vous n'aviez pas promis de rester ?

Restez, Sarah, s'il vous plaît...

Elle avait dit oui parce qu'elle voyait que Logan était faible. Qu'il avait besoin de se sentir en sécurité. Mais il n'était plus vulnérable, à présent. Il n'avait plus besoin de réconfort. Il était entouré de gens prêts à s'occuper de lui, à le protéger. En aucun cas il ne pouvait avoir besoin d'elle.

— Je suis restée, dit-elle. Maintenant, il est hors de danger.

— Il sera déçu si vous partez. Il m'a demandé de m'occuper de vous. Comment puis-je m'occuper de vous si vous êtes à des kilomètres ?

— Je n'ai pas besoin qu'on s'occupe de moi. Je m'occupe de moi toute seule.

Elle se pencha pour caresser la tête de Monty.

— Il est blessé, poursuivit-elle. Il a besoin de retrouver son environnement familier.

— John sera déçu, répéta Margaret.

— Vous m'appelez une voiture ou je me débrouille toute seule ?

— Je m'en occupe, soupira Margaret. Vous ne me facilitez pas la tâche, c'est tout.

— Je suis sûre que vous y arriverez quand même. Vous n'avez pas l'air spécialement empruntée en face de Logan.

— On travaille ensemble depuis un bout de temps. Les craintes s'estompent avec la familiarité. Mais c'est vrai que je lui voue un franc respect.

Sarah la fixait avec attention.

— Vous l'appréciez beaucoup.

— Et comment, que je l'apprécie ! Il est dur, mais il s'est toujours montré juste envers moi. Il arrive que les choses prennent une tournure compliquée avec lui. Au moins, on ne s'ennuie pas.

Elle décrocha le téléphone.

— J'appelle un des vigiles. Je vais lui demander d'amener une voiture. Vous êtes sûre que vous ne voulez pas déjeuner avant de partir ?

— Sûre.

Elle écouta Margaret passer son coup de fil. Dans quelques minutes, elle serait en route. Elle allait retrouver la vie qu'elle aimait – une vie simple, silencieuse et sereine. Elle allait laisser Logan tisser ses toiles d'araignées autour de quelqu'un d'autre. Elle rentrait à la maison.

6

Un hurlement étrange, délicieux, traversa l'air calme de la nuit.

Monty releva la tête. *Beauté.*

— On dirait que notre ami le loup n'est pas loin. Il est revenu dans les parages.

Sarah, à genoux, fourrait des vitamines dans la pâtée du chien.

— J'espérais qu'il serait parti à notre retour.

Faim ?

— Peut-être. Ces loups gris du Mexique n'ont pas eu la belle vie depuis qu'on les a réintroduits dans la région. Mange, mon chien.

Monty repoussa son bol avec le museau. *Faim.*

— Il faut manger. Si tu ne manges pas, tu ne guériras pas. Ce n'est pas en te laissant mourir de faim que tu sauveras ce loup.

Monty s'étira sans toucher à sa nourriture. *Faim.*

Le loup hurla de nouveau.

— Boucle-la ! marmonna Sarah. Tu as envie que les fermiers te prennent en chasse, ou quoi ? Tu as intérêt à faire profil bas, crois-moi...

Faim.

— Ce loup est cent fois mieux équipé que toi pour se nourrir en pleine nature sauvage.

Triste. Seul.

Ce loup n'aurait jamais dû se trouver si loin à l'est. Oui, il était seul. Il avait sûrement perdu le contact avec sa meute.

— On ne peut rien faire pour lui. Si on les a réintroduits dans la région, c'est pour qu'ils apprennent à se débrouiller par eux-mêmes.

Elle passa à table et commença à manger sa viande réchauffée.

— Écoute, je ne me fais pas de souci. Alors, mange.

Elle jeta un coup d'œil par-dessus son épaule. Monty avait les yeux fixés sur la porte.

— Non. Pas question de sortir, ni d'essayer de...

On frappait.

Sarah se raidit. La porte s'ouvrit.

— Pardon.

C'était Logan. Il s'appuya contre le chambranle. Il était très pâle. Un petit sac de voyage reposait à ses pieds.

— Je peux entrer ? Ça ne vous dérange pas ? Je crois que j'aurais besoin de m'asseoir.

— Qu'est-ce que vous foutez ici, bonté divine ? cria Sarah en bondissant sur ses pieds et en courant vers lui.

Elle fit en sorte qu'il prenne appui sur elle et l'aida à atteindre le Relax, devant le feu.

— Quel idiot ! Vous êtes opéré de cet après-midi, bon sang ! Qu'est-ce que vous voulez, au juste ? Rouvrir ces points de suture ?

— Vous m'aviez promis de rester. Quand je me suis réveillé, vous n'étiez plus là.

Il s'installa dans le fauteuil et ferma les yeux.

— Alors, je suis venu.

Elle alla chercher un coussin à l'autre bout de la pièce et le lui glissa sous les pieds.

— Vous êtes venu comment ?

— Margaret m'a conduit ici. Je lui ai dit de me laisser près de chez vous et de repartir.

— Elle a dû adorer.

Il eut un pâle sourire.

— Je vois que vous avez appris à la connaître, dit-il. Non, elle n'était pas franchement contente.

— Moi non plus. Qu'est-ce que vous faites là ?

— J'ai décidé que j'avais besoin d'un peu de repos et de sollicitude. Vous avez tout ça, ici. Non ?

Elle n'en croyait pas ses oreilles.

— Quoi ?

— Je vois que vous avez un canapé, reprit-il. Je le prendrai pour dormir.

— Vous n'avez pas l'air de piger...

— Vraiment ? Je ne suis pas très net, c'est vrai. Ça doit être les médicaments. Le médecin m'a donné des médicaments. Ce que j'essaie de vous demander, c'est si vous préférez repartir avec moi. Ou que je dorme ici.

— Je ne repars pas avec vous et vous ne dormez pas ici. Vous avez toute la sollicitude dont vous pouvez rêver chez vous, à Phoenix.

— Ce n'est pas seulement ça... Est-ce que je ne vous ai pas promis de discuter de votre cas avec Madden ?

— Si. Et j'y tiens. Mais vous n'aviez pas le droit de quitter votre chambre de malade. Pas plus que vous n'aviez besoin de venir ici. Madden n'a plus remis les pieds ici depuis le jour où je l'ai viré de chez moi.

— Maintenant, c'est moi que vous avez envie de virer.

— Exactement.

— C'est plus prudent. Je suis... responsable.

— Qu'est-ce que vous marmonnez ? Je ne comprends rien à ce que vous dites...

— Je ne marmonne pas.

Il ouvrit les yeux quand Monty vint appuyer la tête contre sa main.

— Bonjour, mon chien. Content de voir que quelqu'un se décide à me dérouler le tapis.

— N'en tirez pas de conclusions trop vite. Il y a cinq minutes, c'est pour un loup qu'il voulait dérouler le tapis.

— Un loup ? Je l'ai entendu en venant. De la voiture. C'était beau...

— Ah, non ! Vous n'allez pas vous y mettre aussi, s'exclama-t-elle en s'approchant du téléphone. C'est quoi son numéro de portable à Margaret ? Je vais l'appeler. Qu'elle revienne vous chercher...

Logan secouait la tête.

— Je l'ai prévenue que vous alliez appeler. Je lui ai dit de ne pas en tenir compte. Vous m'avez... sur les bras...

— Vous rêvez ! J'appelle une ambulance. Ils vous... Hé ! vous m'écoutez ou quoi ?

— Pardon.

Il avait refermé les yeux.

— Fatigué...

Il s'était endormi.

— Logan !

Pas de réponse. Il devait être assommé par les drogues. C'était déjà un miracle qu'il soit arrivé à se traîner jusqu'ici. Enfin, pas tout à fait un miracle. Logan était un homme particulièrement déterminé – et Sarah le savait parfaitement.

Mais pourquoi une telle détermination à venir précisément *ici* ?

Oh ! et puis quel intérêt y avait-il à explorer toutes les raisons possibles ? Il était là : c'était un fait accompli. Elle allait appeler une ambulance. C'était encore le meilleur service à lui rendre : le réexpédier à Phoenix.

Monty la considérait avec une expression désolée.

— D'accord, d'accord. On va le laisser tranquille jusqu'à ce qu'il se réveille. Ça t'empêchera peut-être de penser à ce sacré loup.

Le chien s'installa au pied du Relax.

Sarah alla chercher le sac de Logan et le ramena dans la maison en poussant des soupirs exaspérés. Et elle s'étendit sur le canapé. Elle avait cru en avoir fini avec lui : c'était raté. Il était toujours là. Il n'avait pas eu besoin de plus de quelques heures pour rappliquer. Du coup, elle se retrouvait à dormir sur ce canapé défoncé au lieu de profiter de son lit confortable. Mais bon, elle était bien obligée de le surveiller, cet imbécile, des fois qu'il se mette à déambuler dans la maison au risque de se faire mal.

— Réveillez-vous.

Elle le secouait et c'est à peine s'il s'en rendait compte.

— Réveillez-vous, merde !

Il finit par ouvrir les yeux, après avoir creusé sa route à grand-peine dans le brouillard du sommeil. La cabane. Sarah qui voulait l'obliger à repartir...

— Je reste.

— Et moi, je m'en vais. Alors, appelez Margaret et dites-lui de venir vous chercher.

— Quoi ?

Il s'assit soudain dans le fauteuil : il venait de s'apercevoir qu'elle était en train d'enfiler sa veste.

— Vous allez où, bon Dieu ?

— À Taïwan. Ils ont eu des pluies torrentielles pendant le week-end. Un village a été englouti par un glissement de terrain. Il y aurait plus de cinq cents morts.

Elle gagna la cuisine et emplit une bouteille Thermos de café fumant.

— Mon Dieu ! Je *hais* les glissements de terrain. Les chances de retrouver des survivants après un glissement de terrain sont infimes. Pour ainsi dire inexistantes. On cherche des morts, pas des vivants.

— Alors, pourquoi vous y allez ?

— Des centaines de personnes sont enterrées dans cette sacrée boue. Avec Monty, on arrivera peut-être à en retrouver quelques-unes.

— Qui vous a informée de cette catastrophe ?

— Helen Peabody. Notre coordinatrice. Elle a appelé il y a dix minutes. Vous dormiez si profondément que vous n'avez même pas entendu le téléphone sonner.

— Vous êtes crevée. Rien ne vous oblige à repartir quelque part.

— C'est mon boulot. Le voyage est long. Je dormirai dans l'avion...

— Quel avion ?

— Helen est en train de passer des coups de fil. Elle essaie de nous trouver un appareil et un pilote. On peut lui faire confiance, elle est efficace...

Elle enfonça la bouteille Thermos dans la poche de son sac de marin.

— Maintenant, soyez gentil. Décrochez ce téléphone et appelez Margaret.

— Et Monty ? Il a été blessé. Vous qui vous faisiez tellement de souci pour lui ! Vous voulez maintenant le faire participer à des secours ?

— Lui aussi, c'est son boulot. Il a un peu mal, mais il saura gérer ça. Si je vois qu'il souffre trop, je le dispenserai des fouilles.

— Je n'aurais jamais cru que vous puissiez vous montrer aussi dure avec lui. Vous êtes dingue de ce chien.

— S'il existe la moindre chance de sauver quelqu'un, ni Monty ni moi n'avons le droit d'hésiter. Ce n'est pas la première fois qu'il est blessé. Il s'en est toujours sorti. Et moi, pareil.

Elle ouvrit un placard pour y prendre les vitamines du chien. Elle fourra les flacons dans son sac.

— C'est prévu pour durer quelques jours, pas plus.

Après, on passe le relais à une autre équipe. Monty a eu sa dose de cadavres exhumés à Barat.

— Et vous ? Vous n'en avez pas eu votre dose ?

— Oh, si !

Elle se détourna et cabra son dos épuisé.

— Et comment, que j'ai eu ma dose ! Mais il y a encore de la demande, on dirait...

— Vous n'avez jamais envisagé la possibilité de dire non ?

— Dire non ? Quand des gens appellent au secours ?

— Je me doute que vous n'y arrivez pas.

Il avait envie de s'engueuler avec elle ; en même temps, il avait de la peine à réfléchir. Il secoua la tête dans l'espoir de s'éclaircir les idées.

— Taïwan, dit-il. Où ça, à Taïwan ?

— Un endroit du nom de Kai Chi. Vous voulez du café ?

— Non, merci.

— Sûr ? Vous avez l'air d'en avoir besoin, pourtant.

— Cinq cents morts ?

— C'est une estimation.

— Alors, vous aurez besoin d'aide, j'imagine.

Il tendit la main vers son téléphone portable.

— Vous faites tout pour me compliquer la vie, mais tant pis. Vous êtes combien dans cette équipe ?

— Six.

— Plus six chiens ?

Elle approuva.

— Vous pouvez rappeler votre Helen Peabody. Dites-lui que vous avez trouvé un avion et un pilote.

Il fronça le nez.

— Mes tapis et mes sièges vont sentir bon quand six chiens auront voyagé à bord !

Sarah n'en croyait pas ses yeux.

— Vous nous prêtez votre avion ?

— Il faudra combien de temps à votre équipe pour rejoindre l'aéroport de Phoenix ?

— La plupart viennent de Tucson. Disons cinq heures.

— C'est trop long. Surtout si la situation à Taïwan est aussi mauvaise que vous le dites. On va voler jusqu'à Tucson et embarquer l'équipe là-bas. Ensuite, cap sur Taïwan. Directement.

— On ?

— Je pars avec vous.

— Vous perdez la tête ou quoi ? Vous voulez venir à Taïwan. Pour quoi faire ?

— Peut-être pour réparer quelque chose. Ce qui est arrivé à Monty à Santo Camaro est ma faute.

— Prêtez-nous l'avion et le pilote, ça suffira.

Logan secouait la tête.

— C'est mon avion. Donc, c'est moi le boss.

Il composait déjà le numéro de Margaret.

— Margaret ? Je m'envole pour Taïwan, là. Tu veux bien faire préparer l'avion, le plan de vol, tout ? Pour dans une heure.

Elle n'eut même pas le temps de protester.

— Non, pas maintenant. Fais ce que je t'ai demandé, point.

Il coupa la communication.

Sarah secouait la tête.

— Vous ne pouvez pas venir.

— Pour quelle raison ?

— C'est une mission de sauvetage. Il y a du boulot à faire. Vous allez être dans nos jambes. Nous empêcher de travailler.

— Ne vous en faites pas, je ne serai pas dans vos jambes. Je connais la musique. Il se trouve que j'ai une petite installation sur la côte. J'ai pas mal de contacts dans le pays. Et j'ai l'avion. Qu'est-ce que vous voulez de plus ?

— Je veux que vous restiez ici. Prêtez-nous l'appareil et basta !

— Pas question.

— Vous venez de subir une opération. Vous ne savez pas quelles conditions vous trouverez là-bas. Si vous chopez une infection ?

— Vous me soignerez. Vous vous occuperez de moi. Comme vous vous occupez de Monty.

— C'est ce qui risque d'arriver, j'en ai peur.

— N'ayez pas peur. Ça n'arrivera pas. Je n'ai aucune envie d'être un fardeau pour vous.

Il bataillait pour s'arracher du fauteuil. Il réprima un tressaillement de douleur quand sa blessure à la cuisse se réveilla.

— Si je deviens un fardeau, je vous promets de ne pas vous mettre des bâtons dans les roues. Maintenant, appelez Helen. Pendant ce temps, je vais dans la salle de bains me rincer la figure.

Sarah resta plantée au milieu de la pièce ; elle hésitait.

— Appelez-la, répéta-t-il en boitant vers la salle de bains. Vous savez que je suis le meilleur sur la place.

— Mais regardez-vous ! Vous ne pouvez même pas marcher sans avoir mal !

— Ne vous en faites pas. Ça me sert.

— Je n'ai pas envie que vous la perdiez, cette sacrée jambe !

— Je ferai attention. Pendant qu'avec Monty vous vous occuperez des milliers de pauvres gens qui souffrent de par le monde. Ce ne sera que justice.

Il la regarda par-dessus son épaule.

— Vous n'êtes pas de mon avis ?

Elle hocha doucement la tête.

— Si. Pourquoi je devrais m'en faire pour vous ?

Elle se retourna et décrocha le téléphone.

— Venez, après tout. Si ça vous chante. Mais il ne faudra pas m'accuser si ça se passe mal à Taïwan...

— Je ne vous accuserai pas.

Dès qu'il eut refermé la porte, il s'y adossa pour accueillir des vagues de souffrances. Il avait, bien sûr, la possibilité de prendre des médicaments antidouleur, mais ces médicaments avaient des effets secondaires et il ne tenait pas à se retrouver groggy. Quand ils auraient décollé de Tucson, il pourrait lever le pied. Sarah avait un rude caractère, mais elle était attentive. Elle se débrouillerait pour l'empêcher de partir si elle voyait qu'il souffrait le martyre. S'il était trop malade. Ce qui était précisément le cas : il se sentait malade à crever. Mais la douleur finit par faiblir et n'être plus qu'un point. Logan prit son téléphone et appela Galen.

— Je suis chez Sarah. Dans sa cabane. Mais on va s'envoler pour Taïwan dans l'heure qui suit. Du nouveau ?

— Rien encore. Je suis toujours sur les traces de Sanchez. Taïwan ?

— Il semble qu'une catastrophe ait eu lieu là-bas. Un glissement de terrain. Ils ont besoin d'une équipe de secouristes et c'est l'équipe de Sarah qui part. Je pars avec eux.

— Merde ! Mais tu te sens comment ?

— On vient de m'extraire cette balle. Je ne me sens pas trop bien.

— Je ne voudrais pas être à ta place.

— Retrouve-moi Rudzak. Même s'il est blessé. Je parie tout ce que tu veux qu'il est en train de préparer son prochain coup.

Logan coupa la communication. Il ferma les yeux et rassembla ses forces. Il avait réussi à passer un coup de fil. Il arriverait bien à supporter le voyage. En fait, l'urgence se chargerait d'arrêter automatiquement la douleur : il n'avait plus le temps de s'apitoyer sur lui-même.

Il se pencha sur le lavabo et s'aspergea le visage à l'eau froide.

— Il est bien, ce mec.

Susie Phillips prit place dans le fauteuil en cuir sans quitter Logan des yeux. Logan qui était à l'avant de l'appareil, en discussion avec Boyd Medford.

— Il est vraiment homme d'affaires ? On ne dirait pas...

— Regarde autour de toi, répondit Sarah. Le luxe de l'avion donne une indication, il me semble.

— Tu sais très bien ce que je veux dire. Il est sympa. Il a l'air proche des gens. Tu le connais depuis longtemps ?

— Pas très longtemps.

— C'est forcément un mec bien pour se proposer de nous aider comme ça. Surtout qu'il sort d'un accident.

— Il t'a dit qu'il avait eu un accident ?

— Il ne m'a rien dit, mais c'est le cas, non ?

Sarah décida de changer de sujet.

— Et Dinah ? Comment va-t-elle ?

— Bien. Sauf qu'elle n'est pas du voyage. Ça la désespère, quand elle me voit partir avec Donegan. Elle ne comprend pas que c'est une récompense d'être mise à la retraite après tant d'années de bons et loyaux services. Elle prend ça pour une punition.

Elle jeta un coup d'œil à Monty.

— Je sais que Monty n'est pas à la veille d'arrêter, mais ce sera dur pour lui aussi. Peut-être plus dur que pour les autres chiens de l'équipe. Tu devrais y réfléchir, Sarah. Il faut du temps pour entraîner un nouveau chien.

Sarah n'avait aucune envie de réfléchir à ce genre de choses. Elle ne se voyait pas du tout travaillant avec un autre chien. Après toutes ces années ! L'idée que Monty puisse vieillir lui faisait mal.

— J'ai tout le temps d'y penser, dit-elle en quittant son fauteuil. Logan a l'air un peu fatigué. Je vais aller voir s'il a besoin de quelque chose.

Susie approuva.
— Bonne idée.
Elle tira un livre de poche de son blouson.
— Je vais essayer de m'endormir en lisant. Le vol va être long. Je préférerais ne pas voir le temps passer.
Quand Sarah s'avança dans l'allée, elle sentit la fatigue tirer sur chacun de ses muscles. Il fallait, pour atteindre Logan, enjamber chiens et bagages. Elle n'avait pas envie d'attendre, comme les autres, de pouvoir se lover dans son siège et céder au sommeil. En fait, rien n'aurait pu l'empêcher de rejoindre Logan.
Même si elle savait qu'il n'avait pas besoin d'elle. Qu'il était capable de veiller sur lui-même.
Encore fallait-il être raisonnable. Et si Logan avait été raisonnable, il se serait allongé sur l'un des divans lorsque l'avion avait quitté Tucson, une heure auparavant. Mais non : il n'avait pas arrêté de palabrer avec Boyd. Il l'écoutait avec une grande politesse. Et, plus les minutes passaient, plus il avait l'air exténué, accablé de désespoir.
Boyd leva la tête et sourit.
— Bonjour, Sarah. Joli voyage, cette fois. Pas vrai ? Tu te rappelles cet avion de fret qui nous a transportés à Barat ?
— Si je me rappelle !
Elle se tourna tout de suite vers Logan.
— Vous avez l'air à l'article de la mort. Allez vous coucher.
— Je vais y aller dans une minute. Boyd était en train de me raconter une opération de secours au Nicaragua.
— Il pourra aussi bien vous la raconter au réveil.
Elle ajouta à l'intention de Boyd :
— Je crois que tu ferais mieux de le laisser se reposer. En principe, il devrait garder la jambe en l'air. Il

a sûrement oublié de te le dire, mais il a été opéré hier...

— Bon Dieu ! fit Boyd en se levant. Je ne savais pas. Je vous laisse. À plus, Logan.

Logan le salua d'un signe de tête ; il le suivit des yeux tandis qu'à son tour il enjambait les sacs et les chiens pour aller s'asseoir à côté de Susie.

— Vous le connaissez bien ?

— Depuis des années.

— Je m'en doutais. Vous l'avez rudoyé comme un vieil ami.

— Vous n'auriez pas dû hésiter à le rudoyer aussi. C'est un mec génial. Le problème, c'est qu'il parle beaucoup. Il ne peut pas s'empêcher de parler quand on est en mission.

— Je l'aime bien, dit Logan en souriant. Et je suis parfaitement capable de me montrer aussi rude que vous, Sarah. Mais il m'intéressait. Il me donnait un aperçu du travail qui est le vôtre.

— Et alors ?

— J'ai l'impression d'avoir jeté un coup d'œil en enfer. C'est un pays intéressant, mais où je n'aurais pas envie de vivre.

— Rien ne vous oblige à y vivre. C'est mon job, c'est comme ça.

— Sauf si...

— Arrêtez de parler. Je suis crevée. Et la dernière chose dont j'ai envie, c'est de vous voir faire la causette avec mes amis juste parce que vous êtes trop macho pour admettre que vous souffrez. Bon, ça vous ennuierait d'aller vous étendre ? Que je puisse m'accorder un peu de repos.

— Ça ne m'ennuie pas du tout.

Il se leva avec effort et se balança en se retenant d'une main au dossier du fauteuil.

— Donnez-moi juste le temps de récupérer. Je suis tout engourdi.

Il n'aurait admis pour rien au monde que, vu son état, la perspective d'avoir à remonter l'allée lui faisait peur.

— Vous voulez un coup de main ?

Il répondit d'une grimace.

— Vous ne voulez pas me laisser me débrouiller tout seul, alors ?

— Si vous souffrez, la fierté est déplacée.

— Au moins, vous ne mâchez pas vos mots. Accordez-moi deux minutes. Si ça ne va pas mieux dans deux minutes, vous serez autorisée à me faire transporter jusqu'au canapé sur une civière. En attendant, dites-moi pourquoi vous détestez tant que ça les glissements de terrain.

— Je vous l'ai déjà dit. On ne cherche que des cadavres. Dans un tremblement de terre, vous avez plus de chance de tomber sur des poches d'air. Quand une montagne de boue vous arrive dessus, vous mourez étouffé.

— Comme sous une avalanche de neige ?

Elle fit non de la tête.

— La neige, c'est plus facile parce que c'est poreux. Les odeurs passent à travers. Tandis qu'avec la boue, les odeurs restent coincées à l'intérieur. Un chien n'arrivera pratiquement pas à repérer la partie évasée du cône. En plus, le chien croit qu'il peut marcher sur le manteau de boue, ce qui provoque toutes sortes d'ennuis. Il peut se retrouver collé. Il faut aller le récupérer. En passant par-dessous, des fois. Il arrive qu'on ne puisse rien faire pour l'aider à s'en sortir. À cause de la boue, on est obligés de surveiller les chiens chaque minute qui passe.

Elle parlait avec un débit de mitraillette.

— Impossible de fouiller seul, dans la boue. Vous devez nécessairement avoir quelqu'un avec vous, en cas de problème. Et les problèmes sont fréquents. Une botte qui se coince dans la boue peut équivaloir à une sentence de mort. Le dresseur doit garder ses bottes en bon état : il faut que le chien puisse les repérer facilement. En plus, à Taïwan, il continue de pleuvoir. Et tant qu'il pleut, pas moyen de commencer les recherches. C'est trop dangereux, le terrain pourrait glisser à nouveau. Alors, vous vous asseyez et vous attendez. Sous les yeux des parents des victimes. Des fois, ils vous insultent. Ça fait assez de problèmes comme ça ?

— C'est la merde, autrement dit.

— Exactement. Vous êtes sûr que vous ne préférez pas rester dans l'avion ? Vous voulez vraiment venir au village ?

— Oui.

Il laissait son regard flotter sur les occupants de la cabine.

— Ce sont des gens bien, dit-il. Mais ils doivent être dingues, aussi dingues que vous, pour aller se fourrer dans une galère pareille. J'ai peur d'avoir été un peu déconnecté quand vous avez fait les présentations. Parlez-moi d'eux.

Sarah regardait dans la même direction.

— Celui qui a la cinquantaine, avec le labrador noir, c'est Hans Kniper. Il est vétérinaire et dresseur de chiens. Le petit jeune endormi, près du hublot, s'appelle George Leonard. En semaine, il est employé dans un supermarché à Tucson, et dresseur le week-end. Boyd Medford, vous lui avez parlé. C'est le chef de l'équipe. C'est lui que je connais le mieux, je pense. C'est un ancien maître-chien d'ATF. Il a arrêté pour s'acheter un ranch. Le blond avec le berger allemand noir et brun, c'est Theo Randall. Il est comptable dans un grand hôtel. Susie est mère au foyer. Elle a deux gosses et quatre bergers allemands.

— Vous n'avez pas grand-chose en commun, tous.

— On aime les chiens. On aime les dresser à sauver des vies. Ça suffit à créer des liens.

— Monty est le seul golden retriever. Trois bergers, deux labradors et lui. Il y a des espèces plus douées que les autres pour ce genre de travail ?

— Là-dessus, chaque membre de l'équipe pourrait développer sa propre opinion. Moi, je pense que le seul vrai critère, c'est l'intelligence. L'instinct de chercheur. Et un bon nez, évidemment. Vous allez pouvoir vous déplacer, maintenant ?

— À condition d'y aller doucement.

Il hasarda un pas prudent.

— Très doucement, même. Bonne nuit, Sarah.

Elle le regarda progresser d'une démarche gauche et hésitante. Il s'arrêta avant de contourner Donegan, le chien de Susie.

Susie leva les yeux de son bouquin, Logan échangea quelques mots avec elle.

Allez donc vous allonger, imbécile. Pas la peine d'essayer de jouer les séducteurs jusque dans ce sacré avion.

Logan avait dépassé Susie, à présent. Il venait de s'asseoir sur le divan. Ayant sorti de sa poche un flacon, il avala deux pilules avec un verre d'eau. Peut-être des médicaments antidouleur. Il n'aurait jamais dû attendre si longtemps avant d'en prendre. Maintenant qu'il savait qu'il n'était plus observé, il avait le visage émacié. Émacié et torturé, en fait. Émacié, elle pouvait comprendre. Mais pourquoi torturé ? Par quels démons Logan était-il poursuivi ?

Monty se dressa sur ses pattes et se dirigea vers lui d'un pas raide. Il se coucha au pied du divan. Il sentait la maladie et la souffrance. Logan n'avait rien à faire dans ce voyage. Ce n'était pas sa place.

Et quant à Sarah, ce n'était pas la peine d'avoir embarqué dans cet avion si c'était pour se soucier continuellement de cette tête de mule de Logan. Il n'arrivait même pas à prendre la décision de se reposer ! Elle s'installa dans le fauteuil qu'il venait de laisser et l'inclina au maximum.

Dors. Arrête de penser à Logan.

Arrête aussi de penser à toute cette boue.

On sera vite arrivés à Taïwan.

Mon Dieu ! Pourvu qu'il cesse de pleuvoir !

Un grand soleil brillait dans un ciel sans nuage. Tout va bien à Dodsworth, songea Rudzak avec une pointe d'amusement.

— Pourquoi avoir voulu venir ici ? lui demanda Duggan. Je t'ai dit que l'installation était bien protégée. Trop bien. Pas moyen de frapper.

— Je voulais voir, c'est tout.

Il ne quittait pas des yeux le petit immeuble de brique dans son enceinte couverte de lierre.

— Les gens d'ici pensent qu'il fait quoi derrière ces murs ?

— De la recherche agricole.

Rudzak émit un gloussement.

— Tu peux faire confiance à Logan : il trouvera toujours le bon mensonge, celui qui touche le cœur des Américains.

Il se détourna.

— L'immeuble est sous sécurité renforcée, j'imagine ?

— À l'intérieur comme à l'extérieur. Rondes de surveillance, caméras, capteurs, contrôles du personnel.

— Tu as pu te procurer un plan de l'immeuble ?

— Pas encore. Mais je n'en aurai pas besoin.

— Moi, j'en ai besoin. Je veux connaître les points forts et les points faibles de cet édifice. Considère que c'est une priorité.

— L'endroit est trop bien sécurisé. Tu ferais mieux de frapper une autre installation de Logan.

— Je vais y réfléchir. Ça m'embêterait. Dodsworth est un défi des plus intéressants. C'est manifestement le joyau de la couronne de Logan. Il existe toujours une façon de piéger un système de sécurité. Il suffit de réfléchir, c'est tout.

Rudzak marqua un temps.

— Et c'est ce qu'on va faire. Réfléchir. Étudier la situation. Voir ce qu'il y a moyen d'en tirer.

Un nouvel élément venait d'apparaître à l'horizon. Un élément appelé Sarah Patrick. Il en avait appris pas mal, sur elle, au cours des deux derniers jours. Il savait même que Logan avait élargi le cercle de son réseau de protection de Phoenix : le système incluait maintenant la cabane de Sarah. Quelle place cette femme occupait-elle dans sa vie ? Est-ce que ça valait le coup de la kidnapper ? Et qu'en était-il de cette Eve Duncan qui, elle, avait récemment occupé une place importante dans l'existence de Logan ?

Rudzak ne manquait pas de choix. Pas mal de pistes ne demandaient qu'à être explorées. Mais il avait tout le loisir d'étudier la question : les réponses viendraient en temps utile. C'était lui qui donnait le ton. Logan se contentait de répondre. Et ça pouvait prendre un peu de temps, de mettre au point le scénario le plus intéressant. *Ça vient, Chen Li. Ne t'impatiente pas*.

— J'ai vu ce que je voulais voir, dit Rudzak en se dirigeant vers la voiture. Allons-nous-en. Je veux être à Phoenix ce soir.

7

— Vite, tout le monde dans le bus, cria Logan resté sur la route.

La pluie lui martelait la figure. Il avait à ses côtés Sun Chang, son contact local.

— Le village n'est pas loin, mais Chang dit que la route risque d'être inondée d'une minute à l'autre. Si ce n'est déjà fait. Les soldats ne laisseront plus entrer ni sortir personne quand la route sera submergée.

— Super !

Sarah se précipita dans le bus.

— On avait besoin de ça. Et le soutien aérien ?

— Pas moyen d'atterrir. Le terrain est trop accidenté. Tout ce qu'ils peuvent faire, c'est larguer les fournitures. Le village était construit en terrasses à flanc de montagne.

— Ils ont pu y envoyer du matériel médical ?

— Oui. Ils ont aussi dressé des tentes.

Boyd intervint :

— D'autres équipes de secours, sur place ?

— Une équipe venue de Tokyo. Ils sont arrivés hier soir.

— Il y a des survivants ?

Logan pinça les lèvres.

— Ils en ont remonté six... à l'heure qu'il est.

Sarah appuya la tête contre la vitre et regarda sans le voir le paysage raviné par la pluie. Six survivants. Six sur cinq cents. Mon Dieu !

Logan se laissa tomber dans le fauteuil à côté d'elle.

— J'imagine que ce n'est même pas la peine de vous demander de rester ici, dit-il. Vous voulez absolument aller voir ce village.

— Exactement. Mais vous, vous devriez rester ici. Vous ne nous serez d'aucune utilité sur place. Vous arrivez à peine à marcher.

— Vous étiez curieuse de voir si un homme tel que moi peut être efficace. Jusqu'à présent, je ne vous ai pas lâchée, si ?

— Non.

Depuis sa descente d'avion, Logan faisait penser à une vraie dynamo. Il n'arrêtait pas de produire de l'énergie. Il avait vérifié que chaque dresseur disposait bien de tout le nécessaire. Il avait discuté avec Chang qui les avait accueillis à leur arrivée et avait affrété ce bus.

— Sauf que maintenant, reprit Sarah, vous ne pourrez plus vous rendre utile. Que je sache, vous n'êtes pas médecin. Ni entraîné au secourisme.

Le bus cahota, dérapa et se mit en travers de la route. Des gerbes de boue s'abattirent sur les fenêtres.

— Et votre jambe ? Elle va peut-être exiger des soins que les docteurs ne pourront pas donner.

— C'est stupéfiant de voir tout ce que j'arrive à faire avec un simple téléphone cellulaire.

— Ne soyez pas si désinvolte. Ce n'est pas drôle.

— Je n'essaie pas d'être drôle. Mais alors, pas du tout.

Il tendit sa mauvaise jambe.

— J'essaie de vous rassurer. Je ne voudrais pas que vous pensiez que je suis... une merde.

Le bus venait de négocier un virage. Une montagne de boue s'étendait devant eux. Le village avait disparu – emporté. Plus de maisons, plus de rues... plus de signe de vie. Sarah aperçut derrière le rideau de pluie quelques sauveteurs avec leurs chiens. Ils avançaient péniblement dans la boue, au pied de la coulée, tandis qu'une poignée d'hommes creusaient furieusement, en équilibre sur des planches jetées d'un bord solide à l'autre. La zone était entourée de tentes. Sarah repéra, grâce à sa croix rouge, celle qui abritait l'hôpital.

— Merde ! murmura Logan. Par où on va commencer, bon Dieu ?

— On commence toujours pareil.

Sarah se pencha pour vérifier le bandage de Monty. Elle lui passa le licou orange siglé d'une croix rouge de chaque côté.

— On y va avec les chiens.

Logan pâlit.

— Mon Dieu !

— Je vous l'ai dit : la coulée de boue, il n'y a rien de pire.

— Vous me l'avez dit, admit-il.

Il prit une profonde respiration et détourna les yeux du désastre pour regarder Monty.

— Il n'avait pas ce licou à Santo Camaro.

— Là-bas, il n'aurait servi à rien. Sur les sites de catastrophe, ça permet d'identifier le chien comme faisant partie des sauveteurs. Ainsi, on ne risque pas de le confondre avec les chiens errants. Les catastrophes attirent les chiens sauvages. Les ruines aussi. Les familles affamées les tuent, des fois. Pour manger. J'ai vu ce genre de choses.

Elle rabattit sur sa tête le capuchon de son poncho, et le noua sous son menton. Le bus dérapa encore et s'arrêta péniblement près de la tente-hôpital.

— Monty, on ne le tuera pas pour le manger, conclut Sarah.

Logan regarda Sarah disparaître avec ses équipiers dans la tente où les militaires les attendaient pour leur faire un point de la situation. La nuit tombait. La coulée de boue, dans la pénombre, ressemblait à un monstre obscène.

Pas un cri.

Pas un sanglot.

Pas un enfant qui chantait.

Le silence.

L'endroit était silencieux comme une tombe.

— Vous allez être trempé, monsieur Logan.

Chang s'était approché de lui.

— Il y a des plats chauds dans la tente des sauveteurs.

— Pas maintenant.

Logan fixait les yeux sur le sommet de la montagne.

— D'où vient-elle, cette coulée ?

— Ils ne savent pas vraiment. C'est arrivé au milieu de la nuit.

Il pointait le doigt vers une tache, non loin du sommet.

— C'est parti de là, vers cette zone, à peu près. Vous voyez ?

— Je veux monter là-haut.

— Les militaires n'autorisent personne à y aller, monsieur Logan. La boue continue de glisser. Et la pluie...

— Toi, emmène-moi là-haut.

Il faisait des gestes saccadés en direction des hauteurs.

— Je veux aller voir là-haut.

Le sol était glissant à l'approche du sommet.

La mort.

Un monument mortel.

Ce n'était pas une coïncidence. Cela ne pouvait pas être dû à une coïncidence.

— Qu'est-ce que vous cherchez, monsieur Logan ? demanda Chang.

— Je ne sais pas.

Quelque chose qu'il avait sûrement caché là. Quelque chose que Logan devait retrouver.

Le faisceau de sa lampe torche parcourut les rochers.

Rien.

— On ferait mieux de redescendre, dit Chang. Les militaires ne seront pas contents s'ils apprennent que...

— Redescends, toi.

Logan se précipita d'un rocher à l'autre derrière les balancements de son rayon lumineux. Il y avait eu le petit scarabée...

Petite aussi était la boîte bleu et blanc qui brilla soudain dans la clarté de la lampe torche.

La boîte de Chen Li. Combien de fois avait-il vu cette boîte entre les mains de Chen Li ? Cent fois, peut-être. Chen Li caressait toujours du bout des doigts les fleurs en lapis-lazuli qui ornaient le couvercle...

Logan tomba à genoux.

Il avait envie de hurler. Il avait envie de frapper les pierres à coups de poing.

Et il ne pouvait rien faire d'autre que regarder fixement la boîte dont les ornements exquis brillaient dans la clarté du faisceau.

Cinq cents personnes.

Cinq cents personnes enterrées vives.

Six heures plus tard, il recevait un appel de Rudzak.

— Il pleut toujours à Kai Chi ?

— Oui.

— J'ai regardé le journal télévisé. Ils ont dit que tu participais à une mission charitable. Mais je suis sûr que la pluie ne t'a pas empêché de retrouver la boîte de Chen Li. Je me trompe ?

— Non.

— Tu savais qu'elle serait là, c'est pour ça. Tu es un homme intelligent, Logan. Tu commences à comprendre ce que je fais des trésors de Chen Li, on dirait...

— Des cadeaux funéraires.

— Tu as l'air un peu sonné, là. Je ne t'ai pas réveillé, j'espère ?

— Non.

— C'est ce que je me suis dit. Que j'allais te trouver allongé, mais pas endormi. En train de scruter le noir. C'est ce que font les coupables, non ?

— Tu es bien placé pour le savoir, puisque c'est toi qui as fait ça.

— Je ne me sens pas en faute. Ce n'est pas mon truc, tu vois. Mais toi, maintenant, tu réfléchis. Et je parie que tu commences à piger pourquoi j'ai frappé Santo Camaro et Kai Chi.

— Sa tombe.

— Oui, ça m'a vraiment rendu fou de rage lorsque j'ai vu sa tombe. Chen Li était une reine et tu l'as enterrée comme une pauvresse. La mort d'une reine, ça ne se salue pas comme ça. Il faut des trompettes. Des battements de cymbales.

— Alors, tu lui as donné Santo Camaro et Kai Chi.

— Je me serais lancé à tes trousses de toute façon. Mais quand j'ai vu sa tombe, j'ai compris comment les choses allaient devoir se passer. Tout est devenu clair pour moi. Clair et beau. Magnifique. Santo Camaro, c'était bien pour un début. Kai Chi, c'est spécial. C'est là que Chen Li était née, n'est-ce pas ? Tous les étés, on les passait à jouer dans ces collines.

— Après sa mort, et après que j'ai gagné un peu d'argent, j'ai financé l'ouverture d'un orphelinat ici. En son nom à elle. Tu étais au courant ?

— Bien sûr. Tu croyais que ça changerait quelque chose ?

— Je suppose que non.

Rudzak reprit après un temps :

— Moi, je me rappelle que vous êtes allés passer là-bas votre lune de miel. L'orphelinat est parti avec elle.

— Et maintenant, c'est fini ? Cinq cents personnes, ça devrait te suffire, non ?

— Ce n'est pas fini. Bien sûr que non. Chen Li était une reine et une reine doit recevoir son tribut.

— Elle te haïrait pour ça.

— Elle n'a jamais pu me haïr. Tu as bien essayé de la pousser à me détester, mais en vain. Quand tu l'as rencontrée, elle m'appartenait déjà. C'est pour ça...

— Je n'ai jamais essayé de la pousser à te détester. Je t'aimais bien, en fait. Jusqu'au jour où j'ai découvert quel fils de pute tu es.

— Tu l'as éloignée de moi.

— Elle était en train de mourir. Je ne voulais pas qu'elle ait mal. Elle n'a rien réclamé. Elle savait pourtant ce que tu attendais d'elle. Mais elle ne voulait pas te revoir.

— Tu mens. C'est toi qui...

Rudzak prit une profonde inspiration ; quand il se remit à parler, toute rage semblait l'avoir quitté :

— Je ne vais pas te laisser me foutre en rogne. Je suis en train de gagner la partie, Logan. Je t'ai eu, non ? Kai Chi ! Avoue que tu ne t'attendais pas à un coup pareil. Tu croyais que je t'appelais de Colombie. Mais dès la fin de la communication, j'ai déclenché le compte à rebours.

— Tu as raison. Je ne m'attendais pas à ça. Je ne te croyais pas malade à ce point. Mais tu ne m'auras plus.

— Ne parle pas trop vite. J'ai trouvé ça intéressant, que tu emmènes Sarah Patrick avec toi à Kai Chi.

— C'est elle qui m'a emmené avec elle. C'est son boulot.

— Alors, c'est doublement intéressant. Vous m'avez l'air de suivre le même chemin, tous les deux, pas vrai ? Cela dit, je ne sais pas si tu es au courant, mais je suis encore en possession de huit objets ayant appartenu à Chen Li...

Il coupa la communication.

Logan aurait voulu s'allonger à nouveau et oublier le monde. Mais il devait appeler Galen. Il fallait le mettre au courant. Qu'il puisse assurer la protection...

La protection de quoi ? De qui ? Où Rudzak avait-il l'intention de frapper, la prochaine fois ?

— J'étais en train de me demander quand tu te déciderais à m'appeler.

Le ton était des plus sérieux, chose inhabituelle chez Galen.

— Tu ne m'avais pas dit que tu allais à Kai Chi.

— Je refusais de le croire moi-même. J'avais envie que ce soit une décision de Dieu, pas de Rudzak. Mais je savais qu'il n'y avait guère de chances.

— Alors, c'était Rudzak.

— Oui. J'ai cherché. Et j'ai trouvé un des objets de Chen Li. J'ai trouvé aussi des débris d'explosif sur la montagne, là où le glissement de terrain a commencé. Merde ! J'espérais bien ne rien trouver de tel. Mais quand j'ai vu cette montagne de boue, j'ai compris tout de suite. Ça ne pouvait pas être une coïncidence. Tout collait. Les cadeaux funéraires.

— Quels cadeaux funéraires ?

— Les pharaons se faisaient inhumer en compagnie des trésors sur lesquels ils avaient veillé précieusement durant leur vie. Chen Li aimait sa collection. Elle n'a pas pu être enterrée avec ses trésors. Alors, pourquoi ne pas se servir de ses objets pour célébrer sa mort ?

— Tu penses vraiment que c'est ça ?

— Je le pensais. Ensuite, Rudzak m'a appelé. Et il me l'a confirmé. Il s'est mis à cultiver une idée tordue : toutes ces morts, c'est un tribut payé à Chen Li.

— Il a tué quatre personnes à Santo Camaro, et plus de cinq cents à Kai Chi ?

— Dans nombre de civilisations anciennes, ce n'était pas extraordinaire. Les serviteurs et les femmes mouraient avec leur seigneur et maître. Rudzak ne fait pas la différence. Et même s'il la faisait, ça ne changerait rien.

— Merde !

— Je ne m'attendais pas à ça. À Kai Chi, je veux dire. Je n'ai pas pensé qu'il opérerait ici. Je ne veux pas refaire la même erreur.

— Arrête tes conneries. Comment tu pouvais deviner ?

— À partir de maintenant, il faudra deviner. Il m'a dit qu'il lui restait huit objets.

— Tes installations ?

— Peut-être.

Il marqua une pause.

— Il a aussi fait allusion à Sarah.

— Tu vas le dire à Sarah ? Tu vas lui dire que Rudzak a provoqué délibérément la coulée de boue ?

— Pour qu'elle me déteste encore plus ?

— Ce n'est pas toi qui as déclenché la catastrophe.

— Continue de me dire ça. J'ai besoin qu'on me le répète. Rappelle-moi si tu trouves quelque chose. Même quelque chose d'insignifiant.

Il raccrocha. Il se coucha sur le lit de camp. Il essaya de se convaincre qu'il devait essayer de se reposer, tout en sachant qu'il n'y arriverait pas.

C'est ce que je me suis dit. Que j'allais te trouver allongé, mais pas endormi. En train de scruter le noir. C'est ce que font les coupables, non ?

Il l'avait trouvé allongé, en train de scruter le noir – exactement. En train de scruter le noir et de penser à ce sarcophage de boue dressé tout près de là. Se sentait-il coupable ? Oui. Et comment, bon Dieu ! Il aurait dû s'occuper de faire abattre Rudzak pendant qu'il était en prison. S'il l'avait fait, ce carnage aurait été évité. Oh, oui ! La faute lui en incombait, à lui Logan. Du moins en partie. Il avait l'impression d'être lui-même enfoui sous la montagne de boue.

Comme l'orphelinat.

Cet orphelinat qu'il avait souvent visité ces dernières années. Les religieuses faisaient en sorte que les enfants l'accueillent avec des chansons.

Logan ferma les yeux.

Il croyait entendre les enfants chanter...

La boue.

Les rideaux de pluie.

La mort.

Cela durait depuis combien de temps, maintenant ?

Deux jours ? Trois ?

Aucune importance.

Elle devait continuer.

Monty avait repéré la partie évasée du cône. La prochaine personne serait peut-être vivante.

Mais non, c'était peu probable. Sarah et Monty n'avaient retrouvé jusqu'ici que cinq personnes encore en vie. Les autres étaient toutes mortes.

Ce qui ne voulait pas dire que la prochaine serait morte aussi. Il fallait absolument ne pas perdre espoir. Ou bien ceux qui attendaient dans le noir risquaient de ne jamais voir venir les secours.

Sarah, marchant derrière le chien, s'avança d'un pas chancelant sur le pont de planche improvisé jeté sur la coulée de boue.

C'était un homme. Et il n'était pas en vie. La pluie ininterrompue avait fini par le délivrer de son cercueil de boue, mais trop tard. Il avait la bouche grande ouverte, comme s'il poussait un grand cri silencieux.

Monty gémissait. C'était trop. Il commençait à ne plus supporter. Il fallait le ramener au campement. L'éloigner de la mort.

— Allez, viens, mon chien.

Elle ficha un piquet dans la boue, près du corps retrouvé, et marqua l'emplacement au moyen d'un petit drapeau autocollant orange. Puis elle fit demi-tour. En bas, elle apercevait Logan. Il levait les yeux vers elle. Il avait une pelle en main. Il était maculé de boue, comme tous ceux qui fouillaient ces ruines dans l'espoir d'exhumer des survivants. Logan n'aurait pas dû se trouver là : ce n'était pas sa place. Elle l'avait entraperçu à plusieurs reprises au cours des derniers jours. Il allait et venait sur le terrain, donnait un coup de main sous la tente-hôpital, aidait les maîtres-chiens. Voilà qu'en plus il se mettait à creuser des heures durant. Il avait l'air lessivé. Il était exténué, décharné. Et il boitait de plus en plus.

Il ne regardait plus dans sa direction. Il creusait à nouveau la boue, courbé sur sa pelle. Il releva la tête lorsque Sarah et Monty passèrent à proximité.

— Boyd dit qu'on lève le camp ce soir. On n'a pas trouvé un seul survivant depuis douze heures.

— La route est ouverte ? demanda-t-elle.

— L'armée a construit un pont. On a reçu un chargement de nourriture et de couvertures pendant que vous étiez à fouiller là-haut. Des équipes doivent arriver par camions dans quelques heures. Des volontaires. Ça ne servira pas à grand-chose...

Il planta énergiquement sa pelle dans la boue.

— Rien ne sert à grand-chose. J'ai beau faire tout ce que je peux, ça ne donne rien. C'est inutile. Ça me dégoûte, tellement c'est désespérant. Pourquoi on ne retrouve personne, merde ? Je ne serai pas fâché de foutre le camp d'ici.

« Moi non plus », songea Sarah par-devers elle. C'était encore plus dur et décourageant que d'habitude. La pluie ne cessait que pour repartir de plus belle, en un cercle sans fin. Du coup, ils ne pouvaient pas sortir les chiens aussi souvent qu'ils l'auraient voulu. De plus, deux nouveaux glissements de terrain s'étaient produits depuis leur arrivée.

— Il faut que je remonte. Je veux essayer encore une fois. Si ça se trouve, il y a quelqu'un de vivant, là-haut.

— Je vous comprends, soupira Logan sans la regarder. Au moins, reposez-vous un peu avant de repartir. Je sais que je n'ai aucune chance de vous convaincre de vous ménager, mais Monty m'a l'air d'avoir besoin de récupérer. Comment va sa blessure ?

— C'est presque complètement guéri. Vous imaginez que je le laisserais travailler s'il n'allait pas bien ?

Elle n'attendit même pas la réponse. Elle s'éloigna en direction de la tente occupée par l'équipe de sauveteurs. Logan était bien placé pour lui donner des conseils, lui qui titubait au milieu du désastre avec sa patte folle !

Il n'y avait que Hans Kniper sous la tente. Il dormait près de son labrador. Elle se lava les mains et nourrit Monty sans trop faire attention au bruit. Aucun risque de réveiller Hans. Les uns et les autres travaillaient pour ainsi dire sans arrêt, au point de tomber inconscients sur leurs lits de camp quand l'occasion se présentait de souffler un moment.

Elle décrotta Monty jusqu'à ce qu'il se sente un peu plus à l'aise. Ensuite, elle se récura la figure. Ce n'était pas la peine de faire une grande toilette, puisqu'elle allait bientôt se retrouver dans la boue. Elle se coucha et se blottit contre Monty. Dehors, il s'était remis à pleuvoir. Les gouttes martelaient la toile de tente. Mon Dieu. Si ça pouvait seulement s'arrêter !

— Sarah !

La voix de Logan. Elle s'éveilla aussitôt.

Il s'était agenouillé auprès d'elle. Il lui indiqua d'un signe de tête une jeune Asiatique qui attendait au seuil de la tente.

— Ming Na, reprit-il. Elle voulait que je demande à quelqu'un de retrouver son enfant.

Sarah se tourna vers elle et se sentit affreusement mal en découvrant l'expression de désespoir affichée par cette jeune maman.

— Vous lui avez dit qu'on a tout essayé ? Et combien c'est dur ?

— Elle prétend qu'on n'a pas fouillé au bon endroit. Le gosse n'était pas dans le village proprement dit. Quand la catastrophe s'est produite, Ming Na redescendait de la montagne avec son enfant. Ils avaient rendu visite à ses grands-parents. Un torrent de boue lui a arraché le gosse et l'a emporté. Le corps a suivi la pente jusqu'au petit cours d'eau qui longe le village.

— Quel âge a l'enfant ?

— Deux ans.

— Il n'a pas pu survivre à un torrent de boue. C'est pratiquement impossible.

— Elle pense qu'il a survécu. Elle dit que le torrent l'a projeté sur la rive : elle l'a vu de ses yeux. Il essayait de fuir en rampant. Elle a tenté de se précipiter à son secours, et c'est à ce moment-là que le glissement de terrain s'est produit. Elle n'a pas pu l'atteindre. Elle l'entendait crier...

— C'était il y a quatre jours, chuchota Sarah. En supposant qu'il ait survécu au torrent de boue, qui peut savoir ce qui lui est arrivé ensuite, exposé ainsi ? Vous vous cramponnez à un fétu de paille, là.

— Je sais, soupira Logan. Mais je voudrais qu'il soit en vie.

Ses lèvres se tordirent.

— Je voudrais qu'un miracle se produise. Ces derniers jours étaient atroces. J'ai besoin qu'il arrive quelque chose de bien.

Logan était à bout de forces et ça se voyait. Elle aussi, elle aurait eu besoin d'un miracle. Mais prévoir ce genre de choses est impossible. Alors, le mieux était encore de continuer, d'essayer toujours.

— Je vais jeter un coup d'œil, dit-elle.

Elle se mit à genoux et passa à Monty son licou.

Demandez-lui de me conduire à l'endroit où elle a entendu son enfant crier.

Logan s'adressa à la femme, parlant rapidement avec elle en taïwanais. Elle répondait en faisant oui de la tête, vigoureusement.

— Elle va nous y conduire, dit Logan en se tournant à nouveau vers Sarah.

— Nous ?

— Je vous accompagne, répliqua-t-il d'un ton ferme. Je lui ai promis de lui ramener son gosse.

Sarah secouait la tête. Il insista :

— Je veux faire autre chose que sortir des morts de cette saloperie de boue ! Je veux retrouver ce gosse... vivant...

Sarah ouvrit la bouche pour protester, mais renonça aussitôt. Logan était désespéré. Épuisé aussi. Elle comprenait. Combien de fois n'avait-elle pas ressenti la même chose ? Combien de fois n'avait-elle pas entraîné Monty dans un océan de mort en lui faisant croire qu'ils avaient une chance d'y retrouver un être vivant ?

— Venez si ça vous chante, dit-elle. Mais si vous n'arrivez pas à suivre, ne comptez pas sur moi pour vous attendre.

— J'arriverai à suivre.

— C'est par là.

Logan pointait le doigt vers le lac boueux et les rochers au-delà.

— C'est là-bas que l'enfant a été précipité sur la rive ? demanda Sarah.

Logan approuva, avant de se hasarder sur les planches qui formaient un pont fragile au-dessus de l'étendue sale et menaçante.

— Allons chercher ce gosse, dit-il.

— Je vais y aller la première avec Monty. Il faut laisser au chien une longueur d'avance.

Avec prudence, Sarah et Monty s'engagèrent sur la succession de planches étroites et gagnèrent de l'autre côté une aire plus solide, semée de rochers. Sarah détacha le chien et le laissa chercher. Monty se précipita dans la pente.

Sarah aurait voulu ne pas regarder par-dessus son épaule quand Logan s'aventura à son tour sur le chemin de planches, mais elle ne put s'en empêcher. Puis elle se lança sur les traces de Monty. « Logan a l'air de s'en tirer très bien, songea-t-elle avec un certain soulagement. Dieu sait s'il va pouvoir traverser, cela dit. » Par endroits, les planches étaient humides. Et avec cette sacrée guibole...

— Surtout, allez doucement ! lui lança-t-elle. Monty peut revenir dix fois avant de repérer l'odeur.

Elle continuait de suivre le chien.

— S'il la repère.

Monty courait en dessinant des cercles ; il essayait de trouver le cône. Il pleuvait encore plus fort depuis quelques minutes, et Sarah avait du mal à ne pas le perdre de vue.

— Il ne trouve rien, dit-elle.

Logan venait d'arriver à sa hauteur. Ils regardèrent le chien flairer le sol le long du rivage. Logan se remit en route en boitant : il voulait rattraper Monty.

— Allons-y.

Elle le regarda brusquement et fut presque choquée de voir quelle expression se peignait sur le visage de Logan. Il était tendu au maximum, entièrement absorbé par l'effort. Il était à bout de forces. Et accablé de désespoir.

Je retrouverai ce gosse vivant.

Mon Dieu, comme je vous le souhaite, Logan.

Mais Monty ne repérait toujours aucune piste. Il continuait de courir en dessinant des cercles.

— Mais qu'est-ce qu'il a, ce chien ? lança Logan d'un ton cassant. Vous ne pourriez pas faire quelque chose ?

— Il fait de son mieux.

Logan respira à fond.

— Excusez-moi. C'est vrai. Je sais qu'il fait de son mieux.

Cinq minutes plus tard, Monty aboya. Il remonta vers eux en bondissant de joie – un vrai délire ! Puis il repartit en courant vers le rivage.

— Il l'a trouvé, dit Logan en s'élançant dans la même direction.

Il dégringolait la pente comme il pouvait.

— Il l'a trouvé ! hurla-t-il.

Sarah trébucha derrière lui en murmurant une prière.

La pluie était si violente qu'elle l'empêchait de voir et Logan et Monty. Elle courut droit devant.

— Logan !

Pas de réponse.

— Logan, nous sommes...

Elle l'aperçut.

Elle aperçut aussi Monty qui gémissait au-dessus d'un monticule de boue, près du ruisseau.

— Doux Jésus, soupira-t-elle. Non...

— Ce n'est peut-être pas lui, dit Logan.

Tombé à genoux, il creusait désespérément la boue à mains nues.

— Ce n'est peut-être pas...

Il se tut brusquement en voyant dépasser le bras petit et délicat qu'il venait d'exhumer.

— Il a succombé à une coulée ultérieure, dit Sarah en s'agenouillant à son tour. Pauvre gosse ! Pauvre Ming Na !

Elle resta plusieurs minutes sans pouvoir bouger. À la fin, elle se releva avec peine. Et elle sortit un autre drapeau adhésif orange.

— Venez, Logan. Il faut retourner auprès de Ming Na.

— Qu'est-ce que vous faites avec cet adhésif ?

— Vous le savez parfaitement. Vous m'avez déjà vu faire ça. Je marque l'emplacement du corps.

— Non, dit-il. Pas lui.

Logan se pencha, écarta encore la boue, souleva le petit garçon. Puis il se mit péniblement sur ses jambes fatiguées, le corps sur les bras.

— J'ai promis à Ming Na de lui ramener son enfant. Je ne vais sûrement pas le laisser là, dans la boue.

— Vous ne pourrez pas le transporter jusqu'en haut de la colline. Vous n'arrivez même pas à...

Elle n'ajouta pas un mot quand elle vit l'expression de Logan. Les tendons de son cou saillaient. Des larmes lui trempaient les joues.

— Je peux vous aider ? proposa-t-elle.

— Non. Je vais le faire tout seul.

Il commença à escalader la colline.

— J'ai promis, dit-il. J'ai promis à Ming Na.

Sarah resta un moment auprès de Monty. Tous

deux observaient Logan lutter pour remonter douloureusement la pente escarpée. Un homme blessé transportant un enfant dans ses bras – l'image avait de quoi vous briser le cœur. Sarah avait envie de se précipiter derrière Logan, de le consoler, de le réconforter. Elle savait quelle angoisse il allait devoir affronter quand il rendrait à Ming Na son petit. Cette angoisse qu'elle ne connaissait que trop bien, pour en avoir observé si souvent les signes, dans des centaines d'endroits, aux quatre coins du monde.

Et il n'avait pas voulu de son aide.

— Viens, Monty.

Lentement, elle se mit à grimper la colline à son tour, sur les pas de Logan.

Les sauveteurs firent la toilette de leurs chiens, prirent une douche et se changèrent. Ils étaient à l'aéroport. Ils se préparaient à embarquer dans l'avion de Logan. L'appareil décolla peu après vingt heures.

Logan était calme. Trop calme. Il avait déposé l'enfant entre les bras de Ming Na ; après quoi, il s'était détourné et n'avait plus rien dit de la journée. Sarah non plus ne s'était pas montrée très bavarde. En fait, personne n'avait envie de parler. Un voile de grande lassitude recouvrait toute l'équipe. Cette opération de secours s'était révélée un cauchemar. Il ne restait plus qu'à dormir.

Sarah gagna à grandes enjambées le fauteuil de Logan.

— Ça va ?

Il sourit faiblement.

— Vous avez tenu plus longtemps que je ne l'aurais cru.

— Vous n'auriez pas dû venir. Je vous avais prévenu : vous ne pourriez faire partie de l'équipe de sauveteurs.

— Il fallait que je sois là.

— Il fallait que vous alliez récupérer cet enfant : c'est pareil.

Il approuva.

— C'est comme ça, reprit-elle. Les fouilles ne donnent pas toujours les résultats escomptés. Il faut se cramponner à celles qui réussissent.

— C'est ma première, dit Logan avec amertume. Je n'ai pas d'expérience heureuse. Donc, je ne peux pas comparer. Et je n'ai pas envie d'essayer à nouveau.

Il se tourna vers le hublot.

— Bon Dieu ! soupira-t-il. Comment vous faites pour supporter ça ?

— L'espoir, dit-elle. Et le fait de savoir que quelqu'un nous attend. Compte sur nous. Toujours. Une ou deux personnes, parfois. Pas plus. Mais chaque vie est précieuse.

Elle se frotta la nuque.

— Là, c'était dur. Je le reconnais.

— Comme vous dites.

Il la regarda à nouveau.

— Alors, arrêtez d'essayer de me faire du bien. Allez vous étendre et dormez. Je tiens le coup. Ce n'est pas la première fois que je regarde la mort en face. C'est juste que les gosses... J'ai du mal quand ce sont des gosses...

— C'est ce qu'il y a de plus dur.

— J'aurais voulu le retrouver vivant.

— Je sais.

— Mais il était mort. Il a fallu assumer ça. Je vais reprendre le dessus. Je reprends toujours le dessus.

Il avait fermé les yeux.

— Allez vous occuper de votre chien et laissez-moi dormir.

Elle resta un moment plantée là, près de lui, à ne plus savoir que faire.

— Sarah, reprit-il sans rouvrir les paupières. Allez-vous-en.

Ils regagnaient le ranch en voiture quand le hurlement du loup leur parvint. Monty, assis sur le siège arrière, fixait sur les montagnes un regard impatient.

— J'avais oublié le loup, dit Sarah en regardant la montagne aussi. Au moins, il est toujours vivant.

Beauté...

— Vivant et dangereux, Monty. Je ne te conseille pas d'aller t'y frotter après les journées que tu viens de passer.

Le loup hurla encore.

— L'appel sauvage, murmura Logan. Incroyable.

— La Fédération nationale pour la vie sauvage veut que le loup reste sauvage, dit Sarah. Et je partage leur avis. Si seulement ce satané loup pouvait arrêter de descendre de la montagne et de s'approcher des ranchs !

Elle se gara devant sa cabane et sauta de la Jeep.

— Venez, dit-elle. Je vous fais un café. Après, vous appellerez votre Margaret. Ou qui vous voudrez qui soit disponible pour venir vous chercher. Je ne sais pas pourquoi vous n'avez pas voulu que je vous dépose chez vous à Phoenix...

— C'était à moi de vous raccompagner chez vous. Question de galanterie, comme Galen n'aurait pas manqué de me le faire observer. Mais pour le café, c'est d'accord.

Il descendit de la Jeep à son tour et se dirigea en claudiquant vers l'entrée de la cabane.

— Ce ne sera pas de refus.

Sarah alluma les lampes et alla ouvrir un placard.

— Vous n'avez pas l'air en grande forme, reprit-elle. Vous avez sûrement besoin d'autre chose que d'un café. Je ne vous ai pas vu prendre vos comprimés antidouleur à bord de l'avion.

— Je n'en ai plus. Depuis hier. Le docteur a dû croire qu'il m'en avait prescrit assez.

— Il ne pouvait pas savoir que vous mettriez votre organisme à l'épreuve. Or, c'est ce que vous avez fait. Pendant cinq jours.

Elle commença à préparer le café.

— Je ne crois pas qu'il vous aurait conseillé d'aller creuser la boue. Ni escalader cette colline.

— Il fallait que je le fasse.

Logan alla s'installer dans le fauteuil, la jambe au repos sur le coussin.

— Vous devriez comprendre. C'est votre propre philosophie. Et vous en êtes l'avocate passionnée.

Le loup hurla au loin.

Sarah scruta la fenêtre et l'obscurité.

— Je voudrais qu'il arrête de hurler, dit-elle. Ça énerve Monty.

— C'est vrai que Monty a besoin de calme. Il semble que j'aie un effet apaisant sur lui. Si je restais ici un moment ?

La proposition ne la surprit pas : elle s'y attendait plus ou moins. Elle se dit qu'elle aurait mieux fait d'obéir à son instinct et de ne rentrer ici qu'après avoir déposé Logan chez lui à Phoenix. En fait, elle était à bout de forces. Sans cela, elle ne l'aurait pas laissé remettre les pieds chez elle.

— Rien n'a changé depuis l'autre soir, dit-elle en lui apportant son café. Je veux être seule. Je n'ai pas envie d'avoir quelqu'un dans les jambes...

— Tout a changé, dit-il. On a fait plein de choses ensemble. Je n'imagine pas que vous puissiez me regarder maintenant comme un ennemi.

— D'accord. Mais de là à vous héberger chez moi... Qu'est-ce que vous faites là, bon Dieu ? L'autre soir, quand vous êtes venu, j'ai cru que vous perdiez les pédales. Vous savez aussi bien que moi que vous ne vous occuperez pas de Madden en étant ici. C'est bizarre, je trouve.

— On ne pourrait pas reprendre cette dispute demain ? Je suis très fatigué.

— Alors, finissez votre café et appelez Margaret.

— Je suis trop crevé.

Il déposa la tasse près de lui, sur la table ; il eut un pâle sourire.

— Vous seriez capable de flanquer dehors un homme blessé ?

— Pourquoi pas ?

Elle poussa un long soupir de résignation. Il essayait de la prendre par les sentiments. Mais il est vrai qu'il était blanc comme un linge. Ce qui n'avait rien d'étonnant après l'épreuve de Taïwan.

— D'accord, dit-elle. On en rediscutera demain. J'ai peur que ce fauteuil ne soit pas aussi confortable que ceux de votre jet, mais bon ! Demain matin, vous serez d'attaque pour partir.

Logan ferma les yeux.

— Il ne faut jurer de rien...

Il n'ajouta plus un mot : il dormait.

Sarah se laissa tomber sur le canapé et considéra Logan d'un œil mécontent. Elle avait l'impression d'avoir déjà vécu cela. Pourquoi n'arrivait-elle pas à se débarrasser de lui ? Elle n'avait aucune envie de l'avoir chez elle. Et le fait qu'il se soit installé dans sa vie la mettait mal à l'aise. Elle l'avait vu fatigué, découragé, blessé. Elle l'avait même vu pleurer. Elle en était perturbée. Comme si son existence n'était pas assez perturbée comme ça ! Cette cabane était *sa* maison. Son paradis. Elle ne tenait pas à y accueillir des étrangers...

Sauf que le nœud du problème était là, justement. Logan n'était plus un étranger. Certes, elle aurait été bien en peine de dire quelle place cet homme occupait dans sa vie, mais une chose était sûre : il n'était plus un étranger.

Le loup hurlait.

Monty dressa la tête et poussa un long gémissement venu du fond de la gorge.

Sarah ne pouvait pas lui en vouloir pour ça. Ce loup hurlait de façon si mélancolique – son cri vous brisait le cœur.

Et il rôdait tout près de la cabane, en plus.

— Reste dans tes montagnes, murmura-t-elle. Je t'en supplie. Ou ces fermiers te tueront. Tu es en danger, ici. Ils te considèrent comme une menace. Ils s'en fichent que tu sois un loup sauvage. Un loup magnifique et libre.

Monty reposa la tête sur ses pattes. *Magnifique*...

8

— Debout, Sarah !

Elle ouvrit les yeux. Logan était près d'elle. Elle avait dormi d'un sommeil de plomb ; l'espace d'une minute, elle se crut à nouveau à Taïwan.

— Levez-vous. Il est parti et je ne peux pas lui courir après.

Tout en parlant, il rejoignait la porte en boitant.

— Il a filé comme un lièvre, je n'arriverai jamais à le rattraper.

Elle s'assit en se frottant les yeux. Logan montrait l'ouverture ménagée dans la porte pour laisser entrer et sortir le chien.

— Qu'est-ce qui se passe ?

— Monty. Il a filé par là comme une chauve-souris s'échappe de l'enfer ! Il avait entendu quelque chose...

Sarah bascula les jambes et atterrit sur le sol.

— Quoi ? Qu'est-ce qu'il a entendu ?

— Je n'en sais rien. Je n'ai rien entendu, moi. J'ai ouvert les yeux et j'ai vu Monty qui dressait l'oreille. Il a attendu une minute, aux aguets. Et il s'est enfui.

Il ouvrit la porte.

— Il a l'habitude de s'en aller comme ça en pleine nuit ?

— Au contraire, ça ne lui ressemble pas du tout.

— Je vous dis qu'il a entendu quelque chose. On ferait mieux de lui courir après.

Logan avait l'air de s'en faire pour de bon. Et son angoisse commençait à devenir contagieuse. Monty était sûrement sorti dans l'intention de se soulager, mais il fallait vérifier si c'était bien le cas, de toute façon. Sarah s'empara d'une lampe torche et rejoignit Logan dehors.

— Monty !

Elle attendit.

— Monty !

Pour la première fois, elle se sentit glacée de peur. Monty répondait toujours quand elle l'appelait.

Sauf si quelque chose l'en empêchait.

Sarah perçut un bruit à quelque distance. Ce n'était pas un aboiement. Un gémissement, peut-être ?

— J'ai entendu quelque chose, dit-elle en commençant à courir. Rentrez dans la maison, vous...

— Sûrement pas ! Où sont les clefs de votre Jeep ?

— Je les laisse toujours sur le contact...

— C'est prudent, ça.

Elle ne fit même pas attention à cette remarque. Elle courait vers l'ouest : le bruit était venu de cette direction.

L'obscurité.

Le silence.

— Monty !

Pas un bruit.

— Réponds, Monty !

De nouveau, un gémissement. Assez faible. Assez lointain.

Monty. Sarah comprenait à présent que ces plaintes venaient de lui. Elle courait sur la croûte de sable cuit par le soleil, et dessinait dans le noir de grands cercles avec le faisceau de sa lampe.

C'est alors qu'elle le vit.

Du sang.

Monty gisait dans une mare de sang.

— Mon Dieu...

Elle se précipita vers lui ; les larmes affluaient, lui ruisselaient sur les joues.

— Monty.

Le chien leva les yeux vers sa maîtresse – des yeux emplis de souffrance.

Elle vit alors ce qui avait caché Monty à sa vue.

Une fourrure grise, un regard d'argent qui la fixait férocement dans le noir ; des lèvres découvrant des dents blanches, étincelantes.

Une patte antérieure prise dans les mâchoires d'un piège en acier. C'était le loup qui perdait tout ce sang. Ce n'était pas Monty.

Monty se rapprocha du loup blessé et prisonnier. *Douleur*.

— Écarte-toi de lui, Monty. Il pourrait te faire mal.

Monty ne bougea pas.

Sarah se mit à genoux.

— Je vais ouvrir le piège, dit-elle. Ôte-toi de là.

Il refusait toujours de bouger.

— D'accord. Tant pis pour toi. Si tu veux faire l'imbécile...

Monty n'était pas le seul à faire l'imbécile. Délivrer un loup d'un piège sans avoir pris la précaution de l'endormir, c'était courir au-devant des ennuis. Sarah ôta sa chemise et l'enroula autour de son bras.

— Je vais te sortir de là, dit-elle doucement. Tu me laisses un peu de champ, d'accord ?

Les mâchoires du loup claquèrent – Sarah eut juste le temps d'écarter le bras.

— Très bien, dit-elle. Pas de champ, alors.

Elle tendit la main vers la dent en acier du piège – vite ! il fallait agir vite.

Le loup ouvrit de nouveau la gueule pour mordre et tira sur sa patte prisonnière qui saigna. Sarah s'assit sur ses talons.

— Arrête ! dit-elle. Tu veux te saigner à mort, ou quoi ? Laisse-moi t'aider, ça vaudra mieux...

Le loup tira encore sur sa patte ; et soudain il s'effondra en laissant échapper un long cri de douleur.

Monty, en rampant, se rapprocha encore de lui.

— Non !

Monty ignora la mise en garde de sa maîtresse. Il posa la tête sur le cou du loup blessé et prisonnier.

Sarah retenait son souffle.

— Qu'est-ce que tu fais ?

À chaque seconde qui passait, elle s'attendait à voir le loup se redresser brusquement et mordre Monty.

Mais le loup demeurait tranquille.

Était-il conscient ou inconscient ? Elle l'observa attentivement. Elle distinguait à présent une lueur dans la fente de ses yeux. Sarah se demanda tout à coup ce qu'elle faisait là, assise en compagnie de ce loup pris au piège. Elle s'interrogeait aussi sur ce qui se passait entre Monty et lui. Tout cela était bizarre. Sarah essaya de débloquer les mâchoires du piège. Le loup allait-il réagir ? Tenter de la mordre ?

La scène fut soudain inondée de lumière.

La Jeep arrivait.

— Arrêtez, Logan.

Sarah ne bougeait plus ; elle gardait les yeux fixés sur le loup.

Le loup qui ne bougeait pas non plus, comme s'il était paralysé par la présence de Monty couché sur son cou.

— Je peux être utile à quelque chose ? lança Logan de la Jeep.

— Il y a une trousse de secours sous votre siège. Apportez-la-moi. Et aidez-moi à débloquer ce piège. Je n'y arrive pas. Je n'ai pas assez de force.

Logan se retrouva bientôt agenouillé à côté d'elle en train de surveiller Monty et le loup.

— Qu'est-ce qui se passe ? dit-il. C'est étrange...

— Aucune idée. Monty a dû l'hypnotiser, je ne sais pas.

Elle ouvrit la trousse de secours. Elle en tira une seringue contenant une piqûre hypodermique et une dose de sédatif.

— Je vais l'anesthésier, dit-elle. Tenez-vous prêt à débloquer le piège.

Elle procéda à l'injection sans quitter le loup des yeux. L'animal ne réagit pas. Sa patte devait lui faire tellement mal qu'il n'avait pas senti la piqûre.

C'est Monty, en fait, qui poussa une plainte. Par sympathie envers les souffrances du loup, sans doute. Sarah lui dit dans un murmure :

— Essaie de faire en sorte qu'il se tienne tranquille encore une minute, Monty. Après, on le laissera filer.

Et elle ajouta à l'intention de Logan :

— Je ne sais pas ce que vous faites, mais continuez. Et tenez-vous prêt. À mon signal, on ouvre le piège.

Elle posa les mains sur le fer, près de celles de Logan.

— Attention. Un... Deux...

Elle jeta un dernier coup d'œil au loup.

— Trois !

Ils tirèrent sur la mâchoire de toutes leurs forces. Le piège s'ouvrit.

— Vous pouvez le maintenir ouvert pendant que je lui sors la patte de là ?

— Allez-y, grogna Logan.

Sarah libéra la patte du loup avec précaution.

— Vous pouvez lâcher...

Les mâchoires du piège se refermèrent avec un claquement sinistre. Sarah détestait cordialement ce genre de machines. Elle avait toujours sa chemise enroulée autour du bras : elle la défit et s'en servit pour bander la patte du loup.

— Monte dans la Jeep, Monty.

Monty parut hésiter un instant. Puis il se dressa sur ses pattes et courut vers le véhicule.

— Et maintenant ? demanda Logan.

— On ramène le loup à la cabane. Que je puisse le soigner.

— Vous voulez soigner un animal sauvage ?

— Un animal blessé.

Elle souleva la bête anesthésiée et la transporta jusqu'à la Jeep.

— Vous allez me donner un coup de main, reprit-elle. Prenez le volant. Pendant que je garde un œil sur lui.

— Entendu.

Logan se remit debout, non sans peine. Sarah, pendant ce temps, installa le loup sur le siège arrière.

— Vous saignez au bras, dit Logan.

— Juste une égratignure. C'est superficiel.

Elle sauta sur le siège du passager.

— Vite. Je ne sais pas combien de temps cette bestiole restera endormie. Je voudrais pouvoir la soigner sans être obligée de lui faire une autre piqûre.

— Compris.

Moins de cinq minutes plus tard, Logan garait la Jeep devant la cabane. Sarah sauta du véhicule.

— Allez devant, dit-elle. Ouvrez la porte à côté de la cheminée. Elle donne sur une petite véranda, vous verrez.

Logan, de son pas boiteux, pénétra le premier dans la cabane.

— Autre chose ? demanda-t-il.

Elle le suivait.

— La couverture qui est sur le canapé, dit-elle. Étendez-la par terre sous la véranda.

Logan obéit.

— Ensuite ?

Sarah déposa avec précaution le loup sur la couverture.

— Il y a une trousse médicale dans le premier placard de la cuisine. Apportez-la-moi.

À genoux, elle caressait doucement le museau du loup.

— Tu es brave. Ne t'en fais pas. On va bien prendre soin de toi.

Monty s'étendit auprès du loup. Sarah secoua la tête.

— Il va falloir t'en aller de là, dit-elle. Je vais lui faire des points de suture. Et lui mettre une attelle : il y a une fracture.

Monty reposa la tête sur ses pattes. Il continuait de regarder attentivement son frère blessé.

— Voilà votre trousse, dit Logan en s'agenouillant en face d'elle. Dites-moi en quoi je peux être utile.

Elle le considéra par-dessus le corps du loup. Jusqu'ici, il avait exécuté tous les ordres sans poser de question. Et Dieu sait qu'elle allait avoir besoin d'aide, maintenant !

— Pour commencer, dit-elle, on va nettoyer la blessure.

Une heure plus tard, Sarah quittait la véranda pour rentrer à l'intérieur avec Logan.

— Vous laissez Monty avec le loup ? demanda-t-il.

— Je ne crois pas que j'arriverai à le faire bouger de là.

Elle posa sa trousse sur le comptoir de la cuisine et alla se laver les mains sous le robinet de l'évier. Le sang ruissela entre ses doigts.

— Tant que l'autre ne sera pas tiré d'affaire, en tout cas. C'est comme ça que Monty voit les choses, à mon avis. Vous voulez un café ?

— Oui.

Il se laissa tomber avec précaution dans le fauteuil et, comme tout à l'heure, remit son pied en appui sur le coussin.

— Ça me fera du bien, dit-il. Il va rester endormi combien de temps ?

— Une heure encore, j'espère. Ou à peu près. C'est une louve, du reste. Je m'en suis aperçue en opérant. Jusque-là, je croyais avoir affaire à un mâle, moi aussi. Vous n'avez pas remarqué ? Ça m'étonne...

— J'étais préoccupé, dit Logan en se tournant pour regarder le feu. Vous n'avez pas froid ?

— Non.

— Moi non plus, en fait. Vous n'allez pas remettre une chemise ?

Sarah ne put maîtriser une réaction de surprise.

— Je porte un soutien-gorge, non ? C'est différent d'un haut de bikini ?

— Oui, c'est différent. Croyez-moi.

Sarah respira profondément. Quand leurs regards se croisèrent à nouveau, elle détourna promptement les yeux.

— Bonté divine ! soupira-t-elle. J'aurais dû m'y attendre. Le truc de mec classique. J'ai lu un article, une fois : les hommes pensent au sexe toutes les huit minutes.

— Si c'est vrai, je ne dois pas être un chaud lapin. Je suis certain de ne pas y penser plus souvent que toutes les dix minutes.

Le ton était désinvolte et enjoué : toute gêne se dissipa et Sarah se sentit soulagée.

Elle gagna sa chambre, dont elle ressortit presque aussitôt en enfilant un T-shirt blanc.

— Vous êtes content ?

— Non.

Changeant de sujet, il ajouta :

— Qu'est-ce que vous allez faire de cette louve ?

— D'abord, la soigner. Ensuite, quand elle ira mieux, je l'emmènerai à la Fédération pour la vie sauvage. Ils sauront où la relâcher.

Elle fit une grimace.

— Si les fermiers ne viennent pas essayer de me la tuer ici. Il va falloir que j'ouvre l'œil.

— Je pourrais peut-être vous aider, non ?

— Je ne vois pas comment, répliqua-t-elle en secouant la tête. Vous voulez quoi ? Leur filer de l'argent ? Ces propriétaires de ranchs sont très jaloux de leur indépendance. On ne les achète pas comme ça. Ils ont perdu des têtes de bétail avec les loups. Ça les a rendus dingues.

— Je vais réfléchir, dit Logan.

Il se tut un instant, puis reprit :

— Je me disais que... Si c'est possible... Est-ce que je pourrais vous demander de ressortir votre trousse médicale ? Je crois que j'ai besoin d'être soigné, moi aussi. Ça ne m'a pas fait du bien, de rester à genoux comme ça. C'est la goutte d'eau qui a fait déborder le vase, j'ai l'impression...

Sarah regarda la jambe de Logan posée sur le coussin. Une grande tache de sang lui maculait l'intérieur de la cuisse.

— Bon Dieu, dit-elle. La cicatrice s'est rouverte.

Elle attrapa la mallette sur le comptoir et s'approcha du fauteuil.

— Et vous ne disiez rien !

— Vous étiez occupée. Moi aussi, d'ailleurs. On était occupés tous les deux. Vous avez toujours l'air de vivre dans l'urgence. C'est à peine si on a le temps de fermer les yeux une minute, avec vous. Qu'est-ce que vous faites ?

— Je vous enlève votre jean.

— La nudité ne vous gêne pas plus que ça, on dirait. Ni la vôtre ni celle des autres.

— La nudité n'a rien de honteux, il me semble.

Elle fit glisser le pantalon jusqu'aux chevilles.

— Je peux m'occuper de vous recoudre, dit-elle. Mais si vous préférez que j'appelle une ambulance, dites-le...

— Surtout pas. Opérez vous-même.

Il ferma les yeux ; un léger sourire se dessinait sur ses lèvres.

— Juste un truc, ajouta-t-il : évitez de me piquer pour le plaisir.

— Je n'ai jamais pris de plaisir à faire souffrir, dit-elle en se penchant sur la cuisse blessée. Ça ne s'est pas ouvert complètement. Il y a des sutures qui ont tenu le coup. Ce ne sera pas long.

— Tant mieux. Je n'ai jamais été très bon pour...

Il respira de toutes ses forces quand l'aiguille lui pénétra la chair.

— J'aurais dû réclamer une anesthésie, dit-il d'un ton douloureux. Comme notre amie la louve...

— J'ai pensé à vous le proposer, mais je n'ai que de la morphine. Et vous êtes allergique.

— Oh, merde ! Je savais que cette histoire d'allergie reviendrait me jouer des tours.

— Encore deux et c'est fini.

En fait, Sarah fut obligée de piquer trois fois avant de pouvoir refaire le pansement.

— Ce n'était pas si dur, vous voyez.

Logan remontait son jean. Il se reboutonna.

— Ça ne fait pas du bien, dit-il. Mais je ne vais pas me plaindre puisque c'est presque entièrement ma faute. Je pourrais avoir cette tasse de café, maintenant ? J'en ai vraiment besoin.

— Bien sûr.

Elle regagna la cuisine.

— Je m'en fais un également, dit-elle. Ça me fera du bien à moi aussi.

Elle emplit les tasses. Elle en tendit une à Logan et vint s'asseoir sur le coussin.

— Ce n'est pas votre faute si la cicatrice s'est rouverte. Vous avez voulu rendre service à Monty. Et à la louve, ensuite. Si quelqu'un est responsable, c'est moi.

Il secoua la tête.

— Non. Je suis seul responsable.

— Vous l'avez déjà dit. Vous êtes fort pour endosser les responsabilités.

— C'est une des quelques règles auxquelles je n'ai pu déroger. Quoi que je fasse, je me considère toujours comme responsable de mes faits et gestes.

Sarah avala une gorgée de café, et resta un moment silencieuse.

— Qu'est-ce que vous êtes venu faire ici, Logan ?

— À votre avis ?

— Je n'ai pas d'avis. Au début, j'ai pensé que les médicaments vous avaient mis dans le cirage. Et que vous aviez débarqué sans trop vous rendre compte de ce que vous faisiez. Ensuite, je n'ai pas noté que les drogues vous faisaient un tel effet. Donc, il y avait autre chose.

— Allez-y. Continuez.

— Non. Vous, dites-moi.

— Ça me plaît de vous suivre dans vos activités. Je ne vous ai pas dit que j'admirais votre intelligence ?

— Ne me flattez pas, Logan.

— Je ne me le permettrais pas. Nous sommes très différents, c'est un fait, mais je ne vous ai jamais sous-estimée.

— Vous vous êtes servi de moi, disons.

— C'est fini. Je ne le ferai plus. Je ne me servirai plus jamais de vous, Sarah.

Elle essayait de déchiffrer son expression.

— Croyez-moi.

Elle ne le croyait pas.

— Si c'est la vérité, ça donne une indication sur la raison de votre présence ici. Vous m'avez fait une promesse au sujet de Madden, mais vous n'aviez pas besoin de venir ici pour en reparler...

— Je l'aurais fait si vous m'aviez demandé d'intervenir immédiatement.

— Justement, je ne vous ai rien demandé de tel.
Elle inclina la tête et réfléchit.

— Vous avez eu très peur, tout à l'heure, quand Monty s'est enfui. Plus peur que moi, presque. Vous aviez peur qu'il lui arrive quelque chose.

Logan se tut ; il attendait la suite.

— Votre responsabilité, dit-elle.

Elle le regarda dans les yeux, puis reprit :

— Vous aviez peur que quelqu'un fasse du mal à Monty.

— À Monty ou à vous. J'ai failli avoir une crise cardiaque quand vous vous êtes précipitée dehors. Je savais que je n'arriverais jamais à vous rattraper avec ma patte folle...

Les yeux de Sarah s'étaient agrandis.

— Rudzak ?

— ...

— Pourquoi ?

— Il a dû vous voir quand vous avez sauté de l'hélicoptère pour aller récupérer Monty.

— Et ça suffit pour faire de moi une cible ?

— Ça suffit largement. Vous m'avez aidé. Personne n'est un fanatique de la vengeance comme Rudzak. Cette défaite est une terrible humiliation pour lui. Une humiliation à laquelle vous avez participé tous les deux. Et dont vous avez été les témoins.

Sarah serrait rageusement les poings.

— Je croyais que je devais rester en dehors de tout ça.

— Vous voulez rentrer à Phoenix avec moi ?

— Non. Je crois que vous êtes complètement à côté de la plaque. Aucune menace ne pèse sur moi. Et si c'est le cas, je préfère me protéger toute seule.

— Je savais que vous réagiriez ainsi. J'ai demandé à Galen de sécuriser votre maison. Mais ce serait beaucoup plus facile si vous acceptiez de venir à Phoenix.

— Je veux retrouver ma vie d'avant.

— Si vous tenez à rester ici, alors laissez-moi rester aussi. Je ferai la cuisine et la vaisselle. Vous aurez les mains libres pour vous occuper de la louve et de Monty.

— Je vous l'ai dit : je ne veux pas que vous restiez.

— Faites un effort d'imagination. Essayez de m'imaginer en homme humble et discret, entièrement dévoué à votre service, obéissant au doigt et à l'œil. Vraiment, ça ne vous tente pas ?

— Ça me tente. Sauf que vous allez vous débrouiller pour rouvrir votre cicatrice. C'est moi qui serai encore forcée de m'occuper de vous...

— Pour la cicatrice, je vous fais confiance, dit-il en grimaçant. Vous m'avez fait assez mal : elle doit être solidement recousue.

— En restant ici, vous me faites courir un danger. Plus qu'en rentrant à Phoenix. Rudzak est sûrement capable de ramper jusqu'à cette cabane et de la faire sauter rien que pour vous liquider...

— Non. C'est le contraire. Ma présence ici vous protège. Rudzak n'a pas envie de me tuer. Pas encore. Il a juré de me tuer, mais pas sans me faire beaucoup souffrir avant.

— Bon Dieu, mais qu'est-ce que vous lui avez fait ?

— Je lui ai volé quinze ans de sa vie. J'aurais dû le faire abattre, mais ça ne s'est pas fait.

Logan parlait d'un ton glacé, dépourvu de sentiment. Il eut un sourire.

— De toute façon, c'est le passé. Nous devons nous soucier de l'avenir. Laissez-moi au moins rester jusqu'à ce que la louve soit remise. Entre-temps, nous aurons peut-être réussi à localiser Rudzak. Je pourrais aussi faire jouer deux ou trois relations à moi du côté du fisc : ils ont les moyens de convaincre les fermiers que leur intérêt est de laisser cette louve tranquille.

— Je n'enverrais pas les agents du fisc même à mon pire ennemi, soupira Sarah.

— Même pas pour un simple avertissement ? S'il s'agissait de sauver la louve ?

— Peut-être, dit-elle en se levant. À propos, il faut que j'aille voir où elle en est.

— Vous ne croyez pas que nous devrions lui trouver un nom ? Quelque chose d'exotique, je dirais. Du genre Ivana ou Destin...

— Je déteste ça, les petits surnoms mièvres, dit-elle en rejoignant la porte de la véranda. Je l'ai déjà baptisée, en fait. Elle s'appelle Maggie.

— Ça ferait plaisir à Margaret... Enfin, j'imagine.

— Aucun rapport avec Margaret. J'aime ce prénom, c'est tout.

— Sarah.

Elle le regarda par-dessus son épaule.

— J'insiste, reprit-il d'un ton égal. Je n'ai pas parlé à la légère. Je sais que Santo Camaro vous semble loin, irréel. Mais ce n'est ni loin ni irréel. Croyez-moi...

Il avait raison. D'ailleurs, la menace appelée Rudzak ne semblait pas vraiment irréelle à Sarah.

— Peut-être que vous vous trompez...

— Je ne me trompe pas. Laissez-moi rester. Laissez-moi vous aider. Je ne vous dérangerai pas : j'ai promis.

Il fit une grimace.

— C'est simple, dites-vous que vous allez adorer m'avoir à votre service.

— Ça pourrait valoir le coup.

— Réfléchissez.

Elle se tut un instant.

— C'est ce que je vais faire, dit-elle.

Quand elle eut disparu, Logan se demanda s'il avait su se montrer persuasif. Il lui avait exposé la situation avec la plus parfaite honnêteté – ne pas le faire eût d'ailleurs été le comble de la stupidité. Sarah n'aimait pas être déçue, ni par elle-même ni par autrui. Elle était dotée d'une franchise qu'il avait rarement observée chez une femme ; et d'une générosité exceptionnelle. Elle avait soigné cette louve comme si c'était son propre enfant. Elle l'avait caressée, consolée, réconfortée ; elle lui avait parlé avec douceur, même quand la bête n'entendait plus rien. Et dans ces moments-là, Sarah Patrick avait dégagé quelque chose de réellement magnifique. Logan avait admiré ses belles mains douces et adroites, ses cheveux ébouriffés qu'elle écartait d'un geste pour pouvoir opérer. Ses épaules solides, ses seins qui se soulevaient dans le vif de l'action...

Oh, merde ! Il n'avait pas besoin en ce moment de s'attarder sur ces détails physiques ! Ce n'était pas ainsi que l'on nouait le contact avec une Sarah Patrick.

Alors oublie. Oublie tout cela.

Sauf qu'oublier était plus facile à dire qu'à faire. Chaque fois qu'à l'avenir il poserait les yeux sur elle, il se rappellerait cet instant particulier – il en était sûr.

Rien n'est simple. Fais-le. Arrête de penser à elle vêtue seulement de son soutien-gorge blanc...

Ne pense qu'à une chose : comment t'y prendre pour lui sauver la vie.

Monty était étendu à côté de la louve endormie, presque nez à nez avec elle. Il ne releva pas la tête lorsque Sarah pénétra sous la véranda. Bien. Sarah n'était pas fâchée d'avoir un moment pour elle. Ils avaient passé une nuit fertile en événements ; elle se sentait encore nerveuse, mal dans son assiette. Logan avait encore inventé quelque chose, et elle était bien obligée de faire avec.

Cette cabane, c'était son paradis à elle. Elle n'avait pas envie d'avoir du monde. Surtout pas un Logan, dont la présence était particulièrement pesante. Il avait promis qu'il ne la dérangerait pas, mais c'était impossible. Logan était le genre d'homme qui perturbait tout, forcément.

Encore qu'il avait réussi à rester à sa place pendant qu'elle s'occupait de la louve. Il s'était tenu en arrière, décidé à se montrer le plus efficace possible et sans chercher à intervenir à tout prix. Exactement comme à Taïwan.

Vivre tranquillement avec lui n'était pas vraiment la solution. Était-ce seulement une sécurité, pour elle et pour Monty, d'avoir Logan à la maison ? Les jugements et les motivations de cet homme lui inspiraient-ils confiance ? Logan était compliqué. D'un autre côté, elle commençait à le connaître. En tout cas, elle l'avait cru sur parole quand il lui avait fait la promesse de ne plus se servir d'elle à l'avenir.

Sarah considérait Monty et la louve.

— On a un problème, mon chien.

Cette fois, Monty dressa la tête et interrogea sa maîtresse des yeux. *Ça va ?*

— De qui tu parles ? De moi ou de la louve ? Toutes les deux, on a besoin d'aller bien. Tu n'aurais pas dû filer comme ça et partir à sa recherche, tu sais. Tu n'es pas au mieux de ta forme non plus. L'affaire aurait pu mal tourner. La louve n'est pas une bonne âme...

Monty reposa la tête sur le sol. *Belle*.

— Oui, elle est belle, c'est vrai. Une belle jeune femme aux abois. Sauf qu'elle est capable de te liquider en deux minutes. Tu n'as pas l'instinct de tuer, Monty.

Souffre.

— Là, maintenant, c'est vrai. Mais dans quelques semaines, elle sera complètement rétablie. Et je ne veux plus que tu recommences cette bêtise de te coucher en travers de sa gorge. C'est la meilleure façon de te faire saigner...

La louve ouvrit les yeux et les plongea directement dans ceux de Monty.

Belle.

— Oh, merde !

Sarah sentait son cœur fondre quand elle les voyait se regarder comme ça.

— Non, mon chien, non. Impossible. Elle est à jamais du mauvais côté de la barrière. Du mauvais côté de l'Univers, bon sang ! Crois-moi, vous n'avez rien en commun.

Belle.

— À la moindre dispute conjugale, elle te tue.

Belle.

— Et les enfants ? Ils ressembleront à quoi, vos enfants ?

Belle.

À ça, peut-être. Ils tiendraient du chien d'arrêt et de la louve magnifique...

— Un amour d'un soir, mon chien. Ça ne peut pas aller plus loin. La Fédération pour la vie sauvage a d'autres projets pour Maggie.

Monty, délicatement, léchait Maggie entre les yeux.

Maggie retroussa les lèvres et gronda.

Sarah fut sur ses gardes. Elle était prête à bondir, s'il fallait protéger Monty.

— Arrête.

Monty refusait d'arrêter.

Peu à peu, Maggie cessa de gronder. Elle referma les yeux. Elle consentait.

— Ça alors !

Sarah n'en croyait pas ses yeux.

— C'est peut-être réciproque, murmura-t-elle. Finalement. Qui aurait imaginé un truc pareil ?

Elle s'avança et s'agenouilla auprès de la louve.

— Je vais être obligée de lui faire une autre piqûre, vieux. Essaie d'attirer son attention, d'accord ?

Quand l'aiguille pénétra la chair, Maggie ouvrit les yeux et gronda en direction de Sarah. Mais elle ne fit pas mine d'attaquer. L'instant d'après, elle était endormie.

Monty, comme d'habitude, s'allongea tout près d'elle.

— Tu n'écoutes pas, reprit Sarah. C'est vraiment un plan à la Roméo et Juliette. Ses potes ne t'accepteront jamais. Tu auras beau faire.

Monty poussa un gros soupir. Il n'arrivait pas à la quitter des yeux. *Belle*.

Quand Sarah rentra dans la cabane, elle trouva Logan endormi dans le fauteuil. Elle le réveilla en lui secouant l'épaule.

— Vous pouvez rester. Mais vous aurez intérêt à vous remuer. J'ai l'intention de vous mener la vie dure.

Il bâilla.

— Merci de m'en informer avec tact.

— Je n'ai pas envie de prendre des gants. J'ai des problèmes.

Elle se dirigeait vers sa chambre.

— Il va falloir que je remette Maggie sur pied. Et qu'elle s'en aille le plus vite possible. Je pourrais avoir besoin de vos services pour gérer les conséquences.

— Les conséquences ?

— Monty. Elle l'a rendu complètement gaga.

Logan émit un gloussement.

— Voyez-vous ça !

— Ce n'est pas drôle. Je vais être obligée de les séparer avant qu'ils décident de faire chambre commune. Les louves, quand elles s'attachent, c'est pour la vie. Et Monty... Il risquerait de souffrir. Je n'ai pas envie de ça.

— Normalement, un chien dressé doit avoir une compagne, non ?

— Normalement. ATF s'en occupe, en principe. Mais je leur ai demandé de me laisser gérer ça. J'avais l'intention de... Bon, je n'ai pas pu.

Elle regarda Logan droit dans les yeux.

— Compris ?

— Ne vous en faites pas. Si ça se trouve, pour Monty, c'est juste une amourette.

— N'importe quoi ! Monty est le chien le plus aimant que j'aie connu.

— Je crois que je saisis le problème.

Elle étudia le visage de Logan. Il ne riait plus. Il ne se moquait plus. C'était vrai : il comprenait.

— La plupart des gens jugeraient mon attitude bizarre, dit-elle. Mais c'est... C'est important pour moi.

— Alors, c'est important pour moi aussi. Je vois mieux maintenant pourquoi vous préférez que vos amis trouvent l'âme sœur.

Il ferma les yeux.

— Cela étant, poursuivit-il, est-ce que je pourrais avoir la permission de me rendormir ? Si vous avez l'intention de me mener la vie dure, j'ai intérêt à prendre des forces.

Il attendit que Sarah ait refermé derrière elle la porte de sa chambre. Il tira alors de sa poche son téléphone cellulaire et appela Galen.

— Je suis chez Sarah. Dans sa cabane. Je vais y rester quelque temps. Tu as du nouveau ?

— Rien encore. Je suis toujours sur la piste de Sanchez. Ça s'est passé comment, à Kai Chi ?

— Un enfer.

— Et Sarah ? Elle va bien ?

— Aussi bien que possible. Elle a rencontré de petits problèmes domestiques. Monty. Il est amoureux. Il s'est épris d'une louve...

Galen éclata de rire.

— Où ça ? Au bal des nounours ?

— Crois-moi, ce n'est pas marrant pour elle. Je voudrais que tu appelles Margaret. Demande-lui de réunir tout ce qu'elle pourra trouver sur les loups gris mexicains réintroduits dans ces montagnes.

— Tu ne peux pas l'appeler toi-même ?

— Elle m'en veut à mort, parce que je suis revenu ici. Et la virée à Taïwan n'a rien arrangé. J'ai eu une nuit difficile, là. Je n'ai pas envie de me taper une engueulade avec elle.

— J'ai compris. Je réagirais pareil à ta place.

— Tu as sécurisé la cabane ?

— Six de mes meilleurs hommes.

— Je n'ai rien vu.

— Eux, ils vous voient. Ils sont postés sur les hauteurs. Ils peuvent voir arriver les ennuis à des kilomètres. Je peux te donner le numéro de Franklin ?

— Demain. Je n'ai pas de quoi écrire et je ne veux pas bouger. J'ai mal à en crever.

Logan avait besoin de dormir quelques heures. Le jour ne tarderait plus à se lever. Il ne doutait pas le moins du monde que Sarah serait bientôt debout, à pied d'œuvre et prête à s'occuper de la louve. Comme à l'accoutumée, elle réprimerait tout élan de gentillesse envers lui. Et elle n'aurait aucun scrupule à mettre en pratique sa décision de lui mener la vie dure.

9

— Qu'est-ce qui vous prend ?

Sarah, les bras croisés, se dressait sur le seuil de sa chambre.

— Je donne à manger à Monty, répondit Logan en flattant la tête du chien. Il avait faim. Et ça m'embêtait de vous réveiller.

— C'est moi et moi seule qui donne à manger à Monty. Je l'ai dressé à n'accepter sa nourriture que de moi.

Mais Monty mangeait, ce qu'elle dut admettre, furieuse et stupéfaite à la fois.

— Il avait faim, répéta Logan en versant de l'eau dans le bol du chien. Je me suis dit que je pouvais essayer.

— Je refuse que vous vous mêliez du dressage de Monty.

— Je comprends que vous ne vouliez pas qu'il mange dans la main des étrangers. Mais moi, je ne suis pas une menace.

— Les étrangers, ça n'existe pas pour lui. Il aime tout le monde. Raison pour laquelle personne d'autre que moi ne peut lui donner à manger.

— Il a peut-être plus de discernement que vous ne le pensez.

Logan reposa à terre le bol empli d'eau.

— Tiens, mon chien.

— Je n'ai pas envie de prendre le risque, figurez-vous. Laissez mon chien tranquille.

— Comme vous voudrez. J'ai cru me rendre utile, c'est tout. Il y a autre chose que je puisse faire ?

— Oui : aller vous asseoir et laisser votre jambe se reposer. Vous l'avez mise à rude épreuve, ces trois derniers jours.

— Vous avez beau dire, fit-il en boitillant vers son fauteuil, ça s'arrange. Vous n'avez pas remarqué que j'avais fait des progrès depuis hier ?

— Si, admit Sarah.

Depuis le fameux soir où ils avaient ramené la louve à la maison, Logan n'avait pas arrêté. Il faisait le ménage dans la cabane, il aidait Sarah à soigner Maggie. Quand ils ne travaillaient pas ensemble, il faisait la cuisine, ou bien il téléphonait, essayant d'user de ses influences pour empêcher les fermiers de s'en prendre à la louve.

— Vous en faites trop, dit Sarah en le regardant de travers.

— Vous faiblissez ?

Il étendit sa jambe sur le coussin.

— Vous qui prétendiez m'user jusqu'à l'os ! Vous ordonnez, j'obéis.

Il riait.

— Et ça ne me gêne pas, dit-il. C'est ce qui vous embête.

— Vous dites n'importe quoi. C'est juste que...

Elle sourit à contrecœur.

— C'est juste que vous n'êtes pas drôle, à la fin. Un esclave aussi obéissant et dévoué, ce n'est plus drôle. Ça prive la situation de tout piquant.

— J'en suis désolé.

Elle cherchait à le percer à jour.

— Vous en faites trop, répéta-t-elle. Je ne vous en demande pas tant. Ça ne me plaît pas.

— Quand je démarre, plus moyen de m'arrêter. Je suis comme ça.

— Vous êtes surtout un sacré manipulateur. Vous savez que cela me contrarie de voir un homme blessé aller au-delà de ses forces.

Logan lui lança un regard innocent.

— J'ai fait ça ?

— Arrêtez, maintenant.

— Vous auriez pu me dire ça plus tôt. Ça m'étonne de vous.

— Je ne suis pas aussi douce que vous le pensez, dit-elle avec une grimace. Je pensais que vous vous calmeriez de vous-même. Je savais que vous aviez mal.

— Je fais mon boulot, madame.

— Vous vous éreintez.

— Je reconnais que j'ai un problème. Je suis subjugué. Complètement.

— La bonne blague !

— Je préférerais une relation fondée sur le partenariat. Nous avons fait la preuve que nous sommes parfaitement capables de travailler ensemble. C'est ce que je pense. Pas vous ?

Elle fit attendre sa réponse.

— Si.

— Alors, déclarons une trêve. Vous n'avez pas besoin de me donner des ordres, en fait. J'agis de toute façon. Si je n'ai rien à faire, je deviens dingue. Je préfère soigner votre louve plutôt que de me tourner les pouces. On vit ensemble, c'est un fait. Alors, pourquoi ne pas essayer de rendre les choses plus faciles, moins douloureuses ?

— Douloureuses ? Je ne souffre pas. Je pourrais aller...

Elle s'interrompit : le téléphone sonnait.

— Et nous ne vivons pas ensemble, ajouta-t-elle en allant décrocher. Allô ?

— Tu aurais pu m'appeler, dit Todd Madden. Comment ça s'est passé, ce boulot avec Logan ?

— Ne te tourmente pas pour ça, Madden. Le boulot est fini. C'est tout ce qui compte.

— Fort bien. Alors, tu vas pouvoir venir à Washington ce week-end. J'ai prévu une conférence de presse sur le tremblement de terre de Barat. Et ce glissement de terrain à Taïwan, au fait ? Voilà de l'excellente matière journalistique, non ?

— Va te faire voir !

— Oh, la vilaine ! fit Madden d'une voix soyeuse. Tu sais pourtant que tu n'as pas trop intérêt à te montrer désagréable avec moi. Bon, je m'occupe de tes billets ou tu t'en charges ?

— Je ne viens pas à Washington. Je suis occupée.

— Je déteste te forcer et tu le sais. D'un autre côté, je ne saurais tolérer...

— Je t'emmerde !

Elle raccrocha.

— Vous auriez dû me le passer, dit Logan.

— Ça me plaît de lui suggérer de se débrouiller sans moi.

— Ce ne sont pas exactement les termes que vous avez employés, dit-il doucement.

Le téléphone sonna de nouveau.

Sarah ne décrocha pas.

— C'est encore lui. Il n'arrive pas à croire que je puisse ne pas accourir à son coup de sifflet.

— Vous ne décrochez pas ?

— Non. Je suis en train de brûler mes dernières cartouches. Si vous ne tenez pas votre promesse, je tombe.

— Mais vous me faites confiance. Vous pensez que je vais tenir ma promesse. Sinon, vous n'auriez pas brûlé vos cartouches.

Sarah se tut un instant, puis répondit :

— C'est vrai. Je vous fais confiance.

— Je dispose de combien de temps ?

— Quelques jours. Peut-être une semaine. Quand Madden comprendra que je n'ai plus l'intention de changer d'avis, il deviendra furieux. Et il me punira.

— Comment ? Qu'est-ce qu'il vous fera ?

— Il me prendra Monty.

— Quoi ?

— Le chien ne m'appartient pas. C'est la propriété d'ATF. Si je refuse d'obéir à Madden, il est prêt à user de son influence pour qu'on me reprenne Monty. On le donnera à quelqu'un d'autre.

Logan jura entre ses dents.

— Vous ne pouvez pas le racheter à ATF ?

— Vous croyez que je n'y ai pas pensé, peut-être ? Ils ne voudront jamais me le vendre. Madden tient à garder ce moyen de pression sur moi.

— Vous êtes sûre qu'il est capable de les convaincre de vous reprendre le chien ?

— Il l'a déjà fait. Voilà deux ans. J'en avais assez. J'ai envoyé Madden se faire cuire un œuf. Et puis, un jour que je faisais mes courses au supermarché, des gens d'ATF ont carrément enlevé Monty dans ma Jeep. Ils m'ont laissé une note très professionnelle. Ils envoyaient Monty à un dresseur, en Europe. On me confierait un nouveau chien...

— En Europe ?

— Dans une brigade de plongée, poursuivit Sarah d'un ton déprimé. C'était intelligent, non, de la part de Madden ? Il ne précisait même pas dans quel pays d'Europe. J'ai supplié tout le monde. Du simple employé aux écritures jusqu'aux officiers. Je voulais savoir où ATF expédiait Monty. Ça m'a pris un mois d'enquête pour arriver à découvrir qu'il était affecté à Milan. Dans un commissariat de police. J'ai bien cru arriver trop tard...

— Trop tard ?

— Ce n'était pas seulement le fait que quelqu'un d'autre lui donne à boire et à manger. Monty m'aime. Nous sommes... très intimes. Il risquait de souffrir énormément. Des chiens aussi aimants que lui peuvent mourir de chagrin...

Les larmes lui piquaient les yeux.

— Il a pleuré, dit-elle. Mon Dieu, comme il a pleuré ! Il était très mal quand je l'ai retrouvé à Milan.

— Qu'est-ce que vous avez fait ?

— À votre avis ? J'ai appelé Madden. Je lui ai dit que je ferais tout ce qu'il voudrait. Mais qu'il me rende mon chien.

Sarah regardait Logan droit dans les yeux.

— Je ne veux pas que ça recommence, poursuivit-elle. Je ne veux pas qu'il me rejoue ce coup-là. Si vous pouvez trouver un moyen de me débarrasser de lui, je disparaîtrai avec Monty et on n'en parlera plus.

— Je trouverai le moyen, dit Logan en pinçant les lèvres avec une expression menaçante. Vous pouvez compter sur moi.

— Je compte sur vous. Ne me laissez pas tomber.

— Je ne vous laisserai pas tomber.

Il avait déjà saisi son téléphone cellulaire.

— Allez soigner la louve, dit-il. Je m'occupe de Madden...

Tout en composant le numéro, il leva les yeux vers elle.

— Maintenant que nous sommes main dans la main contre Madden, vous ne croyez pas que le moment est venu de faire une croix sur mes péchés et de m'accorder cette fameuse trêve ?

— Peut-être, répondit Sarah avec un sourire. Si vous me jurez de ne plus donner à manger à mon chien.

— Je ne le nourrirai qu'en toute dernière extrémité. Quand il sera quasi mort de faim...

Il se tut une seconde, puis reprit en parlant au téléphone :

— Margaret, tu peux me sortir le dossier Madden ?

Sarah souriait toujours. Elle gagna le porche, entraînant Monty avec elle. L'empressement de Logan à trouver une solution efficace au problème avait quelque chose de merveilleusement rassurant.

Monty, avant de quitter la pièce, regarda Logan. *Il est bien.*

— Tu l'aimes parce qu'il t'a donné à manger, dit-elle. Tu n'aurais pas dû accepter. Tu aurais dû m'attendre. Et tu le sais parfaitement.

Confiance.

— On ne brise pas une règle comme ça.

Mais Sarah n'était-elle pas, elle aussi, en train de briser une règle en accordant sa confiance à Logan ? Il s'était débrouillé pour vaincre toutes ses défenses.

Il est bien.

Était-ce une question de charisme ? Non. Dieu sait qu'il n'avait pas essayé de la séduire, ces derniers jours. Il s'était contenté de filer droit et de bosser dur.

Quelque chose, pourtant, inquiétait Sarah. Elle n'aurait su dire quoi, d'ailleurs. Car tout ce qu'elle avait consenti à Logan, c'était la promesse d'une trêve.

Belle. Monty trotta jusqu'à Maggie. La louve lui lança un regard maléfique. Il se laissa tomber auprès d'elle. *Amour.*

Maggie retroussa les babines, montra ses dents, gronda.

Sarah secouait la tête.

— On ne peut pas dire qu'elle te la joue romantique, soupira-t-elle. Ça doit être à cause de sa blessure. Elle a mal, sûrement...

Sarah se pencha vers elle.

— Voyons si on peut te soulager. Ce n'est pas la

peine de montrer les dents comme ça. Pourquoi ne pas observer une trêve, nous aussi ?

Le chien courait en cercle autour de Sarah Patrick, agitant joyeusement sa queue dorée.

Duggan baissa le canon de sa carabine et visa la tête de Monty. Son index caressait doucement la gâchette.

— Qu'est-ce que tu fais ?

Duggan se retourna sur Rudzak qui s'approchait, venu du sommet de la montagne.

— Elle est sortie de la cabane. Avec le chien. J'ai envie de lui faire une petite surprise. J'ai manqué d'adresse avec ce sacré clébard à Santo Camaro : je l'ai raté. Et là, je vais me rattraper. Je vais lui faire péter le crâne.

Rudzak observa la cabane.

— On n'est pas là pour ça, dit-il. On a réussi à se débrouiller pour éloigner les patrouilles de Galen. Et il y en a partout. À croire que la cabane de Sarah Patrick est mieux défendue que Fort Knox. Ils seront bientôt de retour. On n'a que peu de temps. Logan, tu l'as vu ?

— Il est là. Dans l'entrée.

— Ah, oui ! murmura Rudzak. Il a l'air de bien veiller sur elle, tu ne trouves pas ?

— Je veux bien qu'on ne le touche pas. Et elle non plus. Mais pourquoi je ne tirerais pas le chien ?

— Tu crois que tu pourrais, d'ici ? On ne peut pas se rapprocher plus. Il est hors de portée, même pour un bon tireur.

— Je peux l'atteindre.

Le chien redressait la tête et aboyait, tout à son plaisir.

— J'ai toujours détesté les aboiements des chiens, reprit Duggan en abaissant à nouveau le canon de sa carabine. Tu paries que j'arrive à le descendre avec une seule balle ?

— Je ne parie rien du tout. Je sais très bien que tu es un tireur d'élite.

Duggan accepta le compliment d'un air satisfait. Rudzak l'appréciait à sa juste valeur. Depuis un an qu'il travaillait pour lui, il avait su gagner son respect.

— Alors regarde comment je vais tuer ce clébard.

— Je regarde, dit Rudzak en croisant les bras. En fait, ce serait un coup de génie de ta part. J'imagine que Logan doit se sentir parfaitement en sécurité dans cette petite cabane. Avec tous les hommes de Galen en patrouille sur les hauteurs. C'est l'occasion rêvée de lui balancer une bonne décharge de stress. De flanquer un coup de pied dans sa jolie petite installation. Oui, je t'en prie, descends-moi ce chien.

Duggan imaginait déjà la suite. Le golden retriever s'écroulait, couvert de sang. Sarah Patrick le regardait, pétrifiée. Elle se mettait à hurler. Elle et Logan se précipitaient sur l'animal.

— Attends une minute.

Duggan suivit le regard de Rudzak posé sur Sarah Patrick. Elle venait de faire brusquement demi-tour. Elle scrutait le haut de la montagne.

— Intéressant, dit Rudzak. Tu crois qu'elle se doute de quelque chose ? Elle rappelle son chien, non ?

— Merde !

Sarah Patrick et Monty couraient vers l'entrée de la cabane. Duggan commença à se sentir contrarié. Il fallait agir vite.

— Ne t'en fais pas. Je peux le tuer quand même...

— Non.

Duggan se tourna vers Rudzak et fronça les sourcils.

— Je sais ce que je voulais savoir. Et les hommes de Galen ne sont pas des idiots. Ils savent localiser le point de départ d'un coup de feu. Ils risquent de nous tomber dessus en un rien de temps. Ça vaudrait le coup de courir le risque si c'était important, mais ça ne l'est pas, justement.

Il haussa les épaules.

— En plus, tuer un chien n'est pas une action à la hauteur, après Kai Chi.

— Ça ne peut pas faire de mal...

— Non, Duggan, dit Rudzak calmement. Fais-moi confiance. Nous allons plutôt réfléchir à quelque chose d'approprié.

— Qu'est-ce qui ne va pas ? demanda Logan.

Sarah poussait Monty vers l'entrée.

— Vous avez vu quelque chose ?

— Non. Rien.

Elle plissa les yeux, puis répéta :

— Rien du tout.

Logan cherchait à comprendre.

— J'ai juste senti... que quelque chose n'allait pas. Une espèce d'intuition. Je sais que ça peut paraître idiot, mais j'ai appris à me fier à mes instincts.

— Ça ne paraît pas idiot du tout, dit Logan. J'imagine que vous avez dû développer d'excellents instincts durant toutes ces années.

Il prit son téléphone.

— Je vais appeler la sécurité et demander à Franklin de vérifier si Rudzak ne rôde pas dans les parages.

— C'est plutôt aux fermiers que je pensais. Ils se sont peut-être aperçus que je soignais Maggie. Ils peuvent avoir décidé de me donner une leçon.

Elle eut un geste comme pour dire : « peu importe ».

— Ce n'est rien du tout. J'ai dû me tromper. Mais

je crois que je sortirai Monty après la tombée de la nuit, à l'avenir.

— Ce sera mieux...

Il s'interrompit et ajouta, parlant au téléphone :

— Franklin, qu'est-ce qui se passe là-haut ?

— Viens, Monty, on rentre.

Sarah entraînait le chien vers la cuisine.

— Je vais te donner de l'eau fraîche.

Elle finissait de remplir l'écuelle de Monty quand Logan coupa la communication.

— Ils n'ont rien vu, dit-il. Ils vont vérifier.

— C'est ce que je disais. Moi non plus, je n'ai rien *vu*.

Elle se dirigea vers la véranda où Maggie se reposait.

— Si ce sont les fermiers, cela ne leur fera pas de mal de savoir qu'ils ne sont pas tout seuls, là-haut.

— Vous me laissez gagner ou quoi ?

Sarah se renversa sur sa chaise et fixa sur Logan un regard soupçonneux.

— Je sais que je suis bonne. Mais vous, vous ne pouvez pas être mauvais à ce point...

— Je suis très mauvais, croyez-moi. Ce n'est pas mon truc, le poker. Je ne suis pas partisan de la récompense immédiate. Je suis meilleur aux échecs.

Elle le scruta une minute, puis hocha doucement la tête.

— Je vois. Les jeux de stratégie. Moi, les échecs ne m'ont jamais attirée. Je vote pour la récompense immédiate. Toujours.

— Qui vous a appris à jouer au poker ? Un de vos coéquipiers ?

— Non. C'est mon grand-père. Quand j'étais petite, on s'asseyait ici, au coin du feu, et on jouait pendant des heures.

— Et votre mère ?

— Elle vivait à Chicago. Elle n'aimait pas venir à la cabane.

— Vous, vous aimiez.

— J'adorais.

Elle fit une grimace.

— J'adorais quitter la ville. La ville était sale, surpeuplée et...

Sarah se leva.

— J'ai soif. Ça vous dit, une citronnade ?

— Volontiers.

— Il fait moins froid, ce soir, dit-elle en gagnant la cuisine. On pourrait peut-être éteindre le feu ?

Logan s'approcha de la cheminée.

— Votre mère aimait la ville ?

— Elle aimait les lumières de la ville. Les cinémas, les cafés, les gens. Elle connaissait plein de monde...

De retour auprès de lui, elle lui tendit un verre empli de citronnade glacée.

— Elle a eu quatre maris.

— Ça n'a pas dû être facile pour vous.

— J'ai survécu.

Elle s'assit de nouveau et étira les jambes.

— En fait, je n'étais pas malheureuse. À chaque mariage, je partais m'installer chez mon grand-père. J'aimais ça. La troisième fois qu'elle s'est mariée, je suis restée deux ans avec lui.

— Elle aurait pu vous confier à lui.

— Elle ne voulait pas. Elle ne supportait pas de rester seule. Il lui fallait du monde auprès d'elle.

Sarah considéra Logan par-dessus le bord de son verre.

— Oh, je ne suis pas en train de me plaindre, vous savez. C'est comme ça que ça s'est passé et voilà tout. Je n'ai pas été une enfant maltraitée. Il y a des gens plus malheureux que moi.

— Vous n'êtes pas malheureuse.

— Qui prendrait soin des malheureux si nous étions tous logés à la même enseigne ? Les deux mondes s'équilibrent.

— Votre grand-père avait besoin de vous ?

Sarah ne répondit pas tout de suite à cette question.

— Je pense, oui. Mais la chose n'était pas facile à admettre pour lui. Je sais qu'il m'aimait. Il me l'a dit. À la fin...

— Seulement à la fin ?

— Il ne parlait pas beaucoup. Il a gratté la terre avec ses ongles pour arriver à gagner de quoi se payer ces quelques arpents de terrain. Il s'est installé dans cette cabane en jurant qu'il ne la quitterait plus jusqu'à l'heure de sa mort.

— De quoi vivait-il ?

— Il dressait des chevaux et des chiens. Il était merveilleux avec les bêtes.

Logan buvait sa citronnade à petites gorgées.

— Comme vous.

— Les bêtes ne sont pas difficiles. Elles ne demandent rien. Vous n'avez qu'une chose à faire : les aimer.

— Certaines personnes sont comme ça : elles ne demandent qu'à être aimées.

— Je n'en suis pas aussi sûre que vous.

— Vous dites ça parce que vous avez eu une mère égoïste. Manifestement, elle ne savait pas comment s'occuper de sa fille. Mais vous avez suffisamment voyagé pour vous apercevoir que le monde est plein de gens formidables.

— Je ne suis pas une femme amère, Logan – d'ailleurs, ce ne sont pas vos oignons.

— Je sais. C'était juste une observation comme ça.

— Vos observations, gardez-les pour vous. Je vous pose des questions sur votre vie, moi ? Je vous juge ?

— Ne vous gênez pas. Comme ça, ce sera chacun son tour.

— Je n'ai pas envie de savoir...

Elle le regarda d'un air de défi.

— Qu'est-ce que c'est, ces installations de recherche à Santo Camaro. Qu'est-ce que vous y faites ?

— Ce n'est pas une question sur ma vie.

— Donc, vous ne répondrez pas.

— Je n'ai pas dit ça.

Il baissa les yeux et considéra son verre.

— Ce sont des recherches médicales. On y fait des découvertes intéressantes.

— Des recherches médicales ?

— Dans un domaine spécifique, oui. Je suis à l'origine de ces recherches.

— Et ces découvertes, c'est quoi ?

— Ça concerne le sang artificiel.

Sarah écarquilla les yeux.

— Quoi ?

— Un produit qui se substitue au sang. Vous n'en avez pas entendu parler ? Il y a eu des reportages sur ce sujet...

— Si, j'en ai plus ou moins entendu parler...

Elle plissa les yeux.

— C'est à cause de Chen Li, c'est ça ? À cause de la leucémie.

— Tout a commencé avec Chen Li. J'en crevais littéralement, de ne pas pouvoir l'aider. Mais je ne suis pas égoïste au point de ne pas voir les applications possibles dans d'autres maladies.

— Pourquoi avoir construit ces installations dans la jungle ? C'est à ce point top secret ?

— L'espionnage industriel, vous en avez entendu parler ? On est tout près d'un résultat. La compagnie qui a investi dans cette affaire entend avoir le contrôle, non seulement sur la recherche, mais aussi sur le marché.

— Le fric ?

— Le contrôle, répéta Logan. Je n'ai pas consacré des années à ce projet pour qu'il m'échappe maintenant.

— C'est là-dessus que travaille Bassett ?

— Oui. Il essaie de reconstituer le dernier mois de recherche effectué à Santo Camaro. Ils envoyaient des rapports mensuels, mais le dernier s'est perdu. Alors qu'un boulot considérable avait été accompli avant l'attaque.

— Rudzak a quelque chose à voir avec l'espionnage industriel ?

— Rudzak n'a rien à voir avec rien. Il se fout de tout. Tout ce qu'il veut, c'est me frapper là où ça fait le plus mal.

— Comment a-t-il pu découvrir à quoi étaient destinées vos installations ? Il sait comment votre femme est morte ?

— Oh, oui ! Il sait, pour Chen Li.

Il reposa son verre sur la table, à côté de lui.

— Vous voyez que je vous fais confiance. Je viens de vous révéler tous mes secrets.

Non, pas tous ses secrets.

— Vous devez l'avoir beaucoup aimée, Chen Li, dit Sarah.

— Oui. Elle m'a vampé dès que je l'ai vue. Elle était moitié traditions, moitié technologies nouvelles. C'était un génie informatique. Et, pourtant, elle dégageait quelque chose de serein. Une grâce bien à elle. Je l'ai épousée un mois après l'avoir rencontrée.

Il se tut un instant.

— Trois ans plus tard, elle est morte.

— Et vous n'êtes toujours pas guéri, dit-elle brusquement. C'est pour ça. Je préfère aimer les chiens. C'est moins douloureux.

— C'était il y a longtemps. J'étais un autre homme, alors. Et je ne pense pas que vous soyez dévouée uniquement à la race canine. Vous ne feriez pas ce boulot.

— Pensez ce que vous voulez. La première fois que j'ai participé à une recherche, j'ai compris que j'étais faite pour ça. C'était une petite fille, dans les montagnes, près de Tucson. Elle s'était éloignée des siens et perdue.

Sarah baissa les yeux et poursuivit :

— Elle n'avait que cinq ans. Il faisait un froid terrible. Je n'étais pas certaine qu'on la retrouverait vivante, mais on n'a pas baissé les bras. Au bout de trois jours, Monty l'a repérée. Elle était vivante. Quand on l'a prise pour l'envelopper dans une couverture, elle a murmuré vous savez quoi ? « Je savais que quelqu'un viendrait. » Elle attendait. J'ai pensé alors que c'était *moi* qu'elle attendait. Et c'est moi qui l'ai sauvée. Ça laisse un sentiment inoubliable. Unique.

— Parfois, vous n'arrivez pas à les sauver.

— C'est vrai. Mais je peux au moins les ramener chez eux.

— On croirait entendre parler Eve.

Sarah secouait la tête.

— Je vous répète que je ne suis pas Eve. Je ne suis pas comme elle. Arrêtez de creuser dans mon psychisme. Je suis telle que vous me voyez. Pas la peine de chercher en profondeur. Je n'ai pas un passé tragique, comme Eve. Mon cœur n'abrite aucun ressentiment. Je prends les gens comme ils sont et je me débrouille avec ça. Compris ?

— Je comprends. Mais je ne vous crois pas. Si les dernières semaines m'ont enseigné quelque chose à votre sujet, c'est que vous êtes beaucoup plus compliquée que vous ne voulez l'admettre.

Elle poussa un râle de dégoût.

— Conneries !

— Vous êtes intelligente. Vous travaillez dur. Vous êtes capable de vous fermer comme une huître. Ça fait beaucoup d'épines. Sauf que, sous les épines se cache probablement la femme la plus aimante et la plus généreuse que j'aie rencontrée.

Sarah détourna les yeux.

— Arrêtez de faire l'idiot.

— Vous n'aimez pas qu'on vous dise ça ? Pourquoi ?

— Parce que je fais ce que j'ai à faire, c'est tout. Tout le monde a un but dans la vie. Un boulot à accomplir. Et mon boulot, c'est ça : sauver des vies humaines...

— Vous ne voulez pas admettre que votre métier est plus désintéressé que celui de beaucoup de gens ?

— Les pompiers aussi font un métier désintéressé. Et les policiers. Et tant d'autres...

— Ça vous gêne, si j'insinue que vous vous occupez des humains aussi bien que de vos amis à quatre pattes ?

— Je ne suis pas gênée, dit-elle en se levant. Il faut que j'aille voir comment va Maggie.

— Vous fuyez ?

— Pas du tout.

Elle lui lança par-dessus l'épaule un regard appuyé.

— Vous n'arriverez pas à me faire fuir, Logan. Je vais voir comment va Maggie. Après, je reviens. Et je vous flanque une raclée au poker.

— Je ne dis pas non. Vous savez pourquoi ?

— Parce que vous êtes masochiste ?

— Non.

Il reprit son verre et le leva comme pour offrir un toast.

— Parce que je suis un ami.

Elle le regardait fixement.

— Détendez-vous, reprit-il. Ça devait forcément arriver, après tout ce temps passé ensemble. Bon, on échange des confidences. Et après ? Ça crée des liens. Je me laisse impressionner facilement. Mais ne vous en faites pas, je ne vous demanderai rien. Je vais juste continuer de faire semblant d'être un chien. Ou un loup.

Sarah ne savait que répondre.

— Tout va bien, Sarah, ajouta Logan d'un ton paisible et amical. Pas de problème. Vraiment.

Il y avait un problème. Elle se sentait gauche, mal à l'aise. Et bizarrement... Oui, elle avait chaud.

— Vous essayez de me faire marcher, là ?

Logan commença à battre les cartes.

— Non. En aucun cas.

Deux jours plus tard, Logan avait au téléphone les vigiles en faction dans les montagnes.

— Très bien. Non, continuez de surveiller la zone. Je pense savoir de qui il s'agit.

Il se tourna vers Sarah.

— On a de la visite. Quelqu'un qui devrait arriver dans quelques minutes.

Elle se raidit.

— Rudzak ?

Logan marchait vers la porte.

— Je dirais plutôt votre ami Madden.

— Quoi ? fit-elle en lui emboîtant le pas. Ce démon ? Qu'est-ce qu'il viendrait faire ici ?

— Si Margaret a bien travaillé, il devrait être en train de péter les plombs.

Logan mit sa main en visière devant ses yeux. Une Buick approchait.

— Cela dit, reprit-il, je m'attendais à ce qu'il vous appelle. Je ne croyais pas qu'il se pointerait ici.

— Pourquoi il aurait pété les plombs ?

Logan rigola.

— Je pensais pouvoir trouver des saloperies sur lui, mais ça prenait trop de temps. Alors, je l'ai touché là où ça fait mal. Au portefeuille. Il a une élection en vue. J'ai appelé deux des plus gros sponsors de sa campagne. Je les ai convaincus de le laisser tomber. Après quoi, j'ai chargé Magaret de lui faire savoir que c'était seulement un début. Sauf, évidemment, s'il arrivait à persuader ATF de vous vendre Monty.

Sarah en resta bouche bée.

— Merde, alors !

Elle regarda à son tour la Buick qui venait dans leur direction.

— Pas étonnant qu'il rapplique, murmura-t-elle.

— Si, c'est étonnant. Je vous l'ai dit : je pensais qu'il vous téléphonerait.

— Pas Madden. Madden, si vous l'attaquez, il ne pense plus qu'à se venger...

— Rentrez dans la maison. Je m'occupe de lui.

Sarah secoua la tête.

— Arrêtez d'essayer de me protéger ! Il va être dégueulasse, et alors ? J'assume.

Elle croisait les bras quand la Buick s'arrêta en dérapant devant la porte de la cabane. Elle espérait avoir vu juste. Madden était maître dans l'art de faire souffrir, ainsi qu'elle l'avait appris bien des années auparavant. Sauf qu'elle n'était plus la fille jeune et inexpérimentée d'alors. Elle s'avança vers lui dès qu'il descendit de voiture.

— Je croyais t'avoir dit de ne jamais remettre les pieds ici, Madden !

— Espèce de pute !

La fureur lui montait au visage. Lui d'ordinaire si onctueux quand il téléphonait !

— Qu'est-ce qui te prend, bordel ?

— Un peu de respect, je vous prie, intervint Logan. Vous avez parfaitement compris ce qui se passe.

Madden se tourna vers lui.

— Qu'est-ce que vous foutez ici, vous, d'abord ? Je

vous ai rendu service, bordel de Dieu ! Vous étiez supposé me renvoyer l'ascenseur, non ?

— La situation a évolué, dit Logan. Vous êtes un homme politique. Vous savez ce que c'est qu'une promesse vide de sens. Vous avez appelé ATF ?

— Je refuse d'agir sous la pression.

— Vous préférez perdre votre siège au Sénat ? C'est juste le début de la partie, là. Je vais faire fermer tous les robinets. Vous n'aurez plus un rond. De plus, j'ai lancé des recherches sur vous. Si jamais il y a une bêtise dans votre passé, elle sera en première page de tous les journaux.

— Vous m'avez l'air d'un sacré fils de pute, vous !

— Je vous ai demandé une faveur, Madden. Accordez-la-moi et je vous foutrai peut-être la paix...

— Peut-être ?

— Oui. Je ne sais pas si je vais pouvoir supporter de vous savoir confortablement installé dans un fauteuil du Sénat. Refusez et ma décision est prise.

— Je refuse, trou-du-cul !

— Non. Réfléchissez. Vous êtes ambitieux. Et je suis certainement l'obstacle le plus gênant qui se soit jamais dressé sur votre route. Alors ? Pourquoi risquer de tout perdre ? Sauvez votre réputation. Vous avez suffisamment exploité Sarah et Monty. Ça suffit, maintenant.

— Quoi ? s'écria Madden en se tournant vers Sarah.

Il luttait pour contenir sa rage.

— Je t'ai exploitée, Sarah ? cria-t-il d'une voix où perçait une mauvaise foi absolue. Vas-y, parle ! Je n'aime pas ça, te voir te défendre par personne interposée...

— Dégage, Madden !

— Tu me donnes des ordres, maintenant ?

Il regardait tantôt Sarah, tantôt Logan.

— Tu crois que tu vas t'en tirer comme ça simplement parce que tu couches avec une huile ?

— Je ne couche pas avec Logan.

— Qu'est-ce qu'il fout dans cette cabane pourrie, alors ? Elle lui plaît, c'est ça ? Tu me prends pour un idiot ? Tu crois que je ne vois pas comment il te regarde ? L'argent et le sexe font tourner la Terre, non ? L'argent, tu ne peux pas lui en donner. Mais le sexe, ça ne te pose pas de problème.

— Bouclez-la, Madden ! dit Logan.

— Vous la protégez.

Il ricanait.

— Notez, je ne vous blâme pas de la laisser vous...

— Bouclez-la !

— Elle baise comme une bête sauvage, hein ? C'est la seule nana que je connaisse qui ne dit jamais non. Je le sais, je l'ai baisée moi aussi. Tu peux lui demander n'importe quoi, elle...

Le poing de Sarah écrasa durement le nez de Madden. Le sang gicla. Madden tituba en arrière. Son dos heurta la Buick.

— Dégage ! répéta Sarah. Dégage tout de suite !

— Salope ! dit-il en se couvrant le nez de son mouchoir. Tu es une *bête*.

— C'est possible. J'avoue que j'ai bien envie de te sauter à la gorge.

— Tirez-vous, reprit Logan, menaçant. Et sortez votre téléphone dès que vous serez sur l'autoroute. Vous avez un quart d'heure pour décider ATF à vendre Monty à Sarah.

Madden jurait par-devers lui.

— Je ne me répéterai pas, continua Logan en faisant un pas dans sa direction. Écoutez-moi bien. Avant, vous n'étiez pour moi qu'un emmerdeur. Maintenant, j'ai envie de vous briser la nuque. Alors, faites ce que je vous dis.

— Vous ne me faites pas peur, souffla Madden.

Mais il reculait. Il jeta à Sarah un dernier regard chargé de haine, puis remonta dans sa voiture.

— Tu te crois intelligente, dit-il. Et tu lui as mis le grappin dessus. Mais il finira par en avoir marre. Alors, il partira. Et moi, je reviendrai.

— Je te fais confiance, répondit Sarah. Les cafards sont des parasites très résistants.

— Sauf quand on les écrase, compléta Logan.

Madden rouvrit la bouche pour dire quelque chose, mais renonça aussitôt. Il referma la portière. Une minute plus tard, la Buick redescendait le chemin à toute allure.

— Merde ! soupira Sarah. Ça fait du bien.

Ça faisait même un sacré bien. C'était comme se délivrer d'un fardeau qui lui avait pesé sur les épaules pendant des années.

— Vous croyez qu'il va appeler ATF ?

— J'en viens presque à espérer qu'il ne le fera pas.

Logan tourna les talons et pénétra dans la maison. Sarah le regarda avec surprise, puis le suivit à l'intérieur.

— Pourquoi ? lança-t-elle.

— Parce que c'est un fumier et que j'ai envie de le crucifier.

Sa voix avait pris un ton sauvage.

— Vous, ça vous suffit de lui avoir collé votre poing dans la gueule, c'est ça ?

— Exactement. Qu'est-ce qui vous met en colère ? Madden m'a attaquée et il a trouvé à qui parler.

— L'idée ne vous a pas effleurée que j'aurais pu m'en occuper moi-même ?

— Non.

— J'en étais sûr.

— Je ne vois pas pourquoi vous auriez dû vous en occuper. C'était mon problème, je l'ai réglé, point final.

— C'était votre problème. Et comment.

— Oh ! arrêtez de faire les cent pas comme ça ! Asseyez-vous. Vous êtes resté debout trop longtemps, aujourd'hui.

— J'irai m'asseoir quand j'en éprouverai le besoin, vu ?

Elle leva les bras.

— Comme vous voudrez. Tant pis pour vous si vous avez mal à la jambe, cette nuit. Ce sera bien fait...

Elle se mordit les lèvres. Est-ce qu'il ne venait pas de lui rendre un immense service ? Elle essaya de se montrer patiente.

— Bon, écoutez... Je regrette de vous avoir mêlé à cette sale affaire avec Madden. Je vous dois...

— Vous ne me devez rien, merde ! On avait un accord. Je l'ai honoré. Vous croyez vraiment que c'est à cause de ça ?

— Tout ce que je crois, c'est que vous ne vous conduisez pas d'une façon raisonnable. C'est ma faute si Madden est un enfoiré ?

— Votre faute, c'est de vous obstiner à refuser mon aide. Vous n'êtes pas seule au monde, vous savez. Ça vous aurait fait mal de me laisser m'occuper de lui ? Vous protéger ? Pour une fois !

Elle battit des cils.

— Je n'ai pas besoin de votre protection.

— C'est ça ! Vous n'avez besoin de personne. Vous n'êtes pas blessée. Vous n'avez pas de cicatrice, rien. *Conneries*.

Elle se raidit, puis s'exclama :

— Bouclez-la, maintenant, d'accord ? Désolé si votre ego en a pris un coup. Je n'y suis pour rien.

— Vous auriez dû me laisser vous aider.

— Vous m'avez aidée.

— C'est pour ça que vous avez les phalanges qui saignent...

Surprise, elle regarda ses mains.

— Ce n'est rien. Une petite écorchure.

Il vint se placer devant elle.

— Ça n'a même pas l'air de vous contrarier, dit-il. Vous êtes dure...

— Ça ne me contrarie pas, merde ! Je ne m'en étais même pas aperçue. J'étais trop occupée à essayer de comprendre pourquoi vous en faisiez toute une histoire... Laissez-moi passer, Logan.

Il avait posé les mains sur les épaules de Sarah.

— Vous voulez me taper dessus à moi aussi ?

— Ça se pourrait. Si vous le méritez...

Elle leva les yeux vers lui.

— Bon Dieu, Logan ! Qu'est-ce qui ne va pas ?

— Rien. Tout va bien. Non. C'est un mensonge...

Il commença à la secouer.

— Vous êtes en train de me rendre dingue ! Vous n'êtes pas seule au monde, merde ! Vous ne pensez qu'à vous !

— Laissez-moi passer.

Il desserra ses doigts des épaules de la jeune femme.

— Quoi ? dit-il. Vous avez peur que je me mette à vous sonner les cloches, comme votre copain Madden ?

— Je sais que vous n'êtes pas comme lui...

— Vraiment ?

Elle ressentit un choc dans la poitrine. Logan fixait sur elle un regard si intense qu'elle éprouvait... Vite, elle détourna son regard.

— Vous n'êtes pas Madden. Et vous avez dit que vous étiez mon ami. C'était un mensonge ?

Logan se calmait.

— Non.

Il la lâcha et laissa retomber les bras le long de son corps.

— Ce n'était pas un mensonge.

Il fit demi-tour et marcha vers la porte d'entrée restée ouverte. La Buick de Madden n'était plus qu'un point quasi invisible.

— Et je ne suis pas Madden. Vous ne m'aviez pas dit que vous aviez été amants.

— Vous n'aviez pas besoin de le savoir pour me venir en aide. Ça ne semblait pas important.

— Ah, bon ? C'est sacrément important, au contraire.

— Ça ne devrait pas. C'était il y a longtemps. Et ça n'affecte en rien la situation présente. Il s'est servi de moi à l'époque pour faire carrière, c'est tout.

— Et vous ?

— Quoi ?

— Il représentait quoi, pour vous ?

— Bonté divine, mais j'étais une gamine ! Je venais juste d'entrer à ATF quand je l'ai connu. J'étais seule. Je pensais qu'il... Bon, il était plein de gentillesse. Il m'a menée en bateau pendant six mois. Après j'ai rompu. Et il n'a pas aimé.

— Naturellement, dit Logan sans la regarder. Vous étiez un jouet pour lui. Une distraction.

Elle sentit une bouffée de chaleur lui monter au visage.

— Ah, oui ?

— Je disais ça comme ça. Mais c'est un fait. Comme vous ne vouliez plus coucher avec lui, il s'est dit qu'il allait vous baiser d'une autre façon.

— C'est grossier, ce que vous dites.

— C'est la vérité.

Sarah réfléchit un instant.

— Oui, reprit-elle. Il voulait toujours me mener à la baguette.

— J'espère que c'est seulement une image...

Il se tut brusquement et secoua la tête, l'air gêné.

— Pardon. Cette phrase m'a échappé...

— Elle ne vous a pas échappé. Et c'est grossier aussi. En plus, ce ne sont pas vos affaires, merde...

— Vous avez raison. Je vous ai demandé pardon.

Il la regarda de nouveau en face.

— Je pense que ça m'a fait un petit peu mal, de me sentir rejeté. On ne fait pas ça à un ami.

Toute tension entre eux s'était évanouie et Sarah en éprouva du soulagement. Ou alors commençait-elle à prendre mieux les choses ?

— Je n'ai jamais dit que j'étais votre amie, murmura-t-elle.

— C'est pourtant le cas, non ?

Des journées entières à vivre ensemble, à travailler ensemble. Les soins donnés à Maggie. Les blagues, les plaisanteries, les petites familiarités quotidiennes.

— Je suppose, oui, dit-elle doucement.

— Et comment que vous êtes mon amie, bon sang ! J'ai travaillé assez dur pour m'assurer que vous...

Le téléphone retentit.

— Je prends, dit Logan en traversant la pièce.

Il décrocha, écouta et répondit :

— Elle n'est pas disponible pour l'instant. C'est John Logan à l'appareil. Parlez, je vous écoute...

Il se tut encore un instant.

— Je vais envoyer quelqu'un à vos bureaux dans l'heure qui suit, reprit-il. Il vous apportera un chèque. Vous lui remettrez un reçu en échange. Merci.

Logan raccrocha et se tourna vers elle.

— Sanders, dit-il. D'ATF. Il dit qu'il est chef d'unité. Vous le connaissez ?

— C'est mon chef.

Une bouffée d'excitation s'emparait d'elle.

— Madden l'a appelé ? Il va me vendre Monty ?

Logan approuvait de la tête.

— Demain, dit-il, vous aurez les papiers. Monty sera à vous.

Mon Dieu ! C'était trop beau pour être vrai ! Après tout ce temps. Après tous ces chagrins. Enfin...

— C'est vrai ?

Il sourit.

— C'est vraiment vrai ?

Elle crut que ses genoux allaient la trahir. Elle se laissa tomber dans le fauteuil.

— J'avais peur qu'il ne le fasse pas, dit-elle. Je ne pouvais pas croire que...

— Vous pouvez.

Monty était à elle. Aucune menace ne pèserait plus sur eux. Monty était sauvé.

Logan ne la quittait pas des yeux.

— Vous êtes... Vous êtes radieuse. Rayonnante...

Oui : elle se sentait rayonnante, emplie de lumière, heureuse.

— Il est sauvé.

— Oui.

Sarah ferma les yeux.

— Je me faisais tellement de souci pour lui. Les chiens sont si vulnérables. Ils ne savent pas se protéger contre la cruauté.

— Il peut compter sur vous pour ça.

Elle rouvrit les yeux quand elle sentit qu'il lui essuyait les joues avec son mouchoir.

— Qu'est-ce que vous faites ?

— Vous pleurez...

Il effaça les larmes et lui tendit le mouchoir.

— Pourquoi faut-il toujours que les femmes pleurent quand elles sont heureuses ? C'est idiot...

Il se dirigea vers l'évier de la cuisine.

— ... et sacrément déconcertant.

— Pourquoi ?

— Les larmes signifient le chagrin. L'instinct primitif de l'homme consiste à guérir la femme de son chagrin.

Il rapportait un essuie-tout humide.

— Quand un homme n'a plus de chagrin à guérir, reprit-il, ça le met dans tous ses états. Donnez-moi votre main...

— Quoi ?

— Vous saignez.

Il lui prit la main et nettoya doucement, avec la serviette, les phalanges blessées.

— Voilà au moins une blessure dont je peux m'occuper...

— C'est à peine un...

— Chut ! Vous avez un sacré bon crochet. Qui vous a appris ça ?

— Ray Dawson.

— Qui est Ray Dawson ?

— Un pompier. Il m'a servi d'instructeur pendant mon stage. Il disait que les gens pouvaient devenir dingues, des fois, quand ils étaient pris dans les catastrophes, naturelles ou non. Il faut compter avec les pillards, avec les parents des gens qui n'ont pu être sauvés. Autrement dit, il faut être capable de se protéger.

— Je comprends, dit Logan en approchant la main de ses lèvres.

Il baisa doucement les doigts aux jointures abîmées.

— C'est pour vous faire du bien, dit-il. Je sais, la méthode n'est pas très scientifique, mais elle satisfait mon instinct primitif.

Il se redressa.

— Je vais appeler Margaret et lui demander d'envoyer tout de suite quelqu'un au quartier général d'ATF. Autre chose que je puisse faire pour vous ?

Sarah secoua la tête.

— Vous êtes sûre ? Il n'y a pas un dragon à terrasser ? Un diamant de votre couronne à récupérer ?

— Vous en avez assez fait comme ça. Merci.

— J'en ai assez fait d'après vous. Mais moi, je ne suis peut-être pas satisfait.

— Comment ça ?

— J'aime vous aider. Ça me grandit, quand je vous vois avec l'expression que vous avez en ce moment. Je crois que je suis en train de devenir accroc.

Elle avala sa salive.

— Vous arriverez à guérir, dit-elle.

— Pas sûr. On verra.

Il prit son téléphone cellulaire.

— Mais je vois que ça vous met mal à l'aise. Alors, je vais aller passer mon coup de fil dehors.

Dès qu'il eut franchi le seuil de la cabane, Sarah relâcha son souffle. Elle ne s'était même pas rendu compte qu'elle était tendue. *Merde, mais c'est qu'elle tremblait pour de bon !* Les dernières minutes étaient trop chargées en émotion : colère, soulagement, désarroi, bonheur...

Désir.

Inutile d'esquiver cette vérité. Elle venait d'éprouver du désir. Du désir pour Logan. Un désir profond. Brûlant.

D'ailleurs, il avait ressenti la même chose.

Mais il n'avait pas essayé de pousser les choses trop loin. Au contraire, il avait fait un pas en arrière. Il s'était éloigné.

Du coup, c'est elle qui était déçue. *Idiote ! Que tu es bête, ma fille. Une relation sexuelle ? C'est ce que tu veux ? Avec un homme comme Logan ? Tu penses que tu as besoin de ça en ce moment ?*

Logan était un homme trop fort. Trop dominateur. Il essaierait tout de suite de se mêler de sa vie.

Pourquoi voudrait-il se mêler de ta vie ? Ils pouvaient très bien faire un bout de chemin ensemble. Une promenade en barque. Logan ne cherchait pas à s'engager plus que ça – pourquoi l'aurait-il fait ? Elle ne lui était rien.

Arrête de penser à ça ! Arrête de penser à lui.

Elle se leva pour gagner la véranda derrière la maison. Monty était couché près de Maggie, comme d'habitude. Il dressa la tête et remua paresseusement la queue.

— Vous m'avez l'air bons amis, tous les deux.

Elle s'agenouilla.

— Logan et moi, on s'arrange pour te délivrer de Madden, et c'est à Maggie que tu fais les yeux doux.

Belle. Amour.

— Qu'est-ce que tu en sais ? Si ça se trouve, c'est juste pour le sexe.

Amour.

— Peut-être, dit-elle en lui caressant la tête. Dans ce cas, il va falloir t'employer à convaincre Maggie. Elle va vouloir que tu t'engages. Et ce sera pour toujours.

Mais bon, le lien entre les hommes et les femmes n'était pas inébranlable. Bien des années auparavant, Sarah avait détesté le manque de stabilité affective de sa mère. Elle s'était dit alors qu'elle serait l'épouse d'un seul homme. Elle se marierait pour la vie. Mais ce n'était rien d'autre qu'un rêve d'enfant. L'école de l'existence s'était chargée de lui apprendre que les relations entre les hommes et les femmes étaient souvent passagères et incertaines.

Amour.

Mais elle, elle ne voyait pas les choses ainsi.

Et Logan non plus.

— Je m'occupe de ça tout de suite, dit Margaret. Ce sera une bonne chose, John. Je pense que l'animal lui appartient, en définitive.

— Je le pense aussi.

— Et l'enquête sur le passé de Madden ? J'arrête ou je continue ?

— Tu continues. Je veux savoir tout ce qu'il est possible de savoir.

— Tu dis ça d'un ton menaçant.

— Je me sens en rogne. Je veux qu'il en bave.

— Pourquoi ?

Parce qu'il était jaloux à en crever. Parce qu'il n'avait jamais éprouvé une telle rage de détruire quelqu'un. Ce sentiment était né dès que Madden s'était vanté d'avoir eu Sarah pour maîtresse.

— Pourquoi pas ? C'est une raclure, ce type.

— Ça t'arrive assez souvent de tomber sur des raclures, John. D'habitude, tu les ignores. Sauf s'ils se mettent en travers de ta route.

— Celui-là, je n'ai pas envie de l'ignorer. Je vais le casser.

— Entendu, entendu. Je vais essayer de réunir plus d'informations sur son compte. Laisse-moi juste quelques jours.

Logan coupa la communication, puis composa le numéro de Galen.

— Où est Rudzak, bon Dieu ? dit-il dès que Galen eut décroché.

— Bonjour à toi aussi, mon cher. Tu oublies les bonnes manières, Logan ?

— Tu as trouvé Sanchez ?

— Hier soir. Il ne savait pas où était Rudzak. Mais je l'ai persuadé de passer deux ou trois coups de fil. On lui a dit que Rudzak était reparti pour les États-Unis quelques jours plus tôt.

— Où ça, aux États-Unis ?

— Destination inconnue. Mais avant de partir, il a acheté à un fournisseur russe un sacré paquet d'explosifs et de détonateurs.

— Merde !

— À mon avis, il va faire grimper les enchères. Les paris sont ouverts sur l'objectif visé. Voyons, réfléchissons. Dodsworth ?

— Probablement. Mais je possède sept usines et vingt-deux installations de recherche sur le territoire des États-Unis. J'ai renforcé la sécurité sur tous les sites. Et ATF procède à des contrôles réguliers.

— Insuffisant, à mon avis.

— Je sais, merde !

— Mais tu as de la chance. À l'heure où nous parlons, je suis en vol. J'accours. Je viens t'aider. Je devrais atterrir à San Francisco dans deux heures. J'irai visiter l'installation de Silicon Valley demain. Après tout, c'est le site le plus important. Ensuite, j'irai voir Dodsworth. Puis je contacterai mes informateurs et je verrai s'il n'y a pas moyen de retrouver la piste de Rudzak. À condition que tu approuves ce programme, naturellement.

— Que je l'approuve ou non, tu l'appliqueras.

— Que répondre à cela ? Je déborde d'initiative, c'est un fait. Et la dame au chien ?

— Ça va.

— Je crois percevoir une pointe d'amertume. Je me trompe ? Il m'a semblé t'entendre grogner quelque chose...

— Je ne grogne pas.

— Vous devriez arriver à vous entendre, je pense. Elle a l'air d'avoir un faible pour les animaux. J'avais cru comprendre que vous étiez en termes amicaux, ces derniers temps.

La main de Logan se crispait sur le téléphone.

— Trouve-moi Rudzak, d'accord ?

— Je vais le trouver, dit Galen avant de couper la communication.

Logan fourra le téléphone dans sa poche. Il se tourna vers les montagnes et le soleil couchant. Il songea qu'il devait rentrer, maintenant. Rejoindre Sarah. Apaiser les vagues de discorde qu'il avait soulevées après le départ de Madden. Au risque de tout gâcher. Il faut dire qu'il y était allé fort. Avec Rudzak de retour sur le continent, il allait peut-être falloir qu'il se sépare de Sarah.

Quelque chose l'empêchait de retourner dans la cabane.

Salaud de Madden. Quelques phrases avaient suffi à ce fumier pour faire perdre à Logan sa contenance et son sang-froid.

Elle baise comme une bête sauvage.

Logan ferma les yeux.

— Merde !

De nouveau la rage et la jalousie s'emparaient de son corps.

C'est la seule nana que je connaisse qui ne dit jamais non. Je le sais, je l'ai baisée moi aussi.

À quels jeux érotiques avait-elle voulu jouer ?

Du calme, se dit Logan. Ce désir presque douloureux n'était pas chose habituelle chez lui. Il avait toujours considéré le sexe comme un plaisir exquis ; jamais comme une obsession.

Mais ce n'était pas une obsession. Il ne laisserait pas ce désir devenir une obsession. Les propos de Madden avaient éveillé en lui une réaction purement instinctive. Mais n'importe quel homme aurait réagi de la même façon.

Dès qu'il aurait repris le contrôle de lui-même, il retournerait dans la cabane. Et il ferait tout pour que Sarah oublie ce dérapage.

10

— Il va arriver quelque chose, dit Bonnie. Je n'aime pas ça, maman.

Eve, qui travaillait sur un crâne, leva les yeux. À l'autre bout de la pièce, Bonnie se lovait à l'extrémité du canapé. La fillette portait un jean et un T-shirt, comme toujours quand Eve la voyait apparaître ; et ses cheveux roux entouraient de boucles sauvages un visage rayonnant, plein de vie. Eve éprouva dans son cœur un élan de bonheur.

Vite, elle revint à son travail.

— Salut, dit-elle. Je me demandais si on allait se revoir.

Elle déplaça les repères dont elle se servait pour mesurer la profondeur du crâne.

— Je veux dire : si je rêverais encore de toi.

Bonnie répondit d'un petit gloussement.

— C'est ce que tu voulais dire, bien sûr. Tu ne renonces jamais, hein, maman ? Mais, bon ! Un jour, tu finiras bien par admettre que je suis celle que je dis être. Tu as déjà accompli la moitié du chemin.

— La moitié du chemin jusqu'à la ferme des plaisirs ? Non, je te remercie.

— Tu sais très bien que tu n'es pas folle. Et Joe ? Et Jane ? Où sont-ils ?

— Ils sont en ville. À un spectacle. Un nouveau film de Matt Damon que Jane voulait voir absolument. J'avais du travail, alors j'y ai échappé.

Elle marqua un temps :

— Et puis, j'ai dû m'étendre sur ce canapé et piquer un petit somme. Sinon, tu ne serais pas là.

Bonnie sourit.

— Ce n'est pas croyable, tout ce travail sur ce crâne en dormant à poings fermés.

— Tais-toi, sale gosse ! Tu peux dire ce que tu veux, ça m'est égal. Tu n'es pas un fantôme. Tu es un produit de mon imagination, c'est tout. Je t'ai créée, et tu t'évanouiras dès que j'aurai cessé d'avoir besoin de toi. Il n'y en a plus pour très longtemps, d'ailleurs. Ça fait des mois que je ne t'avais pas vue...

Elle parlait en continuant d'examiner le crâne.

— Lorsque Sarah a retrouvé ton corps et qu'on t'a ramenée ici, j'ai pensé que tu montrerais le bout de ton nez.

— Ça t'a fait plaisir ?

— Bien sûr.

Eve ferma un instant les yeux.

— En fait, non. Je mens. Tu m'as manqué, chérie.

— Toi aussi, tu m'as manqué.

Eve s'éclaircit la gorge et ajouta :

— Il fallait venir me voir.

— Tu ne savais plus où tu en étais avec moi. Tu as beau être une femme intelligente, tu ne réfléchis pas toujours clairement. J'ai préféré me tenir à l'écart en attendant que vous ayez réglé vos problèmes, Jane et toi.

— Voilà une attitude fort diplomatique.

— Je voulais faire les choses en règle avec toi, maman. J'aurais préféré rester à l'écart, mais je me faisais du souci.

Bonnie se tut un instant, puis reprit :

— Il va arriver quelque chose.

— Tu l'as déjà dit.

— Je l'ai dit parce que c'est la vérité. Quelque chose de mauvais.

— Et je devrais te croire sur parole, c'est ça ?

Sa main tremblait.

— Joe ? Jane ?

— Non, je ne pense pas. Mais peut-être. Tu sais que je ne peux pas prévoir ce qui va arriver. Je peux seulement pressentir.

— Tu es un brave petit fantôme. Tu excites bien ma curiosité, et après, tu m'expliques que tu ne connais pas les détails.

— Sarah...

— Quoi ?

— Il y a en ce moment beaucoup d'ombres autour de Sarah. Des morts qui rôdent. De nombreux morts.

— Elle est rentrée de Barat il n'y a pas longtemps. Et il y avait beaucoup de morts, là-bas.

Bonnie secouait la tête.

— Il va arriver quelque chose.

— Pourquoi tu ne vas pas visiter ses rêves à elle ?

— Maman !

— Qu'est-ce que je peux faire ? Lui dire que ma fille se fait du souci pour elle ? Ma fille que je viens juste d'enterrer ?

Bonnie se mordillait la lèvre inférieure.

— Il n'y a pas qu'elle. Autour de toi aussi, il y a aussi des ombres. Sinon, je ne sentirais pas leur présence.

Elle pencha la tête, comme pour tendre l'oreille à un bruit.

— Je dois m'en aller, maintenant. J'entends la voiture de Joe.

— Pas moi.

Eve s'essuya les mains dans une serviette et alla regarder par la fenêtre. La voiture de Joe apparut au premier virage, sur la route.

— Comment tu as fait ?

— Je suis un fantôme. Ça présente certains avantages. Je t'aime, maman.

— Moi aussi, je t'aime, ma chérie, répondit Eve en se retournant. Mais des fois, tu es vraiment...

L'extrémité du canapé était vide. Plus de petite forme vêtue d'un jean et d'un T-shirt, plus de visage rayonnant entouré de boucles sauvages. Plus de Bonnie.

Eve ferma les yeux. Elle était déçue. La plupart du temps, quand elle rêvait de Bonnie, cela lui procurait un sentiment de paix. Cette fois, l'expérience avait laissé derrière elle une lancinante inquiétude. Pourquoi ?

Il va arriver quelque chose.

Les ombres.

Eve croyait les avoir laissées derrière elle, les ombres. Elle avait vécu ces derniers mois de grands moments de bonheur avec Joe et Jane. Le bonheur et la lumière. La seule ombre au tableau, c'était la conduite de Jane. Et Eve ne doutait pas que cette conduite irait s'améliorant. S'il y avait réellement une menace dans l'air, Eve ne pensait pas qu'elle les concernât spécialement.

Mais peut-être se faisait-elle des illusions. L'assassinat de Bonnie lui avait appris qu'aucune justice ne régnait en ce monde. Tout ce qu'elle pouvait faire, c'était se cramponner aux gens qu'elle aimait. Et espérer.

Joe se gara le long du cottage. Jane et lui descendirent de voiture. Ils riaient. Eve, soudainement, se sentit mieux. Elle alla les attendre à l'entrée. Elle n'allait sûrement pas se laisser déprimer par les inventions de son imagination. Ni céder à la panique. Bonnie n'était pas un fantôme. Elle n'avait absolument pas le pouvoir de repérer le danger à l'horizon. Sarah était en sécurité. Eve pouvait être tranquille. Aucune ombre ne menaçait les gens qu'elle aimait.

La nuit tombait, mais cela n'empêchait pas Rudzak de distinguer le visage d'Eve Duncan. Impatiente, amoureuse, elle traversait la véranda à la rencontre de Joe Quinn et de la fillette. La scène apprit à Rudzak tout ce qu'il avait besoin de savoir. La liaison de Logan et d'Eve Duncan était aussi morte que les nouvelles télévisées de la veille. Logan n'était pas du genre à se contenter d'un rôle de deuxième violon, et il était clair que Duncan s'était trouvé un nouveau copain.

Rudzak abaissa ses jumelles et se tourna vers Duggan.

— Démarre. On peut s'en aller, maintenant.

Il se cala dans son siège. Duggan mit en route le hors-bord et le lança dans la traversée du lac.

Le dossier que Rudzak possédait sur Logan précisait bien que la relation avec Eve était terminée, mais Rudzak tenait à vérifier lui-même ce genre d'information. Rien de plus exquis, en effet, que la perspective de détruire quelqu'un que Logan aimait. Cela dit, il n'était pas interdit de reconsidérer, le moment venu, le cas Eve Duncan, si quelque chose apparaissait à l'horizon.

Il effleura du bout des doigts le peigne de jade et d'ivoire qu'il avait glissé dans sa poche le matin même en quittant sa chambre d'hôtel. Il s'était dit alors que peut-être...

Pas encore, Chen li. Pas encore.

Il ne serait pas fâché de pouvoir enfin se débarrasser de ce peigne. C'était le dernier cadeau qu'il avait offert à Chen Li, et les souvenirs lui laissaient un goût amer.

— Tu ne devrais pas m'offrir un objet aussi beau.

Chen Li, tout en parlant, effleurait délicatement l'ivoire du précieux peigne.

— C'est trop cher. John ne dit jamais rien, mais je

suis sûre que ça lui fera de la peine. Il pensera qu'il n'a pas les moyens de me faire de tels cadeaux.

— Logan n'est pas si égoïste. Ce bijou te plaît. Je me trompe ?

— Il est merveilleux.

C'est à contrecœur qu'elle le lui rendit.

— Mais les sentiments de John comptent encore plus, dit-elle. Tu comprends, Martin ?

Il ressentit un déchirement intérieur – un déchirement de rage. Il dut se détourner pour cacher son trouble.

— Bien sûr, dit-il. Bien sûr que je comprends.

Il s'approcha de l'armoire où elle gardait ses trésors.

— Mais il t'appartient. Pourquoi, on ne le rangerait pas là, au fond de cette boîte ? Il suffit de ne rien dire à Logan. Il n'en saura rien. Il ne le remarquera même pas.

— Ça... Ça ne devrait pas poser de problème...

— Je suis sûr que ça n'en posera aucun.

Il referma la boîte. Il sourit à la jeune femme.

— Après tout, Logan désire que tu aies tout ce qui te rend heureuse.

— Ce ne sont pas les objets qui me rendent heureuse, Martin. C'est John.

— Alors, tant mieux. Je ne demande rien de plus.

Il ne demandait rien de plus. Rien de plus que la disparition de Logan.

Elle avait vu la semaine suivante un médecin qui avait diagnostiqué une leucémie. Après toutes ces années, il s'était fait gruger.

Logan l'avait grugé.

— On retourne au pays ? demanda Duggan.

— Pas tout de suite.

— Alors, on va où, maintenant ? Sacramento ? Dodsworth ?

— Patience, soupira Rudzak.

Mais Duggan, justement, n'avait aucune patience. À bien des égards, il se conduisait toujours comme un enfant. Il insista :

— Pourquoi pas Dodsworth ?

— On finira par y aller. Mais d'abord, nous avons à faire. J'ai attendu très longtemps de pouvoir m'occuper de Logan. Et j'ai toujours pensé que cette mise en condition était encore ma meilleure récompense. Meilleure, même, que l'accomplissement proprement dit.

— Parle pour toi, dit Duggan, déçu. J'ai plutôt l'impression que toutes ces emmerdes, à Phoenix, c'était du temps perdu.

« Il est vraiment obtus », songea Rudzak avec une pointe d'étonnement. Et c'est dangereux, les gens obtus. Mais sa décision était déjà prise, de toute façon : Duggan ne survivrait pas à l'explosion qu'il avait tellement hâte de préparer.

Mais ladite explosion était pour plus tard, et Duggan pouvait encore servir, tout stupide qu'il était. « Garde-le à bord, se dit Rudzak. Ne lui laisse pas voir le mépris qu'il t'inspire. Continue d'appuyer sur le bon bouton. Puisqu'il s'aime tellement, puisqu'il est si vaniteux, flatte-le. »

— Je sais combien c'est dur, pour un homme d'action comme toi, de se retenir.

Rudzak avait prononcé cette phrase doucement.

— C'est d'ailleurs une des qualités que j'admire en toi : cette volonté d'agir. Mais laisse-moi une chance. Je pourrais peut-être te surprendre.

L'homme finit par hausser les épaules.

— Puisque tu le dis. J'imagine qu'il faut bien en passer par là.

— Merci, dit Rudzak avec un large sourire. Je te promets que ce boulot sera l'expérience de ta vie. Un vrai bouquet final.

Eve appela Sarah à vingt et une heures trente.

— Est-ce que tout se passe bien ? demanda Sarah. Comment va Jane ?

— Ça ne s'arrange pas trop. Même si on ne se rend compte de rien quand on ne la connaît pas. Elle est... disons tranquille.

— Et toi ?

— Ça va. Je me doutais que tu te faisais du souci. Alors, je me suis dit que j'allais te passer un petit coup de fil.

— Tu as bien fait. Il ne faut pas hésiter. J'ai de petits problèmes en ce moment, mais ça ne devrait pas durer. Quand tout sera réglé, ça me fera plaisir de prendre Jane quelque temps.

— On est une famille. On assume.

Sarah toussota.

— Quelle tête de mule tu fais ! C'est un crime d'appeler une amie à l'aide ?

— On assume, je te dis. Comment va Monty ?

— Il est tombé amoureux. D'une louve, figure-toi.

— Qu'est-ce que tu racontes ?

— Ne m'en demande pas plus...

Cette conversation lui donna une idée.

— Maggie – c'est la louve – a une jambe fracturée. Jane pourrait m'aider à la soigner. Elle me serait utile. Elle est très douée avec les animaux.

Eve éclata de rire.

— Tu crois que tu vas y arriver comme ça ? dit-elle. Un animal blessé. Voilà une excellente raison d'expédier une enfant dans l'antre de la louve...

— Pas dans l'antre de la louve, dans mon antre. La louve n'est ici qu'une invitée.

— Ça ne marche pas.

— Jane adorerait Maggie. C'est un animal pas facile, mais avec du caractère. Elle me rappelle un peu Jane, d'ailleurs...

— Elle te rappelle Jane ?

— Je ne te sens pas convaincue, là. Réfléchis et fais-moi savoir ta décision.

— Je préfère que tu t'occupes de ta louve toi-même...

Eve marqua une hésitation, puis ajouta :

— Comment ça va, pour toi ? C'est quoi, ces petits problèmes ? À part la louve, je veux dire...

— Tu trouves que ça ne suffit pas ?

— Tu sembles bien évasive.

— C'est possible.

Logan était étendu dans son fauteuil, à l'autre bout de la pièce.

— Rien qui ne puisse être résolu, dit-elle. Je te rappelle dans une semaine, d'accord ? Tu auras peut-être changé d'avis à propos de Jane. Elle adorerait Maggie, j'en suis absolument certaine.

— C'est bien ce qui me fait peur. Je n'ai pas envie qu'elle soit malheureuse comme une pierre le jour où il lui faudra se séparer de ta sacrée bestiole...

Elle marqua à nouveau un temps.

— Tu es sûre que tout va bien, de ton côté ? J'étais angoissée à ton sujet, récemment...

— Pourquoi donc ?

— Je ne sais pas. Une intuition...

— Tu es bête. Il ne m'arrive jamais rien. Et quand il m'arrive quelque chose, je me débrouille toujours pour m'en sortir.

— Mouais ! Tu as raison. Enfin bon, j'imagine que tu ne m'en diras pas plus, de toute façon. En tout cas, si tu ne me rappelles pas la semaine prochaine, c'est moi qui t'appelle. Fais une caresse à Monty de ma part.

Elle raccrocha.

— Vous essayez de me priver de mon boulot, c'est ça ? dit Logan quand elle eut reposé l'appareil. Et moi qui vous aidais à soigner Maggie en me prenant pour un bon assistant...

— Vous l'êtes, soupira Sarah en s'asseyant sur le canapé en face de lui. Mais Eve pourrait souffler un peu si Jane était ici avec moi.

— Alors, c'est de moi que vous essaieriez de vous débarrasser. Je ne pense pas que ce soit une bonne idée. Pas maintenant.

— Débarrassez-nous de Rudzak, que je puisse vivre à nouveau ma vie.

— Je m'y emploie. Il faudrait d'abord que j'arrive à le trouver.

Il plissa les yeux et les fixa sur elle.

— Ça n'a pas été si déplaisant de m'avoir chez vous, si ?

— Non.

Elle se détourna.

— Mais il est temps que ça s'arrête.

— Pourquoi ?

Tu es sûre que tout va bien, de ton côté ?

Pourquoi Eve avait-elle posé cette question ? C'était bizarre. Pour la première fois depuis des années, Sarah avait justement le sentiment que tout lui échappait. Voilà maintenant deux jours qu'elle faisait tout son possible pour rester occupée – et cela dans le seul but d'éviter les tête-à-tête avec Logan.

— Pourquoi ? répéta-t-il. Pourquoi maintenant ?

Sarah quitta le canapé.

— Je vais m'occuper de Maggie. À tout à l'heure...

— Vous ne me dites pas pourquoi Eve a appelé ?

— Elle dit qu'elle s'angoisse à mon sujet.

— Et vous avez répondu que vous alliez vous en sortir.

— Si vous avez décidé d'être indiscret, allez-y carrément. C'est vrai, j'essaie toujours de m'en sortir.

— Pourquoi est-elle angoissée à votre sujet ?

— Sans raison particulière. Elle n'est au courant de rien, pour Rudzak. Et elle ignore votre présence ici. Elle doit être sur les nerfs à cause de Jane.

— Peut-être...

Logan réfléchissait.

— Mais ça ne lui ressemble pas, reprit-il. Elle a traversé trop de difficultés pour laisser les problèmes s'empiler.

— Vous devriez le savoir, dit Sarah en gagnant la véranda. Après tout, vous avez vécu un an avec elle. Mais ne vous tracassez pas pour elle. C'est à Joe de veiller au grain.

— Pour l'amour du ciel, arrêtez ! Je ne me tracasse pas pour Eve !

Le ton employé était si rude que Sarah tressaillit. Elle le regarda. Il soutint son regard avec une telle intensité qu'elle en eut le souffle coupé.

— Je me tracasse pour vous. Est-ce si difficile à admettre ?

Sarah accusa le coup en respirant profondément. Elle essayait de se détendre.

— Non, dit-elle. Enfin... Je... Je ne sais pas. Je veux dire... Vous aviez manifestement l'air de vous faire du souci pour elle, et...

— Manifestement ?

— Vous vous occupez d'elle.

— Regardez-moi.

Elle n'avait pas envie. Elle se sentait prête à agir de façon aussi irréfléchie que le jour où Madden était venu à la cabane.

— Je n'ai pas envie de poursuivre cette conversation, dit-elle. Bonsoir...

— Vous n'êtes pas obligée de parler. Écoutez, ça suffira.

Il avait quitté son fauteuil et s'était approché d'elle.

— Vous savez très bien ce que nous voulons, tous les deux. Si vous refusez de saisir cette chance, je ne vous forcerai pas. Mais ne mettez pas Eve entre nous. Elle n'a rien à voir avec tout cela.

Il ne la toucha pas. Il ne l'effleurait même pas. Mais il était tout près d'elle. Si près qu'elle sentait la chaleur de son corps. Elle éprouvait aussi un léger vertige, des picotements... Elle avait envie de faire un pas en avant. Il était si grand, si fort. Elle imagina le corps de Logan serré contre le sien – que ressentirait-elle si une telle chose arrivait ? Si elle prenait Logan dans ses bras. Elle le sut bientôt.

Logan sursauta et se raidit.

— Qu'est-ce que vous faites ?

Elle n'était pas sûre de savoir ce qu'elle faisait. Elle obéissait à un élan purement instinctif.

— Je ne sais pas, répondit-elle. Je voulais juste... Je crois que je suis en train de faire une bêtise...

— Alors, reprenez vos esprits. Et vite. Je compte jusqu'à cinq...

Comment aurait-elle pu montrer du sang-froid en plein vertige ? Alors qu'elle n'arrivait même plus à aligner trois pensées l'une derrière l'autre ?

— Il ne faut pas. Nous ne sommes pas compatibles.

— Vous croyez ?

Il plaqua les mains sur les hanches de Sarah et l'attira contre lui à son tour. Il la caressa et se colla à elle avec des mouvements félins.

— Vous ne pourriez être plus compatible...

Elle se mordit la lèvre ; une vague de pur et violent désir s'était emparé d'elle.

— Vous essayez de me mettre sous votre contrôle. Vous êtes un manipulateur. Vous voulez que le monde vous obéisse...

Il l'embrassa.

— Ce n'est pas le cas de tout le monde ? Sauf que moi, je suis toujours prêt à négocier. Je fais ça très bien, en plus. Je suis meilleur là-dedans que dans votre cher boulot...

— Et Taïwan ? Vous ne m'avez pas accompagnée à Taïwan, peut-être...

Il l'embrassa de nouveau.

— Vous n'aviez pas dit que vous... comptiez jusqu'à cinq ?

— C'est fait. J'ai mon horloge interne.

Il fit un pas en arrière, lui prit la main et l'entraîna vers la chambre.

— Elle tourne toujours, d'ailleurs. Mon Dieu ! Elle tourne même à plein régime. Vous voulez écouter ?

Il appuya la main de Sarah sur son cœur.

— Si vous avez l'intention de dire non, alors faites-le tout de suite. Après, ce sera trop tard...

Elle sentait sous sa paume les battements rapides du cœur de Logan ; et chaque battement lui renvoyait une onde de chaleur. Elle s'emplissait de son énergie. Le monde entier se gonflait d'énergie.

— Ça va être bon. Vous ne sentez pas ?

— Arrêtez de parler, dit-elle nerveusement. Je n'ai pas l'intention de dire non. Comment pourrais-je dire non...

Ils tombèrent sur le lit ; Logan lui ferma la bouche d'un baiser.

— Il faudrait vraiment que j'aille voir si Maggie va bien, cette fois.

Sarah bâilla et se pelotonna langoureusement contre le corps nu de Logan.

— J'aurais dû l'avoir fait depuis longtemps.

— Tu étais occupée, dit-il en lui donnant un baiser sur le front. Et tu ne vas pas tarder à être occupée de nouveau. Dans moins de deux minutes...

Elle répondit d'un gloussement.

— Encore l'horloge interne ?

— Exactement. Elle va sonner. Elle sonne tout le temps...

Sarah le repoussa à contrecœur et s'assit sur le lit.

— Maggie, dit-elle.

Logan balança les jambes hors du lit.

— Je vais m'occuper d'elle. Reste ici. Je ne pense pas que tu aies l'habitude de trouver le juste équilibre entre devoir et plaisir. Je ne voudrais pas que la balance se mette à pencher du mauvais côté.

Sarah sentit une vague de chaleur lui parcourir le corps quand elle vit Logan traverser la chambre dans le plus simple appareil. La première fois qu'elle l'avait vu, elle l'avait trouvé beau comme un jaguar – grand, fort, musclé, rapide. Et il s'était révélé aussi merveilleux dans cette chambre qu'il l'avait été au fond de la jungle.

Il l'avait emportée jusqu'au ciel dans un élan d'énergie si impudique et si sensuel que Sarah en était restée stupéfaite. Quand elle s'était imaginée faisant l'amour avec lui, elle avait pensé à quelque chose d'intense et de puissant. Et l'expérience s'était révélée intense et puissante. Mais Logan, en plus, était drôle. Quant à elle, elle n'avait pas eu besoin de se montrer agressive. Logan n'avait pas tenté de la dominer. Il avait excité sa volupté, il avait su s'offrir et se faire désirer.

Mais n'était-ce pas cela, justement, le grand art en matière de pouvoir et de manipulation ? Séduire exigeait mille fois plus d'habileté et d'intelligence que posséder par la force ; et Logan était l'homme le plus séduisant qu'elle avait connu.

Oh, et puis merde ! Elle n'avait pas envie d'analyser ce qui venait d'arriver. C'était un rapport amoureux, pas une opération du cerveau. Elle avait joui de son propre corps et de celui de Logan – point à la ligne. Cela ne pouvait pas faire de mal, de toute façon.

— Maggie va bien.

Logan était de retour.

— J'ai refait son pansement.

— Tu n'as pas traîné. Moi, ça me prend plus de temps.

— J'étais motivé, dit-il en s'asseyant au bord du lit. Alors, j'ai fait vite.

Elle se rapprocha de lui.

— Et Monty ? Ça va ?

— Tu veux dire est-ce qu'il est toujours gaga d'elle ? La réponse est oui. Je n'ai jamais vu un animal à ce point malade d'amour. Pendant ce temps, elle se fait désirer...

— Elle est obligée de se montrer prudente. Elle va s'engager pour la vie, tu comprends. Ce n'est pas que je veuille la défendre à tout prix, mais... Qu'est-ce que tu as à la main ?

— Rien du tout.

Il avait baissé les yeux vers sa main gauche.

— Maggie m'a un peu pincé. Juste une égratignure.

Il lui posa la main sur le sein.

— Ce n'est pas sa faute. Je devais être trop pressé.

Sarah éprouva un picotement d'excitation.

— Va nettoyer ça avec un antiseptique.

— Plus tard.

Il vint sur elle et lui écarta les cuisses.

— L'horloge interne : c'est encore l'heure.

— Non, maintenant.

Elle le repoussa doucement.

— Tant pis pour l'horloge. Je vais le faire moi. Je n'ai pas envie que tu me mettes du sang partout.

— C'est gentil.

Elle s'échappa et traversa la chambre d'un pas vif en disant :

— Je ne suis pas branchée perversion. Enfin, si. Peut-être un peu. Mais le sang, ce n'est pas mon truc.

— Tu me sors une phrase pareille et tu voudrais que j'attende bien patiemment...

— Chut !

L'instant d'après, elle était de retour avec la trousse médicale.

— Il y en a pour une minute.

Il la regarda se pencher sur lui et nettoyer la blessure à l'alcool.

— Ce n'est pas nécessaire, dit-il. Tu sais ce que je pense ? Je pense que tu fais ça pour le plaisir de me torturer.

— Ça se pourrait. Mais chacun son tour. Tu m'as bien nettoyé les phalanges, après ce coup de poing dans la gueule à Madden.

— Tu n'étais pas dans la forme où je suis maintenant.

— Bien sûr que si. C'est toi qui étais... tu étais furieux et je sentais bien que...

Elle le regarda dans les yeux.

— Ça t'excitait, les paroles de Madden. Tu pensais à des trucs que tu avais envie de faire avec moi, et ça se voyait. Après, j'ai commencé à y penser, moi aussi. Et ça m'a excitée.

— Madden n'a rien à voir là-dedans.

— Si.

Elle baissa de nouveau la tête. Elle répandit un antiseptique sur l'entaille.

— Madden a dit que j'étais une bête. La bête était à ton goût, Logan ?

— Tu as été formidable, dit-il d'un ton brutal.

Il lui inclina la tête, de sorte qu'elle plonge les yeux dans les siens.

— J'ai envie de tuer Madden quand je t'entends dire ce genre de choses. À part ça, il n'y a aucun mal à faire l'amour comme une bête. Surtout quand on est aussi belle que tu l'es. Madden a peut-être joué les catalyseurs. Mais ce serait arrivé de toute façon, non ? Un jour ou l'autre. Tu te rappelles ?

Il la taquinait.

— C'est un truc de mec. Qu'est-ce qu'on peut attendre d'un homme qui pense au sexe toutes les dix minutes ?

— Huit minutes, rectifia-t-elle sans aménité. Je commence à me dire que cet article de magazine, c'était pour le fric.

— Le test de ce soir n'était pas bon.

Il l'attira dans le lit.

— Tu t'attends à quel genre de pensées, de ma part, quand je te fais l'amour ?

Elle détourna les yeux.

— Éteins la lumière.

— J'aime te voir.

Elle aussi, elle aimait le voir.

— Éteins quand même.

Il éteignit. Il la prit dans ses bras.

— Si tu n'aimais pas ça, pourquoi ne pas l'avoir dit avant ?

Elle aimait ça. Mais certains aveux étaient moins difficiles à prononcer dans le noir.

— Tu dis que tu me fais l'amour. Mais tu ne me fais pas l'amour. C'est juste un rapport sexuel. Tu le sais aussi bien que moi. Pas la peine de faire semblant et de parler d'amour.

— Pas la peine ? Vraiment ?

— Vraiment. Pas la peine de tout mélanger. Tu ne peux pas m'aimer et je ne peux pas t'aimer non plus. C'est comme l'eau et le feu.

Elle sentait les muscles de Logan se raidir contre elle.

— Je... je vois.

— Je ne suis pas comme Eve.

— C'est vrai.

— Je ne suis pas comme Chen Li non plus.

— C'est vrai aussi. Pas du tout.

— Alors, on s'en tient au sexe et basta !

Elle blottit son visage dans l'épaule de Logan.

— Je... J'aime bien ça, dit-elle. Et je t'aime bien. Je pensais... J'aimerais bien que ça continue un petit peu. Et ça ne pourra pas continuer si on n'est pas honnêtes.

— Toi, en tout cas, tu es honnête. Personne ne peut dire le contraire...

Il se tut un instant.

— Dis-moi, reprit-il. Madden, tu lui as dit que tu l'aimais ?

— Qu'est-ce que ça change ?

— Tu lui as dit ?

— Oui.

— Tu l'as dit aussi à quelqu'un d'autre ?

— Non.

— Ce fumier s'est vraiment foutu de toi.

Il pressa la tête de Sarah contre son épaule.

— Peu importe. On a assez parlé de Madden ce soir. Ce que je sais de lui me suffit à jamais. C'était juste pour avoir une idée claire de la situation.

— Tu refuses de croire que j'aie pu désirer ce salaud ?

— Oublie ça. Tu n'es pas blessée. Je m'occupe de tout, d'accord ?

Sans attendre la réponse, il lui prit la bouche et s'étendit sur elle.

— Tais-toi, maintenant. Ayons un rapport sexuel. Je promets de ne pas te faire l'amour. Je ne voudrais pas que tu penses que je suis malhonnête.

Il était furieux. Et cette fois, ce fut plus dur, plus profond, plus violent ; Sarah répondit elle-même avec encore plus de passion et de puissance. Beaucoup de temps s'écoula avant que Logan s'effondre sur elle.

Sa poitrine se soulevait à un rythme rapide : il tentait de reprendre son souffle.

— On a de la chance, dit-il en haletant, que ce soit seulement sexuel. Je m'en voudrais à mort, si c'était sérieux.

11

Il était presque dix heures quand Sarah ouvrit les yeux.

Monty.

Il fallait nourrir Monty et Maggie.

D'habitude, elle leur donnait à manger à sept heures. Pourquoi Monty n'était-il pas encore venu gratter à la porte ?

Logan dormait, enveloppant de son bras les seins de Sarah. Elle pouvait s'accorder une minute de répit supplémentaire. Elle resta sans bouger, les yeux sur Logan. C'était agréable de le voir ainsi, toutes défenses tombées. Il paraissait plus jeune, plus vulnérable. Il se livrait à elle, tout simplement. Il lui faisait confiance. Et cette idée lui faisait du bien.

Monty.

Elle descendit du lit avec précaution. Inutile de réveiller Logan. Elle allait nourrir Monty et Maggie, prendre une douche et – pourquoi pas ? – préparer un petit-déjeuner. Elle attrapa son peignoir, ramassa ses vêtements et referma derrière elle, en silence, la porte de sa chambre.

Quand elle pénétra sous la véranda, Monty la gratifia d'un regard réprobateur et d'un léger aboiement.

— Oh, je t'en prie !

Elle déposa à terre le bol de nourriture.

— J'ai droit à une vie privée, moi aussi. Tu n'es pas le seul à avoir besoin d'amitié.

Amitié ! Sarah éprouverait-elle cette sensation d'exquise léthargie s'il s'agissait vraiment d'amitié ? Elle poussa un autre bol devant la gueule de Maggie.

— Et toi, tu n'as pas été très gentille avec Logan, hier soir. Je pensais que tu arrêterais de mordre comme ça.

Maggie lui renvoya pour toute réponse l'énigme de son regard argenté. Puis elle se mit à manger.

« C'est ma faute, se dit Sarah. Maggie est sous ma responsabilité. Je n'aurais pas dû laisser Logan s'occuper de ça. J'ai cédé à la facilité. »

Oui, c'était trop simple, trop facile. Sarah fronça les sourcils. Elle se releva lentement. Avait-elle déjà commencé, inconsciemment, à essayer de lui plaire ?

Mais quel mal y avait-il à essayer de plaire à un homme qui faisait manifestement, de son côté, des efforts de séduction ? Elle pouvait fort bien prendre le plaisir et garder ses sentiments pour elle.

Garder ses sentiments pour elle ! D'où pouvait bien avoir surgi une pareille idée ?

— Non ! murmura-t-elle.

Monty se redressa et interrogea sa maîtresse des yeux.

Elle secoua la tête.

— Ce n'est pas toi.

Elle quitta la véranda. Ce léger frisson de panique ne se fondait sur rien de raisonnable. Il n'était pas question qu'elle garde ses sentiments pour elle. Ni qu'elle renonce à coucher avec Logan tant qu'elle pourrait le faire en gardant la tête haute. Tant qu'elle conserverait sa liberté et son indépendance de toujours. C'était l'attitude la plus intelligente à suivre...

Le téléphone sonnait.

Un hurlement.

Logan ouvrit les yeux et battit des paupières.

C'était Maggie, sûrement.

Mais Sarah n'était plus auprès de lui.
Il écarta brusquement le drap.
— Sarah ! Qu'est-ce qui se passe avec Maggie ?
Pas de réponse.
Un frisson glacé le parcourut.
— Merde !
Il se rua hors de la chambre.
— Sarah !
Elle n'était pas dans le living.
La véranda.
Sous la véranda, il n'y avait personne, sauf Maggie. Où était Monty ? Et Sarah ? Maggie lui jeta un regard maléfique, dressa la tête et poussa de nouveau un hurlement lugubre.
Bon Dieu, mais où est passée Sarah ?
Pas de panique. Elle n'avait sûrement pas emmené Monty faire un tour. Logan allait s'habiller et vérifier que la Jeep était toujours là ; si la Jeep n'était plus là, il partait à leur recherche.
Il était sur le point de regagner la chambre quand il aperçut le billet qui l'attendait dans la cuisine.

Logan,
J'ai reçu un appel d'Helen Peabody. Ils ont besoin de Monty et moi pour un boulot. Une recherche. Un plan d'eau à fouiller. C'est dans la région. Nous serons de retour ce soir ou demain. Occupe-toi de Maggie.
Sarah

Merde !
Logan composa hâtivement le numéro de Franklin.
— Sarah a quitté la cabane.
— Je sais. Il y a une demi-heure, à peu près...
— Vous ne l'avez pas suivie ?
— Vous plaisantez ou quoi ? Galen m'a formellement interdit de m'éloigner de la zone. Smith l'a prise en filature. Elle est sur l'autoroute 60, à l'heure qu'il

est. Elle roule vers l'est. Personne en vue sur ses traces.

Logan poussa un soupir de soulagement.

— Bien. Dites à Smith de ne pas la perdre en route, surtout.

Il raccrocha.

Il n'y avait peut-être rien de cassé. Un appel de Peaboby – quelqu'un que Sarah connaissait, en qui elle avait confiance.

Mais ça pouvait tout aussi bien être un piège.

Logan composa le numéro de Margaret.

— Trouve-moi Helen Peabody. Elle dirige les recherches sur la zone de Tucson. J'ai besoin d'un renseignement. Arrange-toi pour qu'elle coopère. Par n'importe quel moyen.

Il retourna dans la chambre et s'habilla. Il boutonnait sa chemise quand le téléphone sonna.

— Helen Peabody, dit Margaret avant de lui passer la communication.

— Je suis désolé de vous déranger, miss Peabody, dit Logan. Mais j'ai besoin de votre aide...

— Certainement. Comment allez-vous, monsieur Logan ? Laissez-moi d'abord vous remercier d'avoir bien voulu transporter notre équipe à Taïwan. Et madame Wilson m'apprend que Sarah vous a convaincu d'effectuer une donation à notre association. Vous vous doutez que nous avons désespérément besoin d'argent...

— Sarah s'est montrée très persuasive. Mais elle est déjà repartie, avant même que nous ayons pu finaliser tout ça. Je crois que vous vous êtes parlé ce matin...

— Oui, Monty est le seul chien de notre groupe qui soit à même de fouiller un plan d'eau, voyez-vous. Ça me gênait d'embêter à nouveau Sarah, alors qu'elle revenait tout juste de Taïwan, mais bon : le sergent Chavez m'a téléphoné et j'ai répondu oui. Cette recherche ne devrait pas dépasser un ou deux jours. Cela dit, nous pouvons discuter de la donation ensemble. En fait, c'est mon rôle. Sarah est plutôt sur le terrain...

— J'ai commencé cette discussion avec elle, je préfère ne pas changer d'interlocuteur. Mais le temps m'est compté. Est-ce que le sergent Chavez ne pourrait pas me mettre en rapport avec elle ? Vous le connaissez personnellement ?

— Plusieurs membres de notre groupe ont eu affaire à Richard, par le passé. Il fait partie des collaborateurs du shérif de Maricopa. Il patrouille sur le lac. C'est un type très bien. Il se faisait un sang d'encre pour ces gosses...

— Quels gosses ?

— Vous n'avez pas regardé la télévision ? Trois adolescents ont disparu. Ils étaient partis pour un pique-nique dans la forêt Tonto Basin, près du lac Apache. Voilà deux jours qu'on les cherche. Grâce à Dieu, c'est l'été. Ce qui augmente considérablement les chances de les retrouver.

— Je n'en avais pas entendu parler.

Sarah n'avait pas la télévision.

— Sarah s'est rendue directement au lac Apache ? dit Logan.

— Oui. Elle a rendez-vous avec Richard Chavez à l'aire de repos.

— Vous pouvez me donner le numéro de Chavez ?

— Bien sûr. Mais il n'est pas facile à joindre. En cas d'urgence, il est toujours sur les sites de recherche, ou sur le lac.

— Je peux au moins essayer.

Il nota le numéro.

— Merci. Sarah vous rappellera au sujet de la donation.

Il raccrocha et composa de nouveau le numéro de Margaret.

— Je voudrais que tu prennes contact avec les services du shérif à Maricopa. Il me faut des renseignements sur le sergent Richard Chavez. Je veux savoir si c'est un gars clair. J'ai besoin aussi d'infos sur les recherches en cours au lac Apache.

— C'est comme si c'était fait.

Logan raccrocha.

Maggie hurlait encore.

C'était peut-être sa blessure qui lui faisait mal. Logan gagna la véranda et vérifia le pansement de la louve. Il était refait ; Sarah s'en était occupée avant de partir. Maggie ouvrit la gueule pour mordre et Logan eut à peine le temps d'éviter les puissantes mâchoires.

— Merde ! grommela-t-il. Je n'y peux rien, moi. Ce n'est pas ma faute s'ils sont partis.

La louve le regarda d'un air pénétrant, puis elle dressa la tête et hurla.

Dans le living, le téléphone sonnait. Logan se précipita pour répondre.

— Chavez est clean, dit Margaret. Il appartient à cette brigade depuis quinze ans. Il est recommandé par tout le monde. Il participe aux recherches sur le lac Apache. Autre chose ?

— Ça ira pour l'instant.

Il raccrocha et se laissa tomber dans le fauteuil.

Il ne semblait pas y avoir de problème. Tout paraissait plausible. Chavez était clean. Personne n'avait suivi Sarah, à l'exception de Smith.

Bref, tout allait bien.

Sauf que Sarah ne l'avait pas réveillé pour lui dire qu'elle partait.

Et alors ? Où était le problème ? Sarah avait voulu réaffirmer son indépendance, voilà tout. Un bisou sur le bout du nez et adieu. De toute façon, Logan s'était plus ou moins attendu à ce genre de réaction de sa part et il le savait parfaitement.

Cela dit, il faisait quoi, lui, maintenant ? En apparence, la situation était sans danger. Sarah était à son travail, point. Lui courir après, c'était s'attirer des reproches du style : « Tu voix bien que tu essaies d'aliéner ma liberté ! »

Maggie hurla.

De plus, elle lui avait demandé de s'occuper de la louve. S'il partait maintenant en laissant Maggie toute seule, Sarah ne lui ferait plus jamais confiance et ne lui demanderait plus de veiller sur personne. Non, il ne pouvait rien faire. Sauf à vouloir anéantir les précieux acquis de la nuit.

Maggie hurla de nouveau.

Logan avait envie de hurler, lui aussi. De rage et de frustration. De panique, également. Quelquefois, en surface, tout semblait parfaitement clair, tandis qu'il se passait au même moment, en profondeur, des choses horribles. Ce Smith, il ne le connaissait pas. Est-ce qu'on pouvait lui faire confiance, seulement ? En plus, Logan se sentait trop dans le noir à propos de cette recherche au lac Apache. Il manquait d'infos.

Ça voulait dire quoi, au juste, un plan d'eau à fouiller ?

Sarah était suivie.

Elle jeta de nouveau un coup d'œil au rétroviseur. Une Toyota noire. La même qui roulait derrière elle tout à l'heure, alors qu'elle n'avait pas quitté la cabane depuis plus de deux kilomètres. La Toyota se rapprochait, en plus. Sarah serrait les mains sur le volant.

Elle traversait la dernière petite ville avant la route en lacets qui descendait vers le lac. Elle avait juste le temps de se débarrasser de cette Toyota. Après, elle serait isolée et ce serait trop tard. Elle s'arrêta dans l'animation d'une station Texaco et sauta de la Jeep.

— Reste dans la voiture, Monty.

Elle revint sur ses pas et s'engagea carrément dans la bretelle d'accès. La Toyota freina et s'arrêta en dérapant à quelques mètres d'elle. Un homme aux cheveux blonds passa la tête par la portière.

— Merde ! Faites attention, madame ! J'ai failli vous renverser !

Sarah jeta un coup d'œil par-dessus son épaule. Il y avait beaucoup de monde dans la station-service. Plusieurs motards en train de faire de l'essence avaient tourné la tête vers eux.

— Qui a failli me renverser ? dit-elle en s'approchant de la portière. Qui êtes-vous ? Pourquoi me suivez-vous ?

— Je ne vous suivais pas. Je...

Il se tut brusquement et afficha un large sourire.

— Bon d'accord. Je suis repéré. Je m'appelle Henry Smith. Franklin m'a demandé de vous filer le train quand il vous a vue quitter la cabane.

— Qui a engagé Franklin ?

— Galen, évidemment.

Il regarda le trafic derrière lui.

— Vous permettez que j'entre dans la station-service ? C'est dangereux, de stationner sur cette bretelle...

— Les voitures feront attention. Il n'y en a pas pour longtemps, de toute façon. Appelez Galen. Je veux lui parler.

Smith composa le numéro et tendit l'appareil à Sarah.

— Galen, vous connaissez Henry Smith ?

— Sarah ?

— Henry Smith. Vous le connaissez ? Comment est-il ?

— Je le connais, répliqua Galen d'un ton sec. Une bonne trentaine. Cheveux châtain clair. Yeux marron. Il a une petite cicatrice dans le creux de la gorge. Si vous avez des doutes, demandez-lui où il a eu cette voiture. C'était à San Salvador.

L'interlocuteur avait bien la cicatrice indiquée.

— Où avez-vous eu cette voiture ? lui dit-elle.

— À San Salvador. En 1994.

— C'est lui. Merci, Galen.

— Sarah, qu'est-ce que vous faites ? Logan m'a appelé et...

— Je bosse. Je fais mon boulot.

Elle coupa la communication et rendit le téléphone à Henry Smith.

— Désolée, dit-elle. En fait, je me doutais que l'un d'entre vous me filerait. Je ne suis pas convaincue par ces histoires de menaces qui pèseraient sur moi, mais Logan y croit dur comme fer. Vous auriez été idiots de ne pas vous montrer prudents.

— Pas de problème. Je suis content de voir que vous êtes sur vos gardes. Mais vous auriez pu nous prévenir que vous partiez pour le lac Apache.

— Comment vous le savez ?

— Logan. Il a appelé Franklin et lui a indiqué votre destination.

Sarah était soulagée que Logan n'ait pas décidé de se lancer lui-même à ses trousses. Apparemment, il prenait au sérieux le message qu'elle lui avait laissé.

— J'ai rendez-vous avec le sergent Chavez à l'aire de repos du lac, reprit-elle. Si vous avez l'intention de continuer à me surveiller, tenez-vous à l'écart et laissez-moi faire mon boulot. D'accord ?

Smith se toucha le front, en une parodie de salut militaire.

— Vous ne vous apercevrez même pas de ma présence.

— N'en faites pas trop tout de même, dit-elle en tournant les talons pour regagner sa voiture. Ne vous fourrez pas dans mes jambes, c'est tout ce que je vous demande.

— Miss Patrick ? Je suis Richard Chavez.

L'homme portait l'uniforme marron des services du shérif de Maricopa. Il venait de descendre de son 4 × 4 de patrouille.

— C'est bien que vous soyez venue.

Tout en lui tendant son badge et sa carte d'identité, il jeta un coup d'œil à Monty.

— Salut, mon chien. J'ai entendu parler de toi, tu sais. Et comment ! Helen dit que tu es un miracle de chien. Je peux le caresser ?

— Bien sûr...

Sarah visa la carte d'identité et, après avoir vérifié que le numéro du véhicule correspondait, elle la rendit au sergent.

— Mais laissez-le d'abord se dégourdir les jambes. Le voyage a été long. Allez, Monty. Vas-y. Cours un peu...

Monty bondit hors de la Jeep et fit en courant le tour du parking.

— Il est superbe, dit Chavez qui ne le quittait pas des yeux. J'ai une chienne, moi aussi. Une bâtarde adoptée, récupérée à la fourrière. Elle a pas mal de personnalité. Mais bon, ce n'est pas vraiment une reine de beauté. Cela dit, je ne tiens pas à m'en séparer.

— Vous savez, les bâtards sont souvent les meilleurs. Tout le monde vous le dira. Et j'aimerais bien voir plus de gens les libérer de la fourrière.

La forêt commençait dès la limite du parking.

— Quand les gosses ont-ils été vus pour la dernière fois ?

— Ça fait maintenant trois jours. Ils ont dressé leur camp. Josh Nolden a appelé son père de son téléphone cellulaire, disant qu'ils seraient de retour avant minuit. Ensuite, on ne les a pas revus. On a retrouvé leur campement, à vingt kilomètres d'ici. Mais pas de signe des enfants.

Il se frotta la nuque.

— Tard hier soir, on a repéré des traces de pneus à proximité de ces pins, là-bas, près du lac.

— Vous pensez que leur voiture aurait pu tomber dans le lac ?

— Mon Dieu ! c'est difficile à affirmer. On espère que ce n'est pas ça. Mais la pente est raide à cet endroit. Et l'eau, profonde. Ils auraient pu quitter la côte et piquer du nez directement dans la flotte.

— Il y aurait des traces de pneus sur la pente, non ?

— La pente, c'est du schiste.

— Vous avez fait venir des plongeurs ?

— Non. On n'a pas encore assez d'éléments.

Il fit une grimace.

— Une recherche avec des plongeurs, ça peut prendre des jours, des semaines.

— Je sais.

Des jours ou des semaines pendant lesquels les parents et les amis des victimes vivent un véritable cauchemar.

— Si vous me montriez ces marques de pneus ? reprit Sarah.

— Je vais vous les montrer. C'est à moins de deux kilomètres d'ici en passant par la forêt. J'ai un hors-bord amarré non loin de l'endroit en question.

Sarah serrait déjà son baudrier autour de sa taille.

— Monty !

Monty accourut ; elle lui attacha sa laisse.

— C'est l'heure d'aller bosser, dit-elle.

— Vous lui mettez sa laisse ? Il a pourtant l'air très obéissant.

— Il est très obéissant.

Elle suivit le sergent sur le sentier qui pénétrait dans la forêt.

— Mais je ne tiens pas à le voir plonger depuis le bateau pour aller à leur secours. S'il les repère, c'est ce qu'il risque de faire...

— Même s'ils sont morts ?

— Monty ne renonce jamais. C'est un grand optimiste. Il refuse de croire que tout est perdu.

Chavez soupira.

— Moi, c'est pareil. Des gosses de seize et dix-sept ans. Le petit Nolden doit entrer à l'université de technologie cet automne. Jenny Denkins fréquente le même lycée que ma fille. Elles se connaissent bien.

— Ne me parlez pas d'eux.

— Pourquoi ?

Parce que ça lui brisait le cœur.

— C'est déjà assez dur d'essayer de retrouver un étranger, dit-elle. C'est encore pire quand on a une idée sur les gens. Quand on les connaît, ne serait-ce qu'un peu.

Le sergent avait l'air de comprendre.

— Vous n'êtes peut-être pas comme votre chien, reprit-il, je ne sais pas. Mais je me demande si vous ne seriez pas capable de plonger, vous aussi. Si vous repériez les corps.

— Plus maintenant. Au début, quand je participais à des fouilles sur l'eau, j'avais la tentation de plonger. C'est terrible de penser qu'une personne est en train de mourir sous la surface. Vous avez forcément envie de la remonter de ces ténèbres.

— À force, vous vous êtes endurcie.

— Non, ce n'est pas ça. Mais je suis obligée de me contrôler à cause de Monty. Mon boulot consiste à les retrouver. C'est le boulot de quelqu'un d'autre de les remonter...

— Mon boulot à moi.

— Voilà. Et quand vous les remonterez, je ne serai plus là. Dès qu'on aura repéré les corps, si on les repère, je ramène Monty à la maison... Qu'est-ce qu'il y a ?

Chavez s'était arrêté. Il regardait par-dessus son épaule.

— Rien, dit-il. J'ai cru sentir quelque chose...

— Quoi ?

— Un truc bizarre sur ma nuque...

Tout en parlant à voix basse, il fouillait des yeux les arbres alentour.

— Comme si quelqu'un nous observait, dit-il.

Il continuait de scruter la forêt. Sarah ne voyait rien et, contrairement à Chavez, elle ne ressentait la présence d'aucune menace.

— Excusez-moi, reprit-il. Sûrement rien du tout. Une impression.

Il secouait la tête.

— Mais on rencontre quelquefois des ours dans ces parages. Ils aiment bien venir rôder sur les aires de repos. Ils trouvent de la nourriture dans les poubelles.

« Ce n'était pas un ours », songeait Sarah. C'était plus probablement Henry Smith. Et il tenait sa promesse de rester hors de vue.

— J'ai un ami qui m'a suivie jusqu'ici, dit-elle. Je lui ai demandé de se tenir à l'écart.

— Quelqu'un vous a suivie ? Pourquoi donc ?

— Je suis un peu surprotégée, en ce moment. Mais c'est une longue histoire. Aucun intérêt pour vous.

— Faites attention tout de même, dit-il sobrement. Aux gens qui vous tournent autour, je veux dire. Un tas de femmes vous raconteront qu'un bonhomme hyperprotecteur se révèle parfois être un harceleur...

— Je ne m'inquiète pas pour ça...

Il était temps de changer de sujet : le sergent commençait à se montrer lui-même nettement hyperprotecteur. Ils atteignaient le sommet de la montagne. Le lac s'étendit sous leurs yeux.

— Magnifique, murmura Sarah. J'avais oublié...

— Vous étiez déjà venue ici ?

— Il y a des années. Avec mon grand-père. Il adorait cet endroit.

Le lac offrait une surface d'un bleu étincelant. Il semblait impossible de croire qu'une beauté à ce point paisible puisse recouvrir le drame qui frappait ces adolescents. « Mais c'était là une pensée incroyablement triste, songea aussi Sarah. Fais ton boulot, se dit-elle. Fais ton boulot et rentre chez toi. »

— Où est le hors-bord ?

Chavez indiqua un point, cinquante mètres en contrebas.

— Les dernières traces que nous ayons pu repérer se trouvaient exactement où vous êtes. Mais après, la piste aussi est couverte de schiste. Ce qui veut dire qu'ils ont pu continuer sur un ou deux kilomètres encore.

Il commença à descendre la pente et se retourna au bout de quelques pas pour lui tendre la main.

— Laissez-moi vous aider. C'est raide.

La main de Chavez était chaude et vigoureuse. Elle faisait du bien. Sarah frissonnait encore de cette idée qui lui était venue en découvrant le lac, et elle préférait avoir quelqu'un auprès d'elle. Elle se retourna vers le sommet. La roche ne gardait aucune trace de leurs pas. Il était clair que Chavez devait avoir eu toutes les peines du monde à déterminer l'endroit où la voiture avait pu quitter la piste pour se précipiter dans le lac.

— Vous avez entendu quelque chose ? dit-il en suivant le regard de Sarah.

— Non, je regarde le schiste.

Elle ajouta d'un ton moqueur :

— Pas d'ours en vue.

— J'ai bien cru entendre... Ça doit être le bruit de nos pas. C'est bruyant, le schiste.

Chavez aida Sarah à monter dans le hors-bord. Monty embarqua d'un bond.

— Par où voulez-vous commencer ?

— C'est à vous de me le dire.

Elle fixa son regard sur l'autre rive du lac. On distinguait là-bas quelques voitures de la police des autoroutes. Il y avait aussi les véhicules du shérif, et des policiers en uniforme.

— C'est votre quartier général ?

— Ouais.

Il adressa un signe à l'un des agents qui répondit à son salut.

— Les parents sont là-bas aussi. Je préfère ne pas les avoir ici, avec moi. Comme ça, ils ne vous verront pas. Non qu'ils sachent ce que vous faites, notez. Rares sont les gens qui ont entendu parler des recherches de cadavres sur l'eau.

— On cherche des corps, dit-elle. Pas des cadavres. Je déteste ce mot de cadavre. Ça déshumanise tout.

Elle mit sa main en visière devant ses yeux.

— À quel endroit la voiture aurait pu toucher l'eau ?

— Ça dépend de la vitesse à laquelle elle roulait.

Il pointa le doigt vers une hauteur distante de quelques kilomètres.

— Mettons qu'elle arrive de là-bas à grande vitesse. Elle pourrait toucher l'eau à dix ou vingt mètres du bord. Venue de là-haut, elle pourrait avoir plongé ici. Et être sous nos pieds.

— Elle n'est pas sous nos pieds. Monty me l'aurait fait savoir.

Elle alla s'installer à l'arrière de l'embarcation.

— On va commencer en partant du bord, dit-elle.

12

— Ce n'est pas trop tôt ! lança Logan en se précipitant hors de la cabane. Vite. J'ai besoin de ta voiture...

Galen se garait devant l'entrée.

— J'ai mis exactement deux heures et demie, répondit-il en descendant du véhicule. Et c'est un record, si l'on considère que j'étais à Dodsworth quand tu as appelé. Franchement, Logan, si tu veux vraiment que je retrouve Rudzak, évite de me balader comme ça à travers tout le pays...

— C'était important.

— Elle va très bien, tu sais. Comme je te l'ai dit, elle a appelé pour vérifier l'identité de Smith. Elle n'est pas complètement idiote. Et Smith continue de veiller au grain.

Logan s'installait déjà au volant.

— Je veux m'en occuper moi-même.

— Qu'est-ce qui t'en empêche ? Ce que je ne pige pas, c'est ce que je fais ici.

— Maggie, dit Logan en démarrant le moteur.

— Maggie ?

— La louve. Il faut quelqu'un pour la soigner. Quelqu'un en qui Sarah ait confiance.

— Tu veux que je joue les baby-sitters de la louve ? Ça ne fait pas partie de mes attributions, ça !

— Tu n'as pas d'attributions déterminées, Galen. Et, si tu en avais, elles seraient dénoncées. Maggie est sous la véranda derrière la maison. Je viens de changer son pansement. Si je ne suis pas là dans quelques heures, tu le lui refais...

— Tu auras intérêt à être revenu, parce ce boulot ne m'inspire pas un fol enthousiasme, tu vois...

Logan appuya sur l'accélérateur.

Galen secoua la tête en voyant s'éloigner puis disparaître les feux arrière de la voiture. Cela ne ressemblait pas du tout à Logan de céder à la panique quand aucun danger ne se manifestait clairement à l'horizon. Il est vrai qu'il y avait Rudzak. Rudzak avait toujours poussé Logan à des conduites exceptionnelles. Cela durait depuis le temps de Chen Li...

Galen sursauta. Un hurlement mortel venait de déchirer le silence.

— Merde...

Il fit demi-tour et entra dans la cabane. Il gagna la véranda derrière la maison.

Il fut accueilli par un grondement. Maggie avait dressé la tête. Bon Dieu ! Dans quelle histoire Logan l'avait-il fourré ? Changer le pansement de la louve ! Mais cette bestiole ne le laisserait jamais approcher...

Autant trouver une solution tout de suite, se dit-il.

— Salut !

Il s'approcha de Maggie avec précaution.

— Tu es belle. On dirait qu'il va falloir qu'on devienne copains, tous les deux.

Maggie fixa sur lui un regard malveillant, n'ayant manifestement aucune envie d'en changer.

— Oh, je ne t'en veux pas de te méfier de moi, tu sais. Moi non plus, je ne fais pas confiance facilement.

Il s'assit à proximité de l'animal et croisa les jambes.

— Mais si ça se trouve, on a tout plein d'atomes crochus. Alors, tu vois, je vais rester là, assis bien tranquillement, et on va bavarder tous les deux. D'accord ?

Les derniers rayons du couchant jetaient sur le lac des filets écarlates. Monty n'avait rien trouvé.

— Il a besoin de retourner à terre ? demanda Chavez.

— Je ne crois pas.

Le golden retriever se concentrait tellement qu'ils étaient obligés de lui consentir des pauses fréquentes, s'ils ne voulaient pas risquer de faire échouer toute la recherche.

Sarah aussi jugeait que la fouille prenait du temps. Les heures se traînaient et la tension atteignait son comble.

— On ferait peut-être mieux d'arrêter et de reprendre demain, suggéra Chavez.

— Non. On n'arrête pas tant qu'on n'a pas couvert toute la zone. Pour Monty, qu'il fasse jour ou qu'il fasse nuit, c'est pareil.

— J'espérais que vous diriez ça. Mon plus grand désir, c'est de rentrer et de dire aux parents qu'on n'a rien trouvé.

Il emmena le bateau un peu plus au large.

— Je suis prêt à rester aussi longtemps que vous le déciderez. Mais vous êtes sûre que Monty vous le dira, s'il y a quelque chose dessous ?

— Aussi sûre qu'on peut l'être, soupira-t-elle, laconique. Si vous aviez des doutes sur ses capacités, il ne fallait pas venir me chercher...

— Excusez-moi, dit Chavez en ouvrant les mains. Je ne suis guère informé sur les techniques de secours sur l'eau. Je voulais seulement faire le maximum pour ces pauvres parents.

— Je sais.

Elle se frottait la nuque.

— Je suis tendue, j'ai l'impression. Peut-être qu'ils ne sont pas dans le lac, après tout. Mon Dieu, si seulement...

— S'ils y sont, Monty les trouvera ? Comment il va s'y prendre ?

— Le corps d'une victime qui se noie libère d'infimes particules dermiques. Ces particules sécrètent leur propre vapeur, de la graisse, des gaz. Elles sont plus légères que l'eau. Elles remontent forcément à la surface, même de très profond. À la minute où elles entrent en contact avec l'air, elles forment l'embouchure étroite d'un cône qui va s'évasant. Un cône d'odeurs. Monty va repérer ce cône. Il va l'explorer jusqu'à trouver le point où l'odeur est la plus concentrée.

— C'est incroyable.

— Il est dressé pour ça. Monty et moi avons passé tout un été à localiser des victimes prisonnières des eaux. À la fin, on était complètement imbibés.

Elle caressa la tête du chien.

— Mais c'est vrai : il est incroyable. Son aptitude à repérer une odeur est cinquante-huit fois plus grande que celle de n'importe quel humain. Et sa réceptivité à certaines molécules mille fois plus puissante, peut-être.

— C'est impressionnant, admit Chavez. Alors, s'il ne sent rien, on peut être assuré qu'ils ne sont pas là-dessous.

Sarah secouait négativement la tête.

— C'est plus compliqué que ça, dit-elle. Ils peuvent être couverts par des algues épaisses qui piègent les odeurs. Ou par plusieurs couches d'eau froide : ça peut avoir le même effet. D'autres facteurs aussi sont susceptibles d'interférer. Mais Monty est arrivé une fois à repérer...

Monty aboya.

— Merde !

Pourvu que ces gosses...

Monty se mit à courir d'un bout à l'autre du bateau, tête baissée, le nez pointé vers l'eau.

— Il a trouvé quelque chose.

Les doigts de Sarah se crispaient sur la laisse.

— Coupez le moteur et laissez le hors-bord dériver.

Chavez obéit. Sarah, très calme, observait Monty. Il était excité, mais n'avait pas encore repéré la source de l'odeur.

— Vous pouvez faire redémarrer le moteur, reprit Sarah. En faisant tourner à très faible régime. Allez à tribord, puis à bâbord.

Ils explorèrent quelques mètres encore, et Monty devint comme fou. Il tirait sur sa laisse. Il essayait d'atteindre l'eau avec ses pattes.

— Ici.

Sarah avait la gorge nouée, elle avala sa salive.

— Marquez l'emplacement avec une bouée.

Marquez l'emplacement. Marquez l'emplacement, que les parents puissent venir récupérer leurs enfants. Depuis quelque temps, Sarah avait le sentiment de débarquer sur les catastrophes, de marquer les emplacements et de s'en aller.

— Ça va ?

Elle détacha les yeux de la bouée orange qui flottait maintenant à la surface des eaux. Chavez la couvait d'un regard de sympathie.

— Ça va.

Elle sourit en feignant de le regarder de travers.

— Non. Je mens. J'espérais ne rien trouver. Allons-nous-en. Je n'arrive plus à le tenir.

— Vous m'aviez prévenu qu'il essaierait de plonger, dit-il en faisant démarrer le moteur. Vous voulez un coup de main ?

— Non. L'excitation va se calmer petit à petit quand il comprendra qu'ils sont morts et qu'il ne peut rien pour eux.

Et qu'elle ne pouvait rien non plus.

— Et si ce n'était pas eux ? reprit Chavez. Il ne pourrait pas y avoir au fond un animal ou...

— Non. Monty fait la différence. C'est un être humain. Forcément.

Le chien avait cessé de tirer sur sa laisse. Il ne quittait pas des yeux la bouée indiquant l'emplacement des corps.

Sauver.

— Tu ne peux pas les sauver, mon chien.

Il commençait à comprendre ; elle percevait son chagrin.

Aider.

— Tu as bien travaillé.

Monty dressa la tête ; il hurla à la mort.

Sarah était stupéfaite. Elle avait l'habitude de l'entendre aboyer, voire gémir ; il ne lui était encore jamais arrivé de pousser ce hurlement sinistre.

Était-ce l'influence de Maggie ?

Monty hurla de nouveau.

— Bon Dieu ! grommela Chavez. Il me fout la chair de poule.

— Il est bouleversé, dit-elle en se penchant vers le chien pour lui caresser la tête. Ça ira mieux dans une minute.

— Excusez-moi, dit Chavez en grimaçant. Laissez-le donc hurler à la mort, après tout. On lui doit bien ça, non ?

— On le saura quand vous enverrez ici une équipe de plongeurs.

— Je vais m'occuper de ça tout de suite.

Il coupa le moteur. Le hors-bord allait toucher la berge. Chavez sauta à terre et le tira vers le rivage.

— En fait, je ferais mieux de les faire venir demain matin. La nuit est tombée, à présent. Retrouver une épave au fond de l'eau, c'est dangereux. Même de jour.

— Et les parents ? Vous allez leur dire maintenant ?

Il secoua la tête. Il aidait Sarah à débarquer.

— Une nuit d'espoir supplémentaire ne leur fera pas de mal. Et puis, votre Monty s'est peut-être trompé. Ce flair à un million de dollars a peut-être eu une défaillance. Un rhume, allez savoir.

— Je vous souhaite d'avoir raison, dit-elle.

Elle se mordit les lèvres. Elle se dépêcha de faire descendre Monty du bateau. Il avait la queue entre les jambes. Il se coucha sur la grève et fixa les yeux sur le lac. Ce n'était pas bon. Sarah était toujours obligée de batailler dur pour empêcher Monty de s'enfoncer dans une profonde dépression. Quelquefois, cela lui prenait de semaines d'efforts. Elle se tourna vers Chavez.

— Vous ne voudriez pas me rendre un service ?

Il prit une expression interrogative.

— Allez vous cacher dans la forêt, dit Sarah.

— Quoi ?

— Allez vous cacher et laissez Monty vous retrouver.

— Je n'ai pas le temps de m'amuser. Il faut que je rentre rédiger mon rapport.

— Ça prendra dix minutes. C'est tout ce que je vous demande. Ça aiderait beaucoup Monty. C'est une sorte de thérapie. Ça déprime énormément un chien de sauvetage quand il ne retrouve que des morts. Monty a besoin de retrouver quelqu'un de vivant.

— Mais je n'ai pas de temps à perdre...

Il se tut brusquement et baissa vers le chien un regard compatissant.

— Le pauvre vieux, dit-il.

— Dix minutes.

— D'accord.

Il prit son téléphone.

— Je peux téléphoner pour communiquer un pré-rapport ? Je fais ça en allant me cacher.

Il eut une grimace et ajouta :

— Croyez-moi, je n'irai pas me vanter d'avoir joué à cache-cache avec un golden retriever. Vous avez besoin d'un effet personnel à lui faire flairer ?

— Votre chapeau, ça ira. Je vous donne cinq minutes d'avance. Cachez-vous quelque part. Dans le bois. Pas une cachette trop facile, surtout.

Chavez ôta son chapeau noir et le tendit à Sarah.

— Dix minutes.

— Entendu, sergent. Merci.

Il sourit.

— Pas de problème. Inutile de provoquer des difficultés psychologiques...

Il commençait à grimper la pente.

— Merde ! grommela-t-il, qu'est-ce qu'il ne faut pas faire !

Sarah regarda la silhouette du sergent se fondre dans l'obscurité. Cet homme était un type bien. Il avait tout fait pour l'aider. Peu d'officiers de police accepteraient de sortir de leur rôle pour le bien-être d'un chien.

Monty gémissait, les yeux toujours fixés sur le lac.

Sarah s'agenouilla à côté de lui et passa les bras autour de son cou.

— Ça va aller. Tu as bien travaillé, aujourd'hui. Dans un petit moment, on va chercher quelqu'un d'autre. Ensuite, on rentre à la maison. Tu pourras revoir Maggie. Ce n'est pas formidable, ça ?

Monty se blottit contre elle. Au moins, il arrêtait de scruter ce lac. Sarah lui présenta le chapeau de Chavez.

— Sens. Il est perdu. On va partir à sa recherche.

Parti ?

— Il est vivant. Juste perdu.

Elle-même, à cet instant, se sentit un peu perdue. Perdue, seule, découragée. Elle avait envie de rentrer, de retrouver sa cabane et Maggie ; elle avait envie de se lover entre les bras de Logan et d'oublier les misères du monde.

Logan. Elle s'était efforcée tout l'après-midi de ne plus penser à lui ; c'était seulement maintenant que des réminiscences de leur soirée lui revenaient à l'esprit. Mais maintenant, elle n'avait plus de raison de réprimer ses pensées. Cela ne faisait de mal à personne d'y songer. Elle avait besoin de chaleur et d'amour pour se débarrasser de l'impression morbide laissée en elle par la mort de ces gosses...

Arrête de penser à eux. Occupe-toi de Monty. Après, tu rentres à la maison et tu retrouves Logan.

Elle se remit debout. Elle détacha sa lampe de son baudrier. Elle donna à Monty le chapeau à respirer.

— Tiens, sens-le encore une fois. Trouve-le.

Monty bondit et commença à escalader la pente en direction de la route.

Elle le rattrapa quelques minutes plus tard dans les profondeurs de la forêt, alors qu'il marquait une pause et reniflait les airs. Il tremblait d'excitation ; tout son être se concentrait sur le travail à effectuer.

Bien. C'est exactement ce qu'il te faut. Oublier la mort. Retrouver la vie. Elle voulut lui tendre le chapeau, mais il l'ignora ; il fit demi-tour et fonça droit vers le sud. Il venait de repérer le cône.

Sarah courut derrière lui. Les rayons de sa torche crevaient la pénombre.

Des buissons.

Elle voulut faire le tour pour les éviter, mais son bras se prit dans une branche.

Un tronc d'arbre noueux qui avait basculé à terre.

Saute par-dessus.

De l'autre côté du tronc d'arbre, Sarah rencontra un sol boueux et glissant. Elle se récupéra et reprit sa course.

Elle n'avait pas perdu Monty de vue. Il continuait de filer devant à l'assaut de la colline. Arrivé au sommet, il s'arrêta. Il dressa la tête. Sa silhouette se découpait contre le ciel nocturne. Il se tourna vers sa maîtresse et aboya.

On t'a retrouvé, Chavez.

L'instant d'après, Monty disparut et explorant l'autre versant.

Sarah s'arrêta le temps de reprendre son souffle. Une minute de repos. Après, elle descendrait l'autre versant, elle aussi. Il ne lui resterait plus qu'à complimenter son chien. Monty serait fier. Et heureux. Il en oublierait peut-être...

Sarah sentit une présence derrière elle.

Elle pivota brusquement.

Personne.

Rien.

Pourtant, elle avait deviné une présence.

« Comme si quelqu'un nous observait », avait dit Chavez tout à l'heure.

Sarah, sur le moment, avait trouvé ça drôle. Elle avait répondu par une plaisanterie sur les ours. Mais là, elle n'avait plus envie de rire. Elle sentit se dresser les fins cheveux qui lui couvraient la nuque.

— Smith ?

C'était lui, sûrement : Henry Smith. Il avait dit qu'il continuait de la surveiller.

Pas de réponse.

La main de Sarah se crispait sur la lampe-torche. Elle s'obligea à balayer lentement le terrain de son faisceau lumineux. Des arbres, des arbustes, des rochers. Des milliers d'endroits où se cacher. N'importe qui pourrait...

Monty hurla.

Il avait trouvé Chavez. Sarah éprouva une bouffée de soulagement. Elle n'était pas seule. Elle avait Monty et Chavez avec elle. Elle se remit en route. Elle attaqua la descente. Elle distinguait la silhouette de Monty, maintenant. Il était assis près d'un amas de rochers. Il dressait la tête. Chavez devait se trouver tout de suite derrière...

Monty hurla.

Sarah cessa brusquement de descendre la pente. Quelque chose ne tournait pas rond. Monty, quand il retrouvait quelqu'un, ne restait jamais assis à hurler à la mort. Il aboyait et courait à la rencontre de sa maîtresse.

Sarah progressait avec prudence, le rayon de la lampe braqué sur le tas de pierres.

— Monty ?

Le chien ne bougeait pas. Il gardait les yeux fixés sur quelque chose que Sarah ne pouvait voir, derrière les rochers.

— Sergent ? Il vous a retrouvé. C'est bon, maintenant...

C'est alors qu'elle vit le sergent dans son uniforme marron.

Il était allongé à plat ventre sur le sol.

Le manche d'un couteau dépassait de son dos.

Monty s'approchait de lui. *Aider.*

Aider Chavez ? Impossible. Trop tard. Sarah venait de s'en rendre compte avec un haut-le-cœur. On lui avait planté un couteau dans le corps. On l'avait cloué au sol. Qui pouvait bien avoir...

Un craquement de brindilles dans le sentier, derrière elle...

Le cœur de Sarah lui remonta dans la gorge.

Comme si quelqu'un nous observait...

— Monty ! cria-t-elle en s'élançant dans la pente. Viens vite, Monty !

Elle passa de l'autre côté de l'amas de rochers.

Un bruit de pas : on courait derrière elle.

Un couteau. Un couteau dans le dos. Un couteau en pleine chair.

Sarah n'avait qu'une seule arme à sa disposition : sa lampe.

Monty courait devant elle sur le sentier.

Ténèbres étouffantes. Où allait-elle finir ?

Peu importe. Elle suivait Monty.

On lui courait après : des pas martelaient le sol.

Plus vite. Courir plus vite.

Il y avait une trouée entre les arbres, droit devant. Une trouée emplie de lumière.

C'était l'aire de repos. Sarah se sentit soulagée. Monty s'était arrêté. Il se retournait et la regardait. Il l'attendait.

— Va.

Elle s'élança sur le sol goudronné. Elle connaissait la Toyota garée sur le parking. C'était celle de Smith. Et Smith était au volant.

Dieu soit loué !

Sans cesser de courir, elle jeta un coup d'œil par-dessus son épaule.

Personne en vue.

Pourtant, il y avait cette présence. Ces pas sur le sol. Le bruit de quelqu'un qui courait. Elle le savait. Elle le sentait.

Sarah frappa à la vitre de la Toyota tandis que Monty, tout excité, faisait des bonds.

Smith ne se tourna pas vers elle. Pourquoi ne...

Pourquoi Smith ne bougeait-il pas ? Smith avait un petit trou dans la tempe.

Sarah s'éloigna de la voiture à reculons.

Mort. Mort. Mort.

Smith était mort. Chavez aussi.

Et il y avait quelqu'un dans le bois qui la surveillait, et qui se rapprochait.

— Sarah !

Elle pivota brusquement et jeta sa lampe sur l'homme qui venait à elle.

Logan poussa un grognement : la lampe lui avait frappé la poitrine.

— Hé ! ça fait mal. Tu ne pourrais pas...

— Logan !

Elle se jeta dans ses bras.

— Morts. Ils sont morts. Tous...

Elle ne pouvait plus s'arrêter de trembler.

— Il est toujours là, dit-elle. Il me courait après...

Elle s'arracha à l'étreinte de Logan.

— Il ne faut pas rester ici en pleine lumière, dit-elle. Je croyais être en sécurité. Il a un couteau... Mais Smith s'est fait tuer. Il doit avoir aussi une arme à feu.

— Du calme, dit Logan. Personne ne va te faire du mal...

— Tu crois ça ?

Logan. Il ne fallait pas que l'on fasse du mal à Logan. Elle ne le supporterait pas. Elle le poussa vers le refuge.

— Entre là...

Mais Logan se contenta de venir se placer devant elle.

— Il n'y a plus de danger, dit-il en promenant un regard sur les bois alentour. Tu as vu, sur la route ?

Des phares. Deux voitures se dirigeaient vers eux. Les véhicules de patrouille du shérif... Sarah poussa un soupir de soulagement.

— Je les ai appelés dès que j'ai attaqué cette descente en lacets, dit Logan. Je n'avais pas envie d'avoir à te chercher sur toute la surface du lac. Ils m'ont donné rendez-vous ici.

Logan se tourna vers elle.

— Et maintenant, dis-moi. Doucement. Clairement. Qui est mort ?

Elle crut que ses genoux allaient la trahir. Elle se laissa tomber sur le pare-chocs de la voiture.

— Chavez, dit-elle. Et Smith. Smith est là, dans la Toyota. Je pensais que c'était lui qui me suivait. Il m'avait dit qu'il était le seul à m'avoir prise en filature depuis mon départ de la cabane. Mais il devait y avoir quelqu'un d'autre...

— Chut ! Attends une minute...

Logan fit le tour de la Toyota et ouvrit avec précaution la portière du conducteur en se servant d'un mouchoir pour tenir la poignée.

— Merde !

Il referma la portière et rejoignit Sarah.

— Et Chavez ?

— Il est dans le bois. Derrière un amas de rochers. C'est ma faute. C'est moi qui l'ai envoyé là-bas.

— Montre-moi où c'est.

— Je ne suis pas sûre de pouvoir retrouver l'endroit.

Elle ajouta en se frottant les tempes avec ses poings :

— Monty le peut, lui.

Pauvre chien. Être obligé de retourner auprès du corps de Chavez. Il allait détester ça. Elle lui avait promis qu'il retrouverait des personnes vivantes, et il y avait toujours plus de morts.

— À condition que ce soit sans danger pour lui, ajouta- t-elle. Qu'un barjo n'aille pas me le tuer...

— Ce n'est pas un barjo. Et quand il verra la forêt envahie par la troupe, il filera sans demander son reste.

— Comment tu le sais ? Tu penses que c'est Rudzak, c'est ça ?

— Pas toi ?

Elle ne savait plus ce qu'elle pensait. Il lui était à peu près impossible de réfléchir. Mais la question n'appelait manifestement aucune réponse de sa part.

En effet, Logan s'éloignait déjà pour aller à la rencontre des policiers dont les véhicules s'arrêtaient sur le parking.

Monty marqua l'arrêt à une dizaine de mètres des rochers. Il n'irait pas plus loin. Et Sarah ne le forcerait pas. Elle-même n'avait aucune envie de contempler à nouveau ce manche de couteau ensanglanté.

Elle agita sa lampe pour leur indiquer la direction.

— Il est là-bas.

Logan et les quatre policiers qui l'accompagnaient se rapprochèrent de l'endroit indiqué, en balayant le sol, à chaque pas, avec leurs propres torches. Ils progressaient comme sur des œufs, dans leur crainte de détruire des preuves. Sarah eut le sentiment qu'ils mettaient une éternité à couvrir les derniers mètres.

S'il vous plaît, retrouvez-le. Que je puisse rentrer chez moi.

Elle avait détourné les yeux, mais elle entendait leurs voix ; ils parlaient bas, agenouillés autour du corps de Chavez.

— Sarah, dit Logan en revenant auprès d'elle, le lieutenant Carmichael voudrait te parler.

— Rien ne m'oblige à...

— Viens. D'accord ?

— Non. Je ne suis pas d'accord.

Mais elle ne pouvait s'empêcher de regarder vers les rochers.

— Reste là, Monty.

— Marche sur les pierres, dit Logan. Il ne faut pas détruire les...

— Je sais.

Le lieutenant Carmichael était accroupi de l'autre côté de la dépouille de Chavez.

— Vous vouliez me parler ?

— On ne peut pas déplacer le corps, mais il a la tête tournée sur le côté.

Il invita Sarah à venir de son côté.

— Regardez-le.

Mais elle ne voulait pas le regarder ! Elle le fit pourtant. Le cadavre avec les yeux et la bouche ouverts. Chavez avait dû mourir sur le coup. Sauf que...

Sarah se raidit, choquée.

— Ce n'est pas Chavez, dit-elle.

— Vous êtes sûre ?

— Évidemment.

Elle n'arrivait plus à quitter des yeux le corps massif étendu à terre. Elle répéta :

— Ce n'est pas Chavez.

— Merci.

Le lieutenant fit un signe à Logan, qui aida Sarah à se remettre debout.

— Vous pouvez la ramener à l'aire de repos, maintenant. Mais ne partez pas. Il faut que nous l'interrogions d'abord.

Sarah gardait les yeux fixés sur le cadavre.

— Allez, Sarah. Viens...

Logan l'entraîna doucement ; ils revinrent auprès de Monty.

— Ce n'est pas Chavez. Je croyais l'avoir envoyé tout droit se faire tuer. Mais ce n'est pas lui.

Logan demeurait silencieux ; ce n'était pas bon signe.

— Quoi ? Qu'est-ce qu'il y a ?

— Il y a que c'était Chavez, Sarah.

— Non.

— Ces policiers connaissaient bien Chavez. Ils travaillaient avec lui tous les jours. C'est bien Chavez qui est mort.

Il la prit par le bras.

— Et il est mort depuis longtemps. La *rigor mortis* est visible.

Sarah était complètement déroutée.

— J'ai passé tout l'après-midi avec Chavez, dit-elle. Il était avec...

Elle prit une profonde inspiration ; elle venait seulement de comprendre.

— C'était Rudzak, alors ?

— Il était comment ?

— Grand. Quarante ans et quelque. Assez bien. Yeux gris. Cheveux blancs.

Elle interrogea Logan du regard.

— C'était Rudzak ?

Il approuva d'un hochement de tête.

— Mais... Je l'ai trouvé très sympa.

— Tout le monde le trouve sympa, Rudzak. Tout le monde l'aime. Parce qu'il sait se faire aimer. C'est même une des choses qu'il fait le mieux. Chavez aussi a dû le trouver sympathique. J'en suis même certain. Le lieutenant pense que Chavez a appelé Helen Peabody sous la contrainte, ce matin. Sous la contrainte, il a demandé que tu sois envoyée ici. Après, on l'a tué. Depuis dix heures ce matin, personne ne l'a revu au quartier général.

Elle secouait la tête.

— Il a fait signe à l'un des policiers depuis le bateau. Le policier lui a répondu.

— Vous étiez près du rivage ?

Non. Logan avait raison. Le policier qui avait répondu au salut était trop loin pour s'apercevoir que l'homme en uniforme, sur le hors-bord, n'était pas Chavez. Mon Dieu ! L'audace de ce type !

— Smith. Je lui ai parlé de Henry Smith. C'est quand il a eu l'impression qu'on était suivis. Pourtant, il ne peut pas l'avoir tué, puisqu'on était ensemble sur le lac.

— Il s'est servi de son téléphone ?

Sarah rassembla ses souvenirs, puis hocha la tête.

— Au moins une fois, oui. Quand on est revenus à terre. J'ai pensé qu'il faisait son rapport au quartier général. Tu crois qu'il a appelé quelqu'un pour lui ordonner de tuer Smith ?

— J'en suis sûr et certain.

Elle frissonna.

— J'ai passé l'après-midi seule avec lui. S'il avait voulu me tuer, il aurait pu le faire dix fois. Pourquoi il a fait ça ? Pourquoi il m'a conduite à Chavez ?

— Je ne sais pas. Le jeu du chat et de la souris. Si ça se trouve, il n'avait aucune intention de te tuer. Il a juste voulu me montrer qu'il pouvait le faire.

— Tout tourne autour de toi, hein ?

— Tu veux dire, est-ce que tout est ma faute ? Eh bien, oui. Tu crois que je vais le nier ? Tu m'en veux et je te comprends.

— Je t'en veux.

On l'avait terrorisée. Elle était choquée. Mais ces émotions-là, maintenant, s'effaçaient derrière la rage à l'état pur.

— Le fils de pute ! Il s'est servi de moi. Il m'a manipulée.

— Rudzak s'est toujours vanté de savoir appuyer sur le bon bouton.

— Tuer un malheureux policier, c'est appuyer sur un bouton, alors !

Logan fit oui de la tête.

— Il doit être complètement cinglé.

— Je ne suis pas du tout sûr que ce soit un malade mental. Je pense plutôt qu'il est venu au monde avec quelque chose en moins. Il n'a pas, comme nous, la notion du bien et du mal. Ce qui lui rapporte un bénéfice, c'est bien. Ce qui se met en travers de sa route, c'est mal.

— C'est un psychopathe.

— Tu ne peux pas coller une étiquette à Rudzac comme ça. Ce n'est pas si simple, avec lui.

Ils arrivaient à l'aire de repos. Logan saisit Sarah

par le coude. Une équipe de légistes s'affairait autour de la Toyota de Smith.

— Rentrons dans le refuge. Tu ne dois pas avoir envie d'assister à ça.

Il avait raison. Elle avait eu son comptant de morts pour la journée. Et Monty, c'était pareil. Elle se dirigea vers l'entrée de la petite maison.

— On va rester ici combien de temps ?

— Le lieutenant veut te parler. Prendre ta déposition. Tu ne seras pas interrogée en tant que suspect.

Il ne manquerait plus que ça, songea-t-elle.

— En tant que quoi, alors ?

— En tant que témoin.

Il haussa les épaules.

— Ou peut-être en tant que victime.

La terreur et le désespoir éprouvés lors de cette course à travers bois remontèrent à la surface. Sur le moment, Sarah s'était considérée comme une victime ; et ce souvenir, à présent, l'emplissait de rage.

— Je voudrais bien voir ça ! dit-elle.

Ils durent patienter quatre heures encore avant d'être autorisés à quitter l'aire de repos ; à la fin, Sarah était aussi lessivée que Monty.

— Je prends le volant, dit Logan. Tu pourras te reposer.

Il montait déjà dans la Jeep.

— Je peux conduire, dit-elle. Tu as ta propre voiture...

— C'est une voiture de location. Galen est venu avec. Il se débrouillera pour la faire enlever.

Il mit le contact ; le moteur tourna.

— Arrête de discuter et monte, lança-t-il. Tu sais que je suis plus en état de conduire que toi. Tu es choquée, émotionnellement. La route est mauvaise. Tu veux risquer un accident ? Tu veux que Monty soit blessé ?

Après une hésitation, elle accepta de s'asseoir sur le siège du passager.

— L'argument imparable, murmura-t-il. Rabats le siège, allonge-toi et ferme les yeux.

Elle n'avait pas envie de fermer les yeux. Elle était à bout de forces, mais son cerveau tournait à plein régime. Au contraire, elle focalisa son regard sur la route en lacets qui grimpait à l'assaut de la montagne. La Jeep s'ébranla doucement.

— Comment tu as fait pour récupérer une voiture de location de Galen ?

— Je l'ai appelé pour qu'il vienne jouer les babysitters auprès de la louve. Et je suis reparti avec sa voiture.

— Galen est au ranch ?

Il s'était produit tant d'événements qu'elle en avait oublié la louve.

— Tu n'aurais pas dû abandonner Maggie. Je t'avais demandé de t'occuper d'elle.

— Boucle-la, tu veux ? Il n'était pas question que je ne vienne pas ici. Tu avais besoin d'être protégée. Tu sais parfaitement que Galen est capable de veiller sur la louve.

C'était vrai : Galen était capable de soigner Maggie aussi bien que Logan.

— Je suppose que tout se sera bien passé, dit-elle.

— Elle est sûrement en meilleur état que toi, tu verras. Elle a un instinct de survie particulièrement vif.

— Elle est tombée dans un piège. Comme moi avec Rudzak. Il savait que je me sentirais obligée d'aller secourir ces gosses.

— Et si Helen Peabody te rappelait, tu repartirais en campagne aussi sec.

— C'est vrai.

Logan marmonna un juron entre ses dents et ajouta :

— C'était stupide !

— Ce n'était pas stupide ! protesta Sarah, piquée au vif. J'ai reçu un appel du boulot. C'était parfaitement plausible, comme opération de secours. Comment aurais-je pu deviner que Rudzak profiterait de la disparition de ces gosses pour me tendre un piège ? Il aurait fallu tout programmer d'avance : Chavez, le coup de fil d'Helen... Oh, mon Dieu...

Elle ferma les yeux.

— Les gosses. Il a profité des circonstances ou il les a tués exprès ? Ne me dis pas qu'il pourrait les avoir tués exprès, Logan...

— Si.

Elle rouvrit les yeux et se tourna vers lui.

— Il ferait mourir trois innocents dans le seul but de me tendre un piège ?

— C'est probablement ce qu'il a fait. Il met toujours au point des plans extrêmement minutieux et précis. Il ne pouvait pas laisser les ados s'en sortir et risquer de ruiner tout son programme. Ou alors, ce n'était pas la peine d'aller aussi loin.

— Je me sens mal.

Sarah revoyait la bouée orange flottant sur les eaux.

— Le lac...

— Le lieutenant Carmichael m'a dit qu'il allait envoyer une équipe de plongeurs à l'emplacement de la bouée. Je lui ai demandé de m'appeler s'ils trouvaient quelque chose.

— Des gosses... Et tu prétends qu'il n'est pas malade !

— Il ne prend pas de plaisir à tuer. Il tue quand ça lui rapporte, c'est tout.

Logan laissa échapper un rire sinistre.

— Il fait juste une exception pour moi. Moi, il prend du plaisir à me tuer.

— Pourvu qu'ils ne retrouvent pas ces gosses, dit-elle dans un souffle. Mon Dieu, faites qu'il ne les ait pas tués simplement pour m'attirer là-bas.

Elle avait noué ses mains sur ses genoux. Logan les prit dans la sienne.

— Je l'espère autant que toi, dit-il.

Ils n'étaient qu'à quelques kilomètres du ranch quand le téléphone de Logan sonna.

— Oui, lieutenant.

Même sans pouvoir deviner ce que Carmichael lui disait, Sarah se tendit en voyant l'expression de Logan.

Logan coupa la communication.

— Pas de signe de Rudzak, dit-il. Ils pensent qu'il s'est envolé.

— Et les ados ?

— Ils étaient sous la bouée.

Il gardait les yeux fixés sur la route.

— Ils ne les ont pas encore sortis de la voiture. Les plongeurs vont les remonter tous les trois avec des cordes.

Pour Sarah, ce fut comme un coup de poignard.

— Dis quelque chose.

Elle secoua la tête. Dire quelque chose ! Que pouvait-elle dire ? Tout ce qu'elle voulait, c'était se lover sur elle-même et oublier le reste du monde.

— Rien de tout cela n'est arrivé par ta faute, bon Dieu !

— Je sais.

— Alors, cesse de faire cette tête de...

— Je ne peux pas faire une autre tête.

Elle serrait les poings sur ses genoux.

— Ils vivaient encore quand ils ont touché l'eau ? Les policiers ne peuvent pas encore le savoir, c'est ça ?

— C'est ça.

— Il n'aurait pas fait une horreur pareille, tout de même. Les attacher et...

— Ne laisse pas la bride sur le cou à ton imagination. Ça ne s'est peut-être pas du tout passé comme ça.

— Mais c'est possible.

Elle appuya son front contre la vitre.

— Je n'ai plus envie de parler, Logan.

— Alors ne parle pas. Et bon sang ! essaie aussi de ne plus penser.

— Je vais essayer, soupira-t-elle.

Logan grommela un juron et écrasa l'accélérateur. Quelques minutes plus tard, il garait la Jeep devant la cabane. Sarah sauta de la voiture et se hâta de gagner l'entrée.

— Attends une minute, dit Logan en faisant le tour de la Jeep. Tu as laissé tomber quelque chose.

Elle secoua la tête.

— J'ai vu quelque chose tomber. Ça devait être sur le plancher.

Il s'agenouilla à terre.

— Qu'est-ce que c'est ?

Sa voix était à peine audible.

— Rien. Rentre dans la cabane.

Mais elle voyait bien qu'il avait quelque chose dans la main.

— Qu'est-ce que c'est, merde ?

— Un peigne.

Il lui montra un objet précieux en ivoire incrusté de jade.

— Un cadeau de Rudzak, dit-il.

Sarah fut parcourue d'un frisson.

— Tu crois qu'il appartenait à un des ados ?

— Non. Il appartenait à Chen Li.

— Pourquoi aurait-il...

Elle regardait fixement Logan.

— Tu t'attendais à ça ?

— Je ne m'attendais pas à ça précisément, mais je ne suis pas surpris. Va dormir. On en reparlera plus tard.

— Et comment qu'on va en reparler !

Pour le moment, elle était incapable d'affronter un problème de plus. Elle avait les nerfs en lambeaux. Elle fit demi-tour et entra dans la maison.

— Salut ! lança Galen qui sortait de la véranda. Ce n'est pas trop tôt. Je commençais à me sentir comme un... Ça n'a pas l'air d'aller fort.

— Je suis fatiguée. Je vais me coucher.

Monty. Il fallait d'abord qu'elle s'occupe de Monty. Mais Monty avait déjà rejoint Maggie sous la véranda.

— Bonne nuit, Galen.

Elle referma derrière elle la porte de sa chambre.

Elle se déshabilla, rampa sur le lit et rabattit sur elle les couvertures. Elle perçut vaguement entre les draps l'odeur de Logan et de leur intimité. Le sexe : une expérience que ces ados ne connaîtraient jamais.

— Viens.

Logan se glissa nu sous les draps et attira Sarah contre lui.

— Je ne veux pas de toi cette nuit, dit-elle.

— C'est dur. Tu me tiens...

Il effleurait de ses lèvres les tempes de Sarah.

— Bon Dieu ! comme tu me tiens ! Maintenant, détends-toi. Tout ce que je veux, c'est te réconforter.

— Et moi, je veux dormir.

— Et faire des cauchemars ? dit-il en l'invitant à se blottir dans le creux de son épaule. Parle, si tu en as envie...

— Qu'est-ce que tu veux que je dise ? Que trois gosses ont péri parce qu'un maniaque voulait me prendre dans sa toile ?

— Ce n'est pas ta faute. Je croyais qu'on était tombés d'accord pour dire que je portais toute la responsabilité.

— J'ai obéi à sa volonté. Il m'a analysée, comme un psy machiavélique. Et il a décidé de tuer des innocents pour que j'agisse selon son désir. Et c'est ce qui s'est passé. Il a appelé, je suis venue.

— Qu'est-ce que tu pouvais faire d'autre ? Tu es allée là-bas pour... Arrête de pleurer. Non, pleure, si tu veux. Ça te fera sûrement du bien. C'est à moi que ça fait du mal.

— Ça ne me fait pas de bien non plus. Ça fait mal...

— Parce que tu ne pleures pas assez souvent. Tu manques de pratique. Quand as-tu pleuré pour la dernière fois ? À la mort de ton grand-père ?

— Non. Je lui avais promis d'être forte. La dernière fois que j'ai pleuré, c'est quand j'ai retrouvé Monty dans ce commissariat en Italie.

— J'aurais dû m'en douter.

— Ça va, Monty ?

— Il est avec Maggie.

— C'est vrai. J'avais oublié. D'habitude, il le sent quand je ne suis pas bien. Alors, il vient dormir dans mon lit.

— Ses hormones mâles sont en train de faire leur effet. Il faudra te contenter de moi.

— Tant mieux qu'il ait Maggie. Ça le distraira peut-être de ce qui s'est passé ce soir...

— C'est toi qu'il faudrait distraire.

— Ça n'aurait jamais dû arriver. Je me bats de toutes mes forces pour essayer de retrouver des vivants, et je rencontre partout la mort. Voilà ce que je fais. Voilà ce que je suis. Il s'est servi de ça et il a tué ces trois gamins...

Elle tremblait.

— Il a pris ce que je suis et l'a sali...

— Chut !

— Tu viens de me dire de parler, non ?

— C'était quand tu étais encore capable de réfléchir. Rien de toi n'a été sali. Tu es pure, belle et droite comme une flèche. Je le sais, je suis expert en transformation et en saleté. J'ai fait ça aussi.

Elle secouait la tête.

— Tu ne me crois pas ? C'est pourtant vrai. J'ai fait des choses qui...

Il lui caressa les cheveux.

— Tu n'as pas envie d'en savoir davantage sur mon compte.

Si, elle en avait envie. Elle s'apercevait même à quel point c'était important. Quand elle avait vu Logan à l'aire de repos, elle s'était dit subitement que tout ce qui le concernait prenait une importance vitale pour elle. S'il venait à mourir... Mais elle ne voulait pas penser à cela maintenant. Elle était trop bouleversée. Trop dans le brouillard. Elle voulait juste rester blottie dans les bras de Logan et faire comme si ce cauchemar du lac Apache n'avait jamais eu lieu...

— Dors maintenant, dit-il. Moi, je vais rester éveillé. Comme ça, je serai là si tu fais un mauvais rêve.

Lisait-il dans ses pensées ? Savait-il quel précieux cadeau il était en train de lui offrir ? Jamais, dans sa vie, elle n'avait eu personne auprès d'elle pour tenir ses cauchemars à distance...

— Elle dort ? demanda Galen lorsque Logan sortit de la chambre.

— Elle vient de s'endormir. Il faut que je retourne auprès d'elle. Je le lui ai promis.

— Ça n'avait pas l'air d'être la super-forme.

— Elle a vécu un véritable enfer.

Logan se servit un verre d'eau à l'évier de la cuisine.

— Henry Smith est mort. C'est Rudzak qui l'a tué.

Galen se raidit.

— Tu ne pouvais pas le dire tout de suite ? Franklin le cherche partout depuis votre retour.

— Je te le dis maintenant. Tu n'aurais rien pu y faire, de toute façon, et Sarah avait besoin de moi.

Il avala son verre d'eau.

— De quelqu'un, en tout cas.

— C'était un piège ?

— Oui. Rudzak l'a tendu en se servant de la disparition de trois adolescents. Tu te rends compte de ce qu'elle ressent après ça ?

Galen pinça les lèvres.

— Je sais ce que je ressens, dit-il.

— Alors, assure toi que tout est prêt à Dodsworth. Ou retrouve-moi Rudzak. Il aurait pu la tuer.

— Heureusement, tu es arrivé juste à temps...

— Pas du tout. Si Rudzak avait vraiment eu l'intention de la tuer, je serais arrivé trop tard. Il ne voulait pas de ça. Pas encore.

— Pourquoi ce piège, alors ?

— Pour me faire savoir qu'il peut l'éliminer. Et pour juger de la place occupée par Sarah parmi les choses qui comptent pour moi.

— Son jugement est fait, tu crois ?

— Certainement. S'il nous a vus ensemble. Il a toujours su lire en moi.

Galen haussa un sourcil.

— Alors, il pense qu'elle est en haut de la liste ? dit-il. C'est ça ?

— C'est sa conclusion.

Il reposa le verre et tourna les talons.

— Ça veut dire qu'il faut retrouver ce fils de pute avant qu'il la tue. Parce que la prochaine fois, il ne l'épargnera pas.

Sarah dormait à poings fermés, comme un enfant après une dure journée.

Logan, debout à côté du lit, la regardait.

Tendresse. Protection. Amour. Passion. Crainte.

Sarah n'était pas la première femme à entrer dans sa vie. C'étaient des émotions qu'il avait déjà eu l'occasion d'éprouver. Maïs, cette fois, c'était différent. Cette fois, il les éprouvait avec une intensité et un désespoir d'une violence encore inconnue de lui. À quel moment l'admiration et l'amitié se transformaient-elles en obsession ?

Peu importe. Le sentiment était là. Il existait et prenait sa place.

Et Rudzak l'avait parfaitement compris.

Sarah s'agita dans son sommeil. Elle poussa un gémissement.

Était-ce un mauvais rêve ? Il lui avait promis de la protéger et de tenir les cauchemars à distance.

Il se glissa dans le lit et la prit dans ses bras. Le contact féminin était doux. Dieu sait pourtant que Sarah pouvait se montrer dure. Dure et têtue. Quoique terriblement vulnérable et prudente. C'était merveille que d'avoir réussi tout simplement à la mettre au lit. Logan allait devoir déployer des efforts surhumains s'il voulait qu'elle accepte leur relation. Il faudrait se montrer prudent. Éviter surtout de la brusquer.

Elle gémit de nouveau. Logan lui effleura le sourcil d'un baiser.

— Chut, murmura-t-il. Tout va bien. Je suis là. On ne pourra plus te faire de mal.

Il se rapprocha encore et lui glissa à l'oreille des paroles auxquelles elle n'aurait jamais cru étant éveillée :

— Je serai toujours là, Sarah.

Le jour venu, lorsque Sarah sortit de son sommeil, elle trouva Logan étendu auprès d'elle. Il avait les yeux grands ouverts. Il était parfaitement réveillé.

— Bonjour.

Il lui baisa le front et s'assit dans le lit.

— Tu veux prendre une douche pendant que je prépare le petit-déjeuner ?

— Quelle heure est-il ?

— Assez tôt.

— Il faut que je donne à manger à Monty et Maggie.

— C'est déjà fait.

Il se levait.

— Je t'ai quittée un moment, le temps de nourrir Monty. Galen, lui, a nourri Maggie. Sache que Monty a refusé d'être nourri par lui. Ça devrait te faire plaisir.

— Il n'a pas refusé d'être nourri par toi.

— Il ne faut pas lui en vouloir pour ça. Je ne suis pas n'importe qui. On a vécu un tas de trucs ensemble. Santo Camaro, Taïwan. Sans parler d'hier soir. Il est naturel que...

Sarah avait changé d'expression.

— N'y pense pas pour le moment, reprit-il. Prends ta douche tranquillement et viens manger quelque chose.

Il ramassa son peignoir au pied du lit et sortit.

« Facile à dire », songea-t-elle. Elle s'assit lentement au milieu des draps. Comment ne pas penser à ces pauvres gosses ? Les événements de la veille la hantaient toujours. Ils se dépêchaient de remonter à la surface, avec tous leurs affreux détails et dans toute leur clarté.

Tel ce couteau planté dans le dos de Chavez.

Elle frissonna, comme prise dans un manteau de glace. Cinq vies anéanties. Dans le seul et unique but de l'attirer au lac Apache. Comment pouvait-on accomplir une chose pareille ?

Il l'avait pourtant bel et bien accomplie. Après quoi, il s'était évanoui.

Soudain, Sarah ne frissonna plus. C'est la rage, à présent, qui menaçait de la dévorer.

Espèce de fumier.

Tu ne m'auras pas, ordure.

13

Vingt minutes plus tard, Sarah sortait de la salle de bains vêtue d'un T-shirt et d'un short kaki. Elle trouva Galen occupé devant la cuisinière.

— Je suis encore aux fourneaux, dit-il. Soufflé aux pommes de terre...

— Où est Logan ? Je croyais que c'était lui qui préparait le petit-déjeuner.

— Écoutez, dit-il avec une expression chagrinée, ce n'est pas que je ne veuille pas me faire servir par Logan, mais je refuse de sacrifier mon système digestif. Je suis habitué depuis toujours à la bonne cuisine.

— Alors, où est-il ?

— Dehors. Avec Monty.

— Monty n'est pas avec Maggie ?

— Il fait la gueule. Il n'apprécie pas que j'aie noué une relation avec sa copine.

— Quoi ?

— Il a peur que Maggie me préfère à lui. Elle l'a ignoré superbement pendant que je lui changeais son bandage. Et pendant que je la nourrissais. Elle s'est entichée de moi, c'est clair.

Il secoua la tête et répandit sa pâte dans un plat. Il lança un clin d'œil à Sarah.

— Je plaisante. Ça m'a pris un bon bout de temps pour qu'elle arrête de hurler à la mort. Pendant que vous n'étiez pas là. Je pense qu'elle le boude. Je peux me tromper, évidemment. Il arrive que ma modestie me joue des tours, et je...

Il se tut pour regarder Sarah avec attention.

— Vous êtes en meilleure forme qu'hier, on dirait. Mais vous avez encore l'air triste...

— Je suis triste.

— Alors, allez parler avec Logan. J'ai besoin de penser à des choses calmes et agréables si je veux atteindre au sublime quand je cuisine.

— Logan vous a dit que Smith s'était fait tuer ?

— Bien sûr. Et ça me rend triste aussi.

Il salait et remuait sa préparation dans le plat.

— Mais j'ai commencé à faire tourner deux ou trois engrenages, et je me suis senti un peu mieux...

— Quels engrenages ?

— D'abord, j'ai décidé d'agir. Ensuite, j'ai essayé de savoir qui, logiquement, était avec Rudzak au lac Apache. Il faut toujours obtenir des certitudes avant de passer à l'action proprement dite.

Il ouvrit la porte du four et y poussa le plat.

— C'était presque certainement Carl Duggan.

— Comment vous pouvez en être sûr ?

— J'ai d'excellents contacts. Tout le monde m'adore. Je ne vous l'avais pas dit ?

— Vous envisagez quel genre d'action ?

— Comment ça, quel genre d'action ? dit-il à voix basse. fiil pour œil. Qu'est-ce que vous voulez faire d'autre ?

Elle revit soudainement Galen courant dans la jungle. Il était au moins un aussi grand prédateur que Maggie. Et Sarah ne voyait rien de répugnant à cette idée d'œil pour œil. Une exécution propre et nette. Une mort parfaitement méritée. Le contraire de ce que faisait Rudzak. Lui, il...

— Vous vous laissez de nouveau envahir par de mauvaises pensées, reprit-il avec un regard sévère. Je vous ai dit que je ne voulais pas de ça quand je cuisine. Allez discuter avec Logan. Je vous appellerai quand ce sera prêt.

Logan, accoudé à la barrière, parlait au téléphone. Il accueillit Sarah d'un signe de la main, mais sans interrompre sa conversation. Monty était couché à ses pieds. Il bondit dès qu'il vit sa maîtresse et accourut vers elle en agitant joyeusement sa queue ébouriffée.

— Alors, tu es content de me voir, cette fois, hein ?

Accroupie, elle le caressait.

— Où tu étais cette nuit, quand j'avais besoin de toi ?

Elle n'avait pas eu vraiment besoin de lui. Logan était resté auprès d'elle. Elle avait pu se réfugier dans ses bras. Et Monty avait dû éprouver le même réconfort quand il s'était retrouvé auprès de la louve.

— Le petit-déjeuner est prêt ?

Logan avait fini de téléphoner. Il regarda Sarah et Monty échanger des marques d'affection.

— Pas encore. Je dérangeais Galen. Il cuisine. Il m'a demandé de venir te voir.

— Ça m'étonne. Il en faut beaucoup pour déranger Galen. Mais tant mieux s'il ne perd pas de vue les priorités.

— Tu parlais avec qui ?

— C'était le lieutenant Carmichael.

— Pas de nouvelles de Rudzak ?

— Non.

Elle n'était pas surprise.

— Et les gamins ? Ils sont morts comment ?

Logan secoua la tête.

— Tu n'as pas envie de le savoir, dit-il.

— Bien sûr que si.

— L'un a été tué d'une balle. Les deux autres, noyés. Ils ont été précipités dans l'eau vivants.

Sarah tressaillit.

— Merde !

— Tu vois. Tu n'avais pas réellement envie de savoir.

— Il fallait que je sache, au contraire. C'était nécessaire...

Elle ferma les yeux et se cramponna à Monty.

— Je veux tout savoir.

— Pourquoi ? dit Logan d'un ton rude. Pour le plaisir de te faire du mal ?

— Parce que Rudzak n'était pas encore quelqu'un de réel, pour moi. Je savais qu'il avait tué ces gens en Colombie, mais je n'arrivais pas à établir le lien avec moi, avec ma vie.

Elle rouvrit les paupières ; elle avait des larmes plein les yeux.

— Maintenant, je fais le lien.

— Et ça te rend malade.

— Non. Si ça me rendait malade, ça voudrait dire que Rudzak a gagné. Et ça, je ne veux pas.

Elle se remit debout.

— Je ne veux pas non plus qu'il recommence. Qu'il refasse du mal à quelqu'un. Jamais.

— Ce qui veut dire ?

— À toi de me l'expliquer. Tu m'as dit que Rudzak était intelligent. Même s'il est arrêté, qui peut affirmer qu'il sera jugé et condamné ? Et s'il est condamné, ce sera pour ressortir de prison un beau jour. Conclusion, il sera toujours en mesure de recommencer. Non ?

— Avec plus de difficulté, soupira Logan.

— Mais il pourrait le faire.

— Oui, oui, bon Dieu ! Il pourrait. Où veux-tu en venir, Sarah ?

— Tu sais très bien où je veux en venir, dit-elle d'une voix brisée par la fureur. Galen estime qu'il faut répondre œil pour œil. Et toi aussi...

— Mais pas toi. Ce n'est pas dans ta nature.

— Qu'est-ce que tu en sais ? De ma vie, je n'ai été aussi enragée.

— Tu étais enragée quand Madden t'a pris Monty. Et tu ne l'as pas tué pour autant.

— Monty n'est pas mort. J'avais une chance de pouvoir le sauver. Rudzak ne m'a laissé aucune chance de sauver ces trois gosses. Il les a tués. Après, il m'a attirée là-bas et il a laissé Monty les retrouver. Il m'a dit combien il était désolé, alors qu'il les avait lui-même enfermés dans une voiture et poussé vers...

— Tu en fais une affaire personnelle. Mais la cible de tout ça, c'était moi.

— Tu as raison. J'en fais une affaire personnelle. Et comment, bon sang ! D'accord, je ne suis qu'un instrument. D'accord, son but, c'est de t'atteindre, toi. Mais je m'en fiche. Il s'est servi de moi, non ? Il s'est servi de ces ados, de Chavez, de Smith. C'est à moi qu'il a fait des sourires. À moi qu'il a raconté qu'il avait adopté une chienne recueillie à la fourrière. Et c'est moi qui l'ai trouvé sympa ! Il a joué avec moi comme...

— Chut !

Logan avait tendu les bras et posé les mains sur les épaules de Sarah.

— Tu me fais peur, dit-il. J'essaie de te ramener à la raison et... je crois que je m'y prends mal.

— Me ramener à la raison ! Tu crois que je vais oublier ça comme ça...

— J'essaie seulement de te dire que c'est ma guerre, pas la tienne. Il faut que je trouve un moyen d'en finir avec Rudzak.

— Jusqu'ici, tu n'y es pas arrivé.

— Tu as l'intention d'essayer ?

— Oui, dit-elle en serrant les poings. Je vais le retrouver. C'est mon boulot, non ? Retrouver les gens. Les recherches...

— Voilà ce que je craignais.

Il lui pressa un instant les épaules, puis baissa les bras.

— Pas la peine d'espérer te faire changer d'avis, je suppose.

Sarah fit non de la tête.

— Alors, je pense que je vais avoir intérêt à faire de mon mieux, dit-il en reculant d'un pas. Si la chose m'est permise. J'espère que tu n'as pas l'intention de me laisser en dehors du coup ?

— Ce serait impossible. J'ai besoin de toi.

— Ça me rassure.

— Je n'ai aucune envie de me montrer rassurante. C'est toi qui sais tout sur Rudzak. Alors, je veux que tu me dises tout ce que tu sais.

— Ça peut attendre qu'on ait pris le petit-déjeuner ?

— Non.

— D'accord.

Il l'entraîna vers le banc contre le mur.

— Assieds-toi et attaque, dit-il.

— Pourquoi Rudzak a-t-il abandonné ce peigne dans ma voiture ?

— Tu penses que c'est ça qui va t'aider à le retrouver ?

— Peut-être. Ça peut m'aider à le connaître. À deviner ses faits et gestes.

Logan observa un temps de silence.

— Il a voulu me faire savoir que c'était lui qui avait tué les gosses ; et qu'il aurait pu te tuer aussi. Ce peigne, il en avait fait cadeau à Chen Li. Ainsi que d'autres objets égyptiens. Il se sert aujourd'hui de ces objets pour apposer sa signature quand il tue.

— Sa signature ?

— Un cadeau funéraire, si tu veux. Les Égyptiens se faisaient enterrer avec leurs propres richesses et trésors. Rudzak veut célébrer la mort de Chen Li de cette manière...

Il fit la grimace.

— Il fait d'une pierre deux coups : il célèbre la disparition de Chen Li, et il me fait souffrir en même temps.

— Tout tourne autour de Chen Li, si je comprends bien. Ils étaient amants ?

— Non. Ils étaient demi-frère et demi-sœur.

Sarah fut secouée par cette révélation.

— Et tu l'as fait mettre en prison ?

— Oui.

— Pourquoi ?

— Parce qu'il avait tué Chen Li.

— Quoi ?

— Il s'est introduit dans sa chambre d'hôpital, et il lui a brisé le cou. Il prétend que c'était pour la délivrer. Euthanasie.

— Et toi, tu appelles ça comment ?

— Moi, j'appelle ça un assassinat. Elle connaissait une rémission. Une rémission qui pouvait se prolonger...

Il pinça les lèvres.

— Il ne lui a laissé aucune chance.

— Il était au courant de cette rémission ?

— Je le lui avais dit. Il ne m'a pas cru. Il refusait absolument de me croire. En fait, il avait compris qu'il l'avait perdue. Il ne pouvait pas vivre sans elle, alors il l'a tuée...

— Comment ça, il l'avait perdue ? C'était son demi-frère ou...

— Il l'aimait. Il rêvait de coucher avec elle.

Sarah en demeura bouche bée.

— C'est pour ça qu'il essayait de l'entraîner dans cette mystique égyptienne. En ce temps-là, les frères et sœurs couchaient ensemble. Rudzak essayait de la séduire et il s'y prenait comme un amant. Sans jamais faire aucune erreur. Mais je pense qu'elle a fini par comprendre où il voulait en venir, et ça l'a écœurée. Il n'a pas pu accepter ça. Il l'a condamnée à mort.

— Et il est allé en prison à cause de toi.

— Il a réussi à s'enfuir à Bangkok. Si je l'avais attrapé avant, je l'aurais tué. J'ai contacté les autorités de Bangkok, et je leur ai appris que Rudzak faisait du trafic de drogue. Je leur ai tout dit : où, quand, comment. Ensuite, j'ai acheté le juge et obtenu que Rudzak soit expédié dans une des pires prisons du monde. Galen m'assurait que même les cafards ne supportaient pas cet endroit : ils s'enfuyaient au premier coup d'œil...

Logan eut un sourire glacé.

— Et ça me faisait du bien d'entendre ça, dit-il.

— Rudzak faisait du trafic de drogue ?

— Son père possédait une entreprise d'import-export à Tokyo. Rudzak a profité des contacts du papa pour développer une petite filière. C'est là que Galen a fait sa connaissance. Et me l'a présenté. On a fait deux ou trois trucs ensemble. Un jour, Rudzak nous a emmenés chez lui. Il voulait nous présenter sa famille. Sa famille et donc Chen Li...

— Tu faisais du trafic de drogue aussi ?

— Je t'ai dit que ma vie passée n'était pas nette et sans tache. Je n'avais plus un rond. J'essayais de m'en sortir. J'ai arrêté tout de suite après avoir épousé Chen Li. Rudzak m'a informé alors qu'il avait décidé d'arrêter aussi, mais ce n'était pas vrai. Il changeait de braquet, ce n'est pas pareil. Deux ans plus tard, Galen vient me voir et m'apprend que Rudzak a maintenant déployé son trafic de drogue sur toute l'Asie. Les profits étaient bien plus considérables, mais c'était aussi sacrément plus dangereux. Je savais qu'il tuerait Chen Li si elle venait à découvrir l'ampleur de son trafic. Alors, j'ai tenté de le convaincre d'arrêter pour de bon. Il m'a répondu d'accord. Une dernière affaire et c'est fini.

— Il n'a pas arrêté.

Logan secoua la tête.

— Il se faisait des couilles en or. Pour lui, il ne pouvait être question d'arrêter. J'ai fermé les yeux. Je me suis contenté de protéger Chen Li. Je venais juste d'apprendre qu'elle avait un cancer. Je cherchais désespérément un traitement susceptible de la sauver. J'étais jeune. Je me croyais plus fort que n'importe qui.

« Oui, songeait Sarah, Logan se croyait plus fort que n'importe qui, alors. » Et il était jeune en effet, c'est-à-dire encore plus résolu et déterminé à tracer sa route dans l'existence.

— Voilà, soupira-t-il. Maintenant, tu sais quel fumier est Rudzak. Et tu as une image plus précise de moi. Pourquoi tu ne laisses pas tomber ? Je veux lui régler son affaire tout seul...

Elle fit non de la tête.

— C'est stupide, reprit-il. Tu n'as pas les moyens de l'affronter. Il t'a étudiée à fond. Il connaît ta faiblesse.

— Quelle faiblesse ?

— Tu es humaine. Si quelqu'un t'appelle au secours, tu réponds présente. Comme hier au lac Apache.

— Qu'est-ce que je dois faire, alors ? Rester ici ? Attendre ?

— Où est le mal ? Ça ne sera pas si long. Manifestement, il a fini ses repérages. Il ne va pas tarder à bouger. Tout va aller vite.

— Quels repérages ?

— On pense qu'il sait comment est construit Dodsworth. Galen a placé un homme au palais de justice. Et cet homme dit que quelqu'un est venu fouiller dans les dossiers et les plans.

— Dodsworth ? Qu'est-ce que c'est ?

— C'est mon labo de recherches dans le Dakota-du-Nord. Ils font un travail moins sensible qu'à Santo

Camaro. Dès que Bassett aura remis de l'ordre dans ses notes, il partira là-bas compléter l'équipe.

— Tu ne m'as jamais dit comment Rudzak s'y était pris pour découvrir ce qui se passait à Santo Camaro. C'était top secret, non ?

— L'argent. Il a acheté quelqu'un.

— Qui ?

— Castleton.

Sarah se raidit à cette nouvelle.

— Castleton ? Tu es sûr ?

— Certain.

Elle repensa à sa rencontre avec Castleton ; si quelque chose, chez lui, pouvait éveiller des soupçons, elle ne voyait pas quoi. D'un autre côté, elle connaissait mieux Logan maintenant, et elle le croyait quand il affirmait que Castleton avait trahi.

— Tu le savais, le soir de notre arrivée là-bas ?

— Oui.

— Et tu l'as laissé repartir ?

Logan attendit avant de lâcher sa réponse.

— Non.

Sarah ne fut pas surprise de cette révélation après ce qu'elle venait d'apprendre sur le passé de Logan.

— Tu as pensé qu'il risquait de prévenir Rudzak de mon arrivée avec Monty ? Tu t'es dit que l'attaque surprise serait anéantie ?

— En partie, oui. Mais je l'aurais fait, de toute façon. Il avait trompé les gens qui travaillaient sur ce site. Autrement dit, il était responsable de leur mort. fiil pour œil. C'est bien ce que tu as proposé toi-même, non ?

Elle hocha lentement la tête.

— Alors, c'est comme ça que Rudzak connaît Dodsworth.

— Ce que Castleton savait, Rudzak le sait. Ma première réaction a été de renforcer la sécurité sur tous mes sites.

— Tous ? Pourquoi tous, si tu penses que Rudzak va viser Dodsworth ?

— C'est ce qu'il fera probablement. Mais rien ne dit qu'il s'arrêtera en si bon chemin. Je ne peux pas prendre un tel risque. En plus, on a découvert qu'il avait acheté assez d'explosifs pour faire sauter une petite ville.

— Des explosifs ! murmura-t-elle.

— Tu étais à Oklahoma City, non ? Tu sais les ravages que peuvent provoquer les explosifs.

Elle le savait trop bien. Oui, elle avait participé aux secours à Oklahoma City, après cet attentat qui avait défrayé la chronique dans le monde entier. Elle avait aidé à retrouver de malheureux bébés après l'explosion.

— Tu ne peux pas le laisser faire ça. Tu as prévenu ATF ?

— J'ai prévenu ATF et le FBI.

— Tu leur as parlé de Dodsworth ?

Sarah pouvait lire la réponse sur les traits de Logan.

— Pas encore.

— Appelle-les.

— Personne ne sera blessé à Dodsworth.

— Comment peux-tu le savoir ?

Elle croyait revoir défiler sous ses yeux la tragédie d'Oklahoma City.

— Tu viens de dire que Rudzak a des explosifs.

Il secoua la tête.

— Pour la première fois, reprit-il, nous croyons savoir où Rudzak a l'intention de frapper. Un simple soupçon, mais tout de même. Alors, c'est peut-être l'occasion de le choper et d'en finir avec lui.

— Le risque est trop grand. Laisse ATF le coincer...

— Si je veux l'attirer à Dodsworth, il ne faut pas qu'il puisse soupçonner la moindre présence policière ou autre. Mes vigiles, il les considérera comme un défi, pas comme une force dissuasive. Cela dit, la sécurité est à son maximum là-bas. Personne ne passe à travers les mailles du filet.

— Appelle ATF.

— Pas encore. Je le ferai en cas de nécessité absolue. Si j'acquiers la certitude qu'on ne pourra pas l'empêcher d'agir. Fais-moi confiance. Je le ferai s'il le faut.

— Combien de personnes travaillent sur ce site ?

— Cinquante-sept.

— Elles connaissent le danger qu'elles courent ?

— Oui. J'ai demandé que chacun soit informé de ce qui s'était passé à Santo Camaro. Ces gens savent qu'ils seront peut-être les prochaines victimes. Je leur ai donné le choix : partir ou rester. Six sont partis. Les autres sont restés.

— Tu devrais fermer ce labo.

— Rudzak changerait de cible, c'est tout.

Logan se leva.

— Si tu veux qu'ATF soit prévenu, alors, fais-le toi-même.

— Je vais le faire.

— Dans ce cas, prépare-toi à endosser la responsabilité d'un nouveau Kai Chi.

Sarah tressaillit ; ce fut comme si son visage se vidait de son sang.

— Kai Chi ?

— C'était Rudzak aussi. Un tribut payé à Chen Li. C'est à toi de voir. Tu veux un autre Kai Chi ou tu préfères qu'on retrouve cette ordure ?

— Kai Chi...

Sarah le dévisageait avec une expression horrifiée.

— Et tu ne me le disais pas.

— Parce que je savais que tu me regarderais comme tu me regardes en ce moment. Parce que tu m'aurais fui jusqu'aux antipodes ! Tu ne comprends pas qu'on puisse liquider cinq cents personnes dans le seul but d'envoyer un message à quelqu'un...

— Parce que toi, tu le comprends ?

— Non. Mais moi, je suis un élément du problème. Maintenant, chaque fois que tu me regarderas, tu penseras à Kai Chi...

— S'il te plaît, appelle ATF. Tu as vu de tes yeux cet enfant emporté par la boue. C'est toi-même qui l'as exhumé. Et encore : ce n'était rien, comparé aux dégâts provoqué par la bombe d'Oklahoma City.

Logan se taisait. Sur les traits de Sarah passèrent une multitude d'émotions. Il secoua la tête.

— Tout ce que tu veux, Sarah. Je peux te donner tout ce que tu veux. Mais pas ça. Je veux absolument conserver une chance de choper ce salaud.

— C'est dur, Logan.

— Alors, appelle-les toi-même. Personne ne t'en empêche.

Il regagna l'entrée de la cabane.

— Mais réfléchis bien, surtout. Et souviens-toi de Kai Chi. Ça pourrait recommencer.

Personne ne t'en empêche... Il ne manquerait plus que ça !

Oklahoma City – mon Dieu ! Elle ne supporterait jamais d'être responsable d'une catastrophe de cette taille.

Kai Chi.

Si Logan avait raison, supporterait-elle d'avoir sur la conscience les morts de Dodsworth ?

Il lui fallait une réponse. Et vite.

Monty poussa un gémissement et posa la tête sur ses genoux.

— Ça va aller, soupira-t-elle en le flattant. Retourne auprès de Maggie.

Mais le chien ne bougeait pas. Il préférait consoler et réconforter Sarah. Logan aussi l'avait réconfortée, cette nuit ; mais le matin venu, il n'avait eu rien d'autre à lui offrir qu'un monceau de solitude et de désespoir.

Sarah s'efforçait d'oublier son chagrin. *Arrête de t'apitoyer sur toi-même !*

Est-ce qu'elle ne lui avait pas dit que c'était pour le plaisir et rien d'autre ? Pour le sexe. Si Logan commençait déjà à franchir les défenses de Sarah, alors, c'était mal parti. Mais non. Tout irait bien. Elle avait vécu seule la plus grande partie de sa vie et elle ne s'en était pas mal tirée.

Il lui demandait de lui faire confiance. Était-ce seulement possible ? Elle en doutait. À cause de ce qu'elle ressentait envers lui, ou parce que le risque n'en valait pas la peine ? Elle avait toujours pris ses décisions en fonction d'elle et d'elle seule. Mais il est vrai qu'elle ne s'était jamais sentie à ce point impliquée dans une relation...

Quand elle était sortie pour discuter avec lui, tout paraissait simple. Elle débordait de rage contre Rudzak. Elle se sentait absolument déterminée à le retrouver et à le punir pour les atrocités commises au lac Apache. À présent, d'autres atrocités menaçaient. Et plus rien n'était simple.

Plus rien, à part le fait d'avoir le choix entre deux solutions aussi mauvaises l'une que l'autre – la peste ou le choléra.

— Mon soufflé est foutu, dit Galen.

Sarah venait d'entrer dans la cabane, alors que sa discussion avec Logan s'était achevée une heure auparavant.

— Logan n'y a pas goûté non plus. Mais par un effet de ma grande bonté, je vais vous en préparer un autre. Évidemment, il va falloir attendre. La perfection, ça prend du temps.

— Je n'ai pas faim, dit-elle.

Elle jeta un coup d'œil à Logan qui avait pris place à table et ajouta :

— J'ai quelque chose en travers de la gorge.

Elle rencontra le regard de Logan.

— Je m'en doute, dit-il. Le problème est seulement de savoir si tu arriveras à l'avaler.

— Je vais essayer. Il y a une autre solution ?

Elle croisa les bras.

— J'ai décidé d'attendre un peu avant d'alerter ATF au sujet de Dodsworth. Mais dès que le moindre danger menacera le site, je tirerai le signal d'alarme. Et ce ne sera pas la peine d'essayer de m'en empêcher...

— Je savais que tu réagirais ainsi.

— Sauf que je n'ai pas l'intention de rester là à me tourner les pouces jusqu'à l'arrivée de Rudzak. Tu m'as dit qu'il était prêt à agir. Très bien. Alors, je veux partir pour Dodsworth. Je veux être sur place quand il jugera que le moment est venu de poser ses explosifs.

— Je t'ai dit aussi qu'il pourrait choisir une autre cible.

— Dodsworth est ta passion et il le sait. Tu ne crois tout de même pas qu'il va laisser échapper une pareille occasion de te faire du mal...

— C'est vrai.

— Et le fait que tu sois toi-même présent sur le site est une raison de plus pour l'attirer là-bas.

— Oui.

— En plus, il cherche manifestement à m'atteindre aussi. Non ?

— Absolument.

Il grimaça un sourire avant d'ajouter :

— C'est atroce, mais tu as absolument raison.

— La multiplicité des cibles devrait le pousser encore plus à frapper à Dodsworth.

Elle regarda Galen et lança :

— Vous êtes sûr que les mesures de sécurité du site sont sûres à cent pour cent ?

Galen opina.

— Je tiens à ma peau, fit-il. Encore plus qu'à celle des savants qui bossent là-bas. Il se peut que la science sauve le monde, mais quel intérêt aurait un monde sans beauté ni bonne cuisine ?

Il se tourna vers Logan.

— On dirait que ça s'accélère. On n'avait pas dit qu'on patientait un peu ?

— Je ne veux pas attendre, intervint Sarah. Je veux Rudzak. Et tout de suite.

Logan approuvait lentement du chef.

— J'avais espéré pouvoir te laisser en dehors de tout ça, dit-il.

— Sauf que Rudzak, lui, refuse de me laisser en dehors de tout ça !

— Tu veux lui donner raison ? Lui faire plaisir ? Lui apporter ce qu'il attend ? Reste plutôt ici, Sarah. Planque-toi. Tu es en sécurité.

— Ça paraîtrait raisonnable, appuya Galen.

— On part quand ? dit Sarah.

Logan poussa un soupir.

— Quand Bassett sera en mesure de rejoindre l'équipe sur place. Je pense que Rudzak a envie de ruiner tout espoir de succès en un seul coup de dés. Et ça, c'est impossible tant que Bassett est vivant.

Sarah insista :

— Tu penses que vous serez prêts, Bassett et toi, à vous y rendre dans la semaine ?

Logan hocha la tête : la réponse était oui.

— Très bien, reprit Sarah. Alors, je n'ai plus qu'à me préparer.

Elle gagna sa chambre et referma la porte derrière elle.

— Pour ce qui est de la laisser en dehors de tout ça, c'est gagné, lâcha Galen. Je veux bien essayer de la protéger à Dosdworth, mais je ne garantis rien si elle s'obstine à vouloir poursuivre sa propre idée. C'est ce qu'elle a fait au lac Apache. On ne peut pas protéger les gens contre leur gré.

— Je sais.

— En plus, j'ai cru percevoir chez elle une froide résolution. Ça risque de ne rien arranger.

— Tu ne vas pas lui reprocher ça, tout de même ? Je suis déjà surpris qu'elle n'ait pas décidé de me faire la peau. J'ai été obligé de lui dire pour Kai Chi. Sinon, elle se lançait bille en tête à la recherche de Rudzak.

— Vrai ?

Galen se tourna de nouveau vers la cuisinière.

— Sauf que moi, reprit-il, j'arrêterais de me poser des questions sur ce qu'elle a en tête. Il vaut mieux se jeter à l'eau et voir comment elle réagit. Elle a dit qu'elle allait se préparer. J'imagine que tu n'as pas envie d'être pris par surprise.

Il avait ouvert la porte du four ; il considérait tristement son soufflé effondré pour la seconde fois.

— Quelle pitié ! soupira-t-il. Vous vous y entendez pour tout gâcher, vous deux. Ce soufflé était un chef-d'œuvre. Ça promettait d'être un petit-déjeuner magnifique.

— Qu'est-ce que tu fais ?

Sarah leva la tête. Logan se tenait sur le seuil de la chambre.

— À ton avis ? répondit-elle en jetant des dessous dans son sac de marin posé sur le lit. Je fais mes bagages. Je veux être prête quand Bassett sera prêt.

— Nous ne serons pas obligés de partir dans la minute.

— Je sais.

Elle fourra dans le sac un pull de laine et deux jeans.

— Mais je vais devenir folle si je reste à ne rien faire. Toi et Rudzak, vous êtes peut-être des monstres de patience. Pas moi. Je ne vis pas cette affaire comme un jeu.

— Moi non plus. Tu es injuste, Sarah.

— Qui sait ? Tu voudrais que je prenne les choses à la légère ?

— Non, pas à la légère. Mais tout de même. Tu les prends beaucoup trop à cœur.

Il vint auprès d'elle.

— Ça bouscule tous mes plans, mais tant pis.

Il était trop près d'elle, soudainement. Elle sentait la chaleur dégagée par son corps. Elle fit un pas de côté et retourna vers la commode.

— Je m'en fais pour ces gens, dit-elle. Ces gens qui travaillent à Dodsworth. Pas pour toi...

— Je sais, répondit-il d'un ton calme. Je sais que je ne suis plus trop dans tes petits papiers. Mais ça reviendra quand cette affaire sera terminée. Je saurai bien te faire changer d'avis.

Sarah se tut.

— On est obligés de travailler main dans la main, Sarah. Pas la peine de mettre tes sentiments en travers de la route.

C'était précisément ce qu'elle s'efforçait d'éviter. Elle s'employait à maintenir Logan à distance. Elle voulait absolument se faire une opinion sans se laisser troubler par les sentiments qu'il lui inspirait. Il y avait trop de vies en jeu.

— Je vais travailler avec toi, dit-elle en croisant son regard à l'autre bout de la chambre. Mais ne compte pas sur moi pour te donner autre chose. Je ne pourrai pas.

— Après, tu pourras. Comme tu viens de me le faire observer, je suis capable de beaucoup de patience.

— Le temps que toute cette affaire soit finie, tu auras peut-être changé d'avis.

— Je ne changerai pas d'avis.

Elle serrait dans sa main la poignée de la commode quand Logan quitta la chambre en refermant la porte. Boucle tes bagages et arrête de penser à lui ! Ne le laisse pas prendre de l'importance dans ta vie. En ce moment, il paraît décidé à prendre soin de toi, mais ça pourrait ne pas durer longtemps. Tu es trop différente de lui.

Et c'était très bien comme ça. Sarah n'avait aucune envie de changer. Elle n'avait pas envie d'être quelqu'un d'autre – elle voulait être elle-même, voilà tout. Elle appartenait à ce genre de femmes capables de prendre des décisions et de mener leur vie comme bon leur semble.

Ne pense pas à lui. Pense à Rudzak. Pense à protéger Dodsworth.

— Tu voudrais que je vienne chez toi ? répéta Eve. Mais pourquoi ?

— Pour Maggie. Elle va beaucoup mieux, mais j'ai besoin de quelqu'un pour veiller sur elle pendant mon absence.

— Je croyais que c'était une plaisanterie quand tu as proposé que Jane aille soigner ta louve.

— C'en était peut-être une à ce moment-là. Mais, aujourd'hui, c'est sérieux. J'ai besoin de ton aide. Tu peux venir ?

— C'est évident. Tu es accourue quand j'avais besoin de toi. Tu as retrouvé ma fille. J'arrive par le prochain avion.

— Merci. Ta mère pourra s'occuper de Jane ? Joe pourra t'accompagner ?

— Je vais voir si c'est possible. Il faut vraiment qu'il vienne aussi ?

— Je partirais plus tranquille s'il était ici avec toi. Je ne pense pas que tu risques le moindre danger en notre absence, mais je préfère savoir que Joe est auprès de toi.

— En notre absence ? Tu es avec quelqu'un ?

— Logan.

Le silence s'installa un instant sur la ligne.

— Est-ce que tu vas finir par m'expliquer ce qui se passe ? reprit Eve.

— Dès que tu seras ici, je te le dirai. Mais viens avec Joe, si c'est possible. Enfin, je ne devrais pas te dire ça. Il va sûrement te remettre dans le premier avion pour Atlanta dès que je lui aurai parlé de Rudzak...

Sarah se frotta nerveusement le front et poursuivit :

— Bon, c'est peut-être ce qu'il aura de mieux à faire. Ce sera à lui de voir.

— Tu ne pourrais pas être un peu plus claire, Sarah ?

— Excuse-moi. Je suis en plein brouillard, en ce moment. Mais je veux que tu saches que je ne le prendrais pas mal si tu décidais de ne pas venir. Il ne faut pas que tu te sentes obligée de...

— Oh, arrête ! Je t'appellerai quand je saurai l'heure de mon arrivée à Phoenix.

Eve raccrocha.

Sarah se dirigea vers le living. Voilà qui était fait. Il ne restait plus qu'à parler à Galen.

Mais le living était désert.

— Galen !

— Je suis là ! répondit Galen depuis la véranda. Je donne à manger à Maggie.

— J'ai appelé Eve, mon amie. Elle...

Sarah se pétrifia sur le seuil de la véranda. Galen était assis par terre, la tête de Maggie reposant sur la cuisse.

— C'est comme ça qu'on se fait arracher une partie du corps, dit-elle. Une partie à laquelle vous tenez beaucoup, j'imagine.

— Maggie et moi, on se comprend, répondit Galen en caressant la tête de la louve. On a pas mal discuté et on s'est aperçus qu'on avait plein de choses en commun. Pas vrai, Maggie ?

— Par exemple ? demanda Sarah.

— On a le même passé. Maggie a quitté sa cage pour la vie sauvage : moi aussi. On a le même instinct de survie.

Il fit un clin d'œil.

— En plus, on est sacrément intelligents, tous les deux. Ça tombe sous le sens...

— Moi-même, je n'en crois ni mes oreilles, ni mes yeux ! Bon, si vous vouliez bien éloigner votre jambe de quelques centimètres, d'accord ? Je suis sûre que vous vous comprenez à merveille, tous les deux, mais c'est moi qui ai ramené la louve ici. Et je lui ai fait pas mal de misères...

— Si ça peut vous faire plaisir.

Galen écarta sa cuisse avec précaution, sans cesser de caresser Maggie.

— Dire qu'il va me falloir quitter cette beauté et partir pour Dodsworth ! soupira-t-il. Le boulot me rappelle là-bas, désormais.

Sarah approuvait de la tête.

— J'ai appelé quelqu'un qui viendra s'occuper de Maggie. Eve Duncan. Joe Quinn sera avec elle. Ils arrivent aujourd'hui même.

— Vraiment ? La cabane est confortable, certes, mais petite.

— Je voulais m'assurer que vos hommes continueraient de surveiller le ranch. Eve et Joe doivent être protégés.

— Mes hommes ? Je m'apprêtais à les envoyer à Dodsworth.

— Envoyez-en d'autres. Logan a beaucoup d'argent.

— L'argent ne permet pas d'acheter l'entraînement. Ni l'aptitude à...

Il sourit.

— Mais qu'est-ce que je raconte ? Bien sûr que l'argent peut tout acheter. On a de la chance : j'ai déjà assez d'hommes sur place.

— Pourquoi vous vous amusez à me contrarier ?

— J'essaie de vous convaincre de rester plutôt ici. Logan me paie pour ça. C'est ce qu'il veut.

— Où est-il, au fait ?

— Sorti faire un tour avec Monty. Je crois qu'il avait besoin de se calmer après votre petite discussion de tout à l'heure.

Elle commença à s'éloigner, mais elle revint sur ses pas.

— Vous devriez appeler Franklin et le prévenir que je vais partir dans le quart d'heure qui suit. Je vais à Phoenix. Chez Logan.

— Pourquoi donc ?

— Je serai plus près de Bassett. Le temps qu'il finisse son travail. Logan estime que Bassett est un gros enjeu pour Rudzak.

— Pourquoi ne pas attendre ici ?

— À Phoenix, je serai aussi plus près de l'aéroport. Je veux aller accueillir Eve et Joe à leur descente d'avion.

— Un de mes hommes pourrait s'en occuper.

Sarah secouait la tête.

— J'ai l'intention de leur parler à l'aéroport. Qu'ils puissent reprendre un vol tout de suite, s'ils le jugent préférable.

— Autrement, vous les ramenez ici ?

— Non. Je les envoie ici. Comme vous l'avez observé vous-même, la cabane n'est pas grande. Les chambres ne sont pas très nombreuses.

— Logan se lancera à vos trousses.

— Je n'essaie pas de lui filer entre les doigts. Il peut m'accompagner si ça lui chante. De toute façon, je vais aller le retrouver. Je ne peux pas partir sans Monty.

— Il vous en sera reconnaissant, j'en suis sûr.

Logan ne lui en serait nullement reconnaissant. Il serait contrarié, au contraire. Et même furieux, sans doute, de cette initiative.

Eve, assise près du téléphone, venait de finir sa réservation. Elle se leva pour aller à la fenêtre regarder le lac.

Joe se promenait le long du rivage avec Jane. Il la regardait, l'air de prêter grande attention à ce qu'elle lui disait. Eve était obligée d'en convenir avec un plaisir mêlé de quelque amertume : Jane s'était rapprochée de Joe depuis que l'on avait retrouvé le corps de Bonnie, et un peu éloignée d'elle. Mais cette distance pouvait avoir du bon. Quand Eve serait venue à bout de son problème avec Jane, ils formeraient enfin une vraie famille.

Ce ne serait peut-être pas une mauvaise idée, de partir en voyage tous les trois, après leur retour de Phoenix. Dans une ambiance de vacances, Jane s'ouvrirait sans doute plus facilement ; et les malentendus pourraient s'effacer.

Oui, après Phoenix. Mais qu'arrivait-il à Sarah ? Qu'est-ce que Logan faisait avec elle ?

Il va se passer quelque chose.

Eve promena un regard sur le sommet de la colline, au-dessus lac.

Pourvu que non, ma chérie. Pourvu que non.

14

Ce même soir, Sarah et Logan étaient à l'aéroport de Phoenix pour accueillir Eve. Joe Quinn n'était pas venu.

Sarah ouvrit la bouche pour protester, mais Eve l'en empêcha d'un geste.

— Jane est assez perturbée comme ça. J'ai préféré qu'il reste auprès d'elle.

— Tu as des bagages ? demanda Logan.

Eve fit non de la tête et s'agenouilla pour caresser Monty.

— J'ai tout mis dans un petit sac à dos, dit-elle. J'ai pensé que ça suffirait.

Elle leva les yeux vers Sarah.

— J'ai eu tort ?

— Je ne crois pas, dit Sarah en fronçant les sourcils. Mais j'aurais préféré que tu viennes avec Joe. Tu lui as dit que...

— Je lui ai dit que tu avais besoin d'une baby-sitter pour ta louve.

Elle souriait quand elle se remit debout.

— Du reste, je n'en savais pas plus.

Elle prit la direction de la sortie.

— Il n'a pas trop aimé l'histoire de la louve, reprit-elle. Mais il se serait fâché si je lui avais demandé de m'accompagner pour jouer au garde du corps. Joe n'est pas du genre hyperprotecteur...

— C'est la meilleure, celle-là ! grommela Logan.

— Il n'est même pas hyperprotecteur du tout, insista Eve en lui jetant un regard appuyé. Et c'est quelque chose que j'apprécie beaucoup chez lui.

Elle ajouta sans le quitter des yeux :

— Toi, en revanche, tu es hyperprotecteur. Je m'étonne même que tu laisses Sarah s'embarquer dans une embrouille qui...

— Je n'ai pas le choix, dit-il. Mais elle, elle l'a. Alors si tu pouvais la dissuader de venir à Dodsworth, ce serait bien. Je vous mets toutes les deux sur un vol pour Atlanta.

— Dodsworth ?

— Je ne pars pas pour Atlanta, dit Sarah en fixant Logan dans les yeux. Et n'essaie pas de te servir d'Eve pour me pousser à changer d'avis. C'est moche, comme procédé.

— Pas aussi moche que ce que tu risques de trouver à Dodsworth.

Eve intervint :

— Et si vous me mettiez au courant ? Qu'est-ce qui se passe, au juste ?

— D'abord, soupira Logan en ouvrant la portière de la Jeep, je dépose Sarah à Phoenix, chez moi. Ensuite, je t'emmène à la cabane. J'aurai tout le temps de t'expliquer en route.

— C'est moi qui l'emmène, dit Sarah. C'est moi qui l'ai fait venir. C'est à moi de lui expliquer.

— Pas question ! dit Logan. Il faut conduire vite, Joe n'est pas là, donc c'est moi qui l'emmène.

Il ajouta :

— Sarah, je veux que tu restes barricadée dans la maison jusqu'à mon retour.

Il sourit.

— C'est toi-même qui voulais rester avec Bassett. Tu pourras peut-être le pousser à finir un peu plus vite...

— Eve, c'est plus important.

— Je suis d'accord, dit-il en faisant démarrer la Jeep. C'est pourquoi je veillerai sur elle comme sur la prunelle de mes yeux. Tu n'en doutes pas, j'espère...

Sarah regarda Eve, puis Logan. Elle pouvait presque distinguer les liens qui les attachaient encore, nés de mille souvenirs et expériences partagées. Elle secoua lentement la tête.

— Je n'en doute pas, soupira-t-elle. Tu as toujours veillé sur elle.

— Alors, fais-moi confiance pour cette fois aussi.

Sarah se tourna vers Eve de nouveau.

— Logan va t'expliquer, pour Rudzak. Si tu juges que tu cours le moindre danger, je veux que tu rentres chez toi. Si tu ne le sens pas, tu t'en vas, d'accord ?

Eve eut un sourire.

— Ne t'en fais pas. J'essaie de ne pas courir après les ennuis, ces temps-ci. La vie m'a filé un bon coup de main, récemment, et j'ai envie d'en profiter.

Pourtant, elle était venue dès que Sarah l'avait appelée.

— Tâche de t'en souvenir quand il te parlera de Rudzak, conclut Sarah.

Un quart d'heure plus tard, devant la maison de Phoenix, Sarah regardait la Jeep s'éloigner et franchir les portes à ouverture électronique. À bord, Logan et Eve bavardaient avec la plus grande décontraction, comme de vieux amis – ou comme s'ils étaient toujours amants, songea Sarah. Soudain, elle se sentit vide et seule. C'était stupide de rester là, à les regarder partir.

Elle appellerait Eve à la cabane. Elle appellerait aussi Joe pour lui dire ce qu'il en était. Enfin, peut-être. Elle en déciderait après avoir parlé à Eve.

Elle déciderait... Encore une décision à prendre. Faudrait-il qu'elle supporte éternellement le poids des vies et des choix ? Elle n'était pas le roi Salomon ! Elle n'était qu'une employée. Une employée travaillant dans une équipe de secours. Une employée qui s'efforçait de faire de son mieux. Comment pouvait-elle se retrouver piégée dans une aventure pareille ?

— Dieu soit loué ! Quelqu'un se décide enfin à venir relever la baby-sitter.

Margaret précédait Sarah dans la maison.

— J'ai mille trucs à faire et, croyez-moi, ce n'est pas facile avec Bassett sur les bras...

— Il y a des problèmes avec Bassett ?

— Pas que je sache. Sauf qu'il est incapable de se débrouiller tout seul et qu'il ne veut jamais m'écouter.

— Je ferai le maximum...

— Faites un petit quelque chose, ce sera déjà ça. Je garde la responsabilité. Logan compte sur moi : pas question de me défiler.

Elle scruta le visage de Sarah.

— Ça n'a pas l'air d'aller fort, dit-elle.

Sarah, d'un signe de tête, admit que c'était vrai.

— Bon, reprit Margaret. Tant mieux que vous soyez là ! Rien de tel que des repas réguliers et un peu d'exercice physique pour rester maître de ses nerfs. Je vais aller arracher Bassett à son labo. On ira faire tous les trois une promenade roborative dans le parc.

— Je n'ai pas besoin de...

Margaret s'éloignait déjà. Sarah laissa échapper un soupir résigné. Apparemment, elle se retrouvait placée sous la ferme protection de Margaret. Elle n'aurait jamais dû reconnaître qu'elle n'était pas au mieux de sa forme.

Quelques minutes plus tard, Bassett apparaissait dans l'entrée ; il vint aussitôt à sa rencontre.

— Salut ! Heureux que vous soyez de retour. Je me sentais un peu seul, ici.

Il sortait de son laboratoire, les cheveux ébouriffés et les yeux cernés. Manifestement, il travaillait jour et nuit.

— Seul ? répondit-elle. Comment peut-on se sentir seul avec une Margaret pour maîtresse de maison ?

— Margaret tient de la mère et du dictateur. Elle me prépare à manger, elle m'emmène en promenade, elle n'arrête pas de m'interrompre dans mon travail.

— Elle a raison.

— J'apprécierais la compagnie de quelqu'un qui ne soit pas tout le temps après moi.

— Vous ne devriez plus rester seul très longtemps. Logan m'a dit que vous aviez presque fini. On ne devrait pas tarder à gagner Dodsworth.

Bassett s'apaisa.

— Logan vous a parlé de Dodsworth ?

Un sourire de satisfaction se dessina sur ses lèvres.

— Tant mieux, dit-il. Cela ne me plaisait pas de vous faire des réponses laconiques, après que vous aviez contribué à me tirer d'affaire dans la jungle. Mais il le fallait bien, n'est-ce pas ? Le sang artificiel est une cible prioritaire dans l'espionnage industriel, aussi...

Sarah leva la main.

— Affaire classée, dit-elle. N'en parlons plus. Tant qu'aucun danger ne menace les employés de Dodsworth, tant que personne ne risque rien, je ne tire pas la sonnette d'alarme.

Le sourire de Bassett s'évanouit.

— Nous avons tous accepté ce boulot en connaissance de cause, dit-il.

— Tout de même : vous ne saviez pas pour Rudzak.

— Non, c'est vrai. J'imagine que je ne savais pas. Mais je tiens à être dans ce bateau. Cette recherche me passionne...

— Vous aurez bientôt vos résultats ?

— J'en ai encore pour cinq jours, au moins. Je travaille aussi dur que possible. Mais il y a beaucoup d'heures dans une journée.

Sarah plissa les yeux.

— Et vous n'en consacrez pas beaucoup au sommeil.

— Je vous l'ai dit, cette recherche est un rêve pour moi. J'imagine que vous pouvez comprendre, maintenant que vous savez de quoi il s'agit.

— Je comprends parfaitement, dit-elle en opinant du chef. Mais vous n'êtes pas obligé d'y laisser votre peau.

— Je survivrai. Des gens meurent tous les jours, qui pourront être sauvés si nous atteignons notre objectif. Et qu'est-ce que ça me coûte ? Un peu d'épuisement...

Il se frottait la nuque.

— J'essaie d'aller en promenade tous les jours, reprit-il, histoire de me détendre les méninges. Vous voulez bien m'accompagner ?

— Je croyais que c'était le boulot de Margaret. Je n'ai pas envie de marcher sur ses plates-bandes. Elle risquerait de se vexer.

Bassett fit la grimace.

— Elle n'a qu'à venir avec nous. Ce que j'aime, moi, c'est aller d'un pas tranquille. Elle, il faut toujours qu'elle arpente le terrain comme un officier nazi.

— Je veux bien venir, finit par consentir Sarah. Si vous pouvez attendre que j'aie donné à boire à mon chien.

— Je peux attendre. Et peut-être qu'on pourra avoir une vraie conversation.

Il s'appuya au chambranle de la porte.

— Vous savez, je me sens un peu seul, comme je vous l'ai dit. Je n'ai personne à qui parler. Ma femme me trouve trop grégaire pour un scientifique...

Il gloussa.

— Autrement dit, elle me prend pour un vrai moulin à paroles. Je réponds que je fais un travail très solitaire. Alors, quand je sors du labo, c'est comme si j'ouvrais les vannes.

— Comment va-t-elle, votre femme ?

— Bien. Elle me manque. Je l'appelle tous les jours, mais ce n'est pas pareil. Cette semaine, elle emmène notre fils en vacances aux Bahamas. On a passé notre lune de miel là-bas. J'aimerais tellement partir avec eux. Vous savez que la plongée est un sport fantastique... Mais je cause, je cause...

— Vous pourrez causer tant que vous voudrez dès que j'aurai donné à boire à Monty. Ni lui ni moi ne sommes très bavards, mais au moins nous savons écouter.

— Vous parlez de votre chien comme si c'était un être humain...

Il se tut une seconde, hocha la tête et poursuivit :

— Je comprends. Monty est partie prenante dans votre travail, lequel travail est votre passion.

— Monty est plus que cela. C'est un ami.

— Heureux Monty, soupira Bassett d'un ton mélancolique. Je n'ai jamais eu de temps à consacrer à l'amitié. C'est à peine si j'ai trouvé le loisir d'être un mari honnête. Et un père.

— Vous êtes jeune. Vous avez plein de temps devant vous.

Elle fit signe à Monty de prendre le chemin de la cuisine, et ajouta tristement :

— Sauf si vous laissez encore Logan vous pousser dans un autre projet du même genre.

— Logan ne m'a jamais poussé, Sarah. Ce n'est pas son style.

— À part quand il juge que c'est nécessaire.

Mais elle savait ce que Bassett voulait dire. Le style habituel de Logan, c'était la séduction et les manœuvres subtiles – méthodes grâce auxquelles il finissait toujours par obtenir ce qu'il voulait. Et Sarah était particulièrement bien placée pour savoir que ce charme pouvait quelquefois se révéler très puissant. Logan l'avait prise dans ses filets et, depuis, il la tenait.

— Vous lui en voulez toujours ? dit Bassett. J'aurais cru que vous finiriez par comprendre que c'est vraiment un gars génial.

— Je ne lui en veux pas.

Elle aurait préféré lui en vouloir, c'est sûr. Tout serait tellement plus facile, si elle ne connaissait pas Logan aussi bien. Mais elle l'avait connu dans des moments où il était vulnérable. Elle avait apprécié son humour et sa détermination. S'éloigner de lui serait chose douloureuse... Allons, à quoi pensait-elle encore ? C'est lui, sans doute, qui s'éloignerait d'elle ! Ils avaient couché ensemble, certes, mais qu'est-ce que ça signifiait ? En ce moment même, il roulait en compagnie d'une femme avec laquelle il avait eu une liaison voici un an à peine. Avec quelle femme serait-il, l'année prochaine ?

— Je l'admire, même, expliqua-t-elle à Bassett. Mais je ne crois pas qu'il ait raison à cent pour cent vingt-quatre heures sur vingt-quatre.

Monty l'attendait dans la cuisine.

— J'arrive dans une minute, ajouta-t-elle. Je donne à boire à mon chien. Ensuite, on ira chercher Margaret.

— Si je ne te connaissais pas mieux, je jurerais que tu es tout simplement dépourvu de conscience.

Eve s'adressait à Logan, et elle employait un ton sévère.

— Tu ne devrais pas entraîner Sarah dans cette histoire.

— Tu prêches un convaincu.

Il gara la Jeep devant la cabane et coupa le contact.

— Mais c'est trop tard, maintenant. Il ne me reste plus qu'à faire mon possible pour la protéger.

— Pour autant que tu sois en mesure de protéger aussi Dodsworth. Je ne voudrais pas avoir à assumer une telle responsabilité.

— Moi non plus, répliqua Logan dont les mains se crispaient sur le volant. Tu sais que je ne suis pas un saint, Eve. Je suis arrogant. Je suis égoïste. Et aussi têtu qu'il est possible de l'être. J'ai fait une erreur en laissant vivre Rudzak. C'était il y a des années. Et, aujourd'hui, je suis forcé de corriger cette erreur. Dodsworth, c'est mon appât. Et je vais mener cette affaire à bien.

— Si Sarah te laisse faire.

— Elle me laissera faire. Je me suis assuré que le système de sécurité est parfaitement au point. Elle verra que Rudzak ne peut pas avoir la moindre chance.

Ils se turent une minute. Eve reprit :

— Tu disais que Rudzak allait s'en prendre à tous ceux qui te sont proches. Est-ce que ça inclut ma famille et moi ?

— Probablement pas. Depuis que Rudzak a refait surface, j'ai mis ton cottage sous surveillance. Deux hommes sont là en permanence. Mais c'était une simple précaution.

Il grimaça un sourire désabusé.

— L'histoire ancienne, ça ne l'intéresse pas.

— Mais tu as toujours été mon ami.

— Je sais. Et ça me suffit.

Il resta silencieux un instant.

— Appelle Quinn et demande-lui de venir te rejoindre, dit-il. Sarah se sentira rassurée.

— Pas toi ?

— Vous serez en sécurité ici. Très probablement. Des gens à nous vous surveilleront. Depuis les hauteurs, ils ont une vue très nette sur la cabane. Alors qu'un cottage planqué au milieu des bois, ce n'est pas facile à surveiller. Tu en as fait l'expérience toi-même, quand ce tueur te harcelait.

Ce rappel valut à Eve un frisson.

— Rudzak ne serait pas aussi intelligent que Dom.

— Ne te fais pas trop d'illusions à ce sujet. Il a réussi à piéger Sarah. Et Dieu sait qu'elle est douée !

— Oui, dit Eve en plissant le front. Je vais y réfléchir.

Elle descendit de voiture et attrapa son sac à dos.

— Ne te donne pas la peine de m'accompagner, reprit-elle. Je me présenterai moi-même à Galen. Je sais que tu as hâte de retourner auprès de Sarah. Tu as l'air de beaucoup t'inquiéter pour elle.

— C'est le cas. Je m'inquiète tout le temps.

— Mais les vigiles de ta maison de Phoenix sont...

Elle se tut brusquement et fixa son regard sur le visage de Logan.

— Mon Dieu...

Il approuva :

— Elle aussi est une cible pour Rudzak, fit-il d'un ton moqueur. Pas moyen d'y échapper. Quinn se foutrait de moi s'il était là. Il m'a toujours dit que je ne t'aimais pas assez. « Ça devrait être une obsession ! » disait-il. Je ne comprenais pas ce qu'il entendait par là, à l'époque. Aujourd'hui, je comprends. Je comprends même très bien. Sarah est devenue pour moi une obsession.

— S'il arrive quelque chose à ces gens, à Dodsworth, elle t'en voudra à mort, Logan.

— Je m'en voudrai moi-même à mort.

Il remit en route le moteur de la Jeep.

— Appelle-la, dit-il. Dis-lui que tu vas demander à Quinn de te rejoindre ici. Elle se fait énormément de souci pour Dodsworth. S'il faut, en plus, qu'elle s'en fasse à ton sujet...

Logan avait repris la route de Phoenix quand le téléphone sonna.

— J'ai rencontré ta petite Sarah, dit Rudzak. Elle t'a raconté le bon moment qu'on a passé, tous les deux ? Elle est intéressante, comme femme. Pas vraiment aussi fascinante que Chen Li, bien entendu, mais Chen Li, tu n'as jamais été assez sophistiqué pour l'apprécier à sa juste valeur, de toute façon. Ça ne m'a pas surpris de te voir t'attacher à quelqu'un d'aussi brut et loyal que Sarah Patrick.

— Elle a travaillé pour moi, c'est tout. Je ne suis pas attaché à elle.

— Trop tard pour me raconter des mensonges. Je vous ai vus ensemble. J'ai très bien compris...

— Tu n'as rien compris. Ça fait longtemps que tu n'as pas traîné autour de moi. Je ne suis plus l'homme que tu as connu il y a des années.

— Tu as mûri. Tu as gagné en expérience. Mais le fond reste le même. Tu es attaché à elle. Et c'est pitié de voir comme tu deviens sentimental. Regarde ta réaction quand j'ai fait ce qu'il fallait pour Chen Li. Est-ce qu'elle ne faisait pas peine à voir ?

— D'accord. J'aurais mieux fait de te briser le cou, alors. Mais je vais le faire bientôt.

Rudzak éclata de rire.

— Il faudra d'abord me pincer, Logan. Alors, cherche ! Trouve-moi ! Je t'attends. Oh ! Tant que j'y pense, le peigne. Ce n'était pas pour Sarah. Ni pour personne du lac Apache. C'était juste comme ça. Un simple exercice. Chen Li n'y tenait pas vraiment, à ce peigne.

Logan se raidit.

— Pourquoi l'avoir laissé dans la Jeep, alors ?

— Le peigne n'était pas pour Sarah, Logan.

Rudzak coupa la communication.

15

— Où est Jane ?

C'était le lendemain matin. Logan avait à peine décroché qu'Eve lui posait la question.

— Tu m'avais dit qu'ils ne risquaient rien, reprit-elle. Où est Jane, bon sang ?

— Quoi ? fit Logan.

Il se sentit envahi d'une bouffée de panique.

— De quoi tu parles ?

— Je te parle de Jane ! Joe vient de m'appeler. Elle a disparu...

— Elle a disparu d'où ? demanda Logan.

— Elle était chez ma mère à Atlanta. Joe l'a déposée là-bas hier au soir. Puisque je lui avais dit de me rejoindre ici aujourd'hui même. Ma mère est entrée dans la chambre de Jane pour la prévenir que le petit-déjeuner était prêt : la gosse n'y était plus. Bon Dieu, Logan ! Tu m'as bien affirmé qu'ils ne risquaient rien !

— Il y a des traces d'effraction ?

— Non, je ne crois pas. Joe est reparti chez ma mère. Il voulait se rendre compte sur place. Parler à ma mère et fouiller la maison...

— Ça ne pourrait pas être une fugue ? La petite était contrariée, ces derniers temps...

— Pas assez pour fuguer.

Logan partageait la même impression. Autrement dit, ils étaient dans la merde.

Le peigne n'était pas pour Sarah, Logan.

Depuis la veille au soir, cette phrase le tourmentait comme une griffe dans sa chair.

Le peigne était-il destiné à la petite Jane MacGuire ?

— Pourquoi tu ne dis plus rien ? demanda Eve.

— Je réfléchis. Laisse-moi téléphoner à Galen, d'accord ? Il n'aurait jamais laissé Joe déposer la gosse chez ta mère sans placer la maison sous surveillance.

— Alors, appelle-le. Et rappelle-moi aussitôt après...

La voix d'Eve se brisait.

— Rends-moi ma petite Jane, Logan. Je n'ai pas envie de perdre ma deuxième fille.

Elle raccrocha.

— Qu'est-ce qui ne va pas ? dit Sarah qui venait d'entrer dans le séjour. Qu'est-ce qui se passe avec Jane ?

— Elle a disparu de chez sa grand-mère, répondit Logan en composant vivement le numéro de Galen. Eve est au bord de la panique.

— Tu m'étonnes. Ça la replonge dans l'enlèvement de Boonie et toute l'horreur qu'elle...

— Galen ! dit Logan. Qu'est-ce que tu as foutu à Atlanta ? C'est le bordel, là-bas. Jane MacGuire a disparu.

— La gosse ? Impossible. J'ai placé deux de mes meilleurs hommes en faction devant chez sa grand-mère. S'il y avait le moindre problème, ils m'auraient appelé...

— Ils ont merdé, tes deux meilleurs hommes. La gamine a disparu. Appelle-les et demande-leur s'ils n'auraient pas remarqué quelque chose, putain !

Il raccrocha.

— Galen ne sait rien. Il dit que la maison est bien gardée.

— Rudzak, dit Sarah dans un souffle de voix.

— Je ne sais pas.

— C'est juste une fillette, Logan...

Elle frissonna.

— Mais ces ados, au lac Apache, c'étaient aussi des enfants. Non ? Il s'en fout.

— C'est vrai. Il s'en fout.

Logan pinça les lèvres.

— Mais ne tirons pas de conclusions trop vite.

— Au contraire, tirons-en. Ce type est un monstre, non ?

Elle tendit la main vers le téléphone.

— Je rappelle Eve.

— Minute. Pas tout de suite...

— C'est moi qui l'ai fait venir à la cabane. Si elle était restée avec sa fille, ça ne serait peut-être pas arrivé.

— Qu'est-ce que tu veux lui dire ? Que tu es désolée ? Tu crois qu'elle se sentira mieux parce que tu lui auras présenté des excuses ? Tu ferais mieux de ne pas encombrer sa ligne, au cas où quelqu'un essaierait de la joindre.

— Comme la police, par exemple, murmura Sarah. Ce n'est pas ce qu'on dit aux gens quand un enfant disparaît ?

— Quinn s'occupe de l'affaire. Il s'efforce de retrouver Jane. Dès qu'il saura quelque chose, il voudra rappeler Eve.

Logan se tut un instant.

— Ça ne peut pas être Rudzak, Sarah.

— Alors, c'est une coïncidence ? Tu avais dit la même chose en parlant de Kai Chi.

L'argument était solide.

— Ne tire pas de conclusions trop vite, répéta-t-il.

Sarah se dirigea vers la porte.

— Pas avant qu'on ait retrouvé un des objets précieux de Chen Li près du corps de Jane, tu veux dire ?

Elle avait jeté ces mots en quittant la pièce, et Logan s'estima heureux de ne pas être obligé de la regarder en face à ce moment précis.

Le peigne n'était pas pour Sarah.

— Des nouvelles de la petite ? demanda Margaret.

Elle et Sarah se dirigeaient vers l'entrée. Sarah fit non de la tête.

— Les hommes de Galen jurent qu'ils n'ont vu personne rôder aux alentours de la maison.

— C'est plutôt une bonne nouvelle...

— Ou la confirmation de l'habileté de Rudzak. Mais je refuse d'attendre plus longtemps. Je rentre à la cabane. Je vais parler à Eve.

— Ça ne servira à rien. Vous ne serez d'aucune utilité là-bas...

— Je serai auprès d'elle. Bonté divine ! il fait presque nuit. Et la disparition de la petite a été constatée ce matin. J'espérais qu'il y aurait du nouveau rapidement...

— Attendez encore un peu, Sarah, insista Margaret avec une douceur pressante. Allons plutôt marcher un peu avec Bassett. Si Logan n'a rien trouvé à notre retour, vous pourrez filer à votre cabane. Je vous couvrirai vis-à-vis de Logan...

— Je n'ai pas besoin d'être couverte vis-à-vis de Logan !

— Alors, c'est vous qui me couvrirez quand il me reprochera de ne pas avoir fait mon boulot. Je suis censée vous empêcher de penser à Jane...

— Logan vous a demandé ça ?

Margaret secoua la tête et ouvrit la porte.

— C'était implicite, reprit-elle. C'est souvent comme ça, du reste. Ah ! Bassett est déjà prêt. Il nous attend.

Sarah haussa les épaules. « Un quart d'heure de plus ou de moins, se dit-elle, qu'est-ce que ça change, après tout ? »

— D'accord, fit-elle.

— Formidable ! dit Margaret.

Dépassant Bassett, elle partit d'un pas vif et mit le cap sur le parc qui couvrait l'arrière de la propriété.

— Lâchez-vous, Bassett ! lui lança-t-elle. Aérez-moi ces méninges.

— Bien, madame, répondit Bassett en adressant un clin d'œil à Sarah.

Il se mit en route à son tour.

— J'arrive, j'arrive. Cette femme est le fléau de mon existence...

Il ajouta plus bas :

— Logan m'a dit pour cette petite fille qui a disparu. Il y a du nouveau ?

Sarah secoua la tête et régla son pas sur celui de Bassett.

— Galen a pris un vol pour Atlanta cet après-midi. Il devait être en train de parler avec Joe, à l'heure qu'il était.

— Tout va sûrement s'arranger, dit Bassett d'un ton rassurant. Les gosses sont drôles, vous savez. Si ça se trouve, elle se cache quelque part. Elle aura voulu attirer l'attention sur elle.

— Ça ne lui ressemble pas.

— Ou alors, c'est sa grand-mère qui...

— Dépêchons ! cria Margaret.

Elle salua d'un signe le vigile en sentinelle près du portail.

— Bonjour, Booker ! Je suis sûre que vous n'avez encore jamais vu deux traînards pareils ! Si ?

Le visage du vigile s'éclaira d'un sourire.

— Je suis obligé de répondre ? dit-il.

— Vous êtes un lâche, Booker.

Margaret emprunta le chemin qui faisait le tour de la maison.

— Allez, allez ! Ce n'est pas un bon exercice si ça n'accélère pas votre rythme cardiaque.

— On arrive, répondit Bassett en accélérant le pas. On vous rejoint dans une minute.

Ils ne la rejoignaient pas du tout, pour la bonne raison que Margaret avait déjà pris trente bons mètres d'avance. Elle fit brusquement demi-tour et leur adressa un signe dédaigneux.

— Je vous ai pourtant dit que vous devriez vous remuer...

Elle se raidit. Son regard se fixa sur le portail.

— Booker ?

La louve hurla de nouveau à la mort. Eve eut l'impression de hurler elle aussi – intérieurement.

Mon Dieu, faites que Jane aille bien !

Il faut aller voir Maggie. Elle a peut-être besoin de quelque chose. Et puis, c'était une occupation. Eve gagna la véranda et entrebâilla la porte. La louve lui lança un regard de reproche, puis dressa la tête et hurla une fois de plus.

— Je ne peux rien faire pour toi, murmura Eve. Je ne peux pas les faire revenir.

Elle ne pouvait rien faire non plus pour elle-même.

Ni pour Jane.

Merde, Logan ! Dépêche-toi de la retrouver...

Elle tressaillit. On avait frappé à la porte d'entrée.

Elle traversa lentement le living.

S'ils avaient retrouvé Jane, ils auraient appelé tout de suite. Quand les gens se déplacent, c'est pour apporter une mauvaise nouvelle. Les policiers, par exemple. Ils viennent frapper à votre porte, vous allez ouvrir et ils vous disent qu'ils sont désolés, mais que votre petite fille est morte.

Bonnie.

Non. C'était Jane, cette fois. Et Dieu ne pouvait pas vouloir que Jane meure aussi. Il existait des lois universelles pour interdire ce genre de...

On frappa encore.

La louve hurla.

Eve appuya un moment sa tête contre la porte. Vas-y. Affronte la réalité. Elle recula d'un pas et ouvrit.

Herb Booker se cramponnait au portail, le regard fixé devant lui sur un point invisible. Le sang lui ruisselait sur l'épaule. Son corps se tordit.

— Merde ! on lui a tiré dessus, cria Bassett en se mettant à courir dans l'allée. Il faut aller l'aider.

Un coup de feu ? Sarah sentit la panique l'envahir.

— Bassett ! s'exclama-t-elle, ne vous approchez pas du portail !

— Couchez-vous à terre ! hurla Margaret à son tour.

Comme Bassett, elle courait vers le corps de Booker.

— Baissez-vous ! dit-elle.

— Mais bon Dieu, qu'est-ce qui se passe ? On dirait que Booker s'est fait...

Il pivota brusquement en se tenant le poignet.

Un nouveau coup de feu retentit.

Sarah vit une giclée de sang jaillir de la poitrine de Margaret qui, lentement, tomba à genoux.

— Sarah ? prononça-t-elle, incrédule.

Sarah hurla et se précipita vers elle.

— Appelez la sécurité, dit Bassett, hébété.

Il serrait toujours son poignet ; le sang ruisselait entre ses doigts.

— Bonté divine ! appelez la sécurité...

— Couchez-vous à terre et ne bougez plus ! hurla Sarah. Vous n'êtes d'aucune utilité, là ! Monty, reste avec lui.

Une balle siffla tout près de sa joue au moment où elle s'agenouillait. Margaret s'effondra.

— Margaret ?

Margaret avait les yeux grands ouverts, le regard figé.

— Restez à... terre, bredouilla-t-elle.

Sarah s'aperçut qu'elle continuait de donner des ordres. Était-il possible de l'emmener de là ? Il valait mieux ne pas déplacer la balle qui l'avait touchée.

Sarah avait besoin d'aide. Elle avait besoin d'aide !

Elle ouvrit la bouche et se mit à hurler.

— Je sais que tu vas m'en vouloir à mort.

Jane redressait les épaules et affichait un air belliqueux. Eve prit une grande inspiration, ouvrit les bras et étreignit le corps fluet de sa fille.

— Je ne vais pas exploser tout de suite, dit-elle...

Elle dut s'éclaircir la gorge.

— Laisse-moi encore une minute. Après, je t'étrangle.

— Je savais que tu serais furibarde, reprit Jane. J'aurais bien appelé Joe, ou ta mère, mais ils m'auraient empêchée de venir ici. Ils me prennent pour une gosse...

— Tu es une gosse, bonté divine !

Jane lui jeta un regard farouche.

— D'accord.

Sauf que Jane n'était pas plus une gosse qu'Eve au même âge. Toutes les deux, elles avaient grandi dans la rue ; à toutes les deux, on avait volé leur enfance.

— Tu aurais dû te montrer assez adulte pour ne pas m'infliger une telle souffrance, hasarda Eve...

— Tu ne m'aurais pas laissée venir, répliqua Jane en reculant d'un pas. Mais bon. Je suis là, maintenant, non ? Tu ne crois pas que tu devrais appeler Joe et le prévenir ? Je suis là !

— Oui.

Eve n'avait plus envie de bouger. Elle n'avait d'autre envie que de continuer à regarder sa fille.

— Comment tu as fait pour venir ?

— J'ai acheté un billet sur Internet. J'ai payé avec ta carte de crédit, au fait. Je te dois du fric.

— Et ils t'ont laissée embarquer dans l'avion...

— J'ai fait en sorte. C'est la louve qu'on entend, là ? Où est-elle ?

— Sous la véranda. Derrière. Et de l'aéroport jusqu'ici, tu es venue comment ?

— En stop.

Elle leva les mains pour parer aux protestations d'Eve.

— Je sais, c'est dangereux. Mais j'ai été prise par un couple de vieux. Ils m'ont fait la morale pendant toute la route. Ils ont attendu là-bas, dans leur camion, jusqu'à ce que tu viennes ouvrir. J'ai envie de voir la louve.

Eve lui indiqua la porte de la véranda, au fond du living.

— Appelle Joe, reprit Jane. Tu auras tout le temps de m'engueuler après.

— Ça, tu peux y compter, rétorqua Eve en allant au téléphone. Ne t'approche pas de Maggie. Elle est mal lunée.

— Ah bon ? Pourquoi ?

— Je crois qu'elle se sent seule.

Jane regarda Eve par-dessus son épaule.

— C'est moche d'être seule. Ça... ça fait souffrir.

— Comme tu dis.

— Appelle Joe.

Sarah entendit une autre balle lui siffler à l'oreille. Elle essayait de faire de son corps un bouclier pour Margaret, tout en protégeant la blessure avec ses mains.

— Sarah ! cria Logan en accourant vers elle depuis la maison, Juan Lopez sur les talons. Planque-toi derrière les arbres, bon Dieu !

— C'est ce que je vais essayer de faire, répondit Sarah. Occupe-toi plutôt de Bassett et de Booker. Ils sont touchés...

— Lopez ! Appelle le 911.

Des pneus crissèrent de l'autre côté du portail ; une Lexus noire passa devant l'entrée de la propriété et redescendit rapidement la rue.

Lopez courut et franchit le portail ; il ne put que regarder la voiture s'éloigner et disparaître.

— Fils de pute !

— Oublie-le, dit Logan. Appelle le 911, je t'ai dit.

— Margaret va tenir le coup ? demanda Bassett en s'approchant.

Il tenait toujours son poignet ensanglanté.

— Pourquoi ils ont fait ça ? reprit-il. Je croyais qu'on était en sécurité, ici. Elle va s'en sortir ?

— Ça va aller, répondit Sarah.

Mon Dieu, elle n'arrivait pas à empêcher cette sacrée hémorragie.

— Ne vous endormez pas, Margaret. Restez avec nous.

Eve avait rejoint Jane sur le seuil de la véranda.

— J'ai essayé d'appeler Logan, mais ça ne répond pas. J'ai laissé un message. Tu lui as attiré un paquet d'ennuis. J'ai tout de même pu parler à Joe. Il prend le prochain avion. Il a dit qu'il allait te scalper. J'ai répondu que je me chargerais de t'attacher au poteau. Ça lui facilitera le boulot...

— Comme elle est belle !

Jane n'arrivait plus à détacher les yeux de la louve.

— Mais tu as raison, dit-elle. Elle est mal lunée. C'est une bonne chose que je sois là maintenant pour m'occuper d'elle.

— Toi ?

— Ça ne lui plaît pas, à Joe, que tu sois venue ici t'occuper de cette louve. Je peux te le dire. Alors, à partir de maintenant, c'est moi qui m'en charge.

— Tu t'occuperas aussi de moi ?

Jane glissa un regard à Eve.

— Bien sûr. Je peux faire ça. Je ne suis pas Bonnie.

Je n'ai jamais été Bonnie à tes yeux. Et je ne crois pas que j'aimerais être elle. J'ai parlé de Bonnie avec ta mère. Elle était tellement bien, Bonnie ! Je ne sais même pas si je l'aurais appréciée.

— Tu l'aurais appréciée.

— Peut-être. En tout cas, toi, je t'apprécie.

Elle regarda de nouveau la louve.

— Non seulement je t'apprécie, dit-elle, mais je t'aime. Hier après-midi, après ton départ, je suis montée sur la colline. Je suis allée voir la tombe.

Eve n'avait pas bronché.

— Pourquoi tu as fait ça ?

— Je ne sais pas. Je l'ai fait, c'est tout. C'est là que j'en suis venue à me dire que tu l'aimais toujours et que ça n'avait pas d'importance. Je ne suis pas aussi bien qu'elle, mais je suis capable de faire des trucs pour toi. Des trucs qu'elle n'aurait jamais pu faire. Elle ne se serait pas occupée de toi comme je saurai le faire. Je suis dégourdie. Je sais plein de choses, comme toi. Ça doit pouvoir compter, non ?

— Ça compte énormément.

— Alors, tu as de la chance de m'avoir.

— J'ai beaucoup de chance, oui...

Jane lui lança un regard furieux.

— Tu ne vas pas te mettre à pleurer, hein ?

Eve secoua silencieusement la tête ; elle retenait ses larmes.

— Je ne l'aurais pas cru, dit-elle d'une voix qui se brisait.

Elle s'éclaircit la gorge et ajouta vivement :

— Je n'aurais pas cru que tu pouvais être aussi raisonnable.

— Bien, soupira Jane. Ce serait idiot de pleurer.

Elle s'approcha de la louve et ajouta :

— Maintenant, montre-moi comment on s'y prend avec Maggie.

À l'hôpital, Sarah se raidit quand Logan pénétra dans la salle d'attente.

— Ils vont la sauver ?

— Je ne sais pas. Ils ont réussi à extraire les balles. Mais son état est critique. Elle risque de rester pas mal de temps sur le fil du rasoir.

Il se laissa tomber dans un fauteuil et se prit le visage dans les mains.

— Vraiment, je ne sais pas.

Sarah resta un instant silencieuse.

— Tu l'as comme assistante depuis longtemps ?

— Presque quinze ans.

Il releva la tête ; il avait les yeux hagards.

— Toutes ces années à bosser ensemble. C'est comme appartenir à la même famille. Je n'aurais pas cru que Rudzak... Je ne m'imaginais pas qu'elle risquait quelque chose.

— Elle s'est trouvée derrière le portail électrique. Comme les gardiens.

— Ça n'aurait pas dû arriver. J'aurais dû me montrer plus prudent. J'aurais dû leur interdire ces promenades, à elle et Bassett.

— C'était sans danger tant qu'ils ne s'approchaient pas des grilles. C'est le seul endroit où ils étaient assez à découvert pour se faire tirer dessus. Tu ne pouvais pas deviner que le tireur commencerait par prendre Booker pour cible. C'était le bon moyen pour attirer Margaret près du portail...

— Ça ne veut pas dire que je ne suis pas responsable. J'aurais dû...

— Ça suffit.

Elle dressait les mains devant elle.

— Tu as fait tout ce que tu as pu. Tu n'es pas devin. Et encore moins Dieu. Alors, arrête de t'accuser, merde !

Logan fit un effort pour sourire.

— Merci, dit-il. Ça fait du bien d'entendre de douces paroles de réconfort...

— Tu as envie d'entendre de douces paroles de réconfort ?

Elle ravalait ses larmes.

— Alors pardon, reprit-elle, mais je ne peux pas. Je suis comme je suis. Si j'avais le pouvoir de te délivrer de tout ça, je le ferais. Au moins, Booker et Bassett vont s'en sortir. C'est déjà ça. Le docteur dit que Booker est tiré d'affaire. Quant à Bassett, il a une vilaine blessure à la main, c'est tout...

— Il a été salement secoué. Il voudrait aller terminer ses recherches à Dodsworth.

— Il sait pourtant qu'à Dodsworth aussi, il courra des risques.

— Il en a suffisamment couru ici. J'incline à penser comme lui. Dodsworth est un endroit sûr...

Il quitta son fauteuil.

— J'ai besoin de bouger, dit-il. Tu veux que j'aille te chercher un café à la machine ?

Sarah fit non de la tête.

— J'ai demandé à Lopez de préparer tes affaires, dit-il. Galen va arriver. Il vous emmènera à Dodsworth, Bassett et toi...

— Pourquoi moi ?

— Je suis obligé de rester ici. Et je veux que tu sois quelque part où Galen puisse veiller sur ta sécurité. Galen étant tenu de rester à Dodsworth...

Sarah répliqua vivement :

— L'idée ne t'a pas effleuré que je puisse avoir envie de rester avec toi ?

— Ça m'a effleuré, soupira Logan. Même si tes sentiments à mon égard ne sont pas spécialement tendres...

Il lui caressa la joue.

— Si tu veux vraiment m'aider, reprit-il, alors il

faut que tu partes pour Dodsworth. Que je ne sois pas obligé, en plus, de me tourmenter pour toi...

— Sauf que je n'ai pas envie de...

— Et ces gens, sur place ? Tu disais vouloir tirer le signal d'alarme. Tu as oublié ?

— Je n'ai pas oublié.

— Alors, vas-y. Et assure-toi que Galen fait correctement son boulot. Je vous rejoindrai dès que l'état de Margaret donnera des signes d'amélioration.

Bon sang, mais il souffrait ! Elle n'avait aucune envie de l'abandonner dans un moment pareil. Au contraire, elle voulait être auprès de lui, l'aider à tenir le coup après la nuit atroce qu'il venait de traverser. Comme lui-même l'avait aidée, elle, à tenir le coup après le lac Apache.

— Rudzak sera bientôt à Dodsworth, Sarah. J'en suis sûr et certain. Je n'ai pas besoin de toi ici. Ni envie que tu restes.

Il quitta la salle d'attente.

Elle le rattrapa dans le couloir.

— Ne me traite pas comme ça !

Elle le prit par la taille et le fit pivoter avec force.

— Je n'ai pas envie de te laisser, dit-elle. Et toi, tu as envie de m'avoir ici, auprès de toi. Je sais que tu veux me protéger. Et que je pourrais t'aider...

Elle soupira.

— Mais je vais partir pour Dodsworth, poursuivit-elle en laissant tomber ses bras. Je veux veiller à ce qu'il n'arrive rien à ces gens. Je préfère encore ça. Je ne veux pas que tu sois rongé de culpabilité jusqu'à la fin de ta misérable vie.

Elle recula d'un pas.

— Je vais jusqu'à la chambre de Bassett, dit-elle. Galen n'aura qu'à venir m'y chercher.

Le petit miroir en ivoire avait la forme d'un caducée. Un serpent sculpté s'enroulait autour du manche. L'objet avait été le dernier cadeau qu'il avait offert à Chen Li.

Et ce serait l'ultime cadeau qu'il ferait à Logan.

— Un caducée ? dit Chen Li en prenant le miroir. C'est le symbole de l'éternité, non ?

— C'est pour ça que je te l'ai apporté. Parce que tu vivras toujours.

Chen Li fit une brève grimace.

— Je ne me sens pas immortelle, en ce moment, Martin. Même si ça va moins mal que la semaine dernière. Peut-être que je vais un peu mieux, après tout.

Elle n'allait pas mieux du tout. Elle avait l'air si fragile, enfouie dans son fauteuil près de la fenêtre, pâle et à bout de forces. Elle ne redeviendrait jamais plus la Chen Li d'autrefois. Logan, d'abord, la lui avait volée ; aujourd'hui, c'était la mort qui la lui enlevait. Et elle serait à Logan jusqu'à la fin des fins. C'est Logan qui l'aiderait à ne pas perdre espoir. C'est lui qui continuerait de prononcer ces mots à l'intention de Rudzak : « Elle ne se sent pas bien. Tu ne pourras pas la voir. »

— Tu t'es couchée tôt, hier soir ? Logan n'a pas voulu me laisser entrer.

Elle détourna les yeux.

— J'étais un peu fatiguée.

— Ça ne durera pas, dit-il.

Il vint derrière elle et lui prit doucement les épaules.

— Ce miroir est très particulier, poursuivit-il. Il appartenait à un grand prêtre. Grâce à lui, tu es vivante pour toujours.

— Il faudrait peut-être le montrer à mes médecins. Ça pourrait leur être utile.

Elle se pencha en avant et il fut obligé de la lâcher. Elle préférait qu'il ne la touche pas. Il s'en rendait compte et ça le mettait en rage. Il l'avait déjà perdue. Pour de bon.

Mais il ferait en sorte qu'elle lui revienne. Il la reprendrait à Logan.

— Essayons, dit-il. Regarde dans le miroir.

— Je n'aime pas ce que je vois dans les miroirs ces temps-ci.

— Tu devrais. Tu es belle.

— Bien sûr. C'est ce que dit John.

Ce que disait John, il s'en foutait ! Il était auprès d'elle, pour le moment. C'était son instant à lui.

— Il te dit ça parce que c'est la vérité.

Il se pencha vers elle et posa la main sur sa nuque.

— Tu dois le voir dans mes yeux, dit-il. Alors, regarde dans le miroir. Si tu n'as pas envie de voir ton reflet, regarde mes yeux dans le miroir. Alors, tu sauras. Tu sauras que tu es vivante à jamais. Que tu es belle à jamais, belle comme tu l'es pour moi à cette minute même. Lève un peu le miroir...

Elle leva lentement le miroir.

— Martin, qu'est-ce qui se passe ? Tu as les larmes aux yeux...

Il lui brisa la nuque d'un mouvement sec ; le miroir tomba à terre.

— Au revoir, Chen Li.

Il lui donna un tendre baiser sur la joue. Il ramassa le miroir.

— Au revoir, mon amour.

Il enveloppa soigneusement le miroir dans du papier de soie et le plaça dans la boîte. Il posa sur le paquet le billet qu'il avait rédigé. Il ferma le couvercle de la boîte.

Une boîte adressée à Sarah Patrick, à Dodsworth.

Palais de justice
Dodsworth, Dakota-du-Nord

Avait-il entendu quelque chose ?

Est-ce qu'une porte n'avait pas claqué ?

Non, sans doute. Bill Ledwick avait cru entendre des bruits toute la soirée, dans ce vieil immeuble qui craquait de partout. Quand on s'ennuie à ce point, on lâche la bride à l'imagination. Il n'aurait pas été fâché de rejoindre les autres sur le site.

Mais ce bruit... Il fallait au moins vérifier. Galen n'aimait guère prendre pour argent comptant la première explication venue.

Bill Ledwick quitta son fauteuil et s'engagea dans le long couloir obscur.

Tout était silencieux, hormis le battement de ses semelles de caoutchouc sur le sol de marbre.

Une porte vitrée le séparait à présent de la salle d'audience. Il glissa sur le côté. Il poussa brusquement la porte. Il attendit une minute. Il pénétra dans la salle et alluma les lampes.

La salle était vide.

Bien sûr. Encore un effet de l'imagination.

Vérifier tout de même. Il vaut mieux être certain de ce qu'on avance.

Il se rapprocha d'une armoire à dossiers, à l'autre bout de la pièce. Il ouvrit un tiroir. Il savait exactement où trouver le dossier qu'il cherchait. Il avait très souvent vérifié ce détail.

Il ouvrit le dossier.

Merde !

Le lendemain, Galen eut Logan au bout du fil.

— J'ai eu des nouvelles de mon contact au palais de justice, dit-il.

Et il ajouta :

— Les plans des installations de Dodsworth ont disparu.

Logan mit un moment avant de réagir.

— Je savais que ça arriverait, tôt ou tard. Rudzak n'est pas du genre à se dire qu'il arrivera toujours à trouver sur place le matériel dont il a besoin. Il ne laisse rien au hasard. Il veut être sûr.

— Alors, son tueur à gages aurait dû te descendre toi, et pas Margaret.

— Cela ne l'aurait pas satisfait. Ça ne lui aurait pas suffi. Il veut m'enterrer à Dodsworth, comme je l'ai enterré dans cette prison. Le tribut ultime. Pour Chen Li et pour moi.

— Et Margaret ? Elle s'en sort ?

— Elle n'est pas encore tirée d'affaire, mais ça va mieux. Je serai autorisé à la voir tout à l'heure. Sa famille est arrivée hier soir de San Francisco. Ses frères lui ont rendu visite aux soins intensifs...

Il marqua un temps.

— Et Sarah ?

— Une vraie casse-couilles ! dit Galen. Elle a fouillé avec Monty chaque millimètre carré du site. Elle cherche le défaut dans ma cuirasse. Elle connaît mieux le système de surveillance et les protocoles d'urgence que mon second. Je crois qu'elle a déjà mémorisé chaque couloir de ce sacré bâtiment.

— Elle a trouvé le défaut dans ta cuirasse ?

Galen marqua une hésitation.

— Elle en a trouvé un, dit-il. Une faille de l'épaisseur d'un cheveu.

— Autrement dit, elle est satisfaite. Elle estime que Dodsworth est sans danger.

— Oui. Sauf que maintenant, elle ne comprend plus comment Rudzak peut persister à vouloir frapper là.

— Dis-lui pour les plans.

— Je vais le lui dire. Ce sont les autres installations qui risquent maintenant de lui donner du souci...

— Il ne faut pas qu'elle se tourmente. C'est ton boulot...

— C'est mon boulot et elle ne fait rien pour me simplifier les choses...

Le ton de Galen était délibérément amer.

— Je préférais encore m'occuper de Maggie. Quand est-ce que tu viens me débarrasser d'elle ?

— Je viendrai dès que ce sera possible. Assure-toi que Rudzak ne commence pas le travail avant mon arrivée. Pas de nouvelles de lui ?

— La disparition des plans, c'est tout. Comme déclaration de guerre, on ne saurait faire mieux. Bien des choses de ma part à Margaret.

Il raccrocha.

Logan glissa le téléphone dans sa poche et se dirigea vers les soins intensifs. Sarah donnait du fil à retordre à Galen, et cela n'avait rien d'étonnant. Son boulot, en l'occurrence, consistait à empêcher que Dodsworth ne devienne le site d'une catastrophe, et elle le ferait sans laisser aucune considération se mettre en travers de sa route.

— Qu'est-ce que tu fais là ? dit Margaret.

Sa voix n'était qu'un souffle ; Logan, du seuil de la chambre, l'entendait à peine.

Il s'approcha du lit et prit la main de la blessée.

— Comment tu te sens ?

— Je me sens mal à crever, dit-elle en braquant sur lui un œil fixe et mécontent. En plus, je vais devenir dingue. Qu'est-ce que tu fais là, à gémir ? Pourquoi tu n'es pas aux trousses de ce trou-du-cul ? Il m'a tiré dessus, non ? Tu croyais que j'allais mourir comme ça ?

— Cette pensée ne m'a même pas traversé l'esprit.

— Menteur. Mais je ne vais pas mourir, et...

Elle se tut le temps de reprendre sa respiration.

— ... et j'ai assez de problèmes avec mon frère. Il est hyperprotecteur. Alors, sors d'ici, tu veux ?

Mais Logan ne bougeait pas ; il la regardait toujours.

— Tout ira bien, John, reprit-elle. J'ai promis de ne pas mourir...

Elle montra les dents, féroce comme un tigre.

— Au lieu de fleurs, dit-elle, je préférerais que tu m'envoies la tête de Rudzak.

— Je vais essayer.

— Bien.

Elle ferma les yeux.

— Sors d'ici, maintenant. Je suis fatiguée.

— Tu veux que j'appelle une infirmière ?

— Je veux la tête de Rudzak, John.

Elle gardait les paupières fermées.

— Ne reste pas planté là. Arrête de ruminer. Va-t'en et ramène-moi la tête de ce fumier.

— Bien, madame, dit Logan en faisant demi-tour. Je m'en occupe tout de suite, madame.

19 heures 45

— Joe est arrivé hier...

Eve parlait au téléphone avec Sarah.

— Il restera aussi longtemps que tu auras besoin de moi. Tu as une idée de combien de temps ça va durer ?

— Si je le savais !

— Pas de problème. C'est juste que j'aime bien être chez moi avec ma petite famille.

— Jane va bien ?

— Ce n'est pas grâce à moi. Elle se débrouille par ses propres moyens...

— Qu'est-ce que tu veux dire ?

— C'est drôle comme tout s'éclaircit dès qu'on arrive à discuter.

— Tant mieux si vous avez pu parler...

— Qu'est-ce que tu fais là-bas, à Dodsworth ?

— Je m'occupe.

— Le système de sécurité est satisfaisant ? Ça répond à tes espoirs ?
— Plus que satisfaisant. Et c'est ce qui m'embête. Comment Rudzak peut-il s'imaginer qu'il va détruire ce site ?
— Tu crains qu'il ne change de cible ?
— Apparemment, je suis la seule cible possible. Galen et Logan pensent que le vol des plans est la preuve qu'il veut frapper ici. Une preuve en béton. Moi, je me demande si ce n'est pas un leurre, en fait.
— Les gens de Logan ne sont pas des idiots.
— Je sais, mais...
Une pensée la contraria soudain.
— Je me pose des questions tout de même. On n'est peut-être pas sur la bonne piste. Je ne flaire rien de bon dans tout ça...
Eve émit un léger gloussement.
— On croirait entendre Monty.
— Et Monty, en général, ne se trompe pas.
— Ne compte pas sur moi pour te contredire. Suis tes instincts, Sarah. Bon, il faut que j'y aille. Maggie attend pour manger.
Monty aussi avait faim.
— Allez, viens, mon chien.
Sarah raccrocha le téléphone et gagna la cafétéria. Monty la suivit. Elle avait entreposé pour lui de la nourriture et des vitamines dans un placard de la cuisine. Elle lui donnait à manger le soir, pour éviter qu'il ne soit distrait par les savants qui travaillaient là, et qui avaient tendance à le solliciter. Monty était déjà considéré comme la mascotte du labo, pour ainsi dire. Ils n'arrêtaient pas de lui gratter le ventre. Et ce n'est pas ça qui lui calait l'estomac.
Elle trouva Bassett à table dans la salle à manger.
— Vous avez le temps de vous asseoir cinq minutes et de boire un café en ma compagnie ?
Sarah fit non de la tête.
— Je suis venue donner à manger à Monty, dit-

elle. Je suis sur les nerfs. Si je prends de la caféine en plus...

— Vraiment ? Moi, je me sens tout à fait en sécurité, ici.

Sarah se dirigea vers la cuisine ; Bassett se leva et la suivit.

— C'est drôle, mais je me sentais bien aussi à Phoenix. Jusqu'à l'autre jour. Vous avez des nouvelles de Margaret ?

— Elle est toujours en vie.

— Je me plaignais d'elle sans arrêt, mais je l'aime bien en fait.

— Je sais. Le labo vous plaît, ici ?

— Beaucoup. Ils m'ont donné Hilda Rucker comme assistante. Elle est brillante...

Il baissa les yeux vers sa main bandée et plissa le front.

— En plus, elle dispose de ses deux mains. C'est utile pour se servir de l'ordinateur.

Il avala son reste de café.

— Je ferais mieux de retourner à mon établi, dit-il. Hilda n'est pas Margaret, je ne peux pas la laisser marcher devant. Donnez-moi des nouvelles de Margaret quand vous en aurez.

— Je n'y manquerai pas...

Galen franchissait la porte de la cuisine, il salua Bassett qui sortait.

— Logan est en route, dit-il à Sarah. Il vient d'appeler. Il dit que Margaret l'a foutu dehors. Il devrait être là dans quelques heures.

— Tant mieux.

Elle poussa l'écuelle vers le museau de Monty.

— Elle va mieux, alors ?

— En tout cas, elle fonctionne. À sa façon habituelle, je dirais.

Il fit une grimace.

— Je ne suis pas fâché qu'elle reste à Phoenix.

Deux femmes de tête sur les bras, ce serait trop pour moi.

— Peut-être pas. De toute façon, vous êtes obligé de faire avec moi. À propos de femmes de tête, j'ai parlé à Eve, tout à l'heure. Maggie ne va pas bien. Elle est mal lunée. Ou alors, c'est le chagrin. Elle n'arrête plus de hurler.

— Ce serait une excellente raison de rentrer chez vous, non ? Vous pourriez vous occuper de votre louve vous-même.

Elle lui jeta un regard en coin.

— Je me demande si je ne ferais pas mieux de les faire venir ici. Eve et Maggie.

— Oubliez ça, dit Galen en partant. Ou alors, c'est moi qui m'en vais.

— Pourquoi ? Vous avez peur que ça chauffe un peu trop ?

Il avait déjà disparu.

La voix de Sarah avait résonné dans la vaste cuisine, soudain caverneuse et vide. Son sourire se dissipa aussitôt. Elle observait Monty devant sa gamelle. Était-il vraiment nécessaire de croiser le fer avec Galen ? Alors que la tension était de plus en plus forte et pénible ?

Monty leva les yeux vers elle. *Triste ?*

Elle secoua la tête. Elle lui donna à boire. Elle n'était pas triste. Elle se sentait mal à l'aise. Seule, aussi. Étrange : un seul être vous manque et tout est dépeuplé.

— Mange, dit-elle. Tu n'as rien mangé de convenable depuis qu'on a quitté la cabane.

Triste.

— Dieu me préserve du mal d'amour...

Elle osait faire des reproches à Monty, alors qu'elle-même se languissait cinq minutes plus tôt.

— Ça ira.

Elle le caressa derrière l'oreille.

— Je sais que c'est dur, mais il va falloir y aller. Alors, mange...

— Sarah ?

Galen était de retour, arrêté dans l'encadrement de la porte.

— Qu'est-ce que...

Elle se crispa.

— Un problème ? demanda-t-elle.

— Un paquet pour vous.

Il s'avança et lui tendit le colis soigneusement emballé.

— Ça vient d'arriver. Par coursier spécial.

Tous les colis qui pénétraient sur le site passaient aux rayons X.

— Qu'est-ce que c'est ?

Galen haussa les épaules.

— Je ne saurais dire. Quelque chose de bizarre. En tout cas, ce n'est pas un explosif.

Sarah, avec des gestes lents, défit l'emballage et ouvrit le couvercle. La boîte contenait un objet ancien, très ancien, dont l'ivoire était jauni par le passage du temps, mais dont le placage en or brillait toujours. Sarah sentit son ventre se nouer.

— Chen Li.

Galen se raidit.

— C'est ce que je craignais, dit-il. Ne lisez pas le billet. Donnons-le directement à Logan...

— Il m'est adressé, dit-elle en dépliant le morceau de papier.

Sarah,

Comme je l'ai expliqué à Logan, le dernier cadeau ne vous était pas adressé. Celui-ci conviendra beaucoup mieux. Vous avez vu le serpent ? C'est pour tous les deux : vous et Logan.

Martin Rudzak

16

20 heures 20

Encore une charge et ça ira.

Avec précaution, Duggan fourra le pain de plastic dans une anfractuosité, en hauteur, de sorte qu'il soit invisible d'en bas.

Tu peux redescendre, maintenant.

Et sortir.

Il ne reste plus qu'à assister au feu d'artifice.

22 heures 05

— Alors ? dit Sarah.

Tous les rideaux étaicnt baissés dans la salle de conférence du rez-de-chaussée. Sarah et Galen regardaient Logan parcourir le billet de Rudzak. Monty était présent aussi, couché à quelques pas de sa maîtresse.

— C'est le miroir de Chen Li ?

— Probablement. Je ne l'ai jamais vu. L'infirmière m'a dit que Rudzak avait apporté une boîte, quand il était venu rendre visite à Chen Li dans sa chambre. Le soir où il l'a tuée.

— Le message a une signification particulière, à ton avis ?

— Si c'est le dernier cadeau qu'il lui a fait, ça veut

dire qu'il commence à perdre patience. Il a l'intention d'en finir une bonne fois pour toutes.

Il serrait entre ses doigts crispés le miroir en forme de caducée.

— Et ça tombe bien, parce que moi aussi, ajouta-t-il. Moi aussi, j'ai hâte d'en finir.

Sarah également. En même temps, cette idée la terrifiait.

— Alors, ce sera Dodsworth...

Le téléphone de Logan sonna. Il dut attendre un instant, avant d'avoir un correspondant.

— D'accord, dit-il. Je comprends.

Il coupa la communication et se tourna vers Galen.

— Rudzak va bouger, dit-il. Il faut évacuer le bâtiment. Combien de personnes travaillent, ce soir ?

— Douze.

— Tu les fais sortir. Ensuite, tu demandes à tes hommes de faire une tournée d'inspection. Après quoi, ils évacuent aussi.

— J'y vais de ce pas, dit Galen.

Il partit en courant.

— J'appelle l'équipe d'artificiers et ATF ? demanda Sarah.

— Galen va le faire, répondit Logan en lui effleurant la joue. Tout va bien, Sarah. Le bâtiment sera évacué avant l'explosion. On dispose d'un peu de temps.

— Comment le sais-tu ? C'est Rudzak qui te l'a dit ? Au téléphone, là, tout de suite ? Ce sale menteur ! Si c'est ça, attends-toi à ce que tout explose dans les minutes qui viennent.

— Rudzak a préparé ça de longue date. Personne n'est aussi méthodique que lui. Il avance pas à pas. Fais-moi confiance. Il n'y aura aucun blessé.

— Tu veux que je te fasse confiance alors que tu ne me tiens informée de rien ? Tu ne m'avais pas dit que le peigne ne m'était pas adressé...

— J'aurais dû te tourmenter avec ça ? Il fallait vraiment qu'on soit deux à se ronger les sangs ?

— Il y a d'autres choses que tu aurais omis de me dire ?

Logan se tut.

— Depuis que je te connais, reprit-elle, tu me forces à me battre pour percer tes secrets. Pour Kai Chi non plus, tu ne m'avais rien dit.

— Pas ce reproche, s'il te plaît. Pas maintenant.

— Pourquoi pas ? C'est important. Il faut toujours que tu joues les super-héros. J'en ai marre ! Si on partageait vraiment, qu'est-ce que tu en dis ? Si tu acceptais de me considérer enfin comme une partenaire ? Je ne suis pas fragile, moi. Je ne suis pas Chen Li. Tu n'as pas à te sentir obligé de t'occuper de moi...

— Calme-toi ! répliqua Logan en la prenant par les épaules. Et arrête de me jeter Chen Li à la figure...

— Ce n'est pas moi ! Mon Dieu, est-ce que Rudzak ne fait pas tout pour qu'elle soit sans arrêt entre nous ?

— Écoute-moi...

Il la regardait droit dans les yeux.

— Je ne suis plus l'homme qui a épousé Chen Li, mais je lui suis reconnaissant de ce qu'elle m'a apporté...

— Je le sais ! Elle et toi vous étiez...

— Boucle-la, merde, avec ça ! Tu ne sais rien. Je t'aime, voilà. Je veux vivre avec toi. Je n'ai jamais rien ressenti de tel avec personne. Et je refuse qu'il t'arrive quelque chose de mal.

Il l'étreignit et lui donna un violent baiser.

— Je m'occuperai de toi, reprit-il. Je te protégerai. Que ça te plaise ou non. Tu quitteras le site en même temps que les vigiles.

Il la lâcha et fit quelques pas en arrière. Sarah le fixait d'un regard résolu.

— N'y compte pas ! cria-t-elle. Rudzak tient à ce que je reste ici. Si je m'en vais, il risquerait de ne pas venir.

Logan s'éloigna et disparut sans répondre ni regarder en arrière.

— Où vas-tu...

Sarah se lança à sa poursuite, Monty sur les talons. Mais Logan s'était évanoui à l'angle du couloir.

Elle n'avait aucune intention de quitter le site, mais elle n'avait plus le temps de se disputer avec Logan. Il y avait des gens dans ce bâtiment ; et il fallait les évacuer.

— Viens, Monty. On va s'occuper de ça.

Flanquée de son chien qui courait auprès d'elle, elle se dirigea vers le laboratoire du rez-de-chaussée, celui de Kevin Janus.

Mais elle sentait l'angoisse l'envahir. La situation ressemblait à un puzzle plein de pièces manquantes. Les choses ne devraient pas se passer ainsi. Elle ne flairait rien de bon...

On croirait entendre Monty.

Suis tes instincts.

Elle n'avait pas le choix. Elle n'avait plus le temps de faire autre chose que de suivre ses instincts.

Bon, maintenant, tu mets ton angoisse de côté et tu essaies de trouver le cône, d'accord ? Tu essaies de trouver la source.

Tout de suite.

Parce que après, ce sera trop tard.

22 heures 35

Le bâtiment se vidait de ses occupants. Le parking était déjà presque désert.

— Tu n'aurais pas dû leur adresser cet avertissement, estima Duggan.

Rudzak et lui surveillaient le site depuis leur voiture.

— Ils sont en train de détaler comme des souris épouvantées...

— Et tu préfères les souris prises au piège, enchaîna Rudzak en baissant ses jumelles. Mais je veux laisser s'enfuir le plus de monde possible. Les souris qui comptent sont encore à l'intérieur, Duggan. La charge de plastic, tu l'as placée où ?

— Où tu m'as demandé de la mettre. Dans le labo du sous-sol. Le tunnel d'évacuation était exactement à l'endroit prévu par le plan. En tout et pour tout, ça m'a pris quinze minutes. Mais on aurait mieux fait de mettre une minuterie. C'est sacrément moins dangereux...

— Je ne veux pas que ce soit moins dangereux. Je veux être là. Je veux voir sa tête quand je lui apprendrai ce qui va se passer.

Rudzak laissa échapper un sourire.

— Tu dois pouvoir comprendre ça. Ça t'excite tellement, l'idée d'appuyer toi-même sur le détonateur ! Pas vrai ?

— Pas quand je suis assis sur des caisses d'explosifs.

— Tu viens de me dire qu'il n'y a pas de difficulté à sortir par le tunnel d'évacuation. Quinze minutes en tout et pour tout.

Duggan opinait.

— L'interrupteur est dans le coffre ? Va me le chercher, tu veux ?

— Bien sûr.

Duggan descendit de voiture, alla ouvrir le coffre, et revint avec l'interrupteur.

— Il est très doux, mais pas hypersensible, dit-il. J'ai vérifié. Il ne se déclenchera pas tout seul. Je n'avais pas envie que tu te fasses péter la gueule accidentellement.

— Merci de ta sollicitude, Duggan.

À son tour, il descendit de voiture, sans se presser.

— Mais franchement, je préfère que tu arrêtes de veiller sur moi à l'avenir.

Et Rudzak tua Duggan d'une balle dans la tête.

23 heures 10

Tout était noir.

Logan s'immobilisa dans le couloir. Il était tendu. Il savait ce qui l'attendait, là-bas dans la pénombre. Quand ses yeux se seraient habitués à l'obscurité, il pourrait distinguer la silhouette de Rudzak. Tout juste s'il ne sentait pas les vagues de haines émises par son ennemi depuis les profondeurs de cette salle.

— Allons-y.

Le canon d'un pistolet s'enfonça dans son dos.

— Avance, Logan.

23 heures 45

Sarah et Monty se précipitèrent dans le dégagement.

Ils arrivèrent au deuxième étage au moment où les hommes de Galen évacuaient sept personnes. Il restait à faire sortir Hilda Rucker et Tom Bassett, au troisième.

Sarah tomba sur Hilda Rucker qui dégringolait l'escalier. C'était une femme à cheveux gris. Elle transportait un carton de dossiers.

— Je sais, dit-elle. Ils m'ont demandé d'évacuer. J'ai juste demandé deux minutes pour...

— Pour emporter des dossiers ?

— Vous croyez que je vais laisser mon travail être réduit en miettes ?

Logan ne mentait pas : ses employés s'investissaient dans leur travail autant qu'il s'impliquait lui-même.

— Et Bassett ? reprit Sarah. Où est-il ?

— Derrière moi. Il arrive. Il est remonté au labo

juste après l'ordre d'évacuation. Je lui ai dit qu'il fallait partir. Quand je suis sortie, il fourrait des disquettes dans son cartable.

— Et maintenant, enchaîna Sarah, j'imagine qu'il entasse des dossiers dans un carton à la va-vite. Comme vous l'avez fait vous-même. Je crois que je ferais bien d'aller le chercher.

Elle continua de grimper l'escalier.

Elle allait s'occuper d'évacuer Bassett. Ensuite...

Mais d'abord, faire sortir Bassett.

Protéger Bassett.

Elle s'arrêta net.

Bon Dieu !

Elle repartit. Son téléphone sonna. Elle décrocha.

— Sortez, Sarah ! dit aussitôt Galen.

— Allez vous faire voir, Galen. Vous saviez, hein ? Logan et vous, vous saviez !

Un bref silence lui répondit. Puis Galen répéta :

— Sortez du bâtiment, Sarah.

— Allez vous faire foutre !

Elle raccrocha et finit son ascension quatre à quatre, Monty sur ses talons.

Protéger Bassett.

Mettre Bassett hors de danger.

— Bassett !

Il sortait du labo, portant son attaché-case.

— Sarah ! J'allais vous appeler. Je suis tombé sur Logan il y a cinq minutes. Il veut que vous descendiez avec moi au sous-sol afin de...

Il se tut quand il découvrit l'expression de Sarah.

— Je vois, dit-il. Ça ne va pas être aussi simple que prévu, n'est-ce pas ? Vous êtes une dame fort astucieuse. J'avais peur que vous ne finissiez par tout comprendre. Et vous avez fini par tout comprendre. C'est moche pour vous...

— Alors, c'est vous le traître ! s'écria Sarah. La taupe de Rudzak. Depuis le début. Il a fait en sorte qu'on vous porte secours. Qu'on aille à Santo Camaro vous tirer d'affaire. Pour que vous puissiez préparer le terrain ici, à Dodsworth...

Et frapper Logan. Le cœur de Sarah avait cessé de battre.

— Où est Logan ? C'est vous qui l'avez appelé ?

Bassett fit oui de la tête.

— Je lui ai dit que j'avais reçu un avertissement de Rudzak. Je lui ai donné rendez-vous au sous-sol. Il y est allé, bien entendu.

Il sourit.

— Nous savons tous comment Rudzak m'a pris pour cible par le passé.

Il tira un revolver de la poche de sa veste.

— Mais Rudzak veut que vous soyez de la fête, vous aussi. Il vous veut tous les deux : vous et Logan. Alors, je vais lui rendre ce service.

— Il vous a payé combien ?

— J'ai touché plus que Castleton. Même si c'est Castleton qui m'a fait monter à bord, en définitive. Mais c'était mérité. Rudzak est devenu impatient, tout d'un coup. Il s'est arrangé pour que je quitte Phoenix en vitesse et rapplique ici. Ce salaud ne m'avait pas prévenu qu'on me tirerait dessus, à moi aussi.

Il agita son arme.

— Allons-y, maintenant. En principe, Rudzak ne fera pas exploser ce bâtiment tant que vous ne serez pas en bas, mais on ne sait jamais. Il pourrait finir par s'énerver. Je n'ai pas envie de me retrouver sous les décombres.

Sarah ne bougeait pas.

— Si vous ne venez pas, dit-il, je tue votre chien...

— Non !

Elle commença à descendre les marches.

— Je veux bien accepter de vous suivre, dit-elle, à condition que Monty aille rejoindre Galen, d'accord ?

— Vous ne croyez pas que Galen mourra dans l'explosion ?

— Il n'y a pas de raison qu'il lui arrive quelque chose.

Elle s'arrêta et se tourna vers lui.

— Laissez partir Monty.

Bassett haussa les épaules.

— Qu'est-ce que ça peut faire, après tout ? Je n'ai pas envie de me le coltiner, de toute façon. Chassez-le...

— Monty ! Va...

Elle remonta les marches et plongea dans les jambes de Bassett en lui attrapant le bras au passage.

— Monty !

Le chien enfonça les crocs dans le poignet de Bassett ; Sarah saisit la main blessée du savant et en rabattit les doigts vers l'arrière.

Bassett hurla de douleur. Il lâcha son arme. Sarah la ramassa et envoya un coup de crosse au visage de Bassett, lui entaillant la lèvre d'où jaillit une giclée de sang.

— Salaud...

Elle le frappa une seconde fois.

— Fils de pute !

Bassett se plia en deux.

— Sarah !

Galen montait précipitamment l'escalier. Sarah ordonna à Monty :

— Lâche-le, maintenant.

Monty libéra le poignet de Bassett – à contrecœur.

— Pardon, dit Galen en passant devant Sarah.

Il se pencha vers Bassett et lui trancha la carotide – le coup de grâce.

— Comme ça, dit-il, on ne l'aura plus dans les pattes. Merde, ça fait du bien...

Il baissa les yeux vers Monty.

— Je n'aurais jamais cru voir ce brave chien se lancer à l'attaque, soupira-t-il.

— Il n'aime pas qu'on braque un pistolet sur moi.

— J'aurais dû me méfier plus que ça quand je suis tombé sur Hilda Rucker à l'entrée. Elle m'a dit que vous montiez chercher Bassett. On dirait que Monty et vous avez pris la situation en main...

— Personne n'a la situation en main.

Elle descendait les marches.

— Logan est au labo du sous-sol. Mais vous le saviez déjà...

— Je le savais, oui.

— Comme vous saviez pour Bassett...

— On n'a pas su tout de suite. Au début, on avait des soupçons, c'est tout. Lesquels soupçons se sont confirmés quand on a découvert que les appels de Bassett à sa femme étaient systématiquement transférés vers un autre numéro.

— Vous voyez : votre maillage de sécurité avait beau être serré au maximum, il était évident que Rudzak voudrait frapper ici. Il avait une taupe à l'intérieur, qui lui fournissait les infos. Il pouvait passer et ouvrir les portes...

— Je savais que ça vous tracassait...

— Pourquoi ne m'avoir rien dit ?

— Sarah, vous êtes beaucoup de choses. Mais vous n'êtes pas fourbe. Vous n'auriez jamais pu regarder Bassett en face et faire semblant de ne pas savoir.

— En attendant, Logan est tout seul en bas avec Rudzak.

— Vous ne pouvez pas descendre au sous-sol, Sarah. C'est exactement ce que Rudzak attend de vous.

— Couvrez-moi.

Galen lui posa les mains sur les épaules.

— J'ai promis à Logan que je vous ferais sortir de ce bâtiment.

— Alors, vous avez menti sans le savoir. Parce que je ne...

Ils furent plongés dans le noir.

1 heure 05

— Tu te montres très docile, dit Rudzak. Je me demande bien pourquoi.

— C'est peut-être à cause de ce revolver que tu braques sur moi.

— Sûr que ça fait un certain effet. Il faut dire aussi que tu es pieds et poings liés. Et couché sur le sol comme une bête à l'abattoir...

Logan dit avec un sourire :

— Peut-être que cet immeuble grouille de vigiles. Peut-être que l'un d'eux va surgir d'un instant à l'autre et te tailler en pièces.

Il ajouta :

— Je visualise déjà la scène avec grand plaisir...

— Sauf que je t'aurai tué avant, reprit Rudzak en répondant à son sourire. Mais rien de tel n'arrivera. J'ai tout programmé au détail près. Il n'y a plus rien d'autre à faire que d'attendre ta chère Sarah. Après, on commence. J'ai l'espoir que l'explosion ne te tuera pas tout de suite, mais peut-être que si. Si tu n'es pas tué par l'explosion, tu mourras écrasé. Duggan a placé les explosifs au-dessus de ces piliers, là. Les poutrelles qui soutiennent cette partie du bâtiment vont s'écrouler comme des dominos.

— Un nouveau tribut offert à Chen Li.

— Le dernier.

— Non. Le dernier, ce sera toi. Ils vont te coincer. Et tu retourneras en prison. Où tu crèveras...

Rudzak secoua la tête.

— Je sortirai d'ici comme j'y suis entré. Par cette vieille trappe qui donne sur le tunnel d'évacuation. Le tunnel passe sous le bâtiment. J'ai un avion qui m'attend sur un petit aérodrome, en dehors de la ville. Ils ne pourront pas me rattraper. Ils seront bien trop occupés à te chercher dans les décombres.

— Ne compte pas trop là-dessus. Galen est habile. Et c'est mon ami.

— Il est vrai que j'ai été très tenté d'inclure Galen dans mon plan de destruction. Mais bon, ce n'était pas pratique. J'aurai sûrement l'occasion de tenter ma chance avec lui une autre fois.

Il consulta sa montre.

— Bassett m'a l'air de prendre son temps, dit-il.

— Il s'est peut-être trahi. Sarah n'est pas idiote.

— C'est vrai. Mais elle aime bien Bassett. C'est lui qui le dit. Pas facile de soupçonner quelqu'un qu'on apprécie.

Son sourire revint.

— Toi aussi, tu aimais bien Bassett, non ?

— Galen a reçu l'ordre d'évacuer le bâtiment. Ça inclut le labo de Bassett. Si Bassett fait des histoires, Galen commencera à se poser des questions. Il n'est pas comme Sarah, lui. Il soupçonne tout le monde.

Rudzak fronça les sourcils.

— Tu essaies de me déstabiliser. Tu espères vraiment pouvoir sauver cette femme ?

Logan ne répondit rien.

— Ça m'a l'air d'être ça, reprit Rudzak. Tu as toujours été un crétin.

Il cessa de froncer les sourcils.

— Je vais attendre encore une minute. Ça peut valoir le coup.

— Bien.

Pousse-le à bout, ébranle-le, mets-le aussi mal à l'aise que possible. Et prie pour que Galen réussisse à convaincre Sarah de quitter le bâtiment.

— À chaque minute qui passe, dit-il, tu augmentes le risque de te faire choper par Galen.

Rudzak marqua une hésitation, puis il secoua la tête.

— On va attendre quand même, dit-il.

Cinq minutes.

Dix minutes.

Logan regardait Rudzak. Il n'avait pas peur. Aurait-il peur à l'instant fatal ? Rudzak cherchait à le terroriser. Mais il en était toujours à se demander pourquoi Bassett mettait si longtemps à arriver.

— Il ne viendra pas, dit Logan. C'est Galen qui va venir. Il s'interroge sur ma disparition.

Rudzak eut l'air de prendre une décision.

— Je n'ai pas besoin de Sarah Patrick, dit-il. Je pourrai toujours m'occuper d'elle plus tard.

Il s'approcha de Logan.

— Et je le ferai, poursuivit-il. Tu peux en être sûr. N'oublie pas d'y penser quand ces piliers te tomberont sur la gueule.

Il ouvrit son sac de marin.

— Je t'ai apporté un cadeau, dit-il. Au départ, je voulais que le petit miroir soit mon ultime présent, mais j'ai changé d'avis. J'ai décidé qu'ici reposeraient tous mes cadeaux...

Il tira du sac une grande boîte en tek.

— Alors, j'ai mis dans ce coffret six des petits trésors que j'avais offerts à Chen Li. Ainsi qu'un petit quelque chose en plus.

Il ouvrit le couvercle, découvrant six pains de dynamite mêlés aux objets précieux.

Logan se raidit.

— Je déteste les jeux de mots, continua Rudzak. Mais franchement, est-ce que ce n'est pas à mourir ?

« Enfin une réaction », songea-t-il avec satisfaction. Logan avait reçu un choc – il avait beau essayer de le cacher, c'était évident.

— Quand je serai dans le tunnel d'évacuation, je ferai exploser les charges que Duggan a placées ici. Mais bon. Le coup est trop abstrait à mon goût. J'ai envie que tu voies vraiment une mèche se consumer tranquillement...

Il déposa la boîte au pied d'un des piliers, près de Logan, et il commença à dérouler la mèche sur le sol, de sorte qu'elle traverse le labo et rejoigne la porte. Arrivé à ce point, il s'arrêta et se baissa pour mettre le feu.

— Mèche à combustion lente, expliqua-t-il. Tu ne pourras pas savoir laquelle de ces charges explosera en premier. Ce sera soit celle de Duggan, là-haut, soit la mienne ici. Tu as à peu près trois minutes devant toi. Alors, reste là et compte les secondes.

Il jeta un dernier regard à Logan, qui affichait une expression menaçante et dépourvue de crainte. Rudzak en fut contrarié.

— Au revoir, Logan. Tu vas mourir.

— Si je meurs, je serai accueilli par Chen Li. J'ai fait tout ce que j'ai pu pour la sauver. Toi, elle ne t'accueillerait pas. Tu l'as tuée. Elle te vomissait.

— Menteur ! Je l'ai *sauvée !*

Il claqua la porte et dégringola l'escalier. Dans la minute qui suivit, il gagnait le tunnel d'évacuation.

Merde !

Logan avait les yeux fixés sur la mèche en train de se consumer.

Réfléchis. Ne panique pas...

Mais le moyen de ne pas paniquer ! Alors que ce foutu labo allait exploser d'une minute à l'autre ! Son cœur cognait à tout rompre, comme s'il allait lui briser les côtes pour bondir hors de sa poitrine.

Trouve un abri !

Logan commença à ramper sur le sol.

Les parois du tunnel résonnaient des pas de Rudzak.

Ce n'était pas vrai, ce qu'avait dit Logan. Jamais Chen Li ne l'avait détesté. Logan avait méprisé tout ce qui unissait Rudzak et Chen Li. Logan trouvait leur relation bizarre et malsaine. Mais Chen Li ne partageait pas du tout cet avis.

Encore deux minutes et il pourrait presser l'interrupteur en toute sécurité. Alors, Logan périrait.

Au même instant mourrait le souvenir de Logan et Chen Li ensemble. Rudzak n'aurait plus en mémoire qu'un seul et unique souvenir : Chen Li. Chen Li telle qu'elle était avant l'arrivée de Logan.

Plus qu'une minute.

Il plongea la main dans sa poche ; ses doigts effleurèrent l'interrupteur. Encore une minute, Chen Li. La dernière.

Rudzak se mit à courir plus vite.

Encore un petit instant, Chen Li.

Bientôt, mon adorée.

Bientôt...

Sarah ouvrit les yeux sur le ciel sombre, étoilé, où se déployaient les branches des arbres. Elle était couchée dans l'herbe. Monty avait posé la tête sur son bras.

Galen se dressait tout près de là ; il parlait avec quelqu'un.

Il dut sentir le regard de Sarah, car il baissa la tête vers elle.

— Désolé, dit-il d'une voix tendue. Mais il fallait que je vous sorte de ce bâtiment. J'étais obligé.

Sarah se rappela vaguement qu'il l'avait prise par les épaules. Elle avait ressenti alors une piqûre...

— Vous m'avez droguée.

— Un très léger sédatif. Sinon, vous seriez encore dans le cirage...

— Vous m'avez... Logan !

Elle se dressa.

— Je pense que Logan va bien, dit Galen.

— Vous pensez ? dit-elle en jetant autour d'elle des regards angoissés.

Il y avait de l'herbe. Des hommes. L'embouchure d'un tunnel d'évacuation en ciment.

— Où sommes-nous ?

— À l'extérieur du site.

— Logan est toujours à l'intérieur.

— Ça ne fait que dix minutes...

— Dix minutes avec Rudzak, dit-elle en se mettant à genoux. Vous n'êtes pas allé le rejoindre ? Pourquoi ?

— On attendait.

— Vous attendiez quoi ?

Galen indiqua d'un geste le tunnel d'évacuation.

— C'est par là que Rudzak a pénétré dans le labo.

— Qu'est-ce que vous attendez pour vous lancer à ses trousses, bon Dieu ?

— Logan nous a demandé d'attendre.

— Qu'est-ce que vous racontez ? Rudzak va tout faire sauter...

La terre trembla sous elle ; c'est seulement ensuite que le bruit de l'explosion leur parvint.

Le tunnel d'évacuation cracha une boule de feu qui charria dans son souffle des morceaux de ciment et des nuages de fumée.

— *Non !*

Sarah avait bondi sur ses pieds ; elle courait vers l'embouchure du tunnel.

Galen la rattrapa à temps.

— Sarah, dit-il, tout va bien. C'est ce que Logan voulait.

Elle lui lança un regard horrifié.

— Il voulait être réduit en miettes ? Vous êtes dingue ou quoi ?

— Logan n'est pas suicidaire. Les labos n'ont pas explosé. Seulement le tunnel d'évacuation. On savait qu'ils avaient posé des charges de plastic dans les sous-sols. On les a déplacées nous-mêmes. On les a mises dans le tunnel. Et Rudzak, en principe, s'y trouvait quand il a appuyé sur son bouton.

Sarah se sentit envahie par une bouffée d'espoir.

— Le labo n'a pas sauté ?

— Non. C'est le tunnel qui a sauté.

— Vous saviez que Rudzak allait passer par là et vous n'avez pas prévenu la police ?

Galen hésita.

— Logan ne voulait pas que Rudzak soit arrêté, finit-il par répondre. On l'aurait jeté en prison quelque part. Logan le voulait mort. Il aurait dû le tuer avant. Il ne l'a pas fait et c'était une erreur. Une erreur qu'il n'avait pas envie de commettre deux fois.

— Il s'est servi de lui-même comme d'un appât... Et si Rudzak l'a tué avant de quitter le labo ?

— Logan ne pensait pas que Rudzak avait une telle idée en tête...

— Il aurait pu s'être trompé !

Elle s'était mise à trembler.

— Qui pouvait savoir ce que ce fumier avait en tête ?

Une deuxième explosion retentit et secoua la terre.

Sarah, choquée, fixa les yeux sur le bâtiment. Une épaisse fumée s'éleva. Cette fois, il n'y avait pas que le tunnel d'évacuation qui avait sauté.

— C'est le labo ? murmura Sarah.

Galen poussa un juron. C'était sa réponse.

1 heure 55

Les pompiers avaient attaqué le tunnel dans l'espoir de parvenir à en chasser la fumée et les gaz mortels. Sarah les regardait travailler. Ses ongles s'enfonçaient dans la chair de ses paumes.

— Ça n'aurait pas dû arriver, dit Galen. Mes hommes ne sont pas des bleus. Ils savent ouvrir l'œil. S'il y avait eu une charge de plastic dans le labo, ils l'auraient vue.

— Et pourtant c'est arrivé, lâcha-t-elle sombrement. Ou Logan a de la chance, ou il est coincé en ce moment sous une tonne de gravats. Et même s'il est vivant, je ne sais pas comment on va pouvoir aller le chercher. Bonté divine ! Tout l'angle de l'immeuble s'est effondré...

Elle sentit Monty se presser contre sa jambe. Il dressa la tête et regarda sa maîtresse.

Retrouver ?

Oui. Sarah crevait de peur. Et pourtant, il fallait garder espoir. Alors, ne reste pas plantée là à trembler comme une feuille ! Il doit exister un moyen. Mon Dieu, faites qu'il existe un moyen.

— Cherche...

Elle s'élança vers le poste de commandement des pompiers. Monty la suivit.

— Où allez-vous ? cria Galen.

— Faire mon boulot, répondit-elle.

Bon Dieu, qu'il faisait noir.

Monty progressait devant elle en rampant dans les gravats du tunnel. C'est à peine si elle le distinguait encore, mais elle devinait qu'il avançait régulièrement. Lui, il savait où il allait. Il avait repéré le cône.

Ce qui ne voulait pas dire que Logan était encore en vie.

Ne pense pas à ça pour le moment. Quand on aura parcouru ce boyau, on retrouvera Logan et il sera vivant. Répète-toi cette phrase comme un mantra.

Il est vivant.

Il est vivant.

Il est vivant.

Sarah respirait de plus en plus mal. Elle consulta le moniteur qu'elle portait autour du cou. Pas de gaz mortel pour le moment. Ses poumons souffraient à cause de cette poussière de ciment – à cause de la peur aussi.

Enfonçant les coudes dans les décombres, elle traçait sa route.

— Sarah ? Tout va bien ?

C'était la voix de Donner, au poste de commandement ; elle était en contact avec lui grâce à son écouteur.

Non. Ça n'allait pas bien du tout. Elle crevait de trouille. Elle répondit pourtant :

— Pas de problème. Il y a plus de poches d'air que je ne pensais en trouver. Et je suis venue à bout de tous les obstacles...

— Ça ne signifie pas que vous viendrez à bout des suivants. Il vaudrait mieux ne pas vous entêter. Vous feriez bien de faire demi-tour et de nous laisser fouiller ce conduit nous-mêmes.

Sarah ne pouvait pas. Surtout sachant les précautions qu'ils s'estimeraient tenus de respecter, et qui prendraient un paquet de temps. Le temps de Logan.

— Pas de problème, répéta-t-elle.

Monty poussa un long gémissement.

Une plainte que Sarah connaissait bien. Mon Dieu ! Il a trouvé quelque chose.

Et pas quelque chose de vivant...

— Je ne peux pas vous parler davantage, Donner. J'entends Monty qui...

Elle continua de ramper ; elle rejoignit Monty qui marquait l'arrêt.

Il attendait près d'un corps écrasé sous des plaques de béton.

Un cadavre.

Mon Dieu, faites que Monty se trompe !

Faites qu'il reste à Logan une parcelle de vie ; faites que je puisse agir, l'aider, le sauver.

Elle rampait toujours.

Du sang. Elle rampait dans des flaques de sang.

— Du calme, mon chien. Bouge un petit peu. Que je puisse l'aider.

Monty laissa échapper un gémissement et se déplaça de côté.

Sarah creva la pénombre avec le faisceau de sa torche ; elle sentit son ventre se nouer. Du sang. Il y avait du sang partout. Tellement de sang...

La tête baignait dans une mare de sang.

Mon Dieu. Ce n'était pas Logan.

C'était Rudzak.

Rudzak avec les yeux grands ouverts. Ses cheveux blancs étaient pleins de sang. Son visage aussi. Et son cou.

Rudzak était mort.

Ce n'était pas Logan.

Le soulagement qu'elle ressentit lui donna le vertige.

— Cherche, Monty.

Monty la regarda. Il resta un instant perdu, hésitant. Puis il recommença à ramper le long du boyau.

Cinq minutes.

Dix minutes.

L'obscurité.

La poussière.

Monty aboyait.

— Logan !

Pas de réponse.

Sarah pouvait apercevoir Monty devant elle, à quelque distance.

— Logan ! Réponds-moi !

— Sarah ? Nom de Dieu, mais qu'est-ce que tu fais ici ?

Elle fut à deux doigts de défaillir. Elle dut fermer les paupières plusieurs secondes avant de pouvoir dire quelque chose.

— À ton avis ? cria-t-elle. Je te porte secours !

— Si tu veux me porter secours, sors de ce boyau et va dire à Galen de venir me tirer de là !

— Arrête de me donner des ordres, tu veux ? Où es-tu ? Je ne te vois pas.

— Moi non plus, je ne te vois pas. Mais je t'entends. Je suis dans le labo. Derrière un des piliers écroulés.

— Ils se sont tous écroulés ?

— Deux sont tombés. Il y en a un qui tient.

Elle se tortilla pour essayer de se rapprocher de lui.

— C'est bouché, dit-elle. Il y a un obstacle...

— C'est exactement ce que je viens de te dire...

— Je pense que je devrais arriver à me faufiler...

— Reste où tu es, Sarah.

— Arrête de me dire ce que je dois faire, d'accord ? Tu es blessé ?

— Deux ou trois ecchymoses...

— Tu crois que tu as mérité une chance pareille ?

Elle essayait de se glisser sous les décombres du pilier. Derrière elle, Monty gémissait d'excitation ; il avait envie d'essayer aussi.

— Non, mon chien. Tu l'as trouvé. C'est toi qui l'as trouvé. Tu es un bon chien. Alors, maintenant, va prévenir Galen et Donner.

— Non. *Toi*, va prévenir Galen.

C'était la voix de Logan.

— Va, Monty. Allez, va...

Monty l'interrogea du regard – il cherchait à comprendre.

— Va.

Le chien fit demi-tour et commença à ramper vers la sortie du tunnel.

Sarah parla dans son micro :

— J'ai trouvé Logan. Je pense que ça va. Je vous envoie Monty pour qu'il vous montre la route.

Elle coupa la communication. Elle braqua le faisceau de sa lampe sur Logan.

— Bon, alors, ces ecchymoses... Menteur !

Elle rampa encore pour se rapprocher de lui.

— C'est cassé ?

— J'en ai peur.

— Autre chose ?

— Ça ne te suffit pas ?

— Si.

Sa main tremblait quand elle ouvrit sa trousse de premiers secours. Elle essaya d'examiner plus soigneusement le bras de Logan. Elle coupa les cordes qui le ligotaient. Elle ouvrit son sac.

— Pas de fractures multiples, dit-elle. Ça m'étonne. D'habitude, tu nous la fais plus compliquée que ça.

— Tu peux parler ! C'est l'hôpital qui se fout de la charité.

— Tu aurais pu y rester.

— Ça ne m'a pas échappé. Je ne pouvais pas deviner que Rudzak ajouterait une charge d'explosifs avant de s'en aller. J'étais certain d'avoir tout vérifié. J'avais modifié les plans exprès. Je voulais qu'il pense que le sous-sol était la cible parfaite. Je savais qu'il déciderait de...

— Tais-toi et serre les dents.

Elle lui mit une attelle au bras et l'attacha avec soin.

— Voilà, dit-elle. C'est fait.

— Tu m'en vois... très heureux.

— Je suis contente aussi.

Elle pouvait s'asseoir, maintenant. Elle regarda Logan.

— Si tu t'avises de me cacher encore quelque chose, dit-elle, je te casse l'autre bras.

— C'était nécessaire.

— Conneries ! Il fallait que tu fasses péter ce tunnel, hein ? Il fallait que tu saisisses l'occasion...

— Je ne pouvais pas le laisser vivre. Après Kai Chi, ce n'était plus possible. J'espère que je ne l'ai pas loupé, c'est tout...

— Tu ne l'as pas loupé. Monty l'a retrouvé en venant ici.

— Dieu soit loué !

— J'ai cru que c'était toi. Je me suis dit « ça y est, il est mort... »

Elle s'étendit à ses côtés, sans le toucher.

— J'imagine qu'on peut appeler ça avoir de la chance, dit-il.

— Peu importe. Il ne faut plus que ça arrive. Je ne veux pas que tu sois blessé. Ni cassé. Ni tué.

— Moi non plus...

— Alors, il va falloir que tu prennes soin de toi. Il va falloir arrêter de compter sur Monty et moi pour venir te tirer d'affaire quand tu auras des ennuis...

— J'y penserai.

— Tu comprends, on est obligés de voler à ton secours. On n'a pas le choix...

— Pourquoi ?

Sarah se tut un instant puis répondit :

— Parce que... Parce qu'on t'aime...

Logan se raidit.

— Vraiment ?

— Non que tu le mérites, je dirais. Mais on n'y peut rien. C'est comme ça. Tu nous as sur le dos, maintenant.

— Mon Dieu, mais c'est une déclaration d'amour dans le grand style romantique ! Je n'ai pas très bien compris. C'est toi qui m'aimes ou c'est Monty...

— C'est moi. Monty, lui, il est raisonnable.

Elle s'humecta les lèvres et reprit :

— Et peu importe le nombre de femmes que tu as aimées, Logan. Parce que j'ai bien l'intention d'être la meilleure. Et la dernière. On est faits l'un pour l'autre. On peut faire un super-mariage. Je vais y travailler. Et je vais me débrouiller pour que tu y travailles aussi...

— Tu me demandes ma main, là ?

— Non. Je t'explique. Tu vas m'épouser, vu que tu ne trouveras jamais personne qui te convienne mieux que moi. Et vu que je ne te lâcherai plus pendant au moins cent ans.

— Inutile de te fatiguer à ce point, dit Logan après s'être éclairci la voix. Jusqu'à preuve du contraire, c'est moi qui me suis déclaré le premier. J'aurais cru que tu choisirais un autre endroit que ce trou au milieu des décombres pour me répondre.

— Il fallait que ça sorte.

— Tu ne pourrais pas me prendre la main, au moins ?

— Non. Je risquerais de te faire mal. Tu as le bras cassé, non ?

— Je supporterai...

Avec des gestes prudents, elle unit ses doigts à ceux de Logan.

— Je t'aime, Logan, murmura-t-elle. Je n'aurais jamais cru être capable d'aimer quelqu'un comme je t'aime. J'espère que tu as compris que c'est pour toujours.

— Je m'y ferai, dit-il.

Il inclina la tête vers l'épaule de Sarah, puis s'abandonna.

— Encore une chose, reprit-il. Je voudrais savoir... Un truc de première importance...

— Quoi ?

— Est-ce que tu m'aimes autant que tu aimes ton chien ?

Épilogue

Ils furent accueillis en descendant de la Jeep par les hurlements de la louve.

— Dieu soit loué !

Eve apparut à l'entrée de la cabane ; elle les regarda avec unc cxpression furieuse.

— De ma vie, dit-elle, je ne veux plus jamais entendre un loup hurler. Je crois que je vais même résilier mon abonnement au *National Geographic*. J'étais sur le point de lui administrer un sédatif, à l'animal. Histoire de pouvoir dormir un peu.

— Désolée, dit Sarah d'un air penaud. Mais on va prendre la relève. Où sont Joe et Jane ?

— Sortis faire un tour. Je crois qu'ils avaient besoin de prendre un peu de distance vis-à-vis de Maggie.

— C'est à ce point ?

— Oui.

Eve jeta un coup d'œil du côté de Logan.

— Ça va être pratique, avec ce bras dans le plâtre.

Maggie hurla.

Monty lui répondit d'un aboiement joyeux et se précipita dans la maison. Eve lança à Sarah :

— Tu ferais bien de gérer ces retrouvailles. Elle est vraiment de mauvaise humeur. Si tu ne veux pas que Monty se fasse égorger...

— Je crois que tout se passera bien. Elle l'a toujours très bien toléré. Mais allons tout de même jeter un coup d'œil...

— Qu'est-ce que tu vas faire d'elle ?

— C'est le problème, dit Logan. Tu crois qu'elle aimera la Californie ?

— Non, dit Sarah en fronçant les sourcils. On ne peut pas la sortir de l'État. Les autorités ne seront pas d'accord.

— Oh ! reprit Logan, je crois qu'ils fermeront les yeux.

— Tu vas faire jouer tes relations, c'est ça ? Et après, on fait quoi ? On la laisse hurler ? Pour qu'elle rende les gens dingues à des lieues à la ronde ? Non. Elle est bien mieux ici.

— Tes amis les fermiers ne risquent pas de la tuer ?

— Tu as raison, soupira Sarah. Mais Monty, alors ?

— Monty, admit Logan. Il a un problème, Monty.

Il inclina la tête, tendant l'oreille.

— Qu'est-ce que c'est que ça ?

Sarah avait entendu aussi. Un bruit. Entre le grognement et le cri de plaisir.

— Monty ?

Non, ce n'était pas Monty. Sarah fit rapidement le tour de la maison pour gagner la véranda.

— Qu'est-ce qui se passe...

Monty, les quatre pattes en l'air, poussa un joyeux cri d'extase.

Maggie grognait, l'air écœuré ; mais elle n'en continuait pas moins de lui lécher la figure.

— C'est tout à fait clair, murmura Logan. L'absence vous fait le cœur encore plus tendre. C'est plus que de la tolérance. À moins que tu ne décides de rendre sa liberté à Monty, je crois que nous allons être obligés de trouver une solution domestique. J'ai déjà l'impression de voir se pointer la deuxième génération...

— Alors, je vous souhaite bonne chance, dit Eve. Vous en aurez besoin.

— Je ne m'en fais pas pour ça, dit Sarah.

Ses regards passaient de Maggie à Monty ; elle sourit à Logan.

— Si la chance ne veut pas nous sourire, on ira la chercher. Je n'ai pas raison, Logan ?

— Je refuse de répondre, dit Logan. En vertu du cinquième amendement. Mon témoignage pourrait se retourner contre moi. Tu m'as déjà accusé de manipulation flagrante. Et j'ai déjà eu assez de mal à te persuader de miser sur moi. Si jamais je venais à éveiller tes soupçons, tu pourrais prendre ton chien et t'en aller vivre dans les collines avec lui.

— Et alors ? Tu ferais quoi ?

— Je me lancerais à ta poursuite. Avec Maggie. On vous retrouverait. Maggie et moi, on sait ce qu'on veut. Et on ne renonce jamais. Tu ne m'as pas dit que Maggie, quand elle s'engageait, c'était pour la vie ?

— Maggie, d'accord. Mais toi ?

Il sourit.

— Essaie. Tu verras bien.

Dans la même collection

Claude Amoz	Le caveau	5741
	Dans la tourbe	5854
Russell Andrews	L'affaire Gideon	7408
Brigitte Aubert	Rapports brefs et étranges avec l'ombre d'un ange	6842
Matthieu Baumier	Les apôtres du néant	6733
William Bayer	Mort d'un magicien	6088
	Pièges de lumière	6492
Stéphanie Benson	Le diable en vert	6952
Laurent Botti	Pleine brume	5579
Nicolas Bouchard	La ville noire	6575
Philippe Bouin	Les croix de paille	6177
	La peste blonde	6360
Serge Brussolo	Le livre du grand secret	5704
Philippe Carrese	Graine de courge	5494
Thomas H. Cook	Les instruments de la nuit	5553
Philippe Cousin	Le pape est dans une pièce noire, et il hurle	5764
Stephen Dobyns	Persécution	5940
	Sépulture	6359
Thea Dorn	La reine des cerveaux	6705
Stella Duffy	Les effeuilleuses	5797
	Beneath the Blonde	5766
James Elliott	Une femme en danger	4904
	Adieu Eddie !	6682
Linda Fairstein	L'épreuve finale	5785
	Un cas désespéré	6013
	La noyée de l'Hudson	6377
Christopher Fowler	Psychoville	5902
Nicci French	Jeux de dupes	5578
	Mémoire piégée	5833
Lisa Gardner	Jusqu'à ce que la mort nous sépare	5742
	La fille cachée	6238
Kathleen George	Voleurs d'enfants	6912
Caroline Graham	Ange de la mort	6511

Robert Harnum	La dernière sentinelle	6087
	Une ballade américaine	6857
Andrea H. Japp	La voyageuse	5705
	Petits meurtres entre femmes	5986
	Le ventre des lucioles	6361
	Le denier de chair	7406
Brigitte Kernel	Un animal à vif	6608
	Autobiographie d'une tueuse	6871
Yasmina Khadra	Le dingue au bistouri	5985
Andrew Klavan	À la trace	6116
Guillaume Lebeau	L'agonie des sphères	5957
Éric Legastelois	Putain de cargo!	5675
Philip Le Roy	Pour adultes seulement	5771
	Couverture dangereuse	6175
David L. Lindsey	Mercy	3123
Philippe Lobjois	Putsch rebel club	5998
Colette Lovinger-Richard	Crimes et faux-semblants	6261
	Crimes de sang à Marat-sur-Oise	6510
	Crimes dans la cité impériale	6993
John Lutz	JF partagerait appartement	3335
Bonnie MacDougal	Moralité douteuse	7349
Michael Marshall	Les Hommes de Paille	7407
Anne Matalon	Petit abécédaire des entreprises malheureuses	6660
Jean-Pierre Maurel	Malaver s'en mêle	5875
Nigel McCrery	L'oiseau de nuit	5914
	Effets secondaires	6012
	La toile d'araignée	6333
Val McDermid	Le tueur des ombres	6778
	Au lieu d'exécution	6779
Denise Mina	Garnethill	6574
	Exil	6176
	Résolution	7405
Estelle Monbrun	Meurtre chez tante Léonie	5484
	Meurtre à Petite Plaisance	5812
(avec Anaïs Coste)	Meurtre chez Colette	6978
Françoise Monfort	La baie des innocents	6602
Viviane Moore	Tokyo des ténèbres	6437
Béatrice Nicodème	La mort au doux visage	7314

T. Jefferson Parker	Pacific Tempo	3261
	L'été de la peur	3712
Michael Prescott	L'arracheur de visages	6237
	Le tueur des bois	6661
Danuta Reah	Toujours la nuit	6442
	L'assassin du parc	6609
	Le col du Serpent	6826
Robert Richardson	Victimes	6248
Greg Rucka	Protection rapprochée	7315
Jacques Sadoul	Carré de dames	5925
Walter Satterthwait	Miss Lizzie	6115
John Saul	La présence	5961
Laurent Scalese	L'ombre de Janus	6295
Lisa Scottoline	La minute de vérité	6953
Boris Starling	Vendredi saint	6722
Whitley Strieber	Billy	3820
Dominique Sylvain	Travestis	5692
	Techno bobo	6114
	Sœurs de sang	6573
	Vox	6755
Maud Tabachnik	Un été pourri	5483
	La mort quelque part	5691
	L'étoile du Temple	5874
	Le festin de l'araignée	5997
	Gémeaux	6148
	La vie à fleur de terre	6440
	La honte leur appartient	6913
Boston Teran	Méfiez-vous des morts	7410
Carlene Thompson	Tu es si jolie ce soir	5552
	Noir comme le souvenir	3404
	Rhapsodie en noir	5853
	Six de cœur	6732
Fred Vargas	Debout les morts	5482
	Un peu plus loin sur la droite	5690
	Ceux qui vont mourir te saluent	5811
	Sans feu ni lieu	5996
	L'homme à l'envers	6277
	L'homme aux cercles bleus	6201
	Coule la Seine	6994
	Pars vite et reviens tard	7461

7411

Composition PCA à Rezé
Achevé d'imprimer en France (La Flèche)
par Brodard et Taupin
le 19 octobre 2004.26292
Dépôt légal octobre 2004. ISBN 2-290-33744-7

Éditions J'ai lu
84, rue de Grenelle, 75007 Paris
Diffusion France et étranger : Flammarion